Tucholsky Wagner Zola Scott Sydow Freud Schlegel
Turgenev Wallace Fonatne
Twain Walther von der Vogelweide Fouqué Friedrich II. von Preußen
Weber Freiligrath Frey
Fechner Fichte Weiße Rose von Fallersleben Kant Ernst Richthofen Frommel
Hölderlin
Fehrs Engels Fielding Eichendorff Tacitus Dumas
Faber Flaubert
Eliasberg Ebner Eschenbach
Feuerbach Maximilian I. von Habsburg Fock Eliot Zweig
Ewald Vergil
Goethe Elisabeth von Österreich London
Mendelssohn Balzac Shakespeare Dostojewski Ganghofer
Lichtenberg Rathenau
Trackl Stevenson Doyle Gjellerup
Mommsen Tolstoi Hambruch
Thoma Lenz Hanrieder Droste-Hülshoff
von Arnim Hägele
Dach Verne Hauff Humboldt
Karrillon Reuter Rousseau Hagen Hauptmann Gautier
Garschin
Damaschke Defoe Hebbel Baudelaire
Descartes
Hegel Kussmaul Herder
Wolfram von Eschenbach Dickens Schopenhauer
Bronner Darwin Melville Grimm Jerome Rilke George
Campe Horváth Aristoteles Bebel Proust
Bismarck Vigny Barlach Voltaire Federer Herodot
Gengenbach Heine
Storm Casanova Lessing Tersteegen Gilm Grillparzer Georgy
Chamberlain Langbein
Brentano Lafontaine Gryphius
Strachwitz Claudius Schiller Kralik Iffland Sokrates
Bellamy Schilling
Katharina II. von Rußland Gerstäcker Raabe Gibbon Tschechow
Löns Hesse Hoffmann Gogol Wilde Vulpius
Luther Heym Hofmannsthal Gleim
Roth Klee Hölty Morgenstern Goedicke
Heyse Klopstock Kleist
Luxemburg Puschkin Homer Mörike Musil
La Roche Horaz
Machiavelli Kierkegaard Kraft Kraus
Navarra Aurel Musset
Nestroy Marie de France Lamprecht Kind Kirchhoff Hugo Moltke
Laotse Ipsen Liebknecht
Nietzsche Nansen Ringelnatz
Marx Lassalle Gorki Klett Leibniz
von Ossietzky May vom Stein Lawrence Irving
Petalozzi
Platon Knigge
Sachs Pückler Michelangelo Kock Kafka
Poe Liebermann Korolenko
de Sade Praetorius Mistral Zetkin

Der Verlag tredition aus Hamburg veröffentlicht in der Reihe **TREDITION CLASSICS** Werke aus mehr als zwei Jahrtausenden. Diese waren zu einem Großteil vergriffen oder nur noch antiquarisch erhältlich.

Symbolfigur für **TREDITION CLASSICS** ist Johannes Gutenberg (1400 — 1468), der Erfinder des Buchdrucks mit Metalllettern und der Druckerpresse.

Mit der Buchreihe **TREDITION CLASSICS** verfolgt tredition das Ziel, tausende Klassiker der Weltliteratur verschiedener Sprachen wieder als gedruckte Bücher aufzulegen – und das weltweit!

Die Buchreihe dient zur Bewahrung der Literatur und Förderung der Kultur. Sie trägt so dazu bei, dass viele tausend Werke nicht in Vergessenheit geraten.

Der Mann im Salz

Roman aus dem Anfang des 17. Jahrhunderts

Ludwig Ganghofer

Impressum

Autor: Ludwig Ganghofer
Umschlagkonzept: toepferschumann, Berlin

Verlag: tradition GmbH, Hamburg
ISBN: 978-3-8472-6957-1
Printed in Germany

Text der Originalausgabe

Ludwig Ganghofer

Der Mann im Salz

Roman aus dem Anfang des 17. Jahrhunderts

Vollständige Originalausgabe

1919

Meinem Freunde Vincenz Chiavacci

1

Die Leute, die zu Grödig vor den Häusern standen, sahen ihm verwundert nach. Ein junger, schmucker Bursch, hoch gewachsen und schlank, von Gesundheit strotzend, mit festen Schultern. Dazu ein Gesicht, erschöpft und bleich, mit verstörten Augen. Und Schritte machte er wie ein Flüchtling, hinter dem der Blutbann her ist.

»Mensch«, sagte ein alter Bauer über die Gartenplanke zu seinem Nachbar, »der hat entweder ein böses Stück getan oder will eins tun!«

»Kann auch der Beste sein!« meinte der andere, ein Schmied in rußigem Schurzfell, mit tiefliegenden Augen in einem verbitterten Gesicht. »Heutigentags muß oft einer rennen, auf den unser Herrgott mit guten Augen herunterschaut. Was ist mein Mädel für ein braves Ding gewesen!« An den Wimpern des Schmiedes glitzerte etwas.

Der alte Bauer machte scheue Augen und setzte das Gespräch nicht fort. Er guckte dem jungen Menschen wieder nach. »Der muß ein Jäger sein!«

Das war am Weidgehenk und an der grünen Tracht zu erraten. Auf der Hubertuskappe saß die Weihenfeder, die nur der weidgerechte Jäger tragen durfte. Und schmuck sah das aus: dieser schlanke Körper in den wehenden Pluderhosen und in dem kurzen schmiegsamen Spenzer, über den sich der weiße Leinenkragen breit herauslegte. Ein kräftig gebildetes Jünglingsgesicht, die Wangen umkräuselt von einem jungen, dunklen Bart, mit braunen Augen, so nußbraun wie die Haarsträhnen, die, von Schweiß durchfeuchtet und mit Staub behangen, dick unter der grünen Kappe herausquollen. Bei einer Biegung der Straße blieb der Jäger wie ein müd Zerbrochener stehen, preßte die Fäuste auf seine Brust, wandte das verstörte Gesicht und blickte über die Straße zurück, gegen Salzburg.

Es war ein schöner Frühlingstag mit reiner Sonne, die aus der Mittagshöhe über den Untersberg herunterlachte auf das junge Grün der Wiesen und Felder. Am blauen Himmel keine Wolke. Dennoch lag es da draußen über den stolzen Zinnen der Bischofsfeste wie ein trüber, schwerer Dunst. Das war anzusehen, als wäre in der windstillen Luft der Rauch einer großen Brandstatt über den Dächern von Salzburg hängengeblieben.

Dem Jäger lief ein Schauer über den Nacken. In seinen Augen war ein entsetzter Blick, und jagenden Schrittes eilte er auf der Straße davon, den Bergen zu. Als er den Wald erreichte, der sich vom Untersberg auf steilen Gehängen niederschwang zu den ebenen Feldern, blieb er stehen. Er wollte sich nicht umschauen. Doch er mußte! Und als er über der Stadt da draußen dieses Dunkle wieder sah, das in den Lüften hing wie ein Riesenvogel mit grauem Gefieder, schlug er die Hände vor die Augen, sprang von der Straße wie ein Irrsinniger in den Schatten des Waldes, warf sich zu Boden und drückte das Gesicht ins Moos. Die Bilder, die ihn verfolgten, ließen sich nicht ersticken, nicht verjagen. Er dachte an alles, was ihm schön war an seinem jungen Leben. Aber kein Schönes, an das er sich zu denken zwang, verscheuchte ihm das Grauenvolle dieses Morgens. Immer sah er die quirlenden Wolken des schwarzen Rauches, die schürenden Freimannsknechte in ihren roten Wämsern, die lodernden Scheiterhaufen und an den Feuerpfählen die vier brennenden Menschen. Immer sah er dieses junge Mädchen in den Stricken hängen, sah, wie das Hexenhemd und das rote Haar zu einer schnellen Flamme wurden und wie für einen Augenblick der nackte, schöne Leib erschien, bevor ihn das Feuer umschleierte. Und immer sah er das: wie der Kopf der alten Frau in die Luft flog, als die Pulvertasche explodierte, die man ihr aus Gnade zur Erleichterung des Feuertodes um den Hals gebunden. Und immer sah er dieses Kind – ein siebenjähriges Mädchen, das in seiner Marter nur einen einzigen Schrei noch hatte: »Mutter, hilf mir!« – und dann in Ohnmacht fiel und stumm verbrannte.

Das Grausen verstörte ihm alle Sinne. Mit verhülltem Gesichte blieb er liegen, wohl eine Stunde lang. Die warmen Sonnenlichter, die durch das junge Laub der Buchen fielen, zitterten um seinen schlanken Körper. Ein feiner Duft um ihn her, von Veilchen und Glockenblumen, von roten Steinnelken und gelben Aurikeln. Goldenes Leuchten war in allen Dingen, und mit sanfter Murmelstimme floß ein Bach in der Nähe vorüber. Wie alles blühte, alles zusammenklang und ineinander leuchtete, war es ein wundersames Lied, das der Frühling summte an diesem Tag.

Der Jäger hatte sich aufgerichtet und ging auf den kleinen Wild-bach zu. Er trank aus der hohlen Hand. Und wusch das Gesicht und das verstaubte Haar. Und schüttelte sich, daß von den feuchten Strähnen die blitzenden Tropfen flogen. Mit der Kappe in der Hand, damit sein nasses Haar in der Sonne trocknen könnte, ging er schräg durch den Wald hinaus. Als er die Straße erreichte, blickte er sich um und atmete auf wie ein Erlöster, weil die grüne Mauer des Waldes ihm die Rückschau in das ebene Land versperrte. Er wandte sich und spähte über den Weg voraus, der sich am Ufer der rau-schenden Ache hineinzog in die Berge. Warme Röte stieg ihm in die bleichen Wangen. Der Weg, der da vor ihm lag, war der Weg in das neue Leben, das er suchen wollte. Der Weg war schön. Wie wird das Leben sein, zu dem er führt?

Zur Linken die Ache und waldige Hügel, zur Rechten die steilen Gehänge des Untersberges, dessen steinerne Türme manchmal her-untergrüßten über die Wälder. Lärmend kam ein Zug von Salzkärr-nern, die unter Geschrei ihre Maultiere trieben und mit den plum-pen, von weißen Blachen überspannten Karren auf der schrundigen Straße ein schweres Fahren hatten.

Nach einer Stunde erreichte der Jäger die Grenze des Berchtesga-dener Landes. Da war ein breiter Streifen durch die Wälder gehau-en, und an der Straße war das Wappen des Fürstpropstes zu Berchtesgaden auf einen überhängenden Stein gemalt. Mit frischen Farben hatte man das alte, halb erloschene Bild erneuert, und unter dem Schilde standen zwei Jahreszahlen – eine, die schon ganz ver-wittert war: 1595 – und die zweite in neuer Farbe: 1618. Neben den gekreuzten Schlüsseln, den Wahrzeichen des gefürsteten Stiftes, zeigte das Wappen den bayrischen Löwen und das Rautenfeld. Ein Wittelsbacher, Herzog Ferdinand, war Fürstpropst des Berchtesga-dener Landes. Aufmerksam betrachtete der Jäger den bunten Schild: das Wappen des Herrn, dem er dienen wollte.

Der Friede war in dieses Herren Land nicht immer heimisch ge-wesen. Denn der Jäger kam zu den Trümmern eines Tores, das einst seine festen Bogen über die Straße gespannt hatte. Daneben sah man die Reste einer gebrochenen Mauer und die mit leeren Fens-tern gähnende Ruine eines niedergebrannten Hauses. Nur der mächtige Turm war unversehrt noch übrig von der ›Burghut am hangenden Stein‹, die Wolf Dietrich, der Erzbischof von Salzburg, vor acht Jahren in Scherben geworfen hatte.

Vor der Tür der Wachtstube, die in das ebenerdige Geschoß des alten Turmes eingebaut war, saßen zwei stutzerhaft gekleidete Musketiere beim Kartenspiel. »Hex!« schrie der eine und schlug die Schellensau auf die Bank. »Und Teufel!« lachte der andere, der mit dem Schellenober stach. Als er den eingestrichenen Gewinn in dem flatternden Wust von buntem Tuch verschwinden ließ, aus dem seine Hose bestand, gewahrte er den Fremden. »Der ist von auswärts!« sagte der Musketier, nahm das Feuerrohr mit der glimmenden Lunte von der Mauer und sprang auf die Straße hinunter. »Arreet Monscheer!« Dem Fremden schienen die beiden Worte nicht zu gefallen. Er wollte weitergehen, als hätte er nichts gehört. »Halt!« schrie der Musketier.

Der Jäger nickte. »Jetzt hab ich verstanden. Ich bin halt ein Deutscher, weißt!«

Die Ruhe dieser Antwort dämpfte das martialische Gebaren des Musketiers. Etwas sänftlicher fragte er: »Woher des Lands? Und wohin?«

»Von Schloß Buchberg komm ich und will nach Berchtesgaden ins Stift.«

»Was suchst du im Stift?«

»Das sag ich schon, wenn ich dort bin.«

Es blinkerte dem Musketier in den Augen. Dieses Wort hatte ihn an der Galle gekitzelt. Aber die Vorsicht war stärker in ihm als der Zorn. Erst musterte er den Fremden. Dann legte er, wie zu friedlicher Gesinnung beredet, die Muskete quer über den Arm. »Ihr müßt einen Paß weisen!«

Der Jäger griff in den Spenzer und reichte dem Musketier ein Blatt, das er aus einem ledernen Täschl genommen. Der andere las. Das war Arbeit für ihn, die langsam vorwärts ging. Er nickte. »Der Paß weiset, daß Ihr römisch seid. Aber ich muß Euch proben. Das ist Fürschrift. Ein Evangelischer geht bei uns nit ein ins Land. Schlaget das Kreuz!«

Eine Furche grub sich zwischen die Brauen des Fremden, während er das Gesicht und die Brust bekreuzte.

»Passiert!« sagte der Musketier und gab das Blatt zurück. »Freilich, mancher reißt ein Kreuz um das ander her. Und doch lügt er.«

Dem Jäger fuhr das Blut ins Gesicht. Seine Augen blitzten. »Willst du sagen, daß ich lüg?«

Der Musketier schmunzelte. »Ich hab nicht von Euch geredet. Mancher, hab ich gesagt, ganz deutlich und deutsch. Eurem Kreuz muß ich glauben.«

Der Jäger schritt die Straße hinaus, der Ortschaft entgegen, deren Kirchturm herlugte über einen grünen Hügel. Als er schon hundert Schritte gegangen war, schrie ihm der Musketier mit Gelächter nach: »Bonschur, Monscheer!« Der Jäger sah sich um und schob die Daumen hinter den Gurt seines Weidgehenks. »Vergelts Gott! Das hat kommen müssen: hinter dem Grausen die Narretei!« Er lachte. Aber lustig klang das nicht. In seinen Zügen blieb ein brütender Ernst. Als er die Brücke erreichte, auf der sich die Straße über das Bett der rauschenden Ache schwang, vernahm er das Rollen von Baumblöcken und hallende Beilschläge. Da arbeiteten an die zwanzig Leute, um einen Bergrutsch einzudämmen, der den Lauf des Baches zu verschütten drohte. Neben der Brücke stand ein alter Mann, der die Arbeit überwachte. Er war in schwarzes Tuch gekleidet, mit hohen Stiefeln. Auf der schwarzen, schirmlosen Kappe trug er eine weiße Feder. Ein struppiger Bart umhing das welke Gesicht, und sein Rücken war gekrümmt wie unter schwerer Last. Als er den Gruß des Fremden hörte, sah er sich um, und da fiel es ihm wie Schreck ins Gesicht. Seine Augen starrten, als käme ein Gespenst auf ihn zugegangen. »Bub! Wer bist du?«

»Ein Jäger. Ich will zu Berchtesgaden einen Dienst suchen. Der Ort da drüben, ist das schon Berchtesgaden?«

Lang schwieg der alte Mann. Noch immer wollte sich die Erregung nicht beruhigen, die ihm aus den Augen sprach. Dann sagte er: »Dich wird der Wildmeister nimmer auslassen. Das wird für mich ein hartes Stück werden, dich allweil sehen müssen.« Er nahm die Kappe herunter und strich mit der zitternden Hand über das graue Haar. »Jetzt soll mir unser Herrgott sagen, wie das sein kann!

Ein Gesicht, das zweimal auf die Welt kommt! Hätt ich meinen Buben nit selber hinuntergelegt und tat ich nit wissen, daß er acht Jahr schon unter dem Wasen fault – ich tat drauf schwören, du wärst mein Bub!«

Der Jäger fand keine Antwort. Er streckte dem Alten die Hand hin. Der nahm sie, scheu und zögernd. Nach einer Weile sagte er: »Das da drüben ist Schellenberg. Bis auf Berchtesgaden streckt sich der Weg noch zwei gute Stund. Und des Wildmeisters Haus, das steht im alten Hirschgraben, gleich unter dem Stift. Aber sag mir, Bub, wie heißt du?«

»Adelwart.«

»Der meinig hat David geheißen. Der ist schon Häuer gewesen mit zwanzig Jahr. Und du bist Jäger? Da hast du ein Leben in Licht und Sonn. Mein Leben ist halb in der Nacht. Wir zwei, mein' ich, laufen nit oft aneinander hin. Aber wenn sich's gibt, Bub, daß ich dir einmal was helfen kann, da komm zu mir! Ich bin der Jonathan Köppel, der Hällingmeister zu Berchtesgaden.« Weil ihn die Arbeitsleute riefen, ging der Alte zur Ache hinunter. Alle paar Schritte sah er sich nach dem Buben um.

Noch lange blieb Adelwart auf der Brücke stehen, in einem Widerspiel von Gedanken. Die Worte des alten Mannes hatten ihn erschüttert, und dabei empfand er es wie warme Freude, daß er, ein Einsamer in der Fremde, an der Schwelle seines neuen Lebens einen Menschen gefunden hatte, der ihm Freund geworden. In Sinnen versunken, ging er der Straße nach. Und erschrak, als er aufblickte und den schwarzen Rauch sah, der bei der Kirche heraufstieg über die Dächer. Alles Grausen dieses Morgens stand ihm wieder vor Augen. Mit beklommener Stimme rief er einen Knaben an, der neben der Straße saß und aus den Stielen der Schlüsselblumen eine Kette flocht: »Was raucht denn da?«

Das Bübl sah nach dem Dorf hinüber. »Die Pfannhauser Öfen.«

»Gott sei Lob und Dank!«

Adelwart wanderte dem Dorf entgegen. Immer sah er die Blumen der Wiese an, um diesen Rauch nicht sehen zu müssen. Der wurde dünner; als er ganz verschwunden war, blieb über dem steilen Schindeldach des Salinenhauses nur das weiße Qualmen des Wasserdampfes, der aus den Salzpfannen stieg und durch das Dach hinausquoll in die Sonne.

Wo die Schellenberger Gasse begann, stand neben der Straße ein zerstörtes Haus. Über der leeren Türhöhle trug die Mauer das aus Stein gemeißelte Salzburger Wappen, von Beilhieben zerhackt. Spielende Kinder tollten in den kahlen Räumen umher, und auf den roten Marmorstufen der Hausschwelle waren zwei Buben sich in die Haare geraten. Die rauften wie junge Bären.

»He! Wollt ihr Ruh geben!«

Die heißen Kämpfer überhörten diesen Mahnruf. Da spürten sie plötzlich einen festen Griff an ihren Ohren. Während sie mit verdutzten Augen dreinschauten, hielt ihnen Adelwart eine kleine Standrede über die Segnungen des Friedens. Weil es der Jäger haben wollte, reichten sie einander die Hände. Kaum war er davongegangen, da schwoll ihnen wieder der Kamm ihres Zornes. Die kleinen Fäuste nach hinten gestreckt, rückte einer dem anderen dicht vor die Nase.

»Wie, trau dich her, du!«

»Meinst vielleicht, ich fürcht mich vor so einem lutherischen Siech?«

»Du römischer Pfaffenwedel!«

Und zur Bekräftigung ihres Glaubensbekenntnisses spuckten sie einander ins Gesicht.

Die Frühlingssonne lachte auf die Buben herunter, vergoldete die Trümmer des zerstörten Hauses und spiegelte sich in den Pfützen der langen Gasse. Hier und dort im Schatten der vorspringenden Schindeldächer sah man Weiber vor dem Spinnrad sitzen, mit weißen Krausen um die Hälse. So dürftig ihr Leben war, die Mode, die sie an den Salzburger Frauen sahen, machten die Schellenbergerinnen immer mit. Kein Mann in der langen Gasse. Die Männer waren im Pfannhaus, im Bergwerk, auf den Feldern.

Vor dem Leuthaus stand ein Dutzend rastender Salzkarren, deren Gäulen und Maultieren die Futtersäcke umgebunden waren. Zwei wohlgenährte Schimmel, die aus einem Barren gefuttert hatten und jetzt von einem Knecht getränkt wurden, standen an der Deichsel einer kleinen Kutsche.

»Hans? Können wir fahren?« klang von der Tür des Leuthauses eine Mädchenstimme.

»Ein paar Vaterunser lang wird's allweil noch dauern, Jungfer«, gab der Knecht zur Antwort, »ich muß zum Schmied, der Handgaul hat ein Eisen locker.«

»Aber eil dich, gelt! Wir müssen in Salzburg sein, solang die Läden offen sind.«

Adelwart, der auf der Straße vorüber wollte, hatte beim Klang dieser Stimme aufgeblickt. Eine von jenen Stimmen war's, denen man gerne lauscht, weil sie zu singen scheinen, wenn sie reden. Er machte einen raschen Schritt, um zwischen den Salzkarren eine Lücke nach der Tür zu finden, und sah ein junges, schlankes Mädchen in das Leuthaus treten, schmuck in dunkles Blau gekleidet, ein kurzes Mäntelchen um die Schultern und über dem reichen Schwarzhaar ein hellgraues Hütl mit flacher Krempe und weißem Federbusch. Zwei schwere Zöpfe, mit roten Schnüren durchflochten, hingen über der weißen Krause auf die Brust herunter und ließen, als die Jungfer in die Türe trat, von ihrem Gesicht nur einen schmalen Streif der rosigen Wange sehen.

›Was muß das ein liebes Ding sein!‹ dachte Adelwart. Er wollte seiner Wege gehen. Da rief ihn aus einem offenen Fenster der Leutgeb an: »He! Jäger! Willst du nit zukehren? Grad zapfen wir an.« Adelwart zögerte. Dann trat er lächelnd in die Leutstube. Noch auf der Schwelle warf er einen raschen Blick über die Tische hin. Hier saßen nur die zechenden Salzkärrner mit Geschrei hinter ihren Branntweinstutzen und Bierkannen, ein paar Salzknappen und Bauern dazwischen. Beim Ofen schwatzte ein invalider Spießknecht mit der Harfenistin, die unter wenig melodischem Getön die Saiten schnurren ließ. Als der Jäger in die Stube trat, dämpfte sich der Lärm ein wenig, und alle Gesichter guckten nach ihm. Dann hub das Geschrei wieder an, die Fäuste trommelten, und die Würfel rollten. Während die Leutgeb für den neuen Gast schon den Brotlaib und die Bierkanne brachte, setzte sich Adelwart an einen Tisch, an dem ein Bauer und ein Salzknappe in eine aufgeregte Debatte verflochten waren. Sie stritten mit so heißen Köpfen, als ginge es um den teuersten Besitz ihres Lebens. Was die beiden so in Feuer brachte, war eine Meinungsverschiedenheit über Gottes Güte. »Daß unser Herrgott gut ist«, schrie der Knappe, »ist das wahr oder nit?«

»Wird wohl wahr sein!« Der Bauer wetterte die Faust auf den Tisch. »Aber wenn er zornig ist, rebellt er auf!«

Der Leutgeb, als er vor dem Jäger einen Holzteller mit einem dampfenden Stück Lammbraten hinstellte, mahnte die heißblütigen Gottesstreiter zur Ruhe. Das half nicht viel. »Meinst du, unser Herrgott ist, wie du bist?« kreischte der Knappe. »Unser Herrgott farbelt nit und bleibt bei der Stang. Ist er gut, so muß er's allweil sein und gegen alle. Gerechte und Ungerechte müssen teilhaben an seiner Gütigkeit.«

»Ketzerei! Ketzerei!« brüllte der Bauer. »Wenn Gottes Gut überall war in der Welt, was tat denn übrigbleiben für des Teufels Regiment? Wo kämen die Flöh und Wanzen her, die Maden und Blindschleichen, die Hexen und Zauberleut?«

Da warf der Jäger die Gabel aus der Hand und schob, von Ekel befallen, den Holzteller mit dem Braten fort. Bei dem Wort des Bauern und dem Geruch des gebratenen Fleisches wurden die Bilder dieses Morgens mit so quälendem Grauen in ihm wach, daß er aufsprang und aus der Stube rannte. In der Tiefe des dämmerigen Hausflurs sah er das leuchtende Viereck einer offenen Gartentür und draußen die Sonne, das Grün. Die Arme streckend, sprang er dieser Helle zu. Das waren nur wenige Schritte. Für das Entsetzen, das ihn erfüllte, war's eine endlose Zeit. Immer die tausendköpfige Menge vor seinen Augen, die Richter in schleppenden Talaren, die Wolken des Rauches, die lohenden Feuerstöße, die brennenden Menschen in ihrer Marter! Er hatte ein Gefühl, als stünde er dem Feuer so nahe, daß ihm die Hitze das Haar versengte. Und deutlicher als alles andere sah er hinter dem wogenden Flammenschleier das schöne, leichenblasse Greisengesicht des Chorherrn, den sie als Teufelsbündler verbrannten, weil er drei gefangenen Lutheranern zur Flucht aus dem Hexenturm verholfen hatte – und er hörte seine Stimme aus dem Rauschen der Flammen das Wort des Heilands hinrufen über die Menge: »Herr, vergib ihnen, sie wissen nicht, was sie tun!«

Das wirbelte dem Jäger durch Herz und Sinne, als er hinaustaumelte ins Freie, ins Grün, in die Sonne.

Ein kleiner Garten. Schmale Beete mit roten Aurikeln, die man ›Liebherzensschlüssel !‹ nannte. Und im Schatten eines blühenden Birnbaumes saß jenes junge Mädchen auf einer Bank, die ausgebreiteten Arme über die Lehne geschmiegt. Das Hütl hatte sie auf die Bank gelegt; die schwarzen rotdurchflochtnen Zöpfe hingen über die ruhig atmende Brust. Ihre Augen waren geschlossen. Sie schlief nicht, hatte nur die Lider zugetan, um in Behagen das linde Spiel von Schatten und Sonne auf ihrem Gesicht zu fühlen. Gleich schwarzen Monden lagen die Wimpern auf den leicht gebräunten Wangen, und halb geöffnet, wie in lächelndem Dürsten, atmeten die roten Lippen.

Der Jäger stand vor ihr, von einem Zittern befallen, das für ihn Erwachen und Erlösung, Schreck und Freude war. Was ihn trieb, das wußte er nicht. War es die Sehnsucht, nach allem Grauen dieser verwichenen Minute das schöne, blühende Leben zu umklammern? War es der bange Gedanke: Du bist ein Weib, auch dir kann drohen, was den anderen geschah? War es ein jäh erwachter Wille seines Herzens? Er wußte das nicht. Er tat nur, was er mußte, umschlang sie mit beiden Armen, hob sie an seine Brust und küßte in Glut ihren Mund. Das Mädchen wehrte sich in stammelndem Schreck. Mit kräftigen Fäusten stieß sie ihn zurück, und der Zorn blitzte in ihren dunklen Augen. Schweigend warf sie die Zöpfe über die Schultern, nahm den Hut von der Bank und verließ den Garten.

Adelwart stand mit blassem Gesicht und griff an seine Stirn, als müßte er sich besinnen, was da geschehen war. »Jungfer, ich bitt Euch, Jungfer –« Ratlos sah er im leeren Garten umher.

Aus dem Haus, von der Leutstube, hörte man einen wüsten Lärm. Allen Spektakel übertönte eine schrillende Stimme: »Ein Ketzer! Ein verkappter Lutherischer ist er! Von Gottes Gütigkeit sagt er –«

Der Jäger hörte das nicht. Er sprang in den Flur. Seine Augen suchten.

Da gab es in der Leutstube ein wildes Rumoren, ein wirres Kreischen. »Jesus Maria!« Mit langen Sprüngen jagte einer im Bauernkittel auf den Platz hinaus, ein paar Salzkärrner und Knappen waren hinter ihm her, und der ganze Flur füllte sich mit drängenden, schreienden Leuten. Als sich Adelwart einen Weg schaffen wollte, fiel sein Blick in die Stube. Da lag der Knappe auf dem Lehmboden, die Stirn von Blut überströmt, und neben ihm lag eine zinnerne Bierkanne, die aus der Form geraten war. »Parieren hätte er müssen«, erklärte der invalide Spießknecht mit einer Armbewegung, »so hätt er parieren müssen!« Und ein alter Bauer schimpfte: »Allweil sag ich's, das ganze Deutsche Reich wird noch in Scherben fallen, weil jeder von Gottes Gütigkeit ein anderes Prämißl hat!«

Von dem Gedränge, das den Flur erfüllte, wurde Adelwart zur Haustür hinausgeschoben und sah in der langen Gasse die Kutsche mit den zwei Schimmeln um eine Ecke biegen. Da fühlte er an seinem Spenzer einen derben Griff. Der Leutgeb sagte zu ihm: »Jäger, das Zahlen hast du vergessen!« Bleich, mit zitternden Händen, holte Adelwart ein Silberstück aus dem Geldbeutel und warf es dem Leutgeb hin. Als er durch die Sonne hinunterging zur Berchtesgadener Straße, klang aus allem Lärm, der in der Leutstube war, ein wirres Saitengeklirr heraus. Da hatte einer das Instrument der Harfenistin umgeworfen.

2

In dem Jäger brannte eine fiebernde Ungeduld nach seinem Ziel. Bei jeder Straßenbiegung spähte er, ob ihm der zurückweichende Wald nicht die Mauern und Türme des Stiftes zeigen möchte.

Wieviel hundertmal seit seinen Kinderjahren hatte er vom Mauerkranz des Buchberger Schlosses mit heißem Blick die fernen Berge gesucht, immer die Sehnsucht im Herzen: Dort, wo die Welt so blau ist, möcht ich leben! Vor zwei Jahren, als sein Herr den ›Söllmann‹ gekauft hatte, einen roten Schweißhund, der aus dem Zwinger des Berchtesgadener Stiftes kam, hatte Adelwart mit dem Klosterknecht, der den Hund gebracht, die ganze Nacht beisammen gesessen und hatte sich von ihm erzählen lassen: wie hoch man zu Berchtesgaden das Weidwerk hielte und wie schön das Land wäre. Und vor drei Tagen, als der Freiherr zu Buchberg hinter der Kutsche, in der seine Frau und seine Kinder saßen, mit blassem Gesicht zum Schloßhof hinausgeritten war, um für sich und die Seinen irgendwo in evangelischem Land eine neue Heimat zu suchen, da hatte Adelwart auf die Frage des Salzburger Vogts den Kopf geschüttelt: »Unter den neuen Farben mag ich nit dienen. Mein Herr ist fort, jetzt bin ich ein Freier. Ich geh nach Berchtesgaden.« Noch in der gleichen Stunde hatte er sein bißchen Hab und Gut gepackt, hatte den kleinen Koffer über den Schloßberg hinuntergezogen, hatte ein letztesmal das namenlose Grab seiner Eltern besucht und war auf einen Salzkarren gestiegen, der von der Donau heimkehrte in die Berge.

Eine Nacht und einen endlosen Tag hatte die träge Fahrt gedauert.

Als er Salzburg am Abend erreichte, war er, wirbelig von Lärm und Schauen, in den Straßen umhergelaufen, bis das Gebimmel der Bürgerglocke und das Trommelgerassel der Ronde die Leute in ihre Stuben trieb. Die Nacht in der Herberge zum ›Goldenen Stern‹ wurde für ihn zwischen Wachen und Schlummer zu einem dürstenden Traum von dem blauen Land seines Glückes. Schwül atmend blieb er stehen, die Wangen brennend vom heißen Marsch. »Die ganze Freud ist mir verdorben!« Er preßte den Arm über die

Augen. »War ich nur da nit hinausgegangen! Hätt ich nur das nit sehen müssen!«

Der lärmende Menschenhaufe, der am frühen Morgen vor dem ›Goldenen Stern‹ mit Geschrei durch die Gasse gezogen war, hatte ihn mit hinausgerissen zur Nonntaler Wiese. Das Wort ›Hexenfeuer‹, das er immer wieder hörte, hatte ihn neugierig gemacht. Davon hatten seit seiner Kindheit im Buchberger Schloß alle Mägde getuschelt. Immer hatte er ungläubig den Kopf geschüttelt. Nun sollte er's mit eigenen Augen sehen, wie die Hexen um das Feuer tanzen. Es war anders gekommen. Er hatte sehen müssen, wie das Feuer um die Hexen tanzt.

Lange stand er auf der Straße, den Arm über die Augen gepreßt. Zwischen wogendem Rauch und rauschenden Flammen sah er immer zwei große, dunkle, schöne Mädchenaugen, die in Zorn und Empörung blitzten. »Hätt ich nur das nit getan! Das wird ein Elend für mich.« Wie war es denn nur geschehen? Er sann und grübelte. Wie ein Blitz herunterfährt, so war's über ihn gekommen, daß er's tun hatte müssen – wie eine dunkle Gewalt, die ihn zwang, wie ein mächtiger Zauber. Eine abergläubische Regung zuckte in ihm auf. Aus Zorn über diesen Gedanken schlug er mit der Faust in die Luft. Und atmete auf. Und lächelte. Was so hold und schön ist, muß das nicht ein Heiliges sein? Woher sollte das kommen, wenn nicht aus des Herrgotts schenkender Hand? Und wenn des Herrgotts schönes Werk mit lieben Gewalten nach einem jungen Herzen greift? Ist das nicht wie im Frühling, wenn der Sonnenschein aus kaltem Boden die Blumen weckt? Ein Zauber! Einer, der heilig ist und den der Herrgott will!

Und die Kutsche? Die in der Schellenberger Gasse verschwunden war? Die mußte von Berchtesgaden gekommen sein. Das blaue Land, das da draußen in Schönheit leuchtete, mußte ihre Heimat sein. Wie hell ihm plötzlich die Augen glänzten! Hastigen Schrittes folgte er der Straße. Die machte eine Biegung, und da hörte Adelwart ein grimmiges Schelten und Fluchen.

Von einer Felswand sickerte eine Quelle in hundert blitzenden Fäden herunter. Das Wasser, das in der Sonne so silberig glitzerte, hatte die Straße in tiefen Morast verwandelt. Und da stak ein Salzkarren festgefahren bis an die Naben seiner Räder. Der Kärrner peitschte schimpfend auf die Maultiere los, die zitternd im Schlamm standen und nimmer ziehen wollten. »He! Fuhrmann!« rief der Jäger. »Schlag doch nit so unsinnig auf die armen Viecher los! Laß gut sein, ich will dir helfen!« Der Zorn des Kärrners war flink beschwichtigt. »Ja, Bub! Da tat ich dir ein festes Vergeltsgott sagen!«

»Die Blach mußt du auftun! Ich mach mich fertig derweil. Wir müssen den Karren ein bißl leichtern.« Während sich Adelwart auf einen Stein setzte und die Schuhe und Strümpfe herunterzog, stieg der Fuhrmann auf den Karren und schlug die weiße Blache über die Reifen zurück – ein magerer Kerl, schon über die Fünfzig, mit borstigem Grauhaar und einem roten Bart, der wie ein ausgezacktes Schurzfell um das verwitterte Gesicht herumhing. Dann watete Adelwart mit den nackten Beinen in den Schlamm. Selbander hoben sie ein halb Dutzend Salzsäcke vom Karren und trugen sie auf trockenen Boden. »So, jetzt nimm den Leitstrang!« sagte der Jäger und warf auch den Spenzer ab. »Ich tauch am Wagen an. Wenn ich hopp schrei, laß die Häuter ziehen.« Er stieg in den Sumpf und legte sich mit der Schulter gegen das Gestäng des Karrens. »Hopp!« Der Fuhrmann schrie mit hoher Fistelstimme sein »Hjubba!« und ließ die Peitsche niedersausen. Schnaubend zogen die Tiere an, und der Jäger schob am Karren, daß ihm die Stirne blau wurde. Erst machten die Räder in dem zähen Schlamm nur einen trägen Ruck. Dann fingen sie im Sumpf zu rollen an und rollten hinaus auf die trockene Straße.

»Vergelts Gott, Bub!« Der Kärrner lehnte die Peitsche an einen Baum. »Du mußt Eisen in den Knochen haben!«

Adelwart lachte. »Wenn's sein muß, bring ich schon ein Bröckl fürwärts.« Er guckte an sich hinunter. »Gut schau ich aus! Aber komm! Laß aufladen!« Als sie den ersten Sack auf den Karren hoben, fragte er: »Bist du in Berchtesgaden daheim?«

»Nein, Bub, ich bin ein Passauer!« Der Kärrner begann zu erzählen, daß er einen Kramladen hätte, ein braves, fleißiges Weib und sieben Kinder. Zweimal des Jahres, im Mai und im Herbst, da kommt er mit seinem Karren den weiten Weg gefahren, um die vierzig Metzen Salz für seinen Laden zu holen. Und von dem Spielzeug, das sie zu Berchtesgaden schnitzen, bringt er jedes Jahr ein Kistl voll mit heim für ›seine lieben kleinen Föhlen‹.

»Da wirst du dich in Berchtesgaden nit auskennen?«

»Weg und Steg, die kenn ich wie meinen Jankersack. Jedsmal bleib ich drei Tag. Da guckt man sich allweil ein bißl um.«

Sie hoben den letzten Sack auf den Karren. Das war keine harte Müh. Dennoch brannte dem Jäger das Gesicht. »Hast du in Berchtesgaden nie eine Jungfer gesehen, schön und lieb wie ein Gottestag? Augen hat sie wie Rädlen. Und ihre schwarzen Zöpf, die sind rot gebändert.«

Der Passauer guckte ihn an und schmunzelte. »Nein, Bub! Auf Jungfern schau ich mich nimmer um.« Er stieg auf den Karren und zog die Blache über die Reifen. Plötzlich hob er den Kopf. »Halt, du! Vorigs Jahr, da hab ich so eine gesehen. Eine, so um die zwanzig Jahr. Am feinen Hälsl hat sie ein kleines, rotes Mal, als war ein Hanniskäferlein hingeflogen. Ist das die?«

»Das weiß ich nit.«

Die Schnüre der Blache waren festgebunden, und der Passauer sprang vom Wagen. »Also, Bub, vergelts Gott!«

Da sah der Kärrner, daß an Adelwarts Schulter ein paar rote Tropfen durch das Hemd herausquollen. »Herrjöi, Bub! Da hast dir weh getan! Um meinetwegen!«

Das hatte der Jäger gar nicht gemerkt. Er sah es erst jetzt und schob das Hemd zurück. Handbreit lief ein blauer Striemen über die Schulter, und ein Stückl Haut war abgeschürft. »Das tut nichts«, sagte er und haftelte den Kragen wieder zu. »Fahr nur! Und guten Heimweg!« Er setzte sich ans Ufer der Ache, wusch den Schlamm von den Beinen und schlüpfte in die Strümpfe. Der Kärrner strich ihm sacht mit der Hand über die wunde Schulter. »Ein Salwesblatt mußt du auflegen. Da ist's gleich wieder gut. Und vergelts Gott halt! Führt uns wieder einmal ein Weg überzwerch, und ich kann dir was helfen, Bub, so sag's!« Er lachte. »Ich tu's, und müßt ich für dich dem Teufel ein Dutzend Borsten aus dem Schwanzquästl reißen.«

Adelwart band die Riemen seiner Schuhe. »Hjubba!« klang es hinter ihm. Ein Peitschenknall. Dann zogen die Maultiere den rasselnden Karren davon. »Jetzt hab ich schon zwei, die mir helfen wollen!« Einen heiteren Blick in den Augen, erhob sich der Jäger und sah dem Passauer mit einem Lächeln nach, als war in ihm der Gedanke: ›Was wirst du mir helfen können?‹

Ganz ohne Hilfe war der Passauer nicht davongefahren. Bei der Arbeit, die der Jäger für den Karren getan hatte, war ihm alles Quälende aus den Gedanken gefallen. Als er einen Fußpfad am Ufer der Ache einschlug, sah er nur das schöne blaue Land, das ihn erwartete, und sah zwei große, dunkle Mädchenaugen, in denen sich der Zorn zu freundlichem Blick verwandelt hatte. »Die ist in Berchtesgaden daheim! Die seh ich wieder!« Dieser Glaube machte ihm das Land seiner Sehnsucht noch schöner um ein helles Licht. Bei allem Schauen merkte er nicht, daß sich der Fußpfad, den er eingeschlagen hatte, immer weiter von der Straße entfernte, auf schmalem Steg die Ache übersetzte und im Tal durch die Wiesen ging, während die Straße drüben am Waldsaum ein wenig zu steigen begann.

Wie schmuck die Jungfer gekleidet war! Nur schmuck, nicht reich. Sie mußte eines Bürgers Kind sein. Wär' sie aus eines Herren Haus, so hätte sie die Straußenfeder oder die Reihergranen auf dem Hut getragen oder ein seltsam Federwerk, wie es aus der indianischen Welt herüberkommt. Ob sie nicht gar eines Jägers Kind ist? Das schoß ihm durch den Kopf. Denn der Federstoß auf ihrem Hut, das waren die weißen Schäufelchen eines Birkhahns. Käme nur ein Mensch, den er fragen könnte! Der Pfad, so weit er sich überschauen ließ, war leer. Doch nein, in den Erlenbüschen am Ufer des Baches bewegte sich was. Dort saß einer mit der Angelgerte, in Hemdärmeln, mit einer buntgestreiften Hose, wie die Landsknechte sie getragen hatten, als der Jäger noch ein Kind war.

Wo der Fischer saß, bildete der Bach einen großen Kolk. Über dem Wasser schwamm die Schnur mit dem Federspliß, nach dem der Fischer guckte. Ein Mann, schon an die Sechzig, klein und wohlgenährt, mit einem gut gepolsterten Wanst, über dem der Hosenbund nicht mehr zusammenging. Die runden, wasserblauen Augen saßen in einem fetten Gesicht mit Schlotterbacken. Ein grauer Schnauzer hing ihm über die Mundwinkel, und wie ein dicker Dorn stach aus dem breiten Doppelkinn der Knebelbart heraus. Ein Fischer von Beruf? Den macht sein Handwerk mager. Adelwart riet: ein Bäcker oder Müller. Die pflegen sich bei gutem Verdienst zu runden. Aber eine Mühle war Bach auf und ab nicht zu sehen. Auf einen Steinwurf von der Ache entfernt, zwischen Erlen und blühenden Obstbäumen, stand ein kleines, aus Steinen gebautes Haus mit geweißten Mauern, bis über die Fensterhöhe von einer dichten Bretterplanke umzogen, an der auch die Fugen der Bretter wieder mit Latten vernagelt waren.

Beim Rauschen der Ache hatte der Fischer die Schritte des Jägers überhört. Jetzt zuckte er die Schnur aus dem Wasser, so geschickt, daß ihm die Forelle, die gebissen hatte, gleich in den Schoß fiel. Wie er den Fisch packte! Mit dieser kleinen, weibisch gerundeten Hand. Das war ein Griff, so merkwürdig sicher! Und vergnügt, mit schmalzigem Gemecker, rief er zum Haus hinüber: »Huldla! Ich hab schon wieder einen!« Dann riß er dem Fisch die Angel aus dem Schlund, daß die ganze Zunge der Forelle am Haken hängenblieb. »Aber, Mensch!« sagte Adelwart geärgert. »Man kann dem Fisch das Eisen doch sänftlich auslösen.« Mit flinker Bewegung hob der Fischer das Fettgesicht, sah den Jäger verwundert an, maß ihn vom Kopf bis zu den Füßen und schmunzelte, wie ein erfahrener Greis zur Weisheit eines Kindes lächelt.

Vom Haus herüber kam mit hölzernem Kübel ein junges Mädel gelaufen, ein paar Jahr über die Zwanzig; sie war barfüßig und trug nur ein kurzes schwarzes Röckl über dem Hemd; in wirren Zotten hingen ihr die schweren, rostbraunen Haare um das bleichsüchtige, hagere Gesicht, das nicht häßlich war trotz der galligen Vergrämtheit und der hungernden Sehnsucht in den scheuen Augen. Erschrocken stand das Mädel, starrte den Jäger an wie ein Wunder und stammelte: »Vater –«

»Siehst du den Ferch nit? Da, im Gras!«

Das Mädel bückte sich nach dem Fisch, der keinen Zuck mehr tat, und legte ihn in den Kübel. Zögernd ging sie davon und drehte immer wieder das Gesicht.

Der Fischer hatte die Zunge der Forelle als Köder benützt und einen Wurm dazugespießt. Den beköderten Haken tauchte er in einen kleinen Napf, der ein weißliches Fett enthielt.

»Gelt, das ist Reiherschmalz?« fragte Adelwart, der von den Künsten der Fischerei was verstand.

»Reiherschmalz?« Der Fischer guckte auf, mit seinem vergnügten Gemecker. »Reiherschmalz? Freilich, da beißen sie gern. Aber das da? Das ist was Besseres. Da schnappen sie wie närrisch.« Er warf die Schnur ins Wasser. »Reiherschmalz? Da hast du dich um ein paar Buchstäblen verredt!« Lustig blinzelte er an dem Jäger hinauf. »Das ist Räuberschmalz.«

»Schau, jetzt hab ich was gelernt!« sagte Adelwart. »Daß die Talgzähren, die an einem Kerzenlicht vom glostenden Räuber tropfen, ein guter Köder auf Ferchen sind, das ist mir neu.«

Der Fischer schnellte schon wieder eine Forelle aus dem Wasser und rief über die Schulter: »Huldla!« So flink war das Mädel zur Stelle, als hätte sie auf diesen Ruf gewartet. Jetzt trug sie ein geblümtes Miederchen aus gelber Seide, hatte blau gezwickelte Strümpfe und niedliche Pantöffelchen an den Füßen. Die Haare waren zurückgestrichen und in einem Knoten gebändigt. Immer sah sie den Jäger an, und heiße Flecke brannten ihr auf den bleichen Wangen. »Vater«, fragte sie, »soll ich gleich auf den nächsten warten?«

Aus dem Fettgesicht des Fischers schwand die lustige Gemütlichkeit. »Geh ins Haus!« sagte er grob. Kaum war das Mädel verschwunden, da lachte der Alte wieder. Und während er die Angel frisch beköderte und in das Tiegelchen tauchte, schwatzte er vor sich hin: »Da beißen sie wie närrisch. Und das da ist besonders gut, weil's von einem Sakrileger ist. Den hab ich vor drei Wochen schinden müssen, weil er in der Ramsauer Kirch die Monstranz gestohlen hat.«

Erbleichend stammelte der Jäger: »Mensch, wer bist denn du?«

»Du bist ein Fremder, gelt? Sonst tatst du den Jochel Zwanzigeißen kennen.«

Der Dicke warf die Schnur ins Wasser.

Dann hob er lachend das runde, glänzende Gesicht. »Ich bin der Freimann von Berchtesgaden.« Erheitert über den Schreck, mit dem der Bub vor ihm zurückwich, fragte er:

»Hast du vielleicht ein schlechtes Gewissen?«

Durch alles Grauen, das den Jäger befallen hatte, zuckte ihm der Gedanke: Wie kann man so fett werden und so lustig sein bei dem Handwerk! Das Gewirbel der Bilder, die quälend wieder in ihm erwachten, zwang ihn zu der Frage: »Hast du auch schon Hexen verbronnen?«

»Freilich. Weit über die hundert schon. Muspere Weiblen sind dabei gewesen. Der Teufel hat einen feinen Gusto.« Schmunzelnd beobachtete der Dicke den auf dem Wasser tanzenden Federspliß. »Wie ich noch Gesell zu Bamberg und in Salzburg gewesen bin, haben wir fleißig brennen müssen. Seit ich zu Berchtesgaden bin, hab ich Feierabend.« Das lustige Gemecker des Dicken hatte plötzlich einen anderen Klang. »Meine Herren im Stift und unsere Patres Franziskaner denken so viel gut von der bäurischen Menschheit. Die glauben allweil, es gäb im Berchtesgadener Land keine Hexen. Tät einer fest hinschauen –« Den Hals streckend, schwieg er und guckte schärfer nach dem Federkiel, der auf dem Wasser zu zittern begann.

Mit jagendem Schritt ging Adelwart davon. Als ihm dichtes Erlengebüsch das Haus des Freimanns schon verdeckte, hörte er noch die lustige Stimme: »Huldla! Ich hab schon wieder einen!« Kaltes Grauen rüttelte seinen Leib. Er rannte über die Wiesen und hielt erst inne, als er zu einem Sträßl kam, auf dem er Fuhrwerk und Menschen gewahrte. Aufatmend drückte er die Fäuste auf die Brust. »Meinem Herrgott dank ich, daß ich den nit gefragt hab um die Jungfer!« Zögernd wandte er das Gesicht und sah bei den Erlenbüschen die Freimannstochter stehen, in der Ferne so klein, daß ihr gelbes Mieder im Grün wie ein Blüml aussah. Da mußte er an die Fische denken – und sah, wie die beiden, Vater und Tochter, bei der Schüssel hockten. Der Ekel fuhr ihm in alle Knochen.

Er sprang auf die Straße, stand wie angewurzelt, und alles Zittern seiner Sinne war ihm verwandelt zu heißer Freude. Weit offen in der Sonne lag das herrliche Tal mit allen Bergen vor ihm, mit dem Riesenzahn des Watzmann, ein grünes Wunderland, überwölbt vom reinen Blau. Von den smaragdenen Wiesenhöhen, die sich zur Rechten gegen die Wälder des Untersberges hoben, grüßte der mächtige Bau des Stiftes mit blinkenden Fenstern. Wie die Schäfer bei der Herde stehen, hoben sich die Türme des Münsters und zweier Kirchen über das sonnbeglänzte Dachgewirr des Marktes. Kleine Gärten mit blühenden Obstbäumen hingen zwischen Mauern auf dem steilen Geländ, und auf der Höh schob sich überall der Bergwald mit lichten Buchen und leuchtendem Felsgeschröff bis dicht an die Häuser her. Den grünen Hügeln zu Füßen, am Ufer der blitzenden Ache, lag ein großes Gebäude, das Pfannhaus der Saline Frauenreut, und ein Gewirbel feinen Wasserdampfes quoll über das hochgegiebelte Dach hinaus und verwehte mit zarten Schleiern in der Sonne. Überall im Tal, so weit man sehen konnte, lagen umzäunte Gehöfte einsam zwischen Wiesen und Wäldchen; hoch im Bergwald droben, auf kleinen Geräumten, leuchteten die grauen Dächer, und über dem Kranz der Almen, die zu grünen begannen, stiegen die Wände ins Blau, noch halb übergossen von Schnee und gleißend wie Silber. »Herr du mein! O du schönes Land, du!« stammelte der Jäger. Und während er dem Sträßl folgte, hingen seine staunenden Augen immer an den weißgemäntelten Riesen da droben, am Watzmann und seinen steinernen Kindern.

Nur weil er unter Bäume kam, deren Kronen ihm das Bild der Ferne verhüllten, fand er auch einen Blick für die Nähe. Da stand auf der einen Seite der Straße ein stattliches Gebäude, das neue Hällingeramt, auf der anderen Seite die Salzmühle, in der es rauschte, rasselte und pochte. Dunkel gähnte am Berghang das Tor eines Stollens. Auf hölzerner Rollbahn kamen mit flinkem Schuß die mit rötlichen Salzsteinen beladenen ›Hunde‹ herausgefahren; erst hörte man nur das dumpfe Rollen, ohne daß in dem finsteren Schacht etwas zu sehen war; dann plötzlich schoß der Wagen heraus in den Tag, und der Hundsmann, der ihn führte, mit dem rußenden Grubenlicht am Gürtel, zwinkerte die Augen zu, weil ihn die Sonne blendete. »Das muß ein trauriges Schaffen sein, da drinnen in der schwarzen Tief!« Bei diesem Gedanken suchten die Augen des Jägers den Wald und die freien Berge.

Als er die Straße hinauswanderte, schoß ihm jäh das Blut in die Wangen. Er sah einen greisen Priester kommen, im weißen Habit der Augustiner, mit einer pelzverbrämten Kappe über den grauen Haarsträhnen, die dünn herunterhingen auf die Schultern. Ein feines, bleiches Gesicht mit dem Ausdruck tiefen Kummers und mit brütender Sorge in den Augen. Adelwart las nicht die Sprache dieses Gesichtes, sah nur das Kleid, und brennend war der Gedanke in ihm: Von meinen Herren einer! Aber nicht der Propst! Das merkte er gleich. So allein geht doch ein Fürst nicht über den Weg. Er zog unter stammelndem Gruß die Kappe.

»Herr? Möget Ihr aus Gütigkeit erlauben, daß ich eine Frag an Euch tu?«

Mit zerstreutem Blick hob der Priester das Gesicht.

»Gelt, Ihr seid von den Herren einer, aus dem Kloster droben?«

Der Stiftsherr nickte.

»So sagt mir, Herr, welchen Weg ich machen muß, daß ich mit dem gnädigen Fürsten zu reden komm?«

Ein wehes Lächeln zuckte dem Stiftsherrn um die schmalen Lippen. »Das kann ich dir nicht sagen. Wüßt ich da einen Weg, so würd ich ihn selber machen. Noch heut!« Er wollte gehen. Da sah er die Ratlosigkeit im Gesicht des Jägers. »Bist du fremd? Weißt du nicht, daß Seine Liebden Herzog Ferdinand, unser Fürst, der Erzbischof zu Köllen am Rhein ist? Seit wir ihn zum Fürsten wählten, hat er sein Land nicht gesehen.« Die Stimme des greisen Priesters zitterte, »Seit zweiundzwanzig Jahren.«

»Jesus!« Der Schreck war dem Jäger in alle Glieder gefahren. »Was soll ich denn da jetzt tun?«

Schweigend betrachtete ihn der Stiftsherr. In seinen sorgenvollen Augen erwachte ein freundlicher Blick.

»Was wolltest du beim Fürsten?«

»Ach, Herr!« Dem Jäger sprudelte die ganze Geschichte seiner blauen Träume aus dem Herzen. »Da komm ich jetzt von so weit! Und möcht Eurem Fürsten dienen als Jäger. Das darf ich sagen ohne Hochmut: Ich bin kein schlechter. Was tu ich jetzt? Wenn Euer Fürst zu Köllen hockt! Ich kann doch nit durchs ganze Deutsche Reich hinunterlaufen bis an den Rhein. Und möcht doch bleiben. Ums Leben gern!«

Mit einem Blick des Wohlgefallens legte der Stiftsherr dem Jäger die Hand auf die Schulter. »Dazu brauchen wir den Fürsten nicht. Geh hinüber zum Wildmeister! Da drüben am Stiftsberg, das Haus bei den Birnbäumen, da wohnt er. Wenn er dich tüchtig findet in allem Weidwerk, wird sein Antrag, dich als Jäger zu dingen, bei mir ein williges Ohr finden.« Er nickte lächelnd und ging seiner Weg, wieder mit dieser grübelnden Sorge in den Augen.

Dem Jäger glühte die Freude im Gesicht. Einen Knappen, der von der Saline kam, faßte er am Arm. »Du, ich bitt dich, sag mir, wer das ist: der gute Herr dort!«

»Der edel Herr von Sölln, unser Kanzler und Dekan.«

»Jesus! Da ist mein Glück gemacht!«

Wie heiß auch in Adelwart das Frohgefühl dieser Stunde rumorte, wie ungeduldig er auch das Haus des Wildmeisters zu erreichen suchte – er mußte, als er die Achenbrücke überschritten hatte, doch stehenbleiben und ein Menschenpaar betrachten. Unter dem Schatten großer Ulmen stand ein kleines Haus inmitten eines gutgepflegten Gartens. Auf grauer Steinbank, zwischen blühendem Holunder, saß eine junge, zarte Frau in grauem Kleid, ein weißes Häubchen um das Haar gebunden, von dem sich zwei blonde Locken noch heraustahlen unter der Leinwand; ein schmales, bleiches Gesicht, dessen Augen regungslos und traurig ins Leere schauten. Wie eine Kranke sah sie aus, die ein schweres Leiden überstanden hat und nicht an Genesung glauben will. Während sie so saß wie ein steinernes Bild, mit den Händen im Schoße, kam aus dem Haus ein Mann, noch jung, kaum über die Dreißig hinaus, schwarzbärtig, mit dicken Haarbüscheln um das ernste Gesicht. Vor der Brust trug er eine Lederschürze, und kleine Holzspäne hingen an seinem Gewand. Er nahm die Hand der Frau. »Geh, Trudle, komm herein ins Haus! Die Sonn geht bald hinunter, da wird der Abend kühl.« Sie hob das Gesicht zu ihm: »Mir ist auch kalt in der Sonn.« Adelwart stand bei der Hecke und sah die beiden langsam zwischen dem blühenden Holunder davongehen und im Haus verschwinden. Er fühlte: Da geht ein tiefes Elend unter Dach! Um den Schauer seines Erbarmens zu überwinden, mußte er an die frohe Hoffnung denken, die ihm die vergangene Minute geschenkt hatte. Die Kappe zurückschiebend, sprang er über die Straße und zum Haus des Wildmeisters. Das lag am Fuße des Stiftsberges in einer Wiesenmulde, die sich ansah wie ein aufgefüllter Wallgraben. Überall in der Nähe gewahrte man halb abgetragene Festungsmauern, noch mit Schießscharten in den übriggebliebenen Resten. Um den Hof des Hauses zog sich eine beschnittene Weißdornhecke, so hoch, daß man mit der Hand kaum hinaufreichte an den Saum. Über der Hecke sah man die Kronen blühender Birnbäume und ein steinbeschwertes Schindeldach mit einem Hirschgeweih am First.

Im lebenden Zaun eine hohe Brettertür. Die war verschlossen. Als Adelwart an der Klinke rüttelte, erhob sich hinter der Hecke ein Kläffen und Bellen vieler Hunde. Die Tür wurde von innen aufgeriegelt, ein gellender Pfiff machte die Hunde schweigen. Vor Adelwart stand der Wildmeister Peter Sterzinger in grünen Bundhosen und im hirschledernen Wams, um den Hals einen breiten Leinenkragen, der ein weites Maß hatte. Böse Zungen konnten behaupten, daß der Atem des Wildmeisters durch einen linksseitigen Kropf beengt wäre. Für ein nachsichtiges Urteil war's nur jene Ausbuchtung der Halslinie, die der Volksmund als ›Wimmerl‹ bezeichnet. Über diesem doppelfaustgroßen Kröpfl saß ein fester Eisenkopf mit kurzgeschorenem Haar. Kleine, kluge Augen blitzten, in dem braunen Gesicht, dessen Kinn und Wangen rasiert waren, während über dem Mund ein dicker Schnauzbart sein dunkles Dächl struppte. Ein hurtiger Blick musterte den Jäger. Und eine strenge, kurzatmige Stimme fragte: »Wer bist du? Was willst?«

Adelwart zog die Kappe. »Gottsgrünen Weidmannsgruß, Herr Wildmeister! Ein Jäger bin ich und tät gern dienen unter Euch. Mit dem edlen Herrn von Sölln, den mir eine gute Stund über den Weg geschoben, hab ich schon geredet. Der tat mir ein willig Ohr geben, hat er gesagt, wenn Ihr mich gerecht findet in aller Jägerei!«

Wieder flog der Blick des Wildmeisters über die Gestalt des Jägers auf und nieder. Dann machte er eine merkwürdig flinke Zuckbewegung mit dem Kopf, wie ein Specht, der den Schnabel in eine Baumrinde schlägt. Das kannten die Leute an ihm und sagten: ›Er schnackelt!‹ – oder sie sagten auch: ›Er macht den Specht!‹

»Komm!« schnackelte Peter Sterzinger. »Da muß ich dir mit fester Zang an die grüne Leber greifen.«

Adelwart trat hinter dem Wildmeister ins Gehöft und bekreuzte sich. Soweit hatte er den Peter Sterzinger bereits kennengelernt, um zu wittern, daß es ein scharfes Examen absetzen würde.

Baut man auch in solcher Stund auf seine gute Kraft, so ist doch des Himmels Beistand nie von Schaden.

3

In dem saubergepflegten Gemüsegarten, der das Haus des Wildmeisters umgab, waren alle Blumen des Frühlings in Blüte. Dem
Jäger stieg es heiß ins Gesicht, als er eine Rabatte mit roten Aurikeln
sah, mit ›Liebherzensschlüsseln‹. Vor allen Fenstern hingen Blu-
mengitter aus Weidengeflecht, und an den Rosenstöcken, mit denen
sie besetzt waren, begann das Laub zu sprossen. Ein Stall und eine
Tenne waren unter gleichem Dach an das Haus gebaut, und in der
Tiefe eines langen Wiesgartens sah man den großen Hundezwinger,
hinter dessen Staketen an die dreißig Hunde umhertrabten, gelbe
Bracken und gefleckte Rüden. Vor der Tenne saß ein alter Knecht in
der Sonne und schor einem Schaf die Wolle herunter. Zwei hübsche
Kinder standen dabei und guckten zu, ein vierjähriger Bub mit
schwarzem Krauskopf, hemdärmelig, in kurzen Lederhöschen, und
ein fünfjähriges Mädel mit blondem Zopf, in einem lichtblauen
Leinwandröckl. Als die Kinder den Fremden sahen, kamen sie neugierig gelaufen. Der Vater drückte ihre Köpfe zärtlich an sich. Dann
sagte er: »Marsch weiter, ihr kleine War! Da wird eine ernste Sach
geredet!« Und rief zu dem Knecht hinüber: »He! Schinagl! Tu mir
die Kinder hüten!«

»Miggele! Bimba!« Der Knecht winkte mit der Schere. »Kommet
her da! Ich verzähl euch was Schönes!«

»Vaterle?« fragte das Bürschl. »Ist das noch lang, bis morgen?«

»Nein, Miggele, das wird's gleich haben. Am Abend schläfst du
ein bißl, und wenn du die Guckerln auf tust, ist es morgen. Und die
Madda ist wieder da.«

»In der Früh schon?« zwitscherte das Mädel.

»Wie bräver du bist, wie bälder kommt sie. Jetzt geht miteinander
zum Schinagl!« Der Wildmeister führte das Pärchen bis zur Tenne,
kam zu Adelwart zurück und ließ sich neben der Haustür auf die
Steinbank nieder. »Also, Bub, sitz her da! Und die erste Frag: Warum bist fort von deinem Herrn?«

»Der ist fort von mir. Evangelisch ist er gewesen. Allweil ein guter, lustiger Herr. Vier Jahr kann's her sein, da ist er einmal heimge-

kommen von seiner Fahrt zum Regensburger Reichstag, ganz verdrossen und verwendt.«

Peter Sterzinger schnackelte. »Das ist selbigsmal gewesen, wie die luthrischen Unisten und die römsichen Ligianer so schiech aneinandergeraten sind.«

»Davon weiß ich nichts. Aber ich seh's noch allweil, wie mein Herr zum Tor einreitet. Noch im Stegreif hat er seiner lieben Ehfrau zugeschrien: ›Böse Zeitung, Weib, das Feuer geht auf, und Gut und Leben, Volk und Reich und alles ist in Fahr!‹ Selbigsmal zu Regensburg, da muß mein Herr mit dem Salzburger bös überzwerch geraten sein. Der hat ihm derzeit das Leben so sauer gemacht, daß mein Herr verkaufen hat müssen. Vor drei Tag ist er fort mit Weib und Kind ins Brandenburgische.«

Der Wildmeister drehte mißmutig das Gesicht über die Schulter, als könnte er über die Berge hinausgucken nach Salzburg. Dann sagte er: »Du hast mir gefallen, Bub! Aber wenn du deines Herrn Glauben hast, so ist kein Bleiben für dich.« »Ich bin römisch getauft und bin's geblieben.« Peter Sterzinger sah verwundert auf. »Dein Herr hat nit verlangt, daß sein Gsind zum gleichen Herrgott betet wie er?«

»Der hat jeden glauben lassen, was er mögen hat.« Der Wildmeister machte die Bewegung des hämmernden Spechtes. Das schien bei ihm ein Zeichen gebesserter Laune zu sein. »Wer ist dein Herr gewesen?«

»Der Edelherr von Buchberg.«

»Buchberg? Buchberg?« Peter Sterzinger besann sich. »So hat doch einer geheißen, an den das Stift den Söllmann verkauft hat?«

»Freilich! Den Söllmann hab ich hundertmal auf die Rotfährt angelegt. Herrgott, ist das ein Hund gewesen! So einen darf man suchen.«

Das begeisterte Lob des Hundes, den Peter Sterzinger in seinem Zwinger gezogen, ließ die beiden auf der Steinbank näher aneinanderrücken. Ein Stündl ging mit den Geschichten hin, die der Jäger von Söllmanns Wundertaten im Buchberger Forst zu erzählen hatte. Immer häufiger machte der Wildmeister den Specht, und schließlich klatschte er dem Jäger die Hand aufs Knie. »Jetzt sag mir, Bub, wie heißt du denn?« »Adelwart.«

»Wie noch?«

»Ich hab sonst keinen Namen.«

»Du mußt doch auch nach deinem Vater heißen?«

Der Jäger schüttelte den Kopf und begann zu erzählen, während seine Augen an den roten Aurikeln hingen. Vor sechsundzwanzig Jahren hatten zu Buchenau, in dem kleinen Dorf, das mit seinen hundert Hütten dem Buchberger Schloß zu Füßen lag, die Bauern in einer Herbstnacht wildes Geschrei auf der Landstraße gehört, ein Dutzend Musketenschüsse, Waffengeklirr und den Hufschlag jagender Pferde. Niemand hatte sich aus dem Haus gewagt. Im Grau des Morgens hatte man auf der Straße einen umgestürzten Blachenkarren gefunden. Erschossen lag der Fuhrmann neben dem toten Pferd, und zwischen den Rädern ein erschlagener Mann, der wie ein Knecht gekleidet war, aber weiße Hände ohne Schwielen hatte. Unter der Blache des Karrens hörte man leises Wimmern und fand in Magdkleidern eine junge Frau, die gesegneten Leibes war, mit einem Säbelhieb über das schöne Gesicht. Sie hauchte ein paar Worte in einer Sprache, die keiner verstand. Die Bauern trugen die Frau zum Widum. Auf den Dielen der Pfarrstube gab sie sterbend einem Knaben das Leben, einem Würml zum Erbarmen, kein Härchen auf dem Kopf, keinen Nagel an den winzigen Fingern.

»Und bist so ein fester Bub geworden!«

Adelwart nickte.

Die drei toten Menschen hatte man bei der Friedhofsmauer zur Ruh gelegt. Der Pfarrer hatte nicht den Mut, sie christlich zu begraben. Dazu hätte er wissen müssen, ob sie auch christlich getauft waren. In dem geplünderten Karren und in den Kleidern der Toten hatte man nicht das geringste gefunden, was Aufschluß hätte geben können. Seine Härte gegen die namenlosen Toten machte der Pfarrer an dem lebenden Bübl wett. Das behielt er im Widum. Seine alte Magd mußte das Kind mit Geißmilch aufpäppeln. Und als der Bub heranwuchs, sollte ein Priester aus ihm werden.

»Mein guter Pfarrvater hat mich lesen und schreiben gelehrt und hat schon Lateinisch mit mir angefangen. Im Herbst einmal, in einer Lektion, da hat er konjugieret: ›morior, mortuus sum‹, hat einen Schlag auf den Boden hingetan und ist tot gewesen. Der junge Kaplan, der hinter ihm gekommen ist, hat nichts wissen mögen von mir. So bin ich mit vierzehn Jahr im Buchberger Schloß als Troßbub eingestanden. Weil mir allweil der Wald das Liebste gewesen, bin ich Jäger worden.«

»Und ein guter!« Peter Sterzinger legte ihm die Hand auf die Schulter. »Das hab ich herausgehört, wie du vom Söllmann erzählt hast. Aber daß ich vor meinem Herrn das Gewissen salvier, müssen wir die Prob aufs End bringen.« Er ging ins Haus und brachte eine Armbrust und ein Luntengewehr mit Pulverhorn und Kugelbeutel. »Jetzt zeig, was du kannst!«

Adelwart griff zuerst nach der Armbrust.

»Brauchst du eine Zwing?«

Der Jäger spannte den dicken Stahlbogen frei mit den Händen. »Gib mir ein Ziel!« Er legte den Bolzen auf.

Peter Sterzinger zupfte von den roten Aurikeln ein Blümchen ab und steckte die Blüte auf fünfzig Gänge an die Rinde eines Baumes. Wie ein winziger Blutstropfen sah das aus. Adelwart, dem es heiß über die Wange brannte, stammelte: »Meister, auf das Liebherzensschlüsselein schieß ich nit gern.«

»Das ist närrischer Aberglauben!«

Schweigend hob Adelwart die Wehr ans Gesicht. Man sah es ihm an, wie ein eiserner Wille alle Muskeln seines Körpers straffte.

Die Sehne schnurrte, und ein Zisch ging durch die Luft.

»Brav, Bub!« Peter Sterzinger schnackelte. Um die Breite eines Messerrückens stak der Bolz neben der roten Blüte. Und Adelwart schmunzelte; jetzt hatte er's allen beiden recht gemacht, seinem pochenden Herzen und dem Wildmeister. In Eifer legte er die Armbrust fort und griff nach dem Luntengewehr. Aufmerksam guckte Peter Sterzinger zu, während der Jäger das Pulver, auf der Hand gemessen, in die Röhre schüttete, die Kugel aufsetzte, bis der Ladstock aus dem Lauf sprang, Feinkorn in die Pfanne gab und die

angebrannte Lunte in der Hahnschneppe befestigte. Auf achtzig
Gänge lag ein weißer Kiesel am Wiesenrain. Während Adelwart
zielte, kräuselte sich vor seiner Stirn der Luntenrauch in die Höhe,
und drüben bei der Tenne hielten sich die Kinder die Ohren zu. Der
Schuß krachte, und der weiße Kiesel war verschwunden. Lachend
machte Peter Sterzinger den Specht, und die Kinder schrien vor
Vergnügen. Adelwart blickte verwundert in die Lüfte. Wie der
Donner eines Ungewitters rollte das Echo des Schusses über die
Berge hin. Als dieses Rollen schon erlöschen wollte, begann es von
neuem und verzitterte mit leisem Hall in der blauen Ferne. Das
hatte der Jäger noch nie gehört. »Herrgott, wie schön ist das!« Aufatmend stellte er den Kolben des Feuerrohrs zu Boden. »Da möcht
einer pulvern den ganzen Tag! Und allweil lusen!«

Der Wildmeister war guter Laune, schenkte aber dem Jäger kein
Quentl der gewichtigen Probe. Als sie wieder auf der Hausbank
saßen, wurde Frage um Frage die ganze Jahresarbeit des Weid-
werks durchgehechelt, die Kurtoasey vor dem Jagdherrn und die
Spruchweisheit des fährtengerechten Jägers. Da gingen, halb gesprochen und halb mit singendem Klang, zwischen Meister und
Gesell die Wechselreden:

> »Jo ho, mein lieber Weidmann unveracht,
> Hast du des Hirschen sieben Zeichen betracht?«

> »Jo ho, lieb Meister, hör zur Stund,
> Der Zwang und Ballen ist mir kund,
> Der Burgstall und der Grastritt drein,
> Sind welk, sind grün die Gräserlein?
> Der Schrank und Schritt,
> Die Oberrücken mit,
> Da kann ich bei schnellem Fliehen,
> Als auch bei sachtem Ziehen
> Allzeit den edlen Hirsch erkennen
> Und auch nach seiner Güt benennen.«

> »Jo ho, sag an, mein lieber Weidmann,
> Was hat der edel Hirsch unten und oben getan?«

»Hat unten geblendt und oben gewendt,
Da hat ihn der Jäger gerecht erkennt.«

»Jo ho, mein lieber Weidmann, sag mir fein,
Was bringt den Hirsch von Feld gen Holz hinein?«

»Der liebe Tag und der Morgenschein,
Die treibenden Hirsch gen Holz hinein.«

»Ho, Jäger jung, so tu mir kund,
Was macht den edeln Hirschen wund
Und den Jäger gesund?«

»Ein guter Schuß und ein guter Hund,
Die machen den edeln Hirschen wund,
Und ein feines liebschönes Jüngferlein
Mit Aug voll Lieb und Sonnenschein,
Die macht mit ihrem Liebschlüsseleinsmund
Dem kranken Jäger das Herz gesund!«

»Öha, Bub!« Der Wildmeister zog die Brauen auf. »Da hast du dich schiech versungen! Wie kommst du mir mit solcher Narretei in den grünen Ernst herein?«

»Verzeihnis, Meister! Das ist mir so von der Zung gelaufen: ich weiß schon, daß es heißen muß:

Bei gerechter Jagd und im grünen Wald,
Gesundet der kranke Jäger bald!«

Der Wildmeister stand auf. »Jetzt muß ich sehen, wie du mit den Hunden reden kannst.« Sie gingen zum Zwinger hinaus in dem die Rüden ein so wildes Gekläff erhoben, daß man die Ache nimmer rauschen hörte. Adelwart griff nach dem Riegel der Zwingertüre. »Bub, sei fürsichtig!« warnte Peter Sterzinger. Der Jäger hatte schon das Türchen geöffnet und schlüpfte in den Zwinger. Mit Geheul fuhr die ganze Meute auf ihn los. Die Arme breitend, unter leisen Locklauten, beugte sich der Jäger zu den Hunden nieder. Die wurden still, sahen den Buben mit funkelnden Augen an und begannen an seinen Händen und Beinen zu schnuppern. Mit den Rüden schwatzend wie mit Kindern, kraute ihnen Adelwart die Ohren und streichelte ihnen das Fell. Draußen vor dem Zwinger machte Peter Sterzinger den Specht. Trotz dieses Zeichens seiner Zufriedenheit war er, als Adelwart aus dem Zwinger trat, ein bißchen mißtrauisch. »Jetzt mußt du mir aber auf Ehr und Seligkeit sagen, ob du niemals unchristliches Zeug getrieben hast, mit Tierbannen und Festmachen?«

»Nein, Meister! Hab auch meiner Lebtag nit glauben mögen, daß man so was kann. Bei uns in Buchberg ist ein Jäger gewesen, der hat allweil so getan, als tat er fest sein. Und es hat ihm doch ein Wilddieb den Bolz durch die Gurgel geschossen.«

»Die davon reden, die lügen all! Wer so was kann, der schweigt.« Peter Sterzinger kehrte zum Haus zurück. »Jetzt mußt du mir die Ruf blasen.« Er holte das Jagdhorn, setzte sich mit Adelwart auf die Bank und sagte die Reihe her, in der ihm der Bub die Jägerrufe blasen sollte: den ›Tagruf‹, den ›Herrengruß‹, ›Aufbruch zur Jagd‹, ›Hirschtod‹ und ›Sautod‹, die ›Strecke‹ und den ›Heimruf‹. Lustig schmetterten die hellen Klänge in den schönen Abend hinaus. Die beiden Kinder kamen gelaufen, auf der Straße blieben die Leute stehen, und drüben im Nachbarhaus bei der Ache führte der junge Mann die blasse Frau in den Garten. Peter Sterzinger schnackelte vergnügt. »Fürs Hörn hast du einen Schnabel wie die Amsel fürs Maienlied!« Er streckte dem Buben die Hand hin. »Schlag ein! So weit's an meiner Fürsprach liegt, bist du Jäger im Stift. Ich freu mich, daß ich dich hab.«

Adelwart, dem die Augen glänzten, schlug in die Hand ein, die ihm geboten wurde. »Auf Treu und Ehre, Meister, für Leben und Tod!«

»Ein Wort, für das du der Mann bist! Und gut sollst du's haben bei mir. In allem Weidwerk bist du firm. Bloß das Gemsgejaid ist dir neu. Da kommst bei mir in gute Schul. Morgen red ich mit Seiner Edlen. Freilich«, dem Wildmeister grub sich eine Sorgenfalte in die Stirn, »unser guter Herr wird morgen einen groben Tag haben. Da kann's Abend werden, bis ich ihn für ein Wörtl erwisch. Kommst halt morgen um die gleiche Stund wieder her!«

Als Adelwart draußen stand auf der Straße, blickte er lachend hinaus in den roten Sonnenglanz. Das blaue Land seiner Sehnsucht war ihm eine goldene Heimat der Erfüllung worden. Und da trat ihm einer entgegen, der ihm mit dankbarem Blick die Hand hinreichte. Es war der junge schwarzbärtige Mann aus dem Nachbarhaus. »Der so fein geblasen hat, Jäger, bist du das gewesen?«

»Warum? Wer bist du?«

»Der Josua Weyerzisk. Da drüben haus' ich, schau! Und bin ein Bildschnitzer. Vergelts Gott, Jäger!«

Adelwart betrachtete das ernste Gesicht, das von den Sorgenstunden schlummerloser Nächte erzählte. »Ein Vergeltsgott? Mir?«

»Wie du so fein geblasen hast, da bin ich herausgegangen ins Gärtl, mit meinem Trudle –«

»Die du vor einem Stündl ins Haus geführt hast? Ist sie krank gewesen?«

Josua schüttelte den Kopf. »Wir haben auf schieche Weis unser Kindl verlieren müssen. Zwei Jahr ist's her. Mein Trudle hat derzeit keinen Lacher mehr getan. Und wie du so fein geblasen hast, und ich seh, das Trudl lust ein bißl auf, da hab ich sie herausgeführt. Und wie dein lustiger Hall so fein geklungen hat, da ist's in ihrem lieben Gesichtl wie Ruh gewesen. Vergelts Gott, Jäger!«

Adelwart hielt die Hand des Josua Weyerzisk umschlossen.

»Ich kann noch feinere Sachen blasen als nur die kurzen Ruf. Von morgen an bin ich Jäger im Stift. Hab ich diemal ein Stündl Zeit, so komm ich und blas deinem Trudle ein frohmutiges Liedl für.«

»Jesus! Mensch! Du guter!« Josua hob erschrocken den Kopf und sprang zu dem kleinen Haus hinüber, aus dem man die halberstickten Schreie des von einem Weinkrampf befallenen Weibes hörte.

Lang betrachtete Adelwart das kleine Haus, um das der Holunder blühte und ein grauer Kummer seinen Schatten schlang. Als er dann die Straße zum Stift hinaufstieg, konnte er sich nicht satt schauen am Glanz der Berge, die sich gleich erstarrten Flammen hinaufschoben in das reine Blau. Beim Anblick dieses steinernen Feuers zuckte eine Erinnerung in ihm auf. Sie hatte nichts Quälendes mehr für ihn. Wie gottschön war dieses Land, in dem es keine

Hexen gab, keinen Feuerstoß, nur einen Freimann, der aus Mangel an Arbeit fett und lustig wurde. Und wie fröhlich diese Menschen waren, die mit Lachen und Schwatzen vor den Haustüren standen, beim marmornen Brunnen vor dem Stiftstor und in der langen Gasse, in der sich die Bürgerhäuser winkelig aneinanderschmiegten! Jungen Burschen, blaugekleidete Troßbuben des Stiftes und papageienfarbene Musketiere standen schäkernd bei den Mädchen, die auf den Hausbänken saßen. Wo Adelwart einen schwarzen Schopf und ein rotes Bändelchen sah, da spähte er mit scharfen Augen hin, obwohl er wußte, daß die eine, die er suchte, in Salzburg war. Jedes Haus betrachtete er mit der Frage: Bist du ihr Dach? – Jedes Fenster mit dem Gedanken: Da guckt sie morgen vielleicht heraus!

Er war zum Ende der Gasse gekommen und hörte lautes Trompetengeschmetter. Kinder und Leute fingen mit Geschrei zu rennen an: »Die Kommissari kommen!« Das Gedräng, von dem der Jäger mitgezogen wurde, schob sich zu einem kleinen Platz, auf dem das hochgegiebelte Leuthaus stand, mit Grün und Fahnen aufgeputzt wie zum Empfang vornehmer Gäste. Drei Stiftsherren in ihren weißen Talaren standen plaudernd beisammen. Sie nahmen die pelzverbrämten Mützen ab, als die Karosse der erwarteten Gäste heranjagte, geführt von zwei berittenen Trompetern, die drauflosbliesen, als sollten die Mauern von Jericho fallen. Hinter der Karosse trabten zwölf von jenen Dragonern, die man ›Seligmacher‹ nannte. Dann kam noch eine Kutsche mit Dienstleuten und ein Wagen mit Gepäck.

Adelwart erfuhr aus dem Geschwätz der Leute, was diese Auffahrt bedeutete: In der Verwaltung des Stiftes wären grobe Unterschleife entdeckt worden; die Schulden des Landes wären größer als seine Berge; die Chorherren ständen in heißem Hader gegeneinander; da hatte nun die eine Partei die andere beim fernen Fürsten zu Köllen verklagt und den Dekan beschuldigt, daß er das Land zugrunde richte und heimlich ein Luthrischer wäre. Und der Fürst, der sein Land noch nie gesehen, hätte zur Untersuchung dieser bösen Dinge zwei Kommissari geschickt: Seine Edlen den Freiherrn Hans Christoph von Preysing und Hochwürdige Gnaden den Dominikanerpater Pürckhmayer, Doktor des geistlichen Rechtes. Nun verstand der Jäger den Sorgenblick, den er in den Augen des greisen Dekans gesehen hatte. Er nahm auch gleich Partei und betrachtete mit wenig freundlichem Blick die zwei Insassen des ungetümen Reisewagens, der vor dem Leuthaus anfuhr.

Der Freiherr sprang aus dem Wagen, ein schlanker Vierziger in reicher spanischer Tracht, zwei weiße Straußenfedern auf dem schwarzen Spitzhut. Heiter begrüßte er die Chorherren und fragte, ob die Rehböcke schon verfegt hätten. Während er die Antwort hörte, musterte er die jungen Mädchen, die sich in Neugier näher drängten. Doktor Pürckhmayer war in der Karosse sitzengeblieben. Er trug die weiße Kutte seines Ordens, eine Goldkette um den Hals, ein schweres Goldkreuz auf der Brust. Hart und hager hob sich der greise Mönchskopf aus der Kapuze. Das erste Wort, das er sprach, war ein scharfer Tadel, weil der Dekan des Stiftes nicht zur Begrüßung erschienen war. Die Chorherren zuckten stumm die Schultern. Dann stiegen sie zu dem Pater in den Wagen.

Ein rundlicher Mann, mit einer Seidenschärpe um das blaue Samtwams, war unter tiefen Bücklingen auf die Karosse zugekommen. »Wer seid Ihr?« fragte der geistliche Kommissar.

»Wenn Hochwürdigste Gnaden erlauben, wär ich der Leutgeb.«

»Ein Weinzapfer? Ich dachte schon, du wärst ein Edelmann, weil du den Wanst in seidener Schlinge trägst. Und bist du der Leutgeb, von dem mir berichtet wurde, daß er im letzten Jahr für zwölftausend Gulden Wein verzapfte?«

Sich tief verneigend, stammelte der Mann: »Zu dienen, Hochwürdigste Gnaden! Gott sei's gelobt, das Geschäft ist gut.«

»Dieses schweinische Völlern will ich abstellen. Wie soll ein Land gedeihen, in dem der Bürger und Bauer jeden Kreuzer durch die Gurgel wirft!« Die Karosse knatterte auf dem schlechten Gassenpflaster davon; denn der geistliche Kommissar nahm Wohnung im Stift. Lachend legte Herr von Preysing dem bleichen Leutgeb die Hand auf die Schulter. »Tröste dich! Es wird so übel nicht kommen, daß du Wasser verzapfen mußt. Heut zum Abend leg zwei Eimer Freiwein auf! Die guten Berchtesgadener sollen auf das Wohl ihres Fürsten trinken.« Die das gehört hatten, sagten es den anderen weiter; ehe noch der Abend dämmerte, war das Gärtl hinter dem Leuthaus mit vergnügten Zechern angefüllt. Zwischen Salzknappen, Bauern und Handwerksleuten hatte Adelwart Platz an einem langen Tisch gefunden. Vom Freiwein trank er nicht, sondern begnügte sich mit einem Krug Dünnbier. Und gar nicht behaglich war es ihm bei den bösen Reden, die er über das Regiment im Stift zu hören bekam. Ein vierschrötiger Knappe – Pfnüermichel nannten ihn die anderen – riß grausam das Maul auf. Dem Jäger wurde die Stirn heiß. Schließlich rief er zu dem Knappen hinüber: »Solche Reden mag ich nit hören.«

Michel Pfnüer stand auf und trat vor den Jäger hin. »Was sagst du?«

Auch Adelwart war aus der Bank gestiegen. »Ich sag: Wer unziemlich von seinem Herrn redet, ist ein Lump.«

Michel Pfnüer wollte zupacken mit beiden Fäusten. Da hatte er schon die Füße in der Luft und kugelte über den Rasen. Die anderen lachten und nahmen die Partei des Jägers, der die drei Kreuzer für die Maß Dünnbier auf den Tisch legte und den Garten verließ. Bis in dunkler Nacht die Sterne blitzten, wanderte er durch die still gewordenen Gassen des Marktes. In einer Fuhrmannsherberge fand er ein Heulager bei den Knechten. Er konnte kein Auge schließen. Freude, Sorge, frohes Hoffen, zwei dunkle Mädchenaugen und ein roter Mund, das alles wirbelte ihm durch Kopf und Herz.

Vor Tag erhob er sich. Noch funkelten die Sterne, und gleich dunklen Mauern ragten die Berge in das Dämmerlicht des Himmels. Um die Zeit bis zum Abend hinzubringen, wollte er sich ein Stück seiner neuen Heimat besehen. Ziellos wanderte er durch das stille Tal und überließ sich einem Pfad, der aufwärts führte durch den Bergwald. Als sich der Morgen lichtete, kam er zu einer Niederalm, dann durch grünen Lärchenwald hinauf zu den Hochalmen. Wie ein Hammer schlug ihm das Jägerherz, als er die ersten Gemsen sah. Hoch droben auf einem Schneegrat standen sie, fein in den weißen Himmel gezeichnet. Es zog ihn hinauf. Solche Wege war er noch nie gegangen. Sein lachender Mut und seine junge Kraft überwanden alle Gefahr. Als zu Berchtesgaden die Mittagsglocken läuteten, stand er droben auf der silbernen Zinne, die Wangen glühend, umweht von eisiger Luft. Berg um Berg, so weit er blicken konnte, wie ein Meer mit weißen und grünen Wogen. Und zwischen steilen Wänden gebettet, dieses blaugrüne Riesenauge, das schimmernd zu ihm heraufblickte aus der Tiefe! Das war der

Königssee. Und zwischen dem See und dem Untersberg das liebe grüne Tal! Der große Markt mit seinen Kirchen so winzig wie ein Krippenbild! Und im Grün die hundert leuchtenden Punkte? Das waren die in der Sonne glänzenden Schindeldächer. »Du Schwarze, wo steht das deine?« Mit einem Jauchzer schrie er das hinaus in die Sonne. Und tat von der Zinne einen tollen Sprung hinunter in den Schnee.

Den Rückzug zu den Almen fand er leicht. Im Bergwald geriet er an Wände und in wildes Geklüft. Aus Sorge, er könnte zu spät beim Wildmeister eintreffen, begann er ein waghalsiges Klettern. Immer wieder mußte er einen Sprung machen, bei dem es ums Leben ging. Als er drunten stand im Tal, noch ehe die Sonne rotes Feuer hatte, wurde ihm die überstandene Mühsal zu einer Freude. Welch ein herrliches Leben sollte das werden für ihn, da droben in der schönen, freien, blauen Welt! Heiß und lachend war das in ihm, als er des Wildmeisters Haus erreichte. In der Wiese standen die beiden Kinder, mit Aurikelsträußchen in den Händen, und guckten die Salzburger Straße hinaus. Und Peter Sterzinger stand bei der Heckentür. Er machte den Specht, als er den Buben sah. »Kommst noch allweil zu früh. Dreimal bin ich droben gewesen im Stift. Aber ich hab den Herrn nie kriegen können.«

Das war für Adelwart keine Enttäuschung. »Freilich, heut wird er einen unguten Tag haben, der gute Herr. Ich bin dabei gestanden, wie die Kommissari hereingefahren sind. Und da muß ich Euch was sagen, Meister!«

Sterzinger ging durch den Garten und setzte sich auf die Holzbank. »Red!«

Die Mütze in der Hand, blieb Adelwart vor ihm stehen. »Es könnt Euch zu Ohren kommen, daß ich gestern im Leuthaus gegen einen Knappen ein bißl grob geworden bin. Da müßt Ihr nit denken, daß ich ein Raufaus war. Aber wüstes Reden wider einen guten Herrn, so was verdrießt mich. Und da hab ich dem Maulreißer die Hosen gelupft.«

»Weißt du, wer's gewesen ist?«

Adelwart wußte den Namen. Doch er schüttelte den Kopf. Sein Gewissen war salviert, und das genügte ihm.

»Wetten tat ich, es war der Michel Pfnüer. Wenn du dem scheelen Kerl die Ohren aus dem Grind gerissen hättest, so wär's nit schad gewesen.«

»Gelt, Meister, was die Leut reden wider den guten Herrn, das ist doch verlogenes Zeug?«

»Ja, Bub! Einen besseren Herren kann's nimmer geben. Zu gut ist er gewesen und hat sich betrügen lassen. Jetzt soll er büßen darum. Hebt ein Elend an, das die Zeiten verschuldt haben, so muß allweil ein Sündenbock her. Aber mußt dich um den Herrn nit sorgen! Ist ein altes, mühseliges Männdl! Sein Herz und seine Redlichkeit haben feste Füß. Der wird's schon durchreißen. Seine Widersacher machen heut schon böse Köpf zu dem frommen Doktor, den sie als Helfer gerufen haben. Wie er beim Mahl im Stift das feste Kannen-lupfen gesehen hat, da hat er jedem Chorherrn zwei Maß vom tägli-chen Kellerrecht gestrichen.« Draußen vor der Hecke klangen die jubelnden Stimmchen der Kinder und das hurtige Rollen eines Wa-gens. Peter Sterzinger stand auf. »Hock dich her, Bub! Und wart ein Weil! Meine Schwägerin kommt von Salzburg heim. Der muß ich Grüßgott sagen.« Er ging zur Hecke.

Adelwart, statt sich auf die Hausbank zu setzen, streckte sich. Wie Feuer schlug es ihm über das Gesicht. Und sein Herz fing so toll zu hämmern an, daß er die Faust erschrocken auf die Rippen preßte. Die Hecke war so hoch, daß er den Wagen nicht sehen konn-te. Dennoch wußte er: Das war die Kutsche mit den beiden Schim-meln, und in der Kutsche saß die eine, an die er gedacht hatte bei jedem Herzschlag in dieser schlummerlosen Nacht, bei jedem Atemzug dieses einsamen Tages.

Wie die Kinder jubelten! »Madda! Madda! Weil du nur wieder da bist!« Nun trat sie in die Heckentür, das Hütl mit dem weißen Fe-derstoß über den rotgebänderten Zöpfen, zärtlich die Zausköpfe der Kinder streichelnd, die an ihrem Kleid hingen, wie sich kleines Le-ben an den Rock der Mutter klammert. »Gottslieben Gruß, Schwä-gerin!« sagte Peter Sterzinger und streckte die Hand. Da schien ihm was aufzufallen. »Mädel, was ist denn mit dir?«

»Was soll denn sein? Ich hab in der Stadt drin alles besorgt. Und hab eine gute Magd gefunden. Ich hoff, sie wird dem Schwager gefallen.« Madda wandte sich zur Heckentür. »Geh, komm herein, Marei!«

Ein armselig gekleidetes Mädel, einige Jahre über die Zwanzig, trat in den Garten. Über das wirre Blondhaar war ein blaues Kopftuch gebunden, aus dem ein vergrämtes Gesicht mit angstvollen Augen herausblickte. Verschüchtert guckten die beiden Kinder an dem Mädel hinauf, und Peter Sterzinger unterließ es, den Specht zu machen. Doch er sagte freundlich: »Wenn dich die Schwägerin für eine gute Magd nimmt, wird's nit fehlen. Woher bist du? Wer sind deine Leut?«

Marei gab keine Antwort. Und Madda sagte ein bißchen kleinlaut: »Das arme Ding muß einen kleinen Zungenfehler haben. Sonst ist sie in allem gut. Nur reden kann sie halt nit.«

»Aber, Mädel! So ein Weibsbild kann man doch nit ins Haus nehmen!«

Taub schien Marei nicht zu sein. Sie mußte verstanden haben. Denn sie fing zu zittern an, die Tränen schossen ihr in die verstörten Augen, und mit den Schultern machte sie eine seltsam zuckende Bewegung. Da streichelte ihr Madda die Wange. »Tu dich nit sorgen, Marei! Der Schwager wird Erbarmen haben mit deiner Not.« Schinagl, der alte Knecht, brachte zwei schwerbepackte Körbe von der Kutsche hergetragen. Und lachend sagte Madda zu den Kindern: »Da ist was drin für euch, was Schönes! Sollen wir gleich auspacken?« Das gab einen Jubel. »Komm, Marei!« Madda faßte die Hand der Magd. »Wenn ich dem Schwager alles erzählt hab, wird er schon gut sein mit dir. Setz dich nur derweil auf die Hausbank her! Was ich dir versprochen hab –« Das Gesicht von dunkler Röte übergossen, ließ Madda die Hand des Mädels fallen und verstummte. Sie hatte den Jäger gesehen, der bei der Hausbank stand, die Kappe zwischen den Händen. In Maddas Augen blitzte der Zorn. »Wer ist der Mensch da? Wie kommt so ein Wegdieb in unser redliches Haus?«

Der Jäger wurde bleich. Und Peter Sterzinger schien den Rest seiner guten Laune zu verlieren. »Das ist ein rechtschaffener Bub. Dir ist er ein Fremder. Ich weiß, was ich hab an ihm, und mach ihn zum Jäger bei uns. Gefällt dir sein Kittel nit, so brauchst du mit ihm nit freundlicher sein als mit den anderen. Aber auch nit gröber.«

»Der? Und Jäger bei uns?« Maddas Stimme bebte. »Der Schwager kann tun, was er mag. Aber setzt der Mensch da noch ein einziges Mal den Fuß in unser Gehöft, so bleib ich keine Stund mehr, wie gut ich dem Schwager auch bin und wie lieb ich die Kinder hab!« Sie wollte ins Haus.

Der Wildmeister faßte sie am Arm. »Kennst du den Buben? Was hast du gegen ihn?«

»Zu Schellenberg, wie ich gerastet hab, da ist er jählings dagestanden vor mir. Wie ein Unmensch hat er mich angefallen, am lichten Tag, und hat mich gepackt – und hat mich –« Sie konnte nicht weitersprechen und wandte sich ab, um die Tränen zu verbergen, die ihr der Zorn in die Augen trieb. Es war nicht gut, daß Madda das letzte Wörtl, auf das es ankam, für sich behielt. Peter Sterzinger schien die Sache gröber zu sehen, als sie war. Mit beiden Fäusten packte er den Jäger am Wams: »Du? Ist das wahr?«

Adelwart hatte keinen Tropfen Blut im Gesicht. Seine Stimme klang, als wäre er ein anderer Mensch geworden. »Daß ich mich unziemlich wider die Jungfer geführt hab, ja, das ist wahr. Aber meiner Seel, ich hab –«

Da bekam er einen Stoß, daß er taumelte. Mit krebsrotem Kopf, den Atem halb erstickt, schrie Peter Sterzinger: »Hinaus! Und such dir einen Jagdherrn, wo die Sauen grasen!«

Der Jäger hob mit entstelltem Gesicht die Faust, sah die Jungfer an, ließ den Arm wieder sinken und sagte zum Wildmeister: »Eure Güt von gestern ist wettgemacht. Wo ich meinen Jagdherrn suchen soll, da brauch ich keinen Rat. Auf der Sauweid, die Ihr meint, bin ich noch nie pirschen gegangen. Meine Tracht ist grün und hat keinen schiechen Fleck. Der Jungfer wird's für allen Zorn wohl Büß genug sein, daß mein Leben in Scherben ist.« Er trat auf die Wiese hinaus.

Peter Sterzinger, ohne den Specht zu machen, schlug die Heckentür zu.

4

Der Wildmeister brauchte eine Weile, bis sein Kropf ihn wieder zu erquicklichem Atem kommen ließ. Wütend tat er einen grimmigen Fluch und sagte kleinlaut: »So was hätt ich meiner Seel dem netten Buben nit zugetraut! Aber sag doch, Mädel –«

»Die Sach ist erledigt.« Madda nahm das Hütl ab, warf die rotgebänderten Zöpfe über die Schultern und trat mit den Kindern ins Haus.

Peter Sterzinger schnappte nach Luft und betrachtete gallig die fremde Magd, die zitternd auf der Hausbank saß. Als er in die Stube kam, war Madda schon beim Auspacken der Körbe. Ein freundlicher Raum. Fast den vierten Teil der Stube nahm ein Ungetüm von grünem Kachelofen ein, mit einer Bank herum, und in der Ecke ein Spinnrad, die Kunkel rot umbändert. Drei winzige Fenster, von den Rosenstöcken verschleiert und mit roten Vorhängen, ließen nur spärliches Licht herein. Die vielen Geweihe, die an der weißen Mauer hingen, warfen trübe Schatten, und heimlich schimmerte in der Schüsselrahme das blanke Zinngeschirr. An einem Zapfenbrett neben der Tür hingen Wettermäntel und Armbrüste, Schneereifen, Luntengewehre, Jagdhörner und Raubzeugeisen. In dem Winkel zwischen den Fenstern stand vor der Eckbank ein großer Tisch. Hier packte Madda den Korb aus, unter dem jubelnden Geschwatz der Kinder, die den Schreck von da draußen schon vergessen hatten. Die Jungfer hatte noch ein leises Zittern in der Stimme, und ihr feines, hübsches Gesicht war bleich. Ein bißchen gezwungen klang ihre Lustigkeit, während sie den Kindern einen Hahn produzierte, der krähen konnte, und einen hölzernen Affen, der an Stelle des Herzens eine stählerne Feder hatte und Purzelbäume schlug. Die Kinder schrien vor Vergnügen. Auch Peter Sterzinger guckte eine Weile neugierig zu, bis er brummte: »Weiter jetzt, ihr kleine War! Ich muß mit der Schwägerin reden. Zeigt eure Wunderviecher dem Schinagl!«

Als die Kinder draußen waren, blieb's in der Stube still. Man hörte nur das Klipp und Klapp des Kreuzschnabels, der in seinem winzigen Käfig ruhelos hin und her sprang – ein Vogel, der die Gesundheit im Haus verbürgte. Kam eine Krankheit unter Dach geflogen, so fiel sie zuerst den Kreuzschnabel an, und man konnte sich vorsehen.

Madda nahm das Mäntelchen von den Schultern und setzte sich auf die Fensterbank. »Wie froh bin ich, daß ich erst gestern gefahren bin! Wär ich fürgestern fort, wie ich wollen hab, so wär ich zu bösem Morgen in die Stadt gekommen. Gestern in der Früh ist wieder ein Brand gewesen. Auf der Nonntaler Wies.«

Peter Sterzinger blieb stumm.

»Wie ich's gehört hab, bin ich gleich in die Kirch und hab gebetet. – Schwager, Schwager, wie kann's denn Leut geben, die dem Teufel zulaufen und so grausenvolle Sachen tun?«

Den Wildmeister schien der Kropf zu drücken. »Reden wir lieber von was anderem.« Er deutete mit dem Daumen nach der Richtung der Hausbank. »Hast du denn was Besseres in der Stadt nit finden können? Hat's denn grad eine sein müssen, die maultot ist?«

»In vierzehn Häuser ist die Dingfrau mit mir gegangen. Herr du mein, was hab ich da für Weibsleut gesehen! Gut für alles, bloß zur Arbeit schlecht.«

Peter Sterzinger murrte ein Wort, das sich für eine Stunde der Zärtlichkeit nicht geeignet hätte. »Wie bist du denn auf die da draußen verfallen?«

»Bei der Heimfahrt, zwischen Salzburg und Grödig, ist sie neben der Straß gesessen.«

Jetzt fing der Wildmeister zu schreien an, daß der Kreuzschnabel erschrocken durch seinen engen Käfig flatterte. »Neben der Straß gesessen? Und so was packst du gleich auf den Wagen?«

Madda schüttelte den Kopf. »Fürsichtiger fürs Haus, als ich bin, kann nit leicht wer sein. Ich hätt das Mädel gar nicht gesehen, weil ich allweil an was andres hab denken müssen. Da sagt der Hans: ›Di hockt im Graben, als tat sie einen Mühlstein auf der Seel haben!‹ Wie ich hinschau und seh dem armen Mädel seine todtraurigen Augen, hat's mich nimmer gelitten im Wagen.«

»So?«

Peter Sterzinger, mit den Fäusten hinter dem Rücken, stellte sich vor die Mauer hin und guckte dem Kreuzschnabel zu, der einen Ausweg aus seinem Käfig zu suchen schien.

Ruhig erzählte Madda. Zuerst hätte sie gar nicht gemerkt, daß die Marei stumm wäre, hätte nur gedacht, daß sie vor Scheu nicht reden möchte, weil ihr was Schweres auf dem Herzen läge. Als aber Madda dem Mädel freundlich zugesprochen, hätte Marei die beiden Arme um Maddas Knie geschlagen und mit einem Blick zu ihr hinaufgebettelt, wie ihn nur das tiefste Elend in den Augen hat. Und da brachte nun Madda durch Fragen alles heraus. Den Namen – Marei – erriet sie gleich. Aber die Heimat? Das Mädel hätte immer gedeutet: von weit her! Ihr Vater, ein Hufschmied, wär schon vor Jahren gestorben, ihre Mutter erst vor wenigen Tagen. Und das Mädel hätte nicht Haus und Herd, nicht Geschwister und Gastfreundschaft. Harte Menschen hätten das vereinsamte Ding aus der Heimat fortgetrieben und ihm nur die Kleider auf dem Leib gelassen.

»Woher weißt du denn alles?« knurrte Sterzinger. »Wenn das Mensch nit reden kann!«

»Mit den Fingern redet sie gut. Da hab ich mir alles zusammenklauben können. Und daß die Marei ein fleißiges Leut ist, kann man an ihren Händen sehen.« Zu jeder Frage, die Madda wegen der Arbeit in Haus und Küche stellte, hätte die Marei genickt, daß sie alles gut verstünde. Und als sie hörte, daß im Haus zwei Kinder wären, hätte aus den traurigen Augen der Marei was Frohes herausgeleuchtet. Während Madda so erzählte, war es dämmerig in der Stube geworden. »Gelt, Schwager, jetzt hol ich sie herein? Die muß sich ja schier verzehren vor lauter Angst.«

Peter Sterzinger versuchte noch einen letzten Widerstand. Aber Maddas Güte stellte ihm den vorsichtigen Verstand auf den Kopf. Er kannte diese siegende Güte nicht erst seit der letzten Stunde. Seit die junge Wildmeisterin vor drei Jahren beim Maitanz an einem kalten Trunk gestorben war, hatte Peter Sterzinger die Kraft dieser Güte an seinen mutterlosen Kindern und an seinem eigenen Leben erfahren. »In Gottes Namen!« sagte er. »Wenn du Zutrauen zu ihr hast, da wird's ja soweit nit fehlen. Daß sie maultot ist, das hat auch einen Fürzug: Da kann sie nit ratschen. Was bei uns geschieht, darf freilich jedermann wissen. Aber die Zeit ist so, daß man fürsichtig sein muß. Hol sie halt! Merk ich was an ihr, was mir nit passen tät, nachher kehr ich aus mit dem groben Besen.«

»Das wird's nit brauchen, Schwager! Alles an einem Menschen kann lügen. Nur die Augen nit.«

»Meinst du?«

»Ja, das mein' ich. Wie ich der Marei gesagt hab, daß ich ihr ein Heimatl geben will und Arbeit und Verdienst, da hat sie meine Händ genommen und hat mich mit ihren nassen Augen angesehen.

Schwager, das ist gewesen, als tät ich bei Nacht in eine Kirch hineinschauen, in der die Kerzen brennen. Wirst sehen, wir fahren gut mit dem Mädel!«

Madda ging aus der Stube und trat hinaus in die blaue Dämmerung des Abends. Während man von der Scheune her den Schinagl lachen und die Kinder lärmen hörte, zuckte die fremde Magd von der Steinbank auf. »Komm, Marei! Der Schwager will dich behalten, wenn du brav bist.« Die Jungfer streckte die Hand. Marei nahm sie nicht gleich. Sie zitterte und tat einen tiefen Atemzug. Dann ließ sie sich führen. Vor der Schwelle streifte sie die schweren Pantoffeln herunter. Und barfuß trat sie in das Haus.

Peter Sterzinger unterbrach seine grübelnde Wanderung durch die Stube, auf deren Tisch eine Kerze flackerte, und stellte sich musternd vor die Fremde hin, die immer heftiger zitterte.

»Mußt dich nit fürchten, Marei, der Schwager ist gut!« sagte Madda. »Jetzt richt ich dir ein bißl was zusammen, Wäsch und Gewand, daß du dich ordentlich kleiden kannst.« Sie zündete ein Öllämpchen an und ging aus der Stube.

Die Kinder kamen hereingesurrt, zogen den hölzernen Affen auf und ließen ihn Purzelbäume schlagen, während Peter Sterzinger eine scharfe Frage um die andere an Marei zu richten begann. Sie nickte oder schüttelte den Kopf. Und zitterte. Sooft der purzelnde Affe in die Nähe ihrer Füße kam, fuhr sie erschrocken zusammen und starrte das Spielzeug an wie etwas Unheimliches. Da läuteten die Glocken der Stiftskirche den Abendgruß. Peter Sterzinger, während er betete, ließ die Fremde nicht aus den Augen. Sie hatte sich auf die Knie geworfen und die Hände vor dem Kinn ineinander geklammert. Der Wildmeister dachte: ›So heiß und demütig hab ich noch nie einen Menschen beten sehen!‹ Als die Glocken schwiegen, sagte er: »In Herrgotts Namen, so bleib halt! Sei christlich und fleißig, versorg mir die Kinder gut und folg der Schwägerin aufs Wort, so wirst du auch über mich nit klagen müssen! Und jetzt komm her da! Jetzt muß ich noch eine Prob machen.« Er deutete auf den Käfig des Kreuzschnabels. »Das ist ein geweihter Wehdamsvogel. Tät ein Mensch, der was Schlechtes auf der Seel hat, den Käfig anrühren, so tät der Vogel maustot vom Spreißel fallen. Auf der Stell! Verstehst? Und jetzt geh hin und rühr den Käfig an!«

Rasch ging Marei auf die Mauer zu und streckte die Hand nach dem Käfig. Der Kreuzschnabel flatterte, wurde aber gleich vertraut und fing an den Fingern der Marei zu knappern an, als hätte man ihm süße Rübchen in den Käfig gesteckt. Dennoch schien Peter Sterzinger nicht in gute Laune zu kommen und setzte sich brummig auf die Ofenbank, als Madda in die Stube trat. »Komm, Marei, ich zeig dir deine Schlafstatt.« Draußen im dunklen Flur tastete die Fremde taumelnd nach der Mauer, als wäre sie von einer Schwäche befallen.

Madda öffnete eine kleine Kammer. Viel war nicht drin; weil alles so eng beisammenstand, sah der Raum ganz freundlich aus. »Das Bett ist gut«, die Jungfer stellte das Öllämpchen auf den Tisch, »und schau, da hab ich dir hergelegt, was ich an Wasch und Zeug in der Schnelligkeit hab finden können. Einen Krug Wasser hab ich dir auch geholt. Jetzt tu dich waschen und zopfen, daß du sauber zum Anschauen bist. Nachher komm hinaus in die Küch, daß ich dich einweis' in die Arbeit.« Madda wollte gehen. Da sah sie, daß das Gesicht der Fremden schmerzhaft verzerrt war. »Marei? Fehlt dir was?« Die Stumme schüttelte den Kopf, in den Augen einen Blick voll namenloser Angst. Madda lächelte und strich ihr mit der Hand über die zuckende Wange. »Jetzt tu dich nimmer fürchten! Wirst sehen, bei uns ist gut sein.«

Als die Jungfer gegangen war, sprang Marei mit einer schreckvollen Bewegung auf die Türe zu und schob den Riegel vor. Dann stand sie zitternd, immer heftiger geschüttelt an allen Gliedern. Plötzlich stürzte sie zu Boden, wie von einer Keule niedergeschlagen, und wälzte sich in Zuckungen auf den Dielen. Es dauerte lang, bis der Krampf sich löste, der ihren Körper befallen hatte. Als ihr die Sinne wiederkamen, trocknete sie den Schaum von den Lippen und wischte von den Händen das Blut der kleinen Wunden fort, die ihr die Fingernägel ins Fleisch gegraben hatten. Das erschöpfte Gesicht von Tränen überronnen, fing sie zu beten an, mit aller Inbrunst einer verzweifelten Menschenseele. Dieser stumme Schrei zum Himmel schien sie zu beruhigen. Das Gesicht bekreuzend, stand sie auf, wusch sich und flocht die Zöpfe. Ein mattes Lächeln erhellte ihr verstörtes Gesicht, während sie sich mit dem guten, sauberen Zeug bekleidete, das ihr Madda aufs Bett gelegt. Sogar nach einem Spiegel guckte sie aus. Sie fand keinen. An der Mauer hing nur ein kleines Bild: die Gottesmutter mit dem Kinde. Beim Anblick dieses Bildchens kam etwas grauenhaft Wildes und doch unsagbar Zärtliches über die stumme Marei. Sie riß das Täfelchen von der Mauer, und während sie das Gesicht der heiligen Frau mit Küssen bedeckte, lallte ihre schwere Zunge: »Mua – Mua –« Dann schrak sie auf, weil sie die Stimme Maddas hörte, die ihr rief. Hastig hängte sie das Täfelchen an die Wand, verschlang es noch mit einem zärtlichen Blick und eilte aus der Kammer. Erschrocken fuhr sie vor der Feuerhelle zurück, die den Flur erfüllte. Das war der Schein der Herdflamme, die in der Küche brannte. Und Madda rief: »So komm doch, Marei! Ich hab schon gefeuert und hab dir alles hergestellt. Jetzt zeig, wie du kochen kannst!«

In der Stube klang der heitere Lärm der Kinder. Peter Sterzinger hatte das Kerzenlicht auf die Ofenbank gestellt und säuberte das Luntengewehr, mit welchem Adelwart den Probeschuß nach dem Kieselstein getan hatte. Was für Gedanken ihn dabei beschäftigten, das verriet er, als Madda in die Stube trat. »Ein netter Tausch, das! So ein Weibsleut ins Haus kriegen! Und so einen Buben verlieren müssen! Mit dem hätt ich Staat machen können in der Jägerei!« Ein stummer Zornblick der Schwägerin veranlaßte ihn, etwas kleinlaut beizufügen: »Freilich, wie er sich geführt hat gegen dich – da ist mir nichts anderes übriggeblieben, als daß ich ihm einen Deuter hab geben müssen. Und was für helle, gute Augen hat der Bub gehabt! Schwören hätt einer mögen, daß in ihm nichts andres ist als Treu und Ehrsamkeit. Da siehst du, wie Menschenaugen lügen können!« Verdrossen begann er mit einem Lappen den Schaft des Gewehres zu scheuern. Nach einer Weile sagte er ein bißchen spöttisch: »Heut in der Früh ist der Sekretarius wieder dagewesen. Der geht freilich nit so scharf ins Zeug. So viel sanftmütig hat er geredet! Und aufgeputzt ist er gewesen wie der Gockel, dem die neuen Federn wachsen.«

Langsam drehte die Jungfer das Gesicht. »Ich möcht nit haben, daß der Schwager ungut von ihm redet.«

Dem Wildmeister schien eine Sorge in den Kopf zu fahren. »Mädel!« Er legte das Gewehr auf die Ofenbank und faßte die Kinder bei den Schöpfen. »Geht mit eurem Affen ein bißl hinaus und machet Bekanntschaft mit der Marei!« Als die Kinder aus der Stube waren, trat er auf Madda zu. »Mädel! Den hast du doch nie noch ernst genommen. So ein Manndl, das der Wind von der Gassen blast!«

»Es kann nit jeder zwei Zentner wiegen. Er ist ein rechtschaffener Mensch, hat sein Ansehen und sein Auskommen. Droben im Stift, da meinen sie's gut mit ihm. Sonst hätten ihm die Herren nit das Stipend für die hohe Schul zu Ingolstadt gegeben. Allweil ist er auf der Schul der Erst gewesen. Warum sollt er denn grad bei mir der Letzte sein?« Peter Sterzingers Kurzatmigkeit schien sich bedenklich verschlimmert zu haben. »Jesus Maria! Bist du denn schon so weit mit ihm?«

»Geredet hat er noch nichts. Aber mit der Zeit wird's wohl werden.«

Ganz still war's in der Stube. Nur das Klapp und Klipp des Kreuzschnabels und das Geraschel, das Madda beim Auspacken der Körbe machte.

Schwer schnaufend hängte der Wildmeister das Gewehr an den Zapfen. »Willst du deine Zukunft an den Sekretari binden, so mußt du fürsichtig sein! Der ist heikel. Da schnauf nur kein Wörtl von der Schellenberger Dummheit!«

»Warum? Da ist nichts zu verschweigen dran.«

»Freilich, es ist gut ausgegangen! Wer ist denn dazugekommen und hat dir geholfen?«

»Da hab ich keinen Helfer gebraucht.«

»Aber, Mädel! Du allein bist doch nit Herr worden über so einen Kerl, der dasteht wie ein Baum! Und Faust von Eisen hat!«

Jetzt begriff sie, daß Peter Sterzinger die Sache viel übler sah, als sie in Wahrheit gewesen. Der Zorn blitzte in ihren Augen. »Der Schwager muß nit wissen, mit wem er redet! Und da braucht's kein Vertuscheln.« Zwei Tränen kollerten ihr von den Wimpern. »Im Schellenberger Leuthaus, im Gärtl, bin ich auf der Bank gesessen. Da hat er mich wie ein Narr um den Hals genommen und hat mir ein Bussel gestohlen.«

»Ein Bussel?« Peter Sterzinger riß die Augen auf. »Und deswegen muß ich einen Buben aus dem Haus werfen, den ich am liebsten mit sieben Strick an mein Leben gebunden hätt?«

Der Jungfer verschlug's die Rede. Ein Bussel schien bei ihr schwerer zu wiegen als in Peter Sterzingers billiger Schätzung.

Der wetterte in seinem kurzatmigen Ärger: »Ein Bussel! Ein Bussel! Das beißt doch der Ehr keinen Faden ab. Wirst ihm halt gefallen haben! Und da hat er halt zugegriffen. Bei deiner Schwester, vor sieben Jahr, hab ich's auch nit anders gemacht. Ich hab halt auch mein Weib beim Schöpfl gepackt und hab ihr ein Festes hinaufgepappt aufs liebe Göschel. Aber die Tresa hat keinen so narrischen Lärm geschlagen. Die hat gelacht. Und schlecht geraten ist's ihr auch nit. Hätt sie mir unser Herrgott nur gelassen! Da wären wir in Glück und Seligkeit alte Leut geworden.« Dem Wildmeister ging die Luft aus. »Und das kann ich dir sagen: Ein Bub, wie der ist, wär mir als Schwager hundertmal lieber gewesen als so ein Zwetschgenmanndl und Federfuchser.«

Da faßte Madda eine kleine Schachtel, die sie aus dem Korb gekramt hatte, und ging zur Türe.

»He?« rief Peter Sterzinger verdutzt. »Wohin denn?«

Madda sah dem Schwager fest in die Augen. »Aus der Stub muß ich. Und der Weyerzisk hat mich gebeten, daß ich seinem Trudle was mitbring. Das will ich nübertragen. Und ich bleib so lang, bis mir der Schwager sagen laßt, daß er seinen Verstand wieder zusammengeklaubt hat.« Als sie in den Flur trat, hörte sie aus der Küche die vergnügten Stimmen der Kinder. Mit Händeklatschen kreischte das Mädel: »Jeggus, Jeggus, jetzt frißt er den Fuchs! So schau nur, jetzt frißt er ihn auf mit Haut und Haar!« Dieser sonderbare Ausruf veranlaßte Madda, in die Küche zu gucken. Vor dem Herdfeuer saß Marei auf den Fliesen. Neben ihr knieten die beiden Kinder und hatten ihre jubelnde Freude an dem Schattenspiel, das die Magd mit ihren flinkbeweglichen Händen an der weißen Mauer entstehen ließ. Da sperrte ein Wolf den Rachen auf und biß einem Fuchs den Kopf herunter. Im Nu waren die Tiergestalten verwandelt in ein altes Weibl, das einen Pack Scheitholz auf dem Rücken trug. Dann war's ein Hanswurst, der neugierig in einen Topf guckte, ein Gockel, der mit den Flügeln schlug und zum Krähen den Hals streckte, und so ging zur Freude des kleinen Paars das lustige Schattenspiel immer weiter. Madda strich der Magd übers Haar und sagte: »Schau, jetzt hast du die Kinder auch schon für dich!«

Dann verließ sie das Haus.

Zu Tausenden funkelten die Sterne in der klaren, kühlen Nacht. Als Madda über die Straße hinüberhuschte, rührte sich etwas im schwarzen Schatten der Weißdornhecke. Da saß einer im Straßengraben, ganz in sich zusammengekrümmt, das Gesicht zwischen den Händen. Die Jungfer sah ihn nicht. Sie war schon drüben beim Gärtl des Weyerzisk und verschwand im Dunkel der Holunderlaube, die den Eingang überdachte.

5

Das kleine Haus des Josua Weyerzisk war ohne Flur; man trat vom Garten gleich in den Raum, der als Wohnstube und Werkstatt diente. Neben dem Hausgerät stand allerlei Arbeit umher, Schnitzwerk für Kirchen und Kapellen; über der langen Hobelbank, die sich unter zwei niederen Fenstern hinzog, war die Mauer bedeckt von Werkzeugkästen und Schablonen. Eine Ecke des Raumes war wie ein kleines Reich der Zärtlichkeit: das Fensterbrett bestellt mit blühenden Blumen; zwischen Efeuranken hingen fliegende Engelchen an Fäden von der Decke herunter; ein Spinnrad stand vor einem Lehnstuhl; und die Messingknäufe des Stuhles, die Gläschen und Bilderchen an der Wand, der winzige Silbertand, das blanke Zinn, die vergoldete Ampel vor dem Kruzifix, alles schimmerte fein in der Helle, die von der Werkbank herüberfiel in diesen kindlichen Winkel.

Die Stirne grell beleuchtet vom Schein der Öllampe, die ihr Licht durch eine mit Wasser gefüllte Glaskugel warf, saß Josua Weyerzisk vor der Werkbank, so versunken in die Betrachtung eines halb vollendeten Schnitzwerkes, daß er Madda gar nicht kommen hörte. Ihr Gruß erst weckte ihn. Hastig warf er ein Tuch über die aus weißem Holz herauswachsende Figur.

Madda blieb bei der Türe stehen. »Komm ich ungelegen?«

»Ihr? Nein, Jungfer! Das ist eine Arbeit, die ich noch nit fertig hab.« Josua dämpfte die Stimme. »Hat sich in der Stadt für mein Trudle was finden lassen?«

Sie stellte die kleine Schachtel auf die Werkbank und begann die Schnur zu lösen. »Wo ist denn das Trudle?«

»Ich hab sie schon zur Ruh bringen müssen. Gestern am Abend hab ich noch gedacht, jetzt kam ein Wandel zum Guten. Da hat sie was Schönes gehört und eine Freud gehabt. Aber sie muß so elend sein, daß sie auch die Freud nimmer verkraften kann. Gleich auf die Freud nauf hat sie das wilde Schreien gekriegt, so arg, wie's noch nie gewesen ist.« Ein verzweifelter Blick war in seinen Augen. »Ich weiß mir keinen Rat nimmer. Und so viel lieb hab ich mein Weib!

Die halben Nächt lang schau ich in der Finsternis allweil hin auf das Fleckl, auf dem sie ruhlos ihr Köpfl dreht.«

»Nur an der Hoffnung festhalten, Meister! Draußen ist Frühling worden. Der hat schon so viel Wunder getan. Vielleicht tut er eines am Trudle.«

Schwer atmend schüttelte Josua den Kopf.

Tränen glänzten in Maddas Augen.

»Schauet doch, lieber Joser, unser Herrgott kann Tote auferwecken. Ich hab das Zutrauen. Er wird bestimmt einen Rat finden, wird helfen.«

»Der Herrgott?« Ziellos irrte sein heißer Blick. »Was für einer? Mein neuer, der gut katholisch ist? Oder mein alter, der evangelisch gewesen?«

»Meister!« sagte Madda ernst. »Gott ist allweil Gott. Der hat keine Fürwörter wie die Weiberröck, von denen man redet: Das ist mein alter, das ist mein neuer.«

Josua schwieg eine Weile. Dann sagte er beklommen: »Allweil muß ich denken, daß unser Unglück wie eine Gottesstraf gekommen ist, weil ich mich im Glauben verwendet hab.«

Was hundert andere zu Berchtesgaden getan hatten unter dem Druck, der von Köllen und Salzburg her im Lande herrschte, das hatte auch Josua Weyerzisk getan. Wäre er bei seinem evangelischen Glauben geblieben, so hätte er die Gertrud nicht bekommen. Die war als Waise bei den frommen Schwestern erzogen worden, hinter einer Türe, die sich für einen Ketzer nicht öffnete. Bei einem Maitanz hatte Josua ihr ins Ohr geflüstert: »Wenn du mich liebhast, Trudle, so lauf mit mir davon!« Sie hatte ihn lieb, von Herzen. Doch für das stille, sanfte Dingelchen ging der Weg zu einem christlichen Glück nur durch die Kirche. Josua konnte ohne das Trudle nicht leben. Da hatte er das Kreuzmachen gelernt. Daß er es hatte tun müssen, das hatte Madda immer begriffen. Jetzt stand sie aber doch erschrocken vor dem Wort, das Josua gesprochen. »Nein, Meister! So ein unsinniges Wörtl laß ich nit gelten. Gott, wenn er strafen müßt, bringt nit die schuldlosen Kinder um.«

Da drückt Josua mit einer jähen Bewegung das Gesicht in die Fäuste. Madda hörte keinen Laut. Nicht nur das Kreuzmachen hatte Josua Weyerzisk gelernt, auch das lautlose Weinen.

»Meister!« In Erbarmen suchte ihm Madda die Hände vom Gesicht zu ziehen.

Langsam richtete er sich auf und blickte nach der Kammertür. Mit ganz erloschener Stimme sagte er: »Ich steh wie ein Müder am Kreuzweg, weiß nimmer, wohin ich greifen soll, und muß doch suchen nach Hilf! Weil ich schon nimmer weiß, welcher Herrgott der meinige ist, drum hab ich mein Zutrauen auf die heilige Gottesmutter gestellt. Die weiß doch, was Mutterschmerzen sind. Und da hab ich das Verlöbnis getan, daß ich ein Bildstöckl der Mutter Maria in die Pfarrkirch stiften will. Nichts anderes soll mir die Gottesmutter geben drum, als daß sie meinem Trudle ein Lachen schenkt und ein bißl Ruh. In der Osterwoch hab ich angefangen. Es wird wohl Spätsommer werden, bis ich fertig bin. Mein Weib soll nichts merken davon, und so kann ich nur allweil schneiden dran, wenn das Trudle zur Ruh gegangen ist.« Er zog das Tuch von dem Schnitzwerk und rückte die Wasserkugel dicht vor das Flämmchen der Öllampe. Die gesammelte Helle fiel um das Schnitzwerk her gleich einem Glorienschein.

Unter leisem Laut schlang Madda die Hände ineinander. Dann stand sie schweigend, das geschnitzte Bild betrachtend, das mit ergreifender Lieblichkeit wirkte, obwohl die Figur erst aus dem Groben herausgeschnitten und nur das Köpfchen vollendet war.

Auf einer Kugel, nicht wie in irdischer Schwere, sondern wie getragen von unsichtbaren Schwingen, steht die Gottesmutter in mädchenhafter Jugend, schlank und fein, und ihr Fuß geht über den Kopf einer Schlange hin. In Demut und Ergebung sind die Hände über dem knospenden Busen gefaltet, der träumende Blick ist zur Höhe gerichtet, ein Lächeln voll der tiefsten Freude erblüht um den leicht geöffneten Mund, die gelösten Haare fluten über die Schultern, und um die Glieder fließt das Kleid in seidenweichen Falten, mit denen ein sanfter Frühlingshauch zu spielen scheint. Das war nicht die Arbeit eines Handwerkers, sondern die Schöpfung eines Künstlers, den nur der Zufall seines Lebensganges zwischen engen Mauern und bei der Lederschürze festgehalten hatte.

»Meister! Ach, Herr du mein! Wie schön ist das!«

Aufatmend sagte er: »Der Schmerz ist allweil ein gutes Holz. Da kann einer viel herausschneiden.«

Madda betrachtete wieder das Bildnis. »Warum habt Ihr der Gottesmutter das Jesukind nit auf den Arm gegeben?«

Er schüttelte den Kopf.

Und plötzlich beugte sich Madda näher gegen das Bild, erschrocken: »Joser! Das ist ja dem Trudle sein Gesicht!«

Der Meister nickte. »Die Himmelskönigin wird's nit übelnehmen, weil ich zu ihrem Bild ein Stückl Leben nachgeschnitten hab, das mir lieb ist. Das Trudle ist doch auch eine Mutter mit sieben Schmerzen worden.«

Da klang aus der Kammer eine matte Stimme: »Mann? Redest du mit dir selber? Oder ist wer da?«

Der junge Meister warf das hüllende Tuch über die Figur und schob sie hinter einen Truhendeckel, an dem er bei Tage schnitzte. Dann sprang er zur Kammertür. »Wildmeisters Jungfer ist auf ein Sprüngl herübergekommen.«

»Wart, da steh ich auf.«

»Geh, bleib! Die Jungfer nimmt's nit übel, wo du heut den ganzen Tag so elend gewesen bist.«

»Ich komm.« Man hörte einen müden Seufzer und das Ächzen einer Bettlade.

»Meister!« flüsterte Madda. »Lasset das Trudle nur aufstehen!« Sie öffnete die kleine Holzschachtel, die sie gebracht hatte. »Wir machen ihr eine Freud. Ich weiß doch, wie lieb ihr alles ist, was klingt. Und in Salzburg hat's der Zufall wollen, daß ich in einem Laden ein Singerkästl gefunden hab.«

»Hat denn das Geld gereicht, das ich Euch mitgegeben?«

Madda hatte zwei Gulden draufgezahlt. Aber sie sagte: »Freilich! Grad ist's aufgegangen, auf den Kreuzer!« Sie nahm die Spieldose aus der Schachtel. »Zwei Stücklen kann's machen: das Rösl auf der Heiden und das Lied vom Lindenbaum im Tal, das Euer Trudle als

Jungfer allweil gesungen hat. Auf dem Heimweg hab ich mir das so ausgesonnen: daß wir das Kästl spielen lassen und das Lied vom Lindenbaum. Das hab ich ein bißl verstellt, daß es besser auf das Trudle paßt. Das sing ich. Gelt?«

Dem jungen Meister brannte vor Erregung das Gesicht. Er sprang zur Kammertür. »Trudle? Kommst du?«

»Ja, Joser! Ich komm.«

Auch Madda war von Erregung befallen. Während sie bei der Werkbank stand, mit der Hand an der Spieldose, um gleich auf den Anlasser drücken zu können, ging ihr alles Leid dieses jungen, verstörten Weibes durch die Gedanken. Mit grauenvoller Deutlichkeit sah sie jenen Morgen wieder. Sie stand im Garten, sah hinüber zum Nachbarhaus und mußte denken: ein Dach, unter dem das junge Glück hauset wie der Frühling im Tal!

Und da hört sie plötzlich von da drüben ein gellendes Geschrei. Aus der Küchentür der Weyerziskin sieht sie eine Dampfwolke qualmen wie von einer Brandstatt. »Fuirio!« schreit die Jungfer. »Fuirio! Fuirio!« Und rennt hinüber, um zu helfen. Aus der weißen Dampfwolke springt der Joser heraus, ein Irrsinniger, schreiend wie ein Tier. Immer brüllt er den Namen des Magisters Krautendey. »Jesus, Jesus«, jammert die Jungfer, »was ist denn geschehen, daß Ihr den Physikus brauchet?« Joser taumelt davon. Und immer schreit er: »Den Krautendey! Den Krautendey!« Die Jungfer will durch das Gärtl springen. Da wankt aus der dampfenden Tür das Trudle hervor, schier nimmer zu kennen, die nackten Füße so weiß wie Schnee, weiß von den Brandblasen, das Röckl bis zu den Knien rauchend und triefend von dem kochenden Wasser, das aus dem umgestürzten Kessel geflossen war. Schreien kann die Weyerziskin nimmer, sie hat keinen Laut mehr in der Kehle, nur die Verzweiflung in den Augen, das Entsetzen im Gesicht. Und auf den Armen trägt sie etwas Fürchterliches, das sich noch bewegt und doch schon dem Tod gehört – – –

Das Grauen dieser Erinnerung schüttelte die Jungfer am ganzen Leib.

Und da führte Josua das Trudle über die Schwelle der Kammer heraus. So muß die Tochter des Jairus ausgesehen haben, als sie die

Augen öffnete und sich aufrichtete von der Bahre. Die Weyerziskin trug das graue Kleid, das an der Brust nur halb genestelt war. Ihre Füße waren nackt. Die Haare hingen ihr auf die Schulter herunter, in zerwirrten Strähnen. Das feine, schmale Gesicht war bleich und erschöpft. Die Augen weit offen, fast regungslos. Sie nickte der Jungfer zu und wollte sprechen. Da drückte Madda auf den Anlasser der Spieldose. Ein zartes, metallenes Klingen zitterte durch die Stube. »Lus, Herzlieb!« sagte Josua leise. »Das Singerkästl hat dir die Jungfer aus Salzburg mitgebracht.«

Mit ausgestreckten Händen blieb die Weyerziskin bei der Türe stehen und lauschte wie eine Träumende diesem zärtlichen Geklinge. Sanft zog der junge Meister sein Weib auf den Antritt nieder, auf dem inmitten des kindlichen Krames der Lehnstuhl und das Spinnrad standen, schlang den Arm um das Trudle und sagte: »'s Rösl auf der Heiden! Weißt du noch, wann du's zum letztenmal gesungen hast?«

Sie nickte. Lauschend hielt sie die blasse Wange an seine Schulter geschmiegt. Als die Spieldose verstummte und das Uhrwerk einen leisen Knacks machte, hob das Trudle den Kopf ein wenig und lispelte müd:

»Wie schad!«

»Magst du's noch einmal hören?« fragte Madda.

Wieder klang das Lied. Josua preßte in scheuer Zärtlichkeit sein Weib an sich, sah sie mit fragenden Augen an und suchte in ihrem starren Gesicht zu lesen, ob auch in ihr das Denken an die Worte des Liedes wäre:

> ›Wie dürstet mich nach deinem Mund!
> Rösl auf der Heiden!
> Ein Kuß von dir aus Herzensgrund,
> So stünd mein Herz in Freuden!
>
> Beschütz dich Gott zu jeder Zeit!
> Und sei's im Glück und sei's im Leid –
> Liebst du mich, so lieb ich dich,
> Rösl auf der Heiden!‹

Die Weyerziskin schien die stumme Zärtlichkeit ihres Mannes nicht zu fühlen. Ihre Arme hingen wie leblos herab, die bleichen, mageren Hände lagen unbeweglich im Schoß, und mit toten Augen sah sie vor sich hin, wie hinunter in eine versunkene Zeit.

Da begann die Spieldose das Lied von der Linde im Tal. Eine schwermütig träumerische Weise. Und Madda sang mit halblauter Stimme, den Blick in Sorge auf das Trudle gerichtet:

>>Es steht eine Lind im Tale,
Ach Gott, was tut sie da?
Sie will mir helfen trauren,
Weil ich kein Kindl hab.<<

Erschrocken sah Josua zur Jungfer hinüber. Und die Weyerziskin hob das verzerrte Gesicht. Madda tat einen tiefen Atemzug, und tapfer sang sie weiter:

>>In ihrem kühlen Schatten,
Da war's, daß ich entschlief;
Da träumet mir, daß süße
Mein Kindl zu mir lief.<<

Mit erwürgtem Schrei vergrub die Weyerziskin das Gesicht an ihres Mannes Brust. Josua winkte der Jungfer zu, daß sie schweigen möchte. Aber Madda sang:

>>Das hat mich lieb umfangen
Und gab mir viel der Freud,
Sprach: Mütterlein, im Himmel,
Da hab ich gute Zeit!

Da wachsen tausend Röslen,

Die Englen singen schön,
Und 's Mütterlein auf Erden,
Das kann ich allweil sehn!<<

Ein stöhnender Laut erschütterte den Körper des jungen Weibes.

»Und als ich auferwachet,
Da war das alles nicht,
Als nur am blauen Himmel,
Da war ein helles Licht;

Und nur viel rote Röslen,
Die lachten auf mich her,
Ein jeds mit rotem Mündl,
Als ob's mein Kindl wär.

Mein Liebster kam gegangen
Und brach, so viel er fand,
Und gab die roten Röslen
In meine weiße Hand

Und macht mir draus ein Kränzl
Und setzt mir's auf mein Haar –
Das ist kein Traum gewesen,
Sein' Treu und Lieb ist wahr!«

Da brach die Weyerziskin an ihres Mannes Brust in heißes Schluchzen aus. Das war kein Schreien in Qual, war das Weinen eines gepreßten Herzens, das sich in Tränen erleichtert. Josua fühlte das. In Freude umklammerte er sein Weib:

»Herzliebe! Mich hast du! Mein Leben und Seel und alles ist dein!«

Draußen im Garten ein Schritt. Dann wurde ans Fenster gepocht, und der Schinagl rief: »He, Jungfer!« Weiter kam er nicht. Madda, die seinen Schritt gehört hatte, war schon draußen und schob ihn fort: »Sei still und geh! Da drinnen in der Stub ist eine heilige Stund.«

»Ihr sollet heimkommen, das Essen ist fertig. Und der Herr hat mir aufgetragen, ich soll Euch sagen –«

»Weiß schon: daß er seinen Verstand wieder beisammen hat.«

Während der Knecht den Garten verließ, trat Madda auf den Fußspitzen zum Fenster. Durch die dicken, klein in Blei gefaßten Scheiben sah sie nur einen unbestimmten Umriß der beiden Menschen, die noch immer auf der gleichen Stelle saßen und sich umschlungen hielten. Sie hoffte, daß ihr glücklicher Einfall für die Schwermut des jungen Weibes eine Wendung zum Guten gebracht hatte. »Gott soll's geben! Und die heilige Mutter!« In ihrem Herzen war ein warmes und frohes Gefühl. Tief atmend, trank sie den Duft des blühenden Holunders. Die Nacht war finster geworden. Mit hellem Feuer zitterten in der stahlblauen Höhe die tausend Sterne. Und hundert kamen noch im Tal dazu: die erleuchteten Fenster des Stiftes und die kleinen Lichter des Marktes.

Madda huschte über die Straße. In der Dunkelheit stand ein Mensch und sperrte ihr mit ausgestreckten Armen den Weg. »Ein Wort, Jungfer!«

Sie erkannte ihn. Nicht an der Stimme. Die war anders, als sie am Abend geklungen hatte. »Aus meinem Weg, du!« fuhr es ihr in Zorn heraus. »Oder ich schrei meinem Schwager.«

»Das soll mir recht sein. Das soll der Wildmeister hören, was ich Euch sagen muß.«

Madda schien von einem Hilfeschrei nach ihrem Schwager nicht viel Gutes zu erwarten, wollte sich selber helfen und versuchte in die Wiese zu flüchten. Ehe sie den Rand der Straße erreichte, hatte der Jäger sie schon an beiden Handgelenken gefangen. »Unmensch!« stammelte sie mit einem Wehlaut. »Druckst mir ja meine Hand in Scherben!«

Sein Griff wurde linder, doch es gelang ihr nicht, sich frei zu machen.

»Das Reißen und Zerren wird der Jungfer wenig helfen!« sagte Adelwart. »Will die Jungfer in Ruh das Wörtl anhören, das ich Ihr sagen muß, so braucht's kein Halten.«

Sie besann sich und blickte scheu an ihm hinauf. »Gut! Ich will. Weil ich muß.« Da waren ihre Hände frei. Sie rieb die Gelenke. »Also?«

Er stand so nah vor ihr, daß sie trotz der Dunkelheit sehen konnte, wie entstellt und bleich sein Gesicht war. Mit beiden Händen faßte er den Gurt seines Weidgehenkes. Dann begann er zu sprechen, hart und ruhig. »Vier Tag ist's her, da bin ich nach Salzburg zugewandert. Mein Fürhaben ist's gewesen, daß ich mir im Berchtesgadener Land einen Dienst such und ein redliches Leben. Ich hab nit Vater und Mutter, ich weiß nit, was Heimat ist. Mich hat's dahergezogen, wo die Berge so blau sind. Ein guter Jäger bin ich, ein Mensch, auf den Verlaß ist. Nit für ein Federl hab ich Gewicht auf meiner Seel. Mich reut auch nit, was ich in Schellenberg getan hab. Wenn's mir auch gleich das Leben zerschlagen hat! Wenn einer tut, was er muß, da ist kein Fürwurf dran.«

Madda schwieg. Die Art, wie er redete, umklammerte ihr die Kehle, wie seine Faust ihr Handgelenk umklammert hatte, so fest, daß es schmerzte.

»Am Morgen, wie ich von Salzburg fort bin auf Berchtesgaden, hat mich ein Menschenlauf mit hinausgerissen zur Nonntaler Wies.«

»Jesus!« stammelte sie.

»Ja, Jungfer! Da muß eins den Himmel anrufen!« sagte er ernst. »Im Nonntal hab ich sehen müssen, wie man zwei Weiberleut, ein liebes Kind und einen Chorherren verbronnen hat. Ein Grausen ist über mich hergefallen, daß ich schier gemeint habe, ich muß den Verstand verlieren. Keinem Menschen hab ich mehr ins Gesicht schauen können. Auf und davon bin ich, als wären alle verfluchten Teufel hinter mir her. So komm ich auf Schellenberg. In der Leutstub streiten die Besoffenen um Gottes Gut. Und wie mir der Leutgeb den Lammsbraten herstellt und ich riech das verbronnene Fleisch – da hat's mir einwendig alles um und um gedreht. Vor Schauder hab ich gemeint, ich müßt aus der Welt hinaus. So komm ich ins Gärtl. Die Herzensschlüsselen blühen! Alles ist grün und lebt. Auf dem Bänkl sitzt die Jungfer, so lieb und fein wie das Allerbest, was unser Herrgott hat leben lassen. Mir ist gewesen wie einem, der in einem schwarzen Brunnen versinken muß, und da wirft ihn ein liebes Wunder grad auf ein Rosenstäudl hin. Schauet, Jungfer, da greift er halt zu und weiß wieder, wie schön das Leben ist. Oder wie schön es sein könnt!« Er atmete schwül und senkte den Kopf. »Meinen Verstand hab ich gehabt, ich weiß nit wo! Aber kein frecher Mutwillen ist dabei gewesen. Das hab ich Euch sagen müssen. Der Wildmeister ist grob mit mir umgesprungen. Soll mein Leben halt hin sein! Aber ich tät's nit leiden, daß hinter meiner ein schlechtes Denken bleibt. Und nichts für ungut jetzt!« Adelwart rückte die Kappe und schritt in die Finsternis hinaus.

Zitternd stand die Jungfer, streckte die Hände und ließ sie wieder fallen.

»He!« klang es von der Hecke. »Das Essen steht seit einer Ewigkeit auf dem Tisch. Was ist denn, Mädel? Willst du Fledermäus fangen?«

Langsam ging sie zur Heckentür.

»Hast du mit wem geredet?« fragte Peter Sterzinger, der in Sorge an den Sekretarius dachte.

Madda trat stumm in den Garten.

Schon wollte der Wildmeister das Türchen schließen. Da hörte er von der Straße eine Stimme: »Gottes Gruß, Bauer! Magst du mir nit sagen, wo der Hällingmeister Köppel sein Haus hat?«

Peter Sterzinger spitzte die Ohren, tat einen leisen Pfiff und machte den Specht.

Draußen auf der Straße sagte der Bauer: »Da mußt du über die Bruck hinüber und drüben am Berg das Sträßl hinauf! Das vierte Häusl, zu dem du kommst, ist dem Hällingmeister das seinig.«

Adelwart wollte zur Brücke. Bei den Ulmen blieb er stehen. Obwohl die Ache rauschte in der Nacht, hatte sein Ohr ein feines Klingen vernommen. Das kam aus dem Haus des Josua Weyerzisk, und Adelwart kannte das Lied:

»Es steht eine Lind im Tale,
Ach Gott, was tut sie da?
Sie will mir helfen trauren,
Daß ich keinen Buhlen hab!

Ich kam wohl in ein Gärtl,
Da war's, daß ich entschlief,
Da träumte mir, daß süße
Mein Feinslieb zu mir lief.«

Bitter lachte Adelwart in die Nacht hinaus und wollte gehen. Da faßte ihn der alte Bauer, der ihm den Weg gewiesen, mit der Linken an der Schulter, deckte die Rechte über die Augen, ließ die Hand wieder fallen und sah zu den Sternen hinauf.

»Mensch!« Adelwart schüttelte die Hand von sich ab. »Bist du nit bei Verstand?«

»Mehr wie du!« sagte der Bauer. »Verguckt hab ich mich halt!« Er ging und rief über die Schulter: »Schau halt, daß du einen Weg findest in deiner Nacht!«

Das Rauschen der Ache verschlang in der Finsternis die Schritte des alten Mannes.

6

Über Nacht war Föhnwetter eingefallen. Am Himmel jagten dichte, stahlblaue Wolken. Die Wipfel des Bergwaldes sangen ein brausendes Lied. Das rauschte so laut, daß die zwei Männer, die auf einem Waldweg niederstiegen zur Ache, das Reden hatten einstellen müssen, weil sie einander nicht verstanden in diesem Tosen des Sturmes: Jonathan Koppel, der Hällingmeister, und Adelwart, der das grüne Jägerkleid vertauscht hatte gegen das schwarze Leinengewand der Hällinger.

Als der Wald lichter wurde und das Rauschen an Kraft verlor, legte Adelwart dem Alten die Hand auf den Arm. »Das muß du mir noch sagen, Meister, wie's gekommen ist, daß dein David so jung hat sterben müssen.«

»Er ist zu Grödig auf einen Baum gestiegen.«

»Und heruntergefallen?«

Schwer atmend schüttelte der Hällingmeister den Kopf. »Der Schmied von Grödig hat ihn heruntergeschnitten.«

»Jesus!« stammelte Adelwart.

»Der Bub hat sein junges Herz an ein Mädel zu Grödig gehangen. Die war dem Schmied sein einziges Kind. Eine saubere, fleißige Dirn! Unser Bub ist selig gewesen. Bloß warten hat er noch müssen, bis er Häuer wird und ein Hausrecht kriegt. Am Palmsonntag, vor acht Jahr, hat ihm das Hällingeramt sein Recht gegeben. Und am Ostermontag ist der Bub von Grödig heimkommen wie ein Narr: Man hätt sein Lenle in Salzburg eingezogen zum roten Malefiz, weil sie Buhlschaft gehalten hätt mit dem Teufel und schwanger wär.«

Adelwart fragte mit zerdrückter Stimme: »Meister? Wie kann denn so ein Gered unter Menschen kommen?«

»Wird's wohl ein Weibsbild angegeben haben, aus Eifersucht. Der Bub ist hinein auf Salzburg und hat's zugestanden, daß er sich heimlich mit dem Lenle gefunden hätt. Aber man hat den Buben in Salzburg nit zum Schwur gelassen. Ich denk halt, weil er mein Bub gewesen ist.«

»Meister? Dein Bub? Das hätt doch Grund sein müssen für guten Glauben.«

Jonathan bückte sich, hob vom Weg einen dürren Ast, den der Sturm gebrochen hatte, und warf ihn dann über den Waldsaum.

»Da könnt eins drüber stolpern in der Nacht!« Dann ging er weiter. »Nach dem Weißen Sonntag hat's geheißen, daß dem Lenle sein Prozeß zum Guten stünd. Das Mädel ist dreimal fest geblieben bei der scharfen Frag und hat nur einbekannt, sie wär meinem Buben gut gewesen. Da hat ein Freimannsgesell drei Kröten vor dem Richter hergewiesen, die hätt das Lenle geboren im Hexenturm.«

»Barmherziger Herrgott! Das ist doch Narretei!«

»Die studierten Herren glauben's, Bub! So ist das Lenle verbronnen worden. Und mein David, vor dem Lenle seinem Fenster, ist auf den Birnbaum gestiegen. Und da sagen die Leut, von einem Birnbaum, der nit weit von Grödig steht, müßt über Nacht einmal der Frieden und das lautere Gottesreich herunterfallen auf die armen Menschenseelen. Das glauben die Leut schon tausend Jahr! Der Weg zum lauteren Gottesreich ist kürzer als bis zum Walser Feld. Bloß sieben Schuh hinunter! Mein David kennt das Sträßl. Der ist, wo ewig der Frieden hauset.«

Adelwart sah umher, als wäre ihm der Glaube an das Bild der Welt zerbrochen. Was seine Blicke fanden, war auch in Sturm und Kampf noch schön, unter den stahlblauen Schleiern des trüben Tages. Und die hoffende Jugend in seiner Brust begann sich zu wehren gegen das Kalte, das sein Herz zu umklammern drohte. Er schlang den Arm um die Schultern des Meisters.

»Ich will dich liebhaben! Dich und dein Weib! Und will euch sein wie ein rechter Sohn. Das därf ich, gelt?«

»Vergelts Gott, ja! Mein Weib hat eh schon ihr hungriges Mutterherz für dich auf getan wie einen Brunnen.«

»Ich hab's in Freuden gemerkt.«

»Heut in der Früh, da hat sie noch gesagt zu mir, du tätst so einen langen Namen haben. Wenn dir's recht ist, tät sie dich Adel heißen.«

»Die Mutter soll mich heißen, wie's ihr paßt!«

»Nachher sag ich halt auch so, gelt?«

Sie reichten einander die Hände.

Der Waldweg führte zu einer Wiese, die ein hochgezäuntes Gehöft umschloß. Weil der Bauer, der da hauste, dem Hällingeramt als Fuhrmann diente und jede Woche nach Salzburg karrte, trug ihm Meister Köppel auf, den Koffer des Buben aus dem ›Goldenen Stern‹ zu holen. Dann stiegen die beiden zur Ache hinunter. Der Hällingmeister guckte, ob niemand in der Nähe wäre. Dann sagte er leis: »Wenn die Leut hören, daß du bei mir im Haus bist, wird dich manchmal einer anreden. Der wird die Hand auf seine Augen legen, wird die Hand wieder fallen lassen und hinaufschauen zum Himmel.«

»So hat der Bauer getan, den ich in der Nacht gefragt hab nach deinem Haus.«

»Der hätt gern wissen mögen, ob du evangelisch bist. Mein Weib und ich, wird sind's.«

»Ich hab's gemerkt, wie ich euch in der Morgenstund hab beten hören!« sagte Adelwart. »Das soll keine Mauer sein zwischen dir und mir. Laß mir meinen Herrgott, ich laß dir den deinigen. Sollen's die zwei miteinander ausmachen. Wir Menschenleut wollen fest zueinander halten.«

Der Hällingmeister legte die Hand auf den Arm des Buben. »Tät jeder denken wie du, so wär Fried im Land. Aber das mag man nit. Jeden Seelenbalg wollen sie über das gleiche Brettl ziehen. Die luthrischen Pastoren grad so wie die römischen Pfarrherren. Derzeit ich ohne Prediger auskomm, freut mich mein Glauben erst. Und keiner macht mich irr!«

Adelwart schien nur mit halbem Ohr zu hören. Sein Blick war hinübergeglitten zu den Birnbäumen, unter deren Laubdach sich das Haus des Wildmeisters an den Stiftsberg schmiegte. Und da tat er einen Atemzug, daß der enge schwarze Janker in allen Nähten krachte.

Inzwischen redete der Hällingmeister mit leiser Stimme weiter: »Mein Vater selig hat mir's oft erzählt – vor die siebzig Jahr, da ist die evangelische Gemeind im Berchtesgadener Land an die vierzehnhundert Seelen stark gewesen, mit einem luthrischen Prediger, wie man's den Evangelischen nach dem Bauernkrieg im Salzburger Landfrieden zugestanden hat. Ewigen Streit hat's abgegeben zwischen dem Prediger und dem römischen Pfarrherrn. Halbe Tage lang haben sie lateinisch gefochten und Disputates gehalten. Derweil sind die alten Leut gestorben, Kinder sind zur Welt gekommen, und die Menschen sind froh oder elend worden.« Der Alte lachte müd vor sich hin. »Am End haben die Stiftsherren den Hader satt gekriegt. Man hat den Prediger zum Land hinausgeschmissen und hat den Janker wieder umgedreht. Viel hundert Leut sind unter Not und Zwang wieder römisch worden, mancher mit Haut und Seel, die mehrsten bloß mit dem Daumen. Ich hab das Kreuz noch nie gemacht. Lieber soll mir der Arm verdorren. Mich lassen sie auch in Ruh. Weil sie mich brauchen. Ich kenn den Salzberg wie meine Stub. Sie täten sich schwer im Hällingeramt, wenn ich nimmer wär. Drum drucken sie zwei Augen zu. Im Kirchbuch, sagt der Pfarrherr, steh ich als römisch drin. Meinetwegen! Was hat ein Federspritzer mit meiner Seel zu schaffen? Tät man die Heimlichen zählen, so müßt man viel hundert Strich durch das römische Kirchbuch machen.« Die beiden erreichten die Straße, die von der Achenbrücke zum Hällingeramt und zum Salzberg führte. Sausend pfiff der Föhn über die Wiesen hin. Einen schweren Holzblock auf der Schulter, ging einer mit jagendem Schritt an den beiden vorüber, der Brücke zu. Wie lachendes Träumen sprach es aus seinem heißen Gesicht, aus seinem leuchtenden Blick. »Gotts Gruß, Meister Weyerzisk!« rief ihm der Alte nach. »Heut schaust du aber hell ins Leben!«

»Gelt?« Josua drehte sich um. »Mein Trudle hat einen Tag, so gut, wie schon lang nimmer!« Jetzt erkannte er den Buben in den schwarzen Knappenkleidern und sah ihn verwundert an. Er schien etwas sagen zu wollen, ging aber davon, als könnte er's nicht erwarten, da hinüber zu kommen, wo das kleine Haus unter den rauschenden Ulmen stand.

Adelwart blieb schweigsam. Das war die Stelle, an der ihm der edle Herr von Sölln begegnete. Hier hatte seine Freude begonnen, sein frohes Hoffen. Über die gleiche Stelle ging der Weg, der ihn hinunterführte in die Nacht. Um bleiben zu können, hatte er nach dem Dienst gegriffen, den ihm der Hällingmeister geboten. Das

Scheiden von der Freiheit, vom grünen Wald und vom hellen Himmel wurde ihm schwer. Stumm blickte er über das Gehäng des Salzberges hin, an dessen Fuß ein schwarzes Stollentor gähnte, in der Ferne klein wie ein Maulwurfsloch.

Der Alte schien zu erraten, was in dem Buben vorging. »Vor dem Berg mußt du keine Scheu nit haben! Es dauert nit lang, und du hast ihn lieb. Da drunten ist allweil ein Wunder um dich her. Jedes glitzrige Steinl hat eine Zung, die von Gottes Allmacht redet. Und die Nacht da drunten macht dir den Tag um so lieber. Sooft du ausfahrst und das Taglicht glänzen siehst, das ist dir allweil, als tatst du neu geboren werden. Jedsmal tut deine Seel den Schrei: Herr Gott im Himmel, wie schön ist dein Werk!«

Den beiden kam auf der Straße ein Weibsbild entgegen, den Kopf mit einer Kapuze bedeckt, in einen weiten Lodenmantel gehüllt. Seine Falten rauschten im Wind. Nun blieb sie stehen, wie erschrocken. Jonathan Köppel faßte den Buben am Arm und zog ihn von der Straße weg in die Wiese. »Komm! Es soll unser Schuh den Staub nit treten müssen, durch den das Weib da geht!«

Adelwart erkannte die Freimannstochter. Der Wind hatte ihr die Kapuze vom Kopfe gestreift und blähte den Mantel auf, daß das scharlachfarbene Röckl und das gelbgeblumte Mieder herausleuchteten. Ihr Gesicht war bleich geworden, die Augen funkelten vor Zorn, und mit der Hand machte sie eine Bewegung, als möchte sie einen Stein von der Straße raffen, um ihn nach den beiden Männern zu schleudern. Ein heftiges Zittern befiel ihren Körper, und der Ausdruck hilflosen Kummers sprach aus ihren verstörten Zügen. So stand sie mit schlaffen Armen. Dann sprang sie wie eine Irrsinnige in die Wiese und faßte Adelwart mit zuckenden Händen an der Brust. Ganz von Sinnen, als hätte die Kränkung dieses Augenblicks alle Bitterkeit ihres Lebens aufgerüttelt, schrie sie an ihm hinauf: »Was gehst du mir aus dem Weg? Bin ich ein wütiger Hund? Oder bin ich die Pest? Was kann ich dafür, wenn mein Vater tun muß, was ihm die Herren befehlen? Unchristen, ihr! Zwinget die Leut nit, daß sie morden! So brauchet ihr keinen, der sie schindet und henkt. Wenn einer hungert, so gebt ihm Brot! Da muß er nit hassen. Was kann ich dafür? Bin ich nit Fleisch und Blut wie du? Hab ich nit auch ein Herz, das dürstet und brennt? Hab ich nit grad so ein

Recht auf Güt und Freuden? Was gehst du mir aus dem Weg? Was tust du mir weh in die Seel hinein? Was hab ich verschuldet an dir?«

Adelwart faßte sie bei den Händen und schob sie von seiner Brust. »Ich hab dir nit wehtun wollen!« sagte er ruhig. »Ich seh, daß du leidest, will dir nimmer aus dem Weg gehen und will dich grüßen wie jeden, der mir auf der Straß begegnet.«

Die Freimannstochter starrte den Buben an wie ein Ding, an das man nicht glauben will. Und als die beiden davongingen, fiel sie nieder ins Gras, drückte das Gesicht in die Hände und brach in Schluchzen aus.

Bevor Adelwart aus der Wiese hinaustrat, sah er sich um. »Was kann das armselige Ding dafür, daß sie Blut ihres Vaters ist!« Da tauchte die Erinnerung an die Fische in ihm auf und an das Fett, mit dem sie gefangen waren. Ein Grauen rüttelte seine Schultern.

Der Hällingmeister blickte finster vor sich hin. »Daß sie Blut ihres Vaters sein muß, ist nit ihr ganzes Elend. Oder erst recht ihr ganzes! Eine Jungfer. Und hat ein Weibsgesicht. Mich geht ein Schauder an, sooft sie mir über den Weg lauft.« Ein paar Schritte ging er schweigend die Straße hin. Dann sagte er hart: »Der Zwanzigeißen ist Freimannsknecht in Salzburg gewesen, wie sie meinem David sein Glück verbronnen haben. Sechs Jahr ist's her, da ist er bei uns im Land der Freimann worden und hätt hinter jedem Kuchelfenster eine Hex gesehen. Die Hexensportel ist hoch. Drum hat er die Leut zum Klagen angestiftet. Aber wie der erste gekommen ist und hat geklagt, da hat der edel Herr von Sölln den Kläger peitschen lassen auf dem Markt. Derzeit ist's keinem mehr eingefallen, daß er bei uns im Land eine Hex gesehen hätt.«

Ein tiefes Rollen klang im Brausen des Föhns die Straße einher, der dumpfe Lärm der Mühle, in der die Salzsteine gebrochen wurden. »Da ist das Hällingeramt!« sagte der Alte. »Wirst du dich nit verschnappen, Bub?«

Adelwart schwieg.

»Das Lügen ist dir ein hartes Stückl, gelt?«

Der Bub nickte.

»Mir selber auch. Aber wenn du bleiben willst, so geht's nit anders.« Sie sprachen kein Wort mehr, bis sie zur Tür des Hällingeramtes kamen. »Tu warten, bis ich mit dem Bergschreiber geredet hab.« Der Meister trat in das stattliche Haus. Zu ebener Erde lag die Stube des Bergschreibers, in der die Wände mit großen Karten des Salzberges und seiner Schächte behangen waren. Dieser Berg schien seine Geheimnisse zu haben. Auf der Karte liefen die festen Striche häufig in punktierte Linien aus, Kreise waren eingestrichelt wie die Ufer mutmaßlicher Seen, und große Flächen waren weiß, wie auf Karten unerforschter Länder. Beim Fenster, vor einem Pulte, stand der Bergschreiber. Sein Haar war mit dem Brenneisen gelockt, und ein weißer Spitzenkragen lag säuberlich über das schwarze Wams gebogen. Das Gesicht war gutmütig und heiter. Er steckte die Kielfeder hinters Ohr. »Glück auf, Meister! Ist was in Fürlauf?«

Der Alte fing ruhig zu sprechen an: Wie die Herren wüßten, wär' bei seinem Haus ein Häuerrecht; und wie die Herren wüßten, wären von seinem Vater selig drei Geschwister außer Lands gezogen – warum, das wüßten die Herren auch. Zwei Schwestern wären mit ihren Ehmännern hinunter ins preußische Land; der jüngste Bruder wär' zu Passau geblieben und einem schmucken Mädel zulieb wieder römisch worden.

»Meister, da hättet Ihr sagen sollen: dem wahren Gott zulieb.«

»Freilich! Ein Studierter setzt die Wörtlein fürsichtiger als unsereins.«

Und da wären nun die zwei, die sich um des wahren Gottes willen liebgewonnen, bald hintereinander gestorben. Und ein Bub wär da. Der hätte als Jäger gedient. In seiner Einschicht hätt er sich auf den Vetter zu Berchtesgaden besonnnen. »Ich hab den Buben lieb. Weil er meinem David so viel gleichschaut. Und so geb ich aufs Protokoll, daß ich dem Buben meines Davids Häuerrecht vererben will. Das ist mein Recht. Ich hab den Buben gleich mitgebracht, daß er einfahren soll zur Schicht.«

»Da redet kein impendimentum dagegen.«

»Eine Bedingung muß ich machen: daß mein Vettersbub nur vierzehn Tag als Schlepper dient, vierzehn Tag als Hundstößer und daß ihm die Herren nach einem Monat das Häuerrecht zusprechen.« Der Bergschreiber zog die Brauen in die Höhe. »Kann nit sein, Meister! Wär gegen alles Herkommen.«

»Wird aber doch geschehen müssen. Ich bin kein junger Has nimmer. Die Herren wissen, daß ich den Salzberg kenn wie keiner. Das hat sich von Urgroßvaters Zeiten her bei uns vererbt: wo die alten Stollen und Sunken liegen und wo der Berg noch Jungfer ist. Mir hat's mein Vater gewiesen, und ich hätt's meinem David gesagt. Jetzt will ich's dem Buben vererben. Wie bälder er Häuer ist, so bälder haben die Herren einen künftigen Meister, der den Salzberg kennt und auf den sich das Stift verlassen kann.« Der Bergschreiber zog die Kielfeder unter dem Lockendächl hervor und kraute sich mit der Fahne die Nasenspitze. Es handelte sich da um ein schwerwiegendes Ding. Tatsache war es, daß es zumeist schief ausgegangen war, wenn man wider den Rat des Hällingmeisters ein neues Sinkwerk angelegt hatte. Man mußte den Alten vorsichtig behandeln, um seine Wissenschaft dem Stifte nutzbar zu erhalten. »Was Ihr da fürbringt, lieber Meister, ist ein casus, über den ich allein nit dezidieren kann. Von meiner Seite aus soll der Bub kein Impediment erfahren. Bringet also Euren Patruelen ruhig her!«

Der Bub wurde in die Stube geholt. Vor Erregung war ihm die Stimme ein bißchen heiser, als er seinen Namen zu Protokoll gab: »Adelwart Köppel!« Seine Ähnlichkeit mit dem David war so überzeugend, daß der Bergschreiber über einige Dunkelheiten des Jägerpasses leicht hinüberkam. Adelwart mußte vor dem Kruzifix seinen römischen Glauben bekennen und den Knappeneid schwören. Dann wurde er als Schlepper aufgenommen. Der Alte führte ihn hinüber in die Knappenstube, schnallte ihm das Fahrleder um die Hüften und hakte ihm das brennende Grubenlicht an den Gürtel. »Tu das Licht wahren, Bub! Das Licht ist unser Segen in der Tief.« Sie schritten über den Hof, dem mit rotem Marmor ausgemauerten Tor eines Schachtes zu »Glück auf!« sagte Meister Köppel, als er, in der Hand das Grubenlicht, den dunkel gähnenden Schacht betrat. »Das ist unser Gruß im Berg. Das Glück ist das mindere Wörtl dabei, das bessere Wörtl ist das Auf! So mußt du's sagen: Glück auf!«

Dem Buben, dem dieser Bergmannsgruß wie eine Verheißung klang, war das Blut ins Gesicht gestiegen. »Glück auf, lieber Meister!«

Voraus der Alte, Adelwart hinter ihm, so schritten sie schweigend in die Finsternis hinein, immer entlang der hölzernen Hundsbahn. Die beiden Grubenlichter warfen nur eine matte Helle auf den feuchten Boden und gegen die ausgemauerte Schachtwölbung. Manchmal ein feines Geglitzer an den Wänden, ein Gefunkel der weißen Sickergebilde, die aus den Fugen der Deckenwölbung herausgewachsen waren. Und immer das leise Rauschen und Glucksen der zum Pfannhaus führenden Solenleitung und der in Röhren gefaßten Schadwässer. Wohl hundertmal drehte Adelwart das Gesicht zurück nach dem Stollentor. Immer kleiner wurde die Helle, die der Tag hereinwarf in die Finsternis, doch immer weißer wurde sie, immer strahlender; jetzt war's wie ein Blinkschein der Sonne auf einem Fenster, jetzt wie ein silberweißer Stern, jetzt wie das Glanzlicht in einem Menschenauge – und jetzt erlosch der winzige Schimmer, als hätte das freundliche Auge, das den beiden von draußen nachschaute, sein Lid geschlossen.

Der Weg, den die beiden gingen, wollte kein Ende nehmen. Bei diesem stummen Hinschreiten durch die Finsternis erwachte in Adelwart alles Erlebnis der verwichenen Nacht. Wie ihm das Herz gehämmert hatte, als er zu Madda das letzte Wort gesprochen! Das letzte? Wenn es das letzte wäre, warum blieb er dann? Wozu hätte er in der Nacht das Haus gesucht, in dem er Hilfe zu finden hoffte? Mitten im Walde stand es. Die winzigen Fenster leuchteten. Er pocht. Der Hällingmeister kommt heraus, hält den Buben lang bei den Händen, geht ins Haus, und Adelwart hört ihn sagen: »Kätterle, denk, jetzt steht da draußen der Bub, der unserem David so viel gleichschaut!« Ein leises Gestammel: »Jesus! Wo ist er denn?«

Eine kleine weiße Stube. Neben dem Tisch ein gebeugtes Weibl mit erschrockenen Augen, die an dem Buben hängen und sich nit satt schauen können an seinem Gesicht. In der vereinsamten Mutterseele erwacht ein Funke der unerloschenen Liebe. Das Kätterle läuft und bringt, was es zu geben hat. Während der Meister den Buben an den Tisch nötigt, rennt das Kätterle und richtet die kleine Kammer, die seit acht Jahren unbewohnt gestanden hat. Ganz verheulte Augen hat das Weibl, als es wieder in die Stube kommt. Zitternd rückt sie dem Buben alles hin, streift ihm zaghaft übers Haar, wird immer zutraulicher und redet sich hinein in die Täuschung, als wäre nach allem Tod ein warmer Herzschlag ihres Glückes wieder lebendig worden. Und wie der Meister keinen Rat weiß, wo für Adelwart ein Dienst zu suchen wär', findet das Kätterle gleich den Ausweg: daß man dem Buben des Davids Häuerrecht vererben könnte! »Geht's im Graden nit, so muß man halt die Sach ein bißl biegen!« Der Hällingmeister schüttelt den Kopf. Aber das Kätterle sagt: »Da tat ich dem Teufel ein Ohr weglügen, bloß daß wir den Buben haben dürfen im Haus.«

Jetzt lächelt der Hällingmeister. »Was eine Mutter ist, kann lügen und stehlen für ihr Kind und meint noch allweil, es wär eine Guttat, für die ein Lob ist droben im Himmel.«

»Es gibt viel Lügen«, sagt das Kätterle, »die besser sind, als Wahrheit ist!« Und wer kann denn schwören drauf, daß der Bub nicht Blut wär von ihrem Blut? Es muß doch eine Ursach haben, daß er dem David gleichschaut wie ein Bruder? Jetzt wird auch der Hällingmeister nachdenklich. »Freilich, die Lebensweg laufen überzwerch wie die Schacht im Berg.« Seines Vaters jüngster Bruder, das weiß er, ist vor zwanzig Jahren in Passau gestorben. Aber von des Vaters Schwestern hat er im Leben keinen Laut mehr gehört. Da kann mancherlei geschehen sein. Der Meister rechnet. Das will nicht stimmen. Keine Vermutung will mit Adelwarts Geschichte klappen. Seine sterbende Mutter hat doch in einer fremden Sprache geredet. Ob der Bub nicht das Kind vornehmer Leute wäre, die gleich hundert anderen ein Opfer der bösen Zeit geworden? Das wollten schon im Buchberger Schloß die schwatzlustigen Mägde dem Buben immer einreden. Er hat auf solch ein müßiges Spintisieren nie hören wollen. »Was hinter mir liegt, ist tot und begraben. Ich will mein Leben fürwärts suchen.« Und diese Ähnlichkeit mit dem David? Vor Jahren hat ihm der Schloßkaplan einmal gesagt, daß in der Welt an jedem Tag hunderttausend Menschen sterben und hunderttausend und hundert geboren werden. Wenn der Herrgott an jedem Tag so viele Menschengesichter machen muß, da kann ihm das gleiche Gesicht wohl zwei- und dreimal einfallen. Und warum des Buben Vater und Mutter erschlagen wurden? Als unerschütterlicher Glaube saß es in seinem Herzen, daß sein Vater kein schlechtes Stück getan haben könnte. Die Zeiten sind hart, große Herren sind leicht geärgert, und im Deutschen Reich sind die Straßen ein Totenacker worden, auf dem nur die Grabsteine und Kreuze fehlen. Kann auch sein, daß des Buben Vater und Mutter als fremdländische Leute um ihres Glaubens willen flüchten mußten und daß ein Ketzergericht hinter ihnen her war.

Wie der Bub das ausspricht, sehen sich der Hällingmeister und das Kätterle plötzlich an und bleiben stumm.

Adelwart preßt die Hand an seine Stirn. »Solche Fragen kommen mir oft. Es hat keinen Nutzen nit. Wo der Hirsch in einen See gestiegen, ist die Fährt verloren, und da muß man das Suchen aufgeben.« Jetzt hat er den Herrgott, den ihm eine barmherzige Kindheit im Buchberger Pfarrhaus ins Herz gelegt. An dem will er festhalten. Und deutsche Luft hat er geatmet, ist großgewachsen im deutschen Wald, redet mit deutscher Zunge, spürt in seinem Herzen die deutsche Not und will seiner deutschen Heimat zugehören in Weh und Freuden.

Das Kätterle sagt beklommen: »Freilich, die Zeit ist so, daß sie alltag aus tausend Menschen was anderes macht. Was für Volk ist alles, derzeit ich leb, durchs Berchtesgadener Land gelaufen, böhmisch und spanisch, italienisch, französisch und ungarisch. Deutsche Leut haben gefremdelt, und Fremde sind Deutsche worden. Wie's gehen kann, hat man an Wildmeisters Weib und Schwägerin gesehen.«

Dem Buben fliegt es heiß über die Wangen. Mit Herz und Ohren horcht er auf.

Da hat in der Nacht einmal zu Berchtesgaden vor dem Leuthaus ein Karren gehalten. Ein mageres Männlein mit langem Schwarzhaar ist ausgestiegen und hat zwei Kinder bei sich gehabt, ein fünfjähriges Mädchen und ein winziges Dingelchen, das noch nicht laufen konnte. Der Vater hat schlechtes Deutsch geredet und italienisch geflucht. Weil er keinen Kreuzer Geld hatte, wollte ihn der Leutgeb nicht ins Haus lassen. Ein Spießknecht führte den scheltenden Mann mit seinen Kindern in die Vagantenstube des Klosters. Tommaso Barbière hieß er, ein Musikus und Instrumentenmacher. Seit zehn Jahren war er in Sachsen Organist in einer Kirche gewesen. Da hatten sie die Geigen, die Flöten und Pauken, die ganze schöne Musik aus der Kirche hinausgeworfen. Tommaso Barbière hatte keine Stelle mehr gefunden und wollte sich in seine Heimat durchschlagen. In Berchtesgaden hielten sie den Fremden fest. Er sollte in der Stiftskirche die Orgel reparieren, deren Pfeifen und Bälge noch an den Schäden litten, die sie im Bauernkriege abbekommen hatten. Des Wildmeisters Mutter fühlte Erbarmen mit den beiden mutterlosen Kinderchen – Teresa und Maddalena hießen sie – und räumte ihnen und ihrem Vater eine Dachstube ein. Drei Jahre hatte Tommaso Barbière zu arbeiten, bis er die verdorbene Orgel wieder zu schönem Klang brachte. Da tat er, am letzten Tag nach vollendeter Arbeit, auf der Chortreppe einen Fehltritt, an dem er sterben mußte. Teresa und Maddalenchen blieben im Hause der Wildmeisterin. Zehn Jahre später nahm Peter Sterzinger die Teresa zu seinem Weib. Ein kurzes Glück! Bei einem Maitanz starb die junge, blühende Frau an einem kalten Trunk. Und Madda – –

Adelwart schrak aus seinen Gedanken auf. Ein dumpfes Dröhnen hallte von irgendwo durch den finsteren Schacht. »Schichtwechsel!« sagte der Hällingmeister. Gleich darauf rollten vier Hunde an den beiden vorüber, auf jedem Wagen sechs Knappen mit ihren Grubenlichtern. Eine Weile noch wanderten sie. Dann gähnte vor Adelwarts Füßen etwas wie eine schwarze Brunnentiefe. »Da fahren wir ein.« Der Hällingmeister setzte sich rittlings auf einen schrägen Balken. »Setz dich her hinter meiner, tu den linken Arm um mich und pack das Seil mit der Rechten! Die Hand mußt du mit dem Faustleder wahren, sonst brennt dir das Seil die Finger weg.« Der Bub gehorchte. »Glück auf!« sagte der Meister. Dann ging's mit sausender Fahrt hinunter in die Tiefe. Nun standen sie wieder auf festem Boden. Der trübe Schein der Grubenlichter verlor sich in einer weiten Halle. Wundersame Gebilde hingen von der flachen Wölbung nieder, und den beiden zu Füßen schimmerten Hunderte von beweglichen Punkten: zitternde Lichtreflexe auf einem schwarzen, leichtbewegten Wasser. »Jesus!« stammelte Adelwart. »Ein See!«

»Da ist vor Jahren ein Sinkwerk niedergebrochen. Ich hab's ihnen fürgesagt, aber sie haben nit gehört auf mich. Unter dem Sinkwerk ist alter Bau gewesen, alles murig im Berg. Droben im Licht, da steht ein Wald. Vor fünfhundert Jahr ist droben noch alles ein Sumpf und Moor gewesen. Selbigsmal ist der edel Graf von Sulzbach beim Gejaid in die Muren eingebrochen. Sein Roß ist versunken, aber der Graf ist wieder in die Höh gekommen und hat ein Verlöbnis getan. Gehalten hat er's nit. Erst seine Kinder haben zum Vergelts Gott das Berchtesgadener Land an den heiligen Martin geschenkt.«

Aus der weiten Halle lief ein Stollen in den Berg hinein. Dann ging es neben einem Gleitschacht für das Gestein über hölzerne Leitern hinauf. Der Stollen erweiterte sich zu einem Bruchraum, in dem man die Spuren frischer Arbeit sah. Drei Grubenlichter hingen an der flimmernden Steinmauer, und die frischgebrochenen Salzsteine waren mit dem tauben Gestein zu großen Haufen übereinandergeworfen. »So, Bub! Glück auf zum Werk!« Der Hällingmeister begann die Unterweisung für die erste Arbeit, die Adelwart zu leisten hatte: das salzhaltige Gestein von dem tauben Bruch zu sondern und auf einer Holzschleppe hinüberzuziehen zum Gleitschacht, durch den es zur Förderstelle hinunterfuhr. Das war bald gelernt. Schweigend schaffte der Bub. Manchmal hielt er für ein paar Augenblicke inne: wenn er unter den rotgelben Salzsteinen einen kristallklaren Brocken fand. Das schimmerte beim Grubenlicht so glasig-bunt, daß sich Adelwart nicht satt schauen konnte. Man hörte Stimmen vom Leiterschacht. Der Hällingmeister sagte leis: »Vergiß nit, was ich dir gesagt hab! Laß dich mit den Hällingerleuten in kein Reden und Streiten ein! Heut bist du der Mindest unter ihnen. Über vier Wochen bist du Häuer!« Man hörte Getrappel auf der Leiter. »Tu deine Arbeit und kümmer dich um nichts. Sorg brauchst du keine haben. Der Platz ist sicher.«

Schwarze Gestalten, jede mit dem Grubenlicht am Gürtel, kamen von der Leiter her. »Glück auf!« Den Meister kannten sie, den neuen Schlepper sahen sie verwundert an. Eine grobe Stimme sagte: »Das ist doch ein Fremder? Daß man einen Fremden hertut in unseren Berg, ist wider das Heimrecht von uns Hällingern.« Alle die dunklen Gesichter drehten sich nach dem Buben hin, während der Meister antwortete: »Das ist der Adelwart Köppel, ein Bub von meinem Vatersbruder. Der ist eingefahren auf meines Davids Recht.« Ohne zu antworten, machten sich die Knappen an die Arbeit. Einer hob das Grubenlicht und ließ den Schein auf das Gesicht des Buben fallen. Ein rauhes Lachen. »Guck, du! Willst du fuchsgraben im Salzberg?« Adelwart richtete sich auf. Da ging der andere schon davon. In diesem Gezitter zwischen Finsternis und Zwielicht, in diesem Durcheinander der schwarzen Gestalten fand der Bub den rechten nimmer heraus. Die Stimme hatte er deutlich erkannt. Es war der Michel Pfnüer, dem Adelwart im Garten des Leuthauses die Hosen gelupft hatte. Nun wußte er, daß er in diesem Dunkel einen Feind hatte, vor dem er sich hüten mußte. Er hob so schwere Steine, daß die anderen Schlepper verdutzt nach seinen eisernen Armen lugten. »So! Schaff nur, Adel!« sagte der Hällingmeister. »Bis zum Schichtwechsel komm ich wieder.« Mit dem Grubenlicht am Gürtel ging er davon.

Eine Weile taten die Knappen schweigend ihre Arbeit. Dann fingen sie mit kurzen Worten zu schwatzen an. Immer, wenn der Michel Pfnüer was sagte, lachten die anderen. Dem Buben stieg das Blut in den Kopf. Dieses sonderbare Kauderzeug verstand er nicht und fühlte doch: Jedes Wort ist eine versteckte Bosheit gegen mich! Plötzlich trat er auf den Michel zu. »Laß mich in Fried!« Der Pfnüer drehte nur das dunkle Gesicht, während die anderen Knappen verdrossen gegen den Buben losfuhren. Was ihm denn einfiele? Das ginge nicht an, daß ein Schlepper wider einen Häuer aufmucke. Wortlos kehrte Adel zu seiner Arbeit zurück. Und schaffte. Eine Stunde um die andere. Als er sich wieder einmal bückte, spürte er am Hinterkopf einen Schlag, daß er taumelte. Ein paar von den Knappen lachten spöttisch. Einer sagte: »Da ist ein Brocken von der Deck gefallen.« Und der Michel Pfnüer, während er die Spitzhaue schwang, plauderte gemütlich vor sich hin: »Im Berg muß einer Ohren haben! Man muß die Brocken kreisten hören, ehe sie fallen, und muß den wehleidigen Grind auf die Seit tun.« Er lachte. »Wildbretschießen war leichter.«

Adel biß sich auf die Lippe und schwieg. Er spürte einen brennenden Schmerz und griff an den Nacken. Da lief es ihm warm über die Finger. Beim Grubenlicht besah er seine Hand. Ganz rot war sie. Ein alter, graubärtiger Knappe, der sich am Schwatzen und Lachen der anderen nicht beteiligt hatte, kam auf ihn zu. »Blutest du, Bub?« Schweigend wies ihm Adel die Hand. »Komm, ich führ dich zum Wasser.« Sie stiegen durch den Leiterschacht hinunter zum See. Das salzige Wasser brannte in der Wunde, aber das Blut war bald gestillt, und der Knappe half noch mit einer Talgsalbe, die er in einer kleinen Holzkapsel bei sich trug. »Vergelts Gott!« sagte Adelwart. »Der Stein ist nit gefallen. Den Brocken hat einer geworfen.«

»Ich mein' doch, daß er gefallen ist.« Der Alte lauschte in die Finsternis der weiten Halle. Dann hob er mit der Linken die Grubenlampe, deckte die rechte Hand über die Augen, ließ sie wieder fallen und richtete den Blick zur Höhe.

»Du tust dich irren!« flüsterte Adelwart. »Sorg mußt du nit haben, weil du dich verraten hast. Ich bin dir gut.« Die Hand in den Nacken pressend, blickte er über das schwarze, von Lichtgeflimmer überzitterte Wasser. »Sag mir deinen Namen!«

»Ich bin der Ferchner. Laß dir raten, Bub! Der Meister soll dich einer anderen Rottschaft zuweisen. Mit dem Pfnüer wirst du Unfried haben.«

Adel schüttelte den Kopf. »Ich bleib, wo du bist, Ferchner! Komm!« Sie gingen zum Leiterschacht hinüber.

7

Jonathan Köppel fuhr auf dem Hund ins Licht hinaus und ging hinüber zum Amt. »Glück auf, Herr Bergschreiber! Ich hab mir das Ding überlegt. Der Bub als Neuer wird einen schweren Stand haben. Da tat ich die Sach am liebsten selber gleich dem gnädigen Herrn fürtragen.« Dagegen hatte der Bergschreiber nichts einzuwenden. Er meinte nur, daß der Herr nicht leicht zu haben wäre, jetzt, wo diese causa gravis mit den Kommissaren schwebe. »Muß ich es halt versuchen.« Mit dieser Absicht wanderte Köppel durch den rauschenden Föhn zum Stift hinauf. Der Staub wirbelte in solchen Massen, daß die Häuser wie unter einem Schleier standen – Staub, mit dem ein Stück vergangener Jahrhunderte davonwehte. Bei der Pfarrkirche wurden die alten Tore und die brüchig gewordenen Trutzmauern abgetragen, um Raum für den wachsenden Verkehr und Platz für neue Bauten zu schaffen.

Aus dem von drei Seiten noch geschlossenen Stiftshofe wollte der graue Qualm keinen Ausweg finden. Immer wieder peitschte ihn der sausende Drehwind an der Front des Münsters und an den hochgefensterten Mauern des Stiftes hinauf. Die kleinen Scheiben der Trinkstube waren mit Staub ganz weiß behangen. Man sah nicht mehr hinein in die Stube, hörte aber die Stimmen der Chorherren, die beim Vespertrunk eine aufgeregte Debatte führten. Aus dem Gewirr der Stimmen klang eine gereizte Kehle heraus: »Er predigt, sag ich! Am Sonntag geht er auf die Kanzel und predigt gegen das Zauberwesen! Drei Maß verwett ich, daß er's tut!«

Meister Köppel hatte am Stiftstor die Glocke gezogen. Als ihm der Pförtner öffnete, surrte aus der Kellertür eine flinke Kugelgestalt heraus, in schwarzem Talar: Sebastian Süßkind, der alte Leutpfarrer von Berchtesgaden. Der sah im Widerspruch mit seinem Namen gar sauer drein. Das runde Gesicht brannte vor Zorn. Gegen den tobenden Wind vermochte der Greis kaum aufzukommen. Wie das rauschte, als der Föhn den Talar zu einer Glocke blähte! Und das Käppi flog davon, als wär's eine Schwalbe. Der Hällingmeister rannte, um den schwarzen Vogel einzufangen. Herr Süßkind dankte kaum, als ihm der Meister die Kappe reichte. Verwundert sah der Alte dem Pfarrherrn nach, um dessen klobiges Köpfl die weißen

Haare flatterten. »Was er heut haben muß? Ein Mensch so voller Güt! Und macht zwei Augen wie der Richter am Jüngsten Tag!« Er ging zum Tor und wurde eingelassen. Der Pförtner meinte: »Wirst wohl nit fürkommen. Der geistlich Herr Kommissar ist droben.«

Über eine breite Treppe ging's hinauf. Als der Hällingmeister den langen Korridor des ersten Stockes erreichte, dröhnte ein dumpfer Knall, als hätte man eine Wallbüchse losgeschossen. Eine Tür wurde aufgerissen, und da dampfte ein brauner, übelriechender Qualm in den Korridor heraus. Aus der nächsten Tür kam ein Chorherr im weißen Habit gelaufen, hielt die Hand vor die Nase und lachte: »He! Perfall? Lebst du noch?« Hustend erschien in dem Dampf ein greiser Chorherr, mit triefender Lederschürze über dem Talar: »Ich hab den weißen Schwan in die Glut gesetzt. Wie er sich rot gefärbt hat, ist er aufgeflogen.«

»Ist wieder ein Finger mit?«

»Nein, ich hab noch alle sieben.«

Die beiden traten mit Räuspern in die qualmende Stube; es klirrten die Fenster, die sie aufrissen, und mit Sausen blies der einfahrende Wind den übelduftenden Rauch durch den ganzen Korridor. Noch ein paar andere Türen wurden geöffnet, die Chorherren schalten und zogen die Nasen wieder zurück, um diesem bösen Dampf zu entrinnen. Etwas Neues war das nicht für sie. In der Alchimistenküche, in die Herr Theobald von Perfall sein Kapitularenzimmer verwandelt hatte, krachte es fast jede Woche einmal.

Auch der Hällingmeister, während er die Treppe zum anderen Stock hinaufstieg, hatte seine Nase mit der Mütze gepanzert. Wie jeder Mensch im Lande Berchtesgaden, wußte auch Jonathan Köppel, daß Herr Theobald von Perfall seit vielen Jahren die Kunst des Goldmachens zu ergründen suchte. »Gott soll's geben, daß er den gleißenden Löwen noch weckt! Sie könnten's brauchen im Stift und in der Landschaft.« Er meinte nur, was so übel röche, hätte noch einen weiten Weg zu machen, bis es verwandelt wäre zu geruchlosem Gold. Er wollte auf die Dekanatsstube zugehen, die am Ende des Ganges lag. Ein Diener hieß ihn stehenbleiben: »Seine Gnaden der geistliche Kommissarius mag's nit leiden, wenn man nah bei der Tür ist.«

Der hochwürdigste Doktor Pürckhmayer schien es aber doch bei seiner Unterredung mit Herrn von Sölln auf Heimlichkeiten nicht abgesehen zu haben. Er schrie sehr hörbar. Als die erregte Stimme plötzlich verstummte, wurde die Tür aufgerissen. Der Dominikaner trat auf die Schwelle und drehte das weiße Greisengesicht in die Stube zurück: »Ihr sollt Bedenkzeit haben bis zu dem feierlichen Bußamt, das ich am Sonntag lesen will.« Kurzes Schweigen. Dann eine Stimme in Zorn und Kummer: »Nein! Und tausendmal nein! Jeden Kläger, der sich meldet, laß ich auspeitschen auf offenem Markt.« Doktor Pürkhmayer erwiderte kein Wort, zog die Tür zu und ging zur Treppe, die Hände unter der Kutte, in deren Falten das Goldkreuz funkelte.

Scheu zog Meister Köppel die Mütze und fragte den Diener: »Meinst du, ich darf mich hineintrauen?«

»Versuch's!«

Jonathan pochte, glaubte einen Laut zu hören und trat in die Stube. Da saß der alte Dekan gebeugt in einem Lehnstuhl, das Gesicht in die Hände vergraben. »Jesus! Mein guter Herr!« Der Greis erhob sich und machte mit der Hand eine müde Bewegung. Er trat zum Fenster. Sooft ein Föhnstoß rauschte, zitterten und klirrten die kleinen Scheiben im Blei. Sonst war kein Laut in der Stube. Meister Köppel wagte kaum zu atmen. Bald sah er den schweigsamen Herrn an, bald wieder den plumpen Holztisch, der bedeckt war mit Pergamentrollen und aufgeschlagenen Büchern.

Ein kühler, wenig freundlicher Raum, nur bestellt mit billigem Holzgerät. Herr von Sölln, der unter der Klage stand, als Dekan zum Schaden der Landschaft gehaust und die Schuldenlast des Stiftes vermehrt zu haben, wohnte nicht besser als der bescheidenste Bürger des Landes, das er für den in der Ferne residierenden Propst zu verwalten hatte. Von allem Gold und Silber und Kunstgerät, das einst diesen Raum geschmückt hatte, war kein Stück übriggeblieben. Was im Bauernkrieg der Zerstörungswut des revoltierenden Haufens entgangen war, hatte nach Salzburg zum Juden wandern müssen, um Geld zu werden.

Dachte Herr von Sölln an versunkene Zeiten? Während er hinausblickte in die föhnblaue Weite, nickte er vor sich hin: »Du schönes, liebes Land! Was ist schon hingegangen über dich! Was soll noch kommen?« Seufzend wandte er sich in die Stube zurück, ließ sich nieder und wies nach einem Sessel. »Lieber Meister, was bringst du?«

Jonathan strich das graue Haar in die Stirne. »Schauet, Herr, da hab ich einem braven Buben zulieb ein Stück getan, das wider mein Amt ist. Der Bub wird Unfried haben. Drum hab ich mir gedacht: Du bringst die Sach mit dem Herren selber auf gleich.«

»Laß hören, Meister!«

Jonathan erzählte von jener Begegnung auf der Schellenberger Brücke, von des Buben Ähnlichkeit mit dem David und von der Freude des Kätterle, für dessen hungriges Mutterherz ein ›Bröselein Tod‹ wieder auferstanden wäre zum Leben.

»Den Buben hab ich gesehen!« unterbrach ihn der Dekan. »Soll der nicht Jäger werden bei uns?«

»Heut ist er auf meines Davids Recht als Schlepper eingefahren in den Berg.«

Grad und offen berichtete der Meister alles. Was im Gärtl des Schellenberger Leuthauses geschehen war, das schien der greise Dekan viel weniger grimmig zu nehmen, als es Peter Sterzinger genommen hatte. Er schmunzelte sogar ein bißchen, als er von dem Donnerwetter hörte, das auf den Buben niedergefahren war. »Freilich«, sagte er, »eine rechtschaffene Jungfer will das Blütenstöckl ihrer jungen Tugend gut gezäunt wissen.« Da glaubte der Hällingmeister, daß es nötig wäre, die Tat des Buben nach Kräften weiß zu malen. »Schauet, Herr, dem Adel ist der jähe Hunger nach einer lieben Freud herausgebronnen aus dem tiefsten Grausen. Am selbigen Morgen hat er in Salzburg sehen müssen, wie man auf der Nonntaler Wies –«

Der greise Chorherr ließ den Meister nicht zu Ende reden, sondern sprang vom Sessel auf, als wäre ihm der Zorn eines Jünglings heiß in die alten Glieder gefahren. Wortlos, die unruhigen Fäuste hinter dem Rücken, schritt er um den mit Büchern und Pergamenten bedeckten Tisch. Erschrocken hatte sich auch Jonathan erhoben. Weil er meinte, daß dieser Zorn dem Buben gelte, stammelte er: »Um Christi Lieb, Euer Edlen! Es wird doch der Bub nit büßen sollen, was ich im besten Vermeinen geredet hab!« Herr von Sölln schien nicht zu hören. In Erregung schritt er immerzu durch die Stube. Plötzlich blieb er am Tische stehen und stieß dem Meister ein großes Buch hin, das offen zwischen den Schriften lag. »Schau her, du! Das Bild da schau dir an!«

Dem Hällingmeister ging ein plötzliches Erblassen über das Gesicht – in dem Buche zeigte ein Holzschnitt den nackten Körper eines Weibes, das gefesselt und mit verrenkten, nach rückwärts gebogenen Gliedern wie eine lebendige Waagschale an vier Stricken hing.

»Kannst du lesen?«.

Jonathan nickte.

»So lies, was drunter steht!«

Widerwillig beugte sich Köppel über das Bild und buchstabierte: »Zeiget, wie die Hexe, nachdem sie in Christi und der Evangelisten Namen zur Entkräftigung des höllischen Beistandes fürsorglich enthaaret ist, zum anderenmal aufgezogen wird, um ihren teuflischen Trutz zu beugen.«

»Lies noch das gottselige Versl!«

Jonathan las:

> »Wo du geduldt hast in der Pein,
> So wird sie dir gar nutzlich sein,
> Drum gib dich gut und willig drein,
> Bekenn, und Gott wird gnädig sein!«

Mit einem Lachen, das übel klang, warf Herr von Sölln den Deckel des Buches zu und schlug mit der Faust darauf. »Und der das gottverlassene Buch geschrieben, geht noch wütiger ins Zeug als der Hexenhammer, noch blinder als Bodinus und Binsfeld, noch grausamer als Martinus Delrio und Nikolaus Remigius, der sich berühmen konnte, in einem Dutzend Jährlein an die tausend Menschen wegen Zauberei zum Tod verdammt zu haben!« Die Stimme des Greises begann zu schrillen. »Und weißt du, wer das Buch da geschrieben hat?«

Der Hällingmeister schüttelte stumm den Kopf.

»Ein evangelischer Pastor!« schrie der Dekan.

Dem alten Köppel fuhr eine Röte über die Stirn, als hätte er einen Faustschlag bekommen. Er tat einen tiefen Atemzug. »Ob römisch oder evangelisch, es bleibt doch allweil jeder noch ein Mensch mit aller Torheit und Narretei.«

»So? So?« Mit beiden Fäusten packte Herr von Sölln den Hällingmeister am Lodenkittel. »Wozu dann die Verheißung, wo kein Erfüllen ist? Wozu der Umsturz in der ganzen Welt, wenn hinter ihm kein Aufrichten kommt? Wozu das Neue, wenn die Menschen allweil die alten bleiben? Das sag mir, du!«

Jonathan wußte keine Antwort, sah nur erschrocken den greisen Priester an, dessen Gesicht der Zorn entstellte.

»Und solch ein Buch! Das legen sie mir für! Ad demonstrandum, wie lau mein Eifer wäre! Ad demonstrandum, daß ein Feind der Kirche fleißiger in Gottes Weinberg jätet als ein treuer Jünger des Guten und Barmherzigen, der für die Menschheit geblutet hat am Kreuz. Er hat geblutet! Das steht geschrieben, Meister! Das Wort ist da. Wo ist der Sinn? Wo ist die Güte? Wo die Barmherzigkeit?« Den weißen Kopf zwischen die Hände fassend, rannte Herr von Sölln durch die Stube. Dann blieb er vor dem Hällingmeister stehen und ließ die Arme fallen. »Köppel? Wie sind wir denn auf solche Reden gekommen? Richtig, ja! Mit deinem Buben, gelt? Das hat er in Salzburg mit ansehen müssen? Wie sie das fremde Weib verbronnen haben? Die schöne Schreiberstochter? Und das Kind! Das Kind! Und den Eschenthal, den Chorherrn! Der im Feuer noch des Heilands Wort gebetet hat: O Herr, vergib ihnen! Das hat er sehen und hören müssen, dein Bub? Ach, lieber Christenmensch, wie gut versteh ich's, daß er in seinem Grausen ein holdseliges Stückl Leben an sein Herz hat reißen müssen!«

»Gelt, Herr?« Der Hällingmeister atmete auf.

»Dem Buben will ich gut sein. Was wir geredet haben, das lassen wir unter uns. Da kann ich ihm leichter helfen. Aber dem Wildmeister mußt du ein Wörtl sagen, daß er nichts ausredet über den Buben. Sag ihm nur, ich will's. Und der Peter tut es.« Dem Greis wurden die Knie schwach, er fiel auf den Sessel hin. »Geh, Meister! Gottes Segen auf deine warme Lieb!«

»Vergelts Gott, Herr!« Auf den Fußspitzen ging der Meister zur Türe.

»Hast du mir nicht gesagt, der Bub war römisch?«

»Ja, Herr! Und gut!«

»Da tu mir den Buben nur nicht irr machen, gelt!«

Jonathan schüttelte den Kopf.

Draußen war noch immer der üble Duft zu spüren, den die Goldküche ausgespien hatte. Der Hällingmeister dachte nimmer an den Alchimisten mit den sieben Fingern. Er wischte sich mit dem Ärmel den kalten Schweiß von der Stirn und murmelte: »Was geht im Land denn für? Was muß denn unterwegs sein?«

Er kam durch den alten Gesindhof des Klosters. In der Wachstube saßen die Musketiere beim Würfelbecher. Die alte Wärtelkammer neben dem Tor war ein leeres Mauerloch mit unverglasten Fensterhöhlen. Da saß kein Pförtner mehr. Das Tor des freiregulierten Herrenstiftes blieb offen bei Tag und Nacht. Auf dem Marktplatze, beim Marmorbrunnen, dessen dünne Wasserstrahlen im Wind zersprühten, standen Frauen und Mägde mit Lachen und Schwatzen beisammen. Der Hällingmeister, als er vorüberging, streifte die lustigen Weibsleute mit einem Blick der Sorge. Dann schritt er die Straße hinunter, die im Bogen den halb ausgefüllten Wallgraben der alten Festungswerke umzog. Jungfer Madda kam dem Meister entgegen, begleitet von Marei, die einen Henkelkorb am Arme trug. Madda plauderte und schien der Magd die Wege zu weisen. Das tat sie in einer ruhigen, fast müden Art. Ihr hübsches Gesicht war nicht so frisch und farbig wie sonst; aber schmuck sah sie aus in dem grünen Röckl und in dem Miederchen aus braunem Hirschleder. Der Föhnwind ringelte ihr die rotgebänderten Zöpfe wie schwarze, feuergetupfte Schlänglein um Wangen und Schultern. ›Freilich‹, dachte Meister Klöppel, ›die kann einem Buben das Blut zum Sieden bringen!‹

»Komm!« sagte Madda zur Marei. »Jetzt zeig ich dir den Bäck und den Metzger.«

Marei, in dem guten Kleiderzeug, das ihr Madda geschenkt hatte, sah nicht übel aus. Die Sorgfalt, mit der sie das rote Kopftuch um das gezopfte Haar geschlungen hatte, verriet ein bißchen Eitelkeit. Auch hatte ihr die Nachtruh unter sicherem Dach das verhärmte Gesicht mit leiser Röte angehaucht. In ihren Augen war noch immer jener scheue Blick. Als sie unter dem Tor des Stiftes einen Musketier erscheinen sah, machte sie erschrocken eine zuckende Handbewegung nach den Rockfalten der Jungfer.

Während die beiden am Brunnen vorübergingen, kam gerade der weltliche Kommissar, Herr Preysing, von zwei Jägern begleitet, heimgeritten von der Jagd, zierlich in Grün gekleidet. Zwei Birkhähne baumelten am Sattel seines Pferdes. Ritt und Bergstieg schienen den Freiherrn ermüdet zu haben. Plötzlich richtete er sich auf, als müßte er zeigen, daß er trotz der Vierzig noch Jugend in den Adern hätte. Mit wohlgefälligem Staunen ruhte sein Blick auf Madda. Der Jungfer stieg das Blut ins Gesicht, und sie machte flinke Schritte. Bei aller Eile konnte sie noch hören, wie Herr Preysing einen Jäger fragte: »Wer ist das hübsche Ding?« –

Es ging schon auf den Abend zu, als Madda und Marei von ihrem Kaufgang heimkehrten. Das Brausen des Föhnwindes hatte nachgelassen; über den Bergen, die den Königssee umgaben, fiel grau der Regen; von Westen glänzte die sinkende Sonne her und säumte das stahlblaue Gewölk mit feuerroten Bändern. Von diesem brennenden Glanze bekam das ganze Tal einen flimmernden Widerschein. »Schau nur, schau, Marei! Wie alles flammet da droben!«

Madda konnte sich nicht satt schauen an dieser wundersamen Glut der Höhe. Marei warf keinen Blick zum Himmel. Mit halb geschlossenen Augen hielt sie das bleiche Gesicht auf die Brust gesenkt.

Über die Hecken klang das laute Lachen des Wildmeisters.

»Der Schwager muß Heimgart haben!« meinte die Jungfer. Als sie in den Garten trat, saßen Jonathan Köppel und Peter Sterzinger auf der Hausbank. Der Wildmeister, als er die Schwägerin kommen sah, kniff den anderen flink in den Schenkel. Verwundert sah Madda die beiden Männer an. Da mußte irgend etwas sein! Peter Sterzinger schmunzelte und hatte etwas Absonderliches in Blick und Stimme, als er sagte: »So? Bist du wieder da? Komm, hock dich ein bißl her zu uns!«

»Was will der Hällingmeister?«

»Der ist kommen, weil er mit mir was reden hat müssen von wegen der Holztrift. Gelt, Meister, von wegen der Holztrift?«

Ehe Köppel antworten konnte, kam einer flink und aufgeregt durch das Heckentürl gesprungen: der Josua Weyerzisk. Sein Gesicht lachte. »Jungfer! Das müsset Ihr sehen!« Er hatte Madda bei der Hand gefaßt und zog sie auf die Straße.

»Was ist denn, Joser?«

»Das müsset Ihr sehen, Jungfer! Wie fleißig und froh mein Trudle im Garten schafft.« Er zog das Mädchen zu dem kleinen Haus hinüber.

Der Vorgarten war weiß von den Holunderblüten, die der Föhn von den Stauden geschüttelt hatte.

»Wo ist denn das Trudle?«

»Die ist bei den Rosenstöcken, hinter dem Haus! Kommet, Jungfer, wir gucken durchs Kammerfenster.«

Sie sahen da draußen eine Hecke von Weiden, die am Ufer der Ache wuchsen. Neben einem mit Blütenflocken bestreuten Weg war ein langes Beet bepflanzt mit kleinen Rosenstöcken, die ihre jungen Blätter schoben. Auf dem Wege kniete die Weyerziskin. Sie trug das graue Kleid wie sonst, doch die Jacke war sorgsam genestelt, das frische Linnen puffte zwischen den Schnüren heraus, ein weißes Krausenkrägl war um die Schulter gelegt, und unter dem nonnenhaften Frauenhäubchen quollen die blonden Zitterlocken hervor. Der rote Schimmer des Abends war um die junge Frau, die flink und fleißig schaffte, die geknickten und verdorrten Ästchen von den Rosenstöcken löste und die schwachen Zweige aufband an einen weißen Stab. Nun hielt sie inne in der Arbeit und beugte das Gesicht zu einem Stock. An einem der Äste mußte sie eine Knospe gefunden haben. Zärtlich umschloß sie mit beiden Händen die Zweigspitze und küßte die werdende Blume.

Madda hörte hinter sich einen schluchzenden Laut. Als sie sich umblickte, sah sie, daß dem Weyerzisk die Tränen über den Bart rollten. »Aber, Meister! Warum denn weinen? Freuet Euch doch!«

Da stürzte Josua auf die Knie und umklammerte die Jungfer. »Vergelts Gott! Tausendmal Vergelts Gott! Wie ein liebes Wunder ist Eure Hilf gewesen. Das muß Euch einkommen an Eurem eigenen Glück!«

Lächelnd strich ihm Madda mit der Hand über das wirre Haar. »Komm, Joser, wir gehen zum Trudle.« Als sie hinaustraten in den roten Abendglanz, kam der Schinagl gelaufen: »Jungfer, Ihr sollet heimkommen! Gleich! Fürnehmer Besuch ist da. Der edel Herr Kommissar!«

Auf der Straße ging der Hällingmeister vorbei, zur Achenbrücke hinüber. Er stieg durch den Bergwald. Nur noch ein sachtes Rauschen war in den Wipfeln, um die der Rotglanz des Abends flimmerte. Ehe der Hällingmeister sein Haus erreichte, war dieses Leuchten erloschen. Ein schwergeschlossenes Gewölk bedeckte den Himmel. In der Nacht ging ein brausender Regen über Tal und Berge nieder. Dann brachte der Morgen klares Wetter.

Vor der Frühschicht, gegen sechs Uhr, fuhr Jonathan in den Salzberg ein, um Adelwart abzuholen. Die Erstlingsschicht des Buben hatte achtzehn Stunden gedauert, um zu proben, was die Kräfte des neuen Schleppers aushielten. Als der Meister bei der Förderstelle das angeschleppte Gestein untersuchte, nickte er zufrieden vor sich hin. Kein tauber Brocken war darunter.

»Auf den ist Verlaß!« Er stieg über den Leitergang hinauf in den Schacht; die Schläge der Spitzhauen klangen, in dem rötlichen Zwielicht schoben sich die dunkeln Gestalten durcheinander, und die nackten Oberkörper der Häuer schimmerten von Schweiß. Adelwart schleppte die Steine. »Wie ist's gegangen, Bub?«

»Nit schlecht.« Man hörte aber doch die Erschöpfung aus Adels Stimme.

»Du hast dich besser gehalten als sonst die Neuen. Die sind allweil bergfertig gewesen nach der zwölften Stund.« Jonathan ging auf die Häuer zu.

»Ist wider den neuen Schlepper eine Klag?«

Der Ferchner sagte: »Meister, an dem Buben hat das Hällingeramt einen Guten gefischt. Der schafft, als tat er nit wissen, was Müdigkeit ist.« Da lachte der Michel Pfnüer.

Das Geläut einer Glocke scholl von irgendwo durch das Bergwerk. »Schichtwechsel. Komm, Bub!« Adelwart hob den Stein, nach dem er sich gebückt hatte, noch auf die Schleppe. Dann fuhren sie aus. Die Höhe, von der sie bei der Einfahrt hinuntergeglitten waren, mußten sie auf Leitern ersteigen. Adelwart atmete auf, als sie den Fahrschacht erreichten und den Hund bestiegen. Mit sachtem Rollen ging es auf der Holzbahn durch die Finsternis hinaus. Die einfahrenden Rotten mit ihren schwankenden Grubenlichtern begegneten dem Hund. »Glück auf!« Ungeduldig spähte Adelwart durch die Finsternis. Da blinkte etwas in der Ferne wie das Glanzlicht in einem Menschenauge. Es wuchs und wurde wie ein silberweißer Stern, wurde wie das Gleißen eines Fensters, in dem sich die Sonne spiegelt, immer größer, immer weißer, immer strahlender. »Allgütiger!« stammelte der Bub. »Das Licht! Das Licht!«

Jonathan legte ihm den Arm um die Schultern. »Spürst du die Bergmannsfreud? Die allweil droben leben, die kennen das nit. Aus der Tief muß einer aufsteigen. Da weiß er erst, was er hat am Licht.«

Sie fuhren hinaus in den schönen Tag. Hinter den beiden, in langer Reihe fuhren die Knappen aus. Die einen traten den Heimweg an, die anderen gingen zur Knappenstube, um sechs Stunden zu ruhen; ihre Frauen oder Kinder, die vor dem Stollentor warteten, hatten ihnen in Körben und Töpfen das Frühmahl gebracht. Draußen, vor dem Gehöfte, regungslos an einen Baum gelehnt, stand die Freimannstochter, als wäre auch sie gekommen, um auf die Ausfahrt eines Knappen zu harren. Ihre Nähe reizte die Weiber zu lauten Schmähungen. Ein halbwüchsiger Bub nahm einen Stein von der Erde und warf nach ihr. Dicht vor ihren Füßen fiel der Stein ins Gras. Sie rührte sich nicht. Die Augen weit offen, spähte sie nach der Stelle, wo der Hällingmeister bei dem Buben stand.

Der sah mit dürstendem Blick in den leuchtenden Morgen hinaus. Alle Farben waren rein und frisch, um alle Bäume zitterte das Licht der Morgensonne, und an den Blättern hingen vom nächtlichen Regen noch die glitzernden Tropfen. Kleine weiße Wolken schwammen am Himmel, und Glanz und Bläue waren um die Berge gewoben.

Jonathan sagte: »Glück auf, Bub! Jetzt geh zur Mutter heim und laß dir's wohl sein! Zwölf Stunden hast du Zeit. Zur Abendschicht mußt du wieder einfahren.« Da sah er das eingetrocknete Blut am Nacken des Buben. »Jesus, was ist dir denn geschehen?«

»Ein Brocken ist von der Deck gefallen.«

»Und ich hab dich in einen Stollen getan, wo ich geschworen hätt, daß du sicher bist! Laß dir von der Mutter am Abend des Davids ausgenähte Kapp geben. Dann fahr ich zur Nachtschicht mit dir ein, und wir schaffen in einem bösen Schacht, daß du hören lernst, wie das Gestein kreistet und warnt.«

»Ja, Meister! Glück auf!«

Drüben, auf der anderen Seite des Gehöftes sprang die Freimannstochter über die Straße und den buschigen Hang hinauf. Oberhalb des Stollentores leuchtete das scharlachfarbene Röckl zwischen den Erlen.

Mit raschen Schritten folgte Adelwart seinem Weg. Als er zu einer Höhe kam, die ihm freien Ausblick gewährte, ließ er sich im Schatten einer Buche nieder. Deutlich konnte er das Haus des Wildmeisters und einen Teil des Gartens überschauen. Er sah das Beet mit den roten Aurikeln. Das Gehöft war leer. Nur manchmal ließ sich beim Scheunentor der Schinagl blicken. Da kam ein Reiter die Straße her, von einem Knecht begleitet. Vor dem Heckentürl des Wildmeisters sprang er aus dem Sattel, und der Knecht führte das Pferd davon. Peter Sterzinger kam aus dem Haus gelaufen, machte tiefe Bücklinge und geleitete den vornehmen Gast zur Tür. Im gleichen Augenblick sah Adelwart auf dem Wiesengehänge hinter dem Haus etwas Weißes blinken. Das Blut schoß ihm heiß in die Wangen. Sein scharfes Jägerauge hatte die Jungfer erkannt. Gegen den Stiftsberg klomm sie hinauf, verschwand in dem Holundergestrüpp, das auf dem Gehänge wucherte, und kam nicht wieder zum Vorschein. Er wartete und spähte immer hinüber. Die Erschöpfung zitterte ihm in den Muskeln, und das warme Schmeicheln der Sonne machte ihm die Lider schwer. Mit Gewalt überwand er den Dusel und erhob sich. Da flog ihm etwas Lindes gegen die Brust, und ein Veilchensträußl kollerte an ihm hinunter. Er guckte umher. Es war still im Wald. Lächelnd hob er die Blumen aus dem Gras und steckte sie auf die Kappe. Dann stieg er durch den Wald hinauf.

Das alte Kätterle wartete schon vor der Hecke. »Bub! Wo bleibst du denn so lang? Seit einem Stündl feuer ich allweil, daß dir die Supp nit kalt wird.« Sie zog ihn am Arm in das kleine Haus, belud den Tisch, setzte sich zu dem Buben, schob ihm alles zehnmal hin, guckte ihn immer an und erzählte vom David, bis sie sah, daß dem Adel die Augen zufielen vor Müdigkeit. Da schob sie ihn in die Kammer, in der das Bett schon gerichtet war. Ein dumpfer, bleierner Schlaf, zehn Stunden lang, bis zum Abend. Eine Stunde vor der Schichtzeit weckte das Kätterle den Buben. Sie hatte schon wieder gekocht und hatte ihm des Davids gepolsterte Stollenkappe zurechtgelegt. Während er den Imbiß nahm, fragte das Kätterle scheu: »Was hast du auf deiner Kapp für ein Sträußl getragen?« Er sagte ihr, wie er zu den Blumen gekommen wäre. Das Kätterle bekam eine rote Stirn: »Die Veiglen hat dir eine geworfen, die dich binden hätt mögen.«

»Binden? Mich?«

»Ein dürres Zaunrübl hat sie hineingesteckt in das Sträußl. Ich hab mit einer silbrigen Nadel siebenmal durchgestochen und hab's ins Feuer geworfen.«

Ein wehes Lächeln zuckte um den Mund des Buben. »Da tu dich nit sorgen, Mutter! Mich bindet keine.«

Im Glanz des versinkenden Tages stieg er ins Tal hinunter, um zur Abendschicht in das Salzwerk einzufahren. Nicht weit vom Hällingeramte stand die Freimannstochter an einem Baum. Als sie den Buben kommen sah, ging sie ihm entgegen. Er grüßte. Da sah er das Aufbrennen ihrer hungrigen Augen, den huschenden Blick nach seiner Kappe. Der Zorn fuhr ihm ins Blut. Er trat auf sie zu. »Hast du mir den Buschen geworfen?«

Sie zitterte und schwieg.

»Wenn du redlich bist, so sag's!«

Sie nickte, sprang in die Wiese hinaus und rannte, daß der scharlachfarbene Rock um ihre Glieder flackerte wie eine Flamme. Als sie die deckenden Stauden erreichte, drückte sie die Zweige auseinander, spähte zur Straße hinüber und keuchte: »Kommen mußt du! Kommen! Zu mir! Und über den Weg! Und über den Steg! Du bist gefunden, du bist gebunden! Dir ist's im Blut! Und mir ist's gut!« Ein heißes Auflachen. Dann verschwand sie hinter den Stauden.

8

Wie der erste Tag gewesen, so ging dem neuen Schlepper die ganze Woche hin: Finsternis und grüßendes Licht, Arbeit und müder Schlaf. Nach der tiefsten Erschöpfung, am vierten Tag, wuchs ihm wieder die Kraft, und er fühlte, daß ihm die Arbeit leichter wurde mit jeder Schicht. Er hatte das ›Berggesicht‹ bekommen: ernste, tiefliegende Augen unter einer bleichen Stirn.

Bei der Rottschaft hatte er einen harten Stand. Immer sah er sich bedrängt von einer versteckten Quälerei. Eines Morgens, nach der Einfahrt, trat er vor die Häuer hin. »Was habt ihr allweil gegen mich? Laßt mir meine Ruh! Ich will schaffen. Sonst nichts.«

»Der Bub hat recht!« sagte der Ferchner. »Und wer kein Lump und Neidhammel ist, der laßt den Schlepper in Fried.«

Von Stund an fiel kein Brocken mehr von der Decke, das Gestäng der Schleppe brach nimmer entzwei, Adel trat in kein Loch mehr, wo bei der letzten Schicht noch fester Boden gewesen, und dieses Kauderzeug und Gespöttel nahm ein Ende.

Auch außerhalb des Stollens erlöste er sich von einer Pein. Bei jedem Schichtwechsel stand die Freimannstochter nicht weit vom Hällingeramte, immer bei dem gleichen Baum. Eines Abends ging er auf sie zu. »Mädel? Was soll das? Wenn du's nit aufgibst, muß ich mir Ruh durchs Amt schaffen.« Sie blickte mit verstörten Augen zu ihm auf. Da sah er, daß sie blaue Male am Hals und an der Schläfe hatte, Ein Gefühl des Erbarmens überkam ihn. »Hat dich einer geschlagen?« Aus dem Klang seiner Stimme hörte sie, daß sein Zorn in Güte verwandelt war. Während sie lächelte, schoß ihr das Wasser in die Augen. »Du sollst mir sagen, ob dich einer geschlagen hat!« Sie nickte. »Von den Knappen einer?«

»Da tät sich's keiner nit trauen. So viel traut sich bloß mein Vater.«

In diesen Worten lag ein Ton, daß Adelwart erschrocken zurücktrat. »Dein Vater? Warum schlägt er dich?«

»Weil ich nimmer bin, wie er mich haben möcht!« Ganz leise sagte sie das und ging davon. Seit diesem Tage kam sie nimmer zum Hällingeramt.

Adelwart hatte Ruhe. In der Schule der schweren Arbeit wölbte sich seine Brust, die Schultern wurden breiter, seine Gestalt schien sich mit jedem Tage noch zu strecken. Doch immer tiefer sanken ihm die in Sehnsucht träumenden Augen unter die Stirn. Und einen Glanz bekamen sie wie die Augen eines Fieberkranken.

Das Kätterle verzappelte sich schier vor Sorge und brachte den Jonathan durch halbe Nächte um seinen Schlaf. Er sagte: »Allweil furcht ich, er hat das Stollenfieber.« Sein Weibl schüttelte den grauen Kopf. Ob der Bub nicht gebunden wäre? Ob ihm nicht eine die Zehrung ins Herz gewunschen hätte? Jetzt wurde Jonathan bös. Wie nur eins an solche Dummheiten glauben könnte! Gebunden wäre der Adel freilich, aber nicht durch unsauberen Zauber, sondern durch tiefe, reine Herzenskraft. Und die Jungfer, an die er sein Herz und Leben gehangen hätte, wäre aller Lieb in Ehren wert. Des Wildmeisters Madda!

»Herr Jesus, Mann! Nach der Jungfer tut sich ja doch der Sekretarius um. Das muß man dem Buben sagen. Daß er sich fürsieht!«

»Kätterle, tu das nit! Bei so was ist jedes Wörtl wie ein Feuerbrand im Stadel.«

Durch mehrere Tage saß das Weibl vom Morgen bis zum Abend hinter dem Nähstock, hakte immer wieder ein Stückl Gewand an die Zeugangel, ließ Nähte aus und setzte Tuchstreifen an. Als der Bub nach der letzten Wochenschicht heimkehrte und bei weißem Mondschein in seine Kammer trat, lag auf der Kleidertruhe des Davids ganzer Feiertagsstaat: der schwarze Knappenhut mit der weißen Feder, das schwarze Sammetkoller mit dem Ledergurt und der Silberschnalle dran, die Glockenhosen mit der schwarzen Stickerei und das Leinenhemd mit schöner Krause.

Es kam ein Sonntagmorgen, ganz in blauen Duft und schimmernden Glanz getaucht, wie ihn nur der Frühling in den Bergen erwecken kann.

Als Adel in der Feiertagstracht die kleine Stube betrat, begannen dem Kätterle die Augen zu tröpfeln. »Jesus! Mein ganzer David!«

Sie hängte sich an den Hals des Buben, als wäre er leibhaftig ihr eigenes Blut geworden. Jonathan, bei dem die Freude still nach innen ging, mahnte endlich: »So laß ihn doch aus ein bißl! Es steht die Supp schon da. Und gesungen muß auch noch werden.« Auf dem Tisch lag das evangelische Liederbuch schon aufgeschlagen. Sie knieten auf die Dielen nieder, alle drei, und während Adel das Kreuz schlug und den Maiengruß betete, legte das Kätterle dem Jonathan den Arm um die Schultern, und so guckten die beiden Wange an Wange in das Liederbuch und sangen mit halblauten Stimmen:

»Es ist das Heil uns kommen her
Von lauter Gnad und Güte –«

Wie gut und friedlich das Lied der Alten und das Gebet des Buben, jedes ein deutscher Herzklang, sich miteinander vertrugen! Als der Hällingmeister aufstand und das Buch schloß, sagte er: »Könnt's im ganzen Reich nit sein als wie bei uns?«

Als sie zum Kirchplatz kamen, standen in der Sonnenstille an die hundert Menschen vor der Kirche, die Gesichter gegen das offene Portal gewendet. »So«, stammelte Adelwart, »jetzt kommen wir nimmer hinein.« Da schmiegte sich das Kätterle an ihn und flüsterte: »Nach dem Hochamt stellen wir uns auf ein Platzl hin, wo du alle sehen kannst, die in der Kirch gewesen.«

Während die drei Verspäteten zu den anderen traten, erschien der alte Mesner im weißen Chorhemd unter dem Portal: »Natürlich! Steht schon wieder ein Trutzhäufl vor der Kirch heraußen! Nur herein da! Es ist noch allweil Platz. Und was der hochwürdige Herr heut predigt, das tut euch not!«

Ein kleines, nicht allzu eifriges Gedränge entstand; jeder schien dem anderen die Freude gönnen zu wollen, daß er die Predigt des Pfarrers besser hören möchte. Nur Adelwart, dem es ernstlich um den Einlaß zu tun war, gelangte bis zum Portal. Weil er auf der Schwelle stand und um einen halben Kopf die anderen überragte, konnte er die Altäre sehen und die mit Andächtigen besetzten Betstühle. Eine heiße Blutwelle schoß ihm ins Gesicht. Gleich mit dem ersten Blick hatte sein Jägerauge die eine gefunden, nach der die

Sehnsucht seines Herzens gedürstet hatte durch Tage und Nächte. Er sah den Pfarrer nicht auf die Kanzel steigen und verstand kein Wort der Predigt. Nichts anderes sah er als dieses grüne Hütl mit der weißen Federzier und diesen roten Bänderschimmer im schwarzen Haar der Jungfer Barbière.

Alle anderen Leute begannen zu lauschen. Herr Süßkind predigte von der Gütigkeit der Gottesmutter. So recht als Schutzpatronin des Berchtesgadener Landes hätte sie sich erwiesen. Während der fluchwürdige Hexenschwindel durch alle Lande hinzapple, die Kerker bevölkere, den Henker fett und das Brennholz teuer mache, wäre das Berchtesgadener Land durch den Schutz der Himmelskönigin verschont geblieben von solchem Elend. Er, als treuer Hirte seiner tausendköpfigen Gemeinde, würde seine alten Hände ruhig auf glühendes Eisen legen, zum Beweis dafür, daß in seiner Herde keine Hexe wäre, kein Zauberlehrling der Hölle. Und wenn da einer, beraten von aller Schlechtigkeit des Lebens, zu ihm in den Pfarrhof käme und klagen wollte: Meinen Nachbar Hänsel oder meine Nachbarin Urschel hab ich zaubern sehen und Wetter machen – zu solchem Kläger würde er sagen: Du Lügner vor Gottes Angesicht! Aus Bosheit oder Eifersucht, aus Dummheit oder Habgier redest du! Hinaus mit dir! Oder ich laß dich mit dem spanischen Röhrl karbatschen, bis aus deiner vergifteten Seel die stinkende Lüg herausfliegt wie zur Nacht die Fledermaus aus ihrem schwarzen Loch!

Herr Süßkind machte eine Pause und trocknete mit dem blauen Taschentuch den Schweiß von seinem Gesicht. Dann begann er wieder zu reden: Der Zorn hätte ihn überwältigt, obwohl er seine Schäflein sicher wisse vor jeder verleumderischen Niedertracht. Aber es wäre eines jeden Christen Pflicht, aus seiner Seele keinen Widerhaken herauszudrehen, auf dem die unsterbliche Dummheit ihren Unsinn aufspießen könnte, wie der Fischer die Heuschrecken auf die Angel spießt. Drum sollten die Berchtesgadener allem gotteswidrigen Aberglauben entsagen, wenn einer Kuh die Milch versänke, wenn die Schermaus im Garten oder der Kleefraß auf dem Acker wäre, wenn ein Wetter aufzöge, wenn einer den zehrenden Wurm im Finger hätte oder Warzen im Gesicht oder eine verdrehte Lieb im Herzen. Besser als alles Beschreien und Besprechen, als alles Binden und Wurzelschneiden, besser und hilfreicher als alles heidnische Narrenzeug, das noch keinem Notigen über den Weg geholfen hätte, wäre das rechte Gottvertrauen und ein mutiger Herzenssprung, mit dem sich eine hoffende Christenseele aus allem Weh des Lebens hinaufschwänge zum barmherzigen Heiland und zur gnädigen Gottesmutter.

Es war wie der Klang eines betenden Kindes, als Herr Süßkind, die Hände faltend, seine Predigt mit der Bitte schloß: »O du liebreiche Himmelskönigin, die du auf Erden aller Schmerzen Glut empfunden! Nimm unser Ländl und seine guten Kinder in deinen festen Schutz! Und behüt uns vor Unverstand und Grausen!«

Die Orgel fing zu rauschen an, und der alte Pfarrherr kletterte über die steile Kanzeltreppe herunter.

Eine seltsame Unruh war in der Kirche. Dieses Getuschel und Gesichterdrehen setzte sich nach dem Hochamt auch in der Sonne draußen fort, während der bunte Strom der Kirchleute am Hällingmeister, am Kätterle und an Adelwart vorüberflutete. Wenn Knappen vorbeigingen, grüßten sie den Meister; nur der Michel Pfnüer drehte das Gesicht auf die Seite. Von den geputzten Mädchen guckte manches mit Neugier und Wohlgefallen nach dem stattlichen Buben. Sooft das Kätterle solch einen Blick gewahrte, versetzte es dem Adel immer einen Puff mit dem Ellbogen. Nie verstand er diese mütterliche Zeichensprache. Als aber das Kätterle einmal nicht puffte, da fuhr ihm das Blut in die Stirn. Mitten im Strom der Leute kam die Jungfer Madda gegangen, gekleidet wie damals im Gärtl zu Schellenberg. An jeder Hand führte sie eins von den Kindern. Peter Sterzinger mit dem blinkenden Hirschfänger ging nebenher, eine verdrossene Miene im Gesicht, ein grelles Glanzlicht auf der Ausbuchtung seines Kropfes.

Ein Blick in Sehnsucht und Liebe muß etwas sein wie ein geheimnisvoller Ruf. Madda, als wäre sie von unsichtbarer Hand berührt, hob plötzlich die Augen und sah den Adel stehen. Erst war's wie Schreck und Staunen in ihrem Blick. Dann blitzte der Unmut. Während sie fester die Hände der Kinder faßte, sah sie nichts anderes mehr als nur noch den Weg vor ihren Füßen. Peter Sterzinger, seiner Verdrossenheit vergessend, schmunzelte ein bißchen und machte den Specht. Dann sagte er merkwürdig laut: »Da steht der Hällingmeister. Dem muß ich von Amts wegen ein Wörtl sagen.« Er trat auf den Alten zu. »Meister! Für die Zeit, wenn die Hirsch verschlagen, ist im Stift ein fürnehmer Jagdgast angemeldet. Dem muß ich im Wimbacher Seeboden ein Treiben richten. Da soll mir das Hällingeramt eine Rott von zwanzig Knappen zur Jagdfron stellen!« Die Nähe des jungen Schleppers schien für den Wildmeister etwas Ungemütliches zu sein. Drum zog er den Hällingmeister Schritt um Schritt am Janker mit sich fort und flüsterte: »Stell mir den Buben mit zur Fron! Aber tu den Schnabel halten!«

Antwort wartete der Wildmeister nicht ab. Während er seine Schwägerin und die Kinder einholte, zuckte etwas Vergnügliches in seinem Gesicht, obwohl er die grimmige Miene wieder aufzusetzen versuchte.

Im Münster des Stiftes war das Hochamt noch nicht zu Ende, und man hörte den brausenden Klang der Orgel.

»Maddle?« fragte das kleine Mädel. »Warum tust du denn so traurig schauen?« »Wenn ich meines Vaters Orgel hör, das geht mir allweil so weh ins Herz.«

Peter Sterzinger schnackelte, daß das Glanzlicht seines Kropfes hin und her tanzte. »Es muß dir auch unlieb sein, daß der unverschämte Kerl noch allweil um den Weg ist. Ich mein', ich sag dem Hällingmeister ein Wörtl, daß er den Buben mit Laufpaß über die Grenz weist.«

Ohne das Gesicht zu heben, schüttelte Madda den Kopf. »Der ist gestraft genug! Meinetwegen soll er bleiben, wo er mag.« Die Jungfer ließ die Händchen der Kinder fahren und huschte durch das Gedränge der Leute. Sie hatte den Josua Weyerzisk und das Trudle gewahrt. Mit erregter Zärtlichkeit legte sie den Arm um die junge Meisterin. »Grüß dich, Trudle! Bist auch in der Kirch gewesen?« Das sprudelte sie hastig und heiß heraus. »Heut ist aber auch ein Tag, so schön, wie lang schon keiner gewesen!«

Die junge Meisterin nickte und bot in ihrer Scheu einen schmucken Anblick. Das lichtblaue Gewand umkleidete lind den schlanken Körper, die Krause am feinen Hälschen war wie Schnee, und unter der weißen Frauenhaube zitterten die blonden Locken heraus und warfen zarte Goldschatten auf die Wangen, die, so schmal sie noch waren, doch schon angehaucht erschienen von einer wiederkehrenden Freude am Leben. Und Josua stand dabei, die Augen strahlend vor Glück und Stolz. Leise plaudernd gingen die drei durch die Stiftshöfe zum Marktplatz.

Es war ein Brauch seit langer Zeit, daß sich die Bürgersleute mit den Bauern an Feiertagen nach dem Hochamt auf dem Marktplatz zusammenfanden, um allerlei Geschäfte zu besprechen, Einkäufe zu machen, vom Viehhandel und von der Holzarbeit zu reden. Ein buntes, prächtiges Bild, diese paar tausend Menschen im Sonnenglanz, in ihren Trachten, mit den gesunden und braunen Gesichtern. Und ringsumher der Riesenkranz der schönen Berge, die grünenden Almen und die von Sonnenduft umwobenen Wälder.

An diesem Sonntag wurde nicht viel von Flößerei, von Salzfracht und Viehhandel geredet. In allen Gruppen, die beisammenstanden, schwatzte man von der merkwürdigen Predigt des Herrn Süßkind. Und ein Aufsehen gab's, als die Leute kamen, die dem Hochamt in der Franziskanerkirche beigewohnt hatten. Die erzählten, daß heut der Prior Josephus, der sonst das behagliche Sitzen im Chorstuhl dem Predigen vorzuziehen pflegte, streitbar auf die Kanzel gestiegen wäre und gegen den Aberglauben und das Zaubersprechen, gegen die falschen Zeugen und die Hexenkläger gepredigt hätte. Zu allem Gerede setzte es noch einen schreienden Aufruhr. Die Burschen, die sich gerne einen Krug Klosterbier vergönnt hätten oder ihrem Mädel ein Gläsl Süßen vorsetzen wollten, fanden im Leuthaus und in allen Herbergen eine verriegelte Schank. Der geistliche Kommissar, Herr Doktor Pürckhmayer, hatte unter Androhung schwerer Strafen verboten, daß in den Wirtshäusern auch nur ein Tropfen verzapft würde; der Sonntag gehöre dem Himmel, der frommen Erbauung, nicht aber dem Zithergedudel, dem unzüchtigen Tanz und den verschwenderischen Saufgelagen; die Bürger und Bauern sollten ihre Kreuzer zusammmenhalten statt jeden Silberknopf durch die Gurgel zu jagen; dann könnten sie auch die Steuern bezahlen, und dem leidigen Geldmangel des Gemeinwesens wäre bald abgeholfen.

Der Dominikaner machte sich zu Berchtesgaden durch diese Verfügung nicht populär. Hätte er alle Urteile hören können, die auf dem Marktplatz über ihn gesprochen wurden, so hätte ihm das linke Ohr an diesem Sonntag dröhnen müssen wie eine Wetterglocke.

Auch Peter Sterzinger, als er mit dem Doktor Besenrieder zusammentraf, knurrte kurzatmig: »Herr Sekretari! Was ist denn los im Land? Was sind denn das für Predigten? Und was soll denn das Schankverbot? Daß man einen Riegel schiebt vors Übermaß, das laß ich gelten. Aber man muß den Leuten doch nit gleich die Gurgel zunähen.«

Herr Besenrieder hob beschwichtigend die weiße Hand, warf einen ehrfürchtigen Blick auf Madda und zog den schwarzen Hut, über dessen Rand eine aus weißem Zwirn gedröselte Feder heruntertrauerte. »Wenn es dem Herrn Wildmeister genehm ist, möchte ich seine liebwerte familiam gern ein Stück Weges komitieren.« Genehm war das dem Peter Sterzinger nicht. Doch er nickte. Madda hatte stumm gegrüßt, ein bißchen beklommen. Dann zog sie die Kinder an sich und ging den beiden Männern voran.

Doktor Besenrieder, ein Mann um die Dreißig, machte trotz der ›Windigkeit‹, die Peter Sterzinger an ihm auszusetzen hatte, keinen ungünstigen Eindruck. Er war ganz in Schwarz gekleidet, mit einem dünnen Seidenmäntelchen um die Schultern. Das einzig Farbige an ihm waren die roten Schuhe und das Hellblau seiner runden Augen, die unter dem glatt in die Stirn geschnittenen Blondhaar vorsichtig herausblickten. Als Sohn eines Stiftsbeamten hatte er einst mit einem jährlichen Stipendium von siebenundfünfzig Gulden die hohe Schule von Ingolstadt bezogen und hatte vier Jahre so fleißig studiert und so rechtschaffen gehungert, daß ihm zwischen Haut und Knochen aller Speck herausgeschwunden war. Während seine Augen an Madda hingen, wie man ein heiliges Bild betrachtet, begann er halblaut zu sprechen, damit die vorübergehenden Bauern keines seiner hochwichtigen Worte erhaschen könnten. Im Stifte, so vertraute er dem Wildmeister, wäre die zwischen dem Dekanate und dem Kapitel entstandene causa invidiosa so ziemlich wieder beigelegt. Die Kapitularen hätten die Wahrnehmung machen müssen, daß sich mit dem angefeindeten Dekan viel besser fahren ließe als mit dem geistlichen Kommissar, bei dem sie vom Regen in die Traufe gerieten. Es wäre ja schließlich auch dem edeln Herrn von Sölln kein anderer Vorwurf zu machen, als daß er sich in blindem

Vertrauen durch einen ungetreuen Beamten seit Jahren hätte betrügen lassen und daß er gegen die säumigen Steuerzahler von allzu
großer Langmut gewesen wäre.

»So?« knurrte Peter Sterzinger. »Was kann den ein Guter dafür,
daß ein Schlechter schlecht ist? Und daß der Herr so viel Geduld
übt, ist das Beste, was ihm einer nachreden kann. Unsere Bauern
haben ein hartes Leben. Wer soll denn christlich und barmherzig
mit ihnen sein, wenn nit ihr Herr?«

Doktor Besenrieder nickte. Aber solche Barmherzigkeit, eben weil
sie christlich wäre, sollte sich im Wachstum des klösterlichen Gutes
als von Gott belohnt erweisen. Doch die Steuerfähigkeit und der
ganze Vermögensstand des Landes liefe immer mehr bergab.

Jede Wirkung müsse eine Ursache haben.

Und der geistliche Kommissarius hätte diese Ursach heut von der
Kanzel der Stiftskirche ohne Umschweif ausgesprochen.

Jetzt spitzte Peter Sterzinger die Ohren, daß sein Kropf durch die
Verlängerung des Halses merklich an Rundung verlor.

»Vor der Predigt«, sagte Besenrieder, »muß in der Sakristei zwischen dem geistlichen Kommissar und dem Herrn von Sölln eine
Meinungsverschiedenheit bestanden haben. Man hat die heftig
irritierten Stimmen herausgehört bis in das Kirchenschiff. Dann ist
der hochwürdigste Doktor auf die Kanzel gestiegen. Gleich war zu
merken, daß man einen Meister der bene dicendi scientiae vor sich
hatte. Jeder Satz wie aus Erz gegossen. Blumenreich wie der Frühling. Meisterhaft in der forma. These und Antithese mit solcher
Schärfe –«

»Davon versteh ich nichts!« unterbrach der Wildmeister mit grober Ungeduld. »Sagt mir lieber, was er gepredigt hat!«

Mit einer dialektischen Schärfe ohnegleichen hätte Doktor Pürckhmayer in seiner Predigt deduziert, daß die Vergiftung der Land-
verhältnisse nicht mit rechten Dingen zugehen könne. »Ex animi
mei judicio muß ich ihm beistimmen, wenn er eine Ursach hiefür in
der Zunahme der verhüllten Ketzerei erblickt, in der laxen Anwendung der antireformatorischen Maßregeln. Im Anschluß an diese
Meinung zitierte der Hochwürdigste den Satz: ›Eines Ketzers Fuß-

pfad ist die Fahrstraße aller dunklen Mächte.‹ Die Nähe der Hölle wirkt auf die verlorenen Seelen wie die Flamme auf die Motten. Ein Schritt noch, und wir haben das Hexenwerk, das jede irdische Wohnstatt verunglimpft. Ist es da nicht heilige Pflicht der Obrigkeit, die Augen offen zu halten? Und nach strengen Rechten zuzugreifen, wo sich ein Schuldiger entdecken läßt?«

Peter Sterzinger, der durch die Nase schnaufte, blieb stumm. In diesem Schweigen hörte man den Miggele sagen: »Maddle, schau doch, was da der liebe Gott für ein schönes Blüml hat wachsen lassen!« »Ja, Kindl« klang die leise Stimme der Jungfer. »Das tu nit abreißen! Das muß auch noch für ander Leut eine Freud sein.«

»Gelt«, fragte die kleine Bimba, deren Kosename noch ein Erbstück von aller Zärtlichkeit der Mutter war, »alles, was ist auf der Welt, hat der liebe Gott den Menschen zur Freud erschaffen?« Das Kind mußte sich verwundert nach dem Vater umgucken, der merkwürdig lachte.

Mit grober Hand hatte der Wildmeister den Doktor Besenrieder am seidenen Ärmel gefaßt. »Und Ihr, Herr Sekretari? Könntet Ihr als Gerichtsperson dazuhelfen, daß man solch ein unglückliches Mensch auf den Holzstoß bindet?«

Dem Doktor stieg eine leichte Röte in die Stirn. »Eine überführte Hexe ist kein unglückliches Weib, sondern eine Verbrecherin. Auch fühl ich mich obligiert, Euch aufmerksam zu machen, daß der Malleus maleficarum eines der bedenklichsten Indizien in auffälliger Parteinahme erblickt. Ein Mann wie Ihr steht weit von allem Verdacht. Aber die Zeit hat eben Wolken. Ihr solltet einige Fürsicht in Euren Äußerungen walten lassen.«

Der Wildmeister wollte etwas sagen. Es blieb ihm in der Kehle stecken. Nach einer Weile schnackelte er mit krebsrotem Gesichte vor sich hin: »Eine schöne Predigt! Ich möcht nur wissen, was der edel Herr von Sölln zu seinem solchen Evangeli sagt!«

»Seine Gestreng der Herr Landrichter erzählte mir, daß dem gnädigen Herrn in seinem Chorstuhl vor Rührung ein Zährlein ums andere über das Gesicht geflossen wäre.«

»Vor Rührung? So?«

»Uns beiden steht es nicht zu, die observationes Seiner Gestreng zu interpretieren.« Während der Sekretarius das erklärte, ging ein Erbleichen über sein hageres Gesicht. Er sah, daß Madda raschere Schritte machte, als möchte sie das Heckentor des Wildmeisterhauses so flink wie möglich erreichen. Auch Doktor Besenrieder beschleunigte den Schritt. »Weil ich schon Ursach fand, Euch eine Verwarnung zukommen zu lassen, möcht ich zu unser beider Wohl auch noch ein ander Ding besprechen. Im Markte redet man allenthalben davon, daß der edle Herr von Preysing Euer Haus in auffälliger Häufigkeit mit seinem Besuch ornieret.«

»Was soll ich denn machen?« platzte Peter Sterzinger heraus, dem der kurze Atem noch kürzer wurde. »Der Graf als Kommissar ist halb wie der Herr im Land.«

»Einer Jungfrau Ruf ist wie ein Spiegel. Jeder Hauch kann ihn trüben. Auch will es mich unter Kümmernis bedünken, als wäre das sonst so heitere Wesen Eurer Schwägerin merklich vexieret von Unruh.«

»Da hab ich noch nichts gemerkt davon.«

»Wer mit dem Herzen sieht, hat scharfe Augen.« Die Stimme des Doktor Besenrieder bekam einen wärmeren Klang. »Ihr habt wohl observiert, daß es eine Hoffnung meines Herzens ist, die liebe Jungfer als Hausfrau zu gewinnen.«

Der Wildmeister griff nach seinem Hals, mehr nach der linken Seite hin, wo er etwas Ausgiebiges in die Hand bekam.

»Wie meinem eigenen Herzen, wird es auch der Sicherheit Eurer Schwägerin dienen, wenn ich heute nach der Vesperandacht mit meiner Mutter in Eurem Haus erscheine, um das Jawort der Jungfer Maddalena zu erbitten.«

»Viel Ehr!« keuchte Peter Sterzinger. Er wollte etwas sagen. Da machte der Sekretarius flinke Schritte, um Madda noch einzuholen, die hinter den Kindern durch die Heckentür verschwinden wollte. »Liebe Jungfer!« Madda blieb stehen. Als Doktor Besenrieder sie erreichte, leuchtete in seinen Augen ein Glanz, der verriet, daß sein Herz nicht so kühl war wie seine Art zu reden. Die Jungfer erschrak. »Soll es mir nicht vergönnt sein, Madda, uns ein Wiedersehen zu wünschen? Recht ein frohes und glückliches?«

Sie reichte ihm die Hand, mit einem irrenden Lächeln. »Das soll Euch gern vergönnt sein, Herr Sekretari. Ich muß nur schauen, daß ich flink ins Haus komm.« Ihre Hand befreiend, suchte sie sich mit einem Scherz zu helfen: »Den Schwager macht das Beten allweil so viel hungrig. Steht nach dem Kirchgang nit gleich die Supp auf dem Tisch, so haben wir grob Wetter den ganzen Tag.« Sogar ein Lachen gelang ihr, während sie flink durch das Heckentürl huschte. Als sie den Hausflur erreichte, preßte sie die Hände auf die Brust, als müßte sie etwas Quälendes zur Ruhe bringen.

In der Stube klang das vergnügte Schwatzen der Kinder. Mit leuchtenden Strahlenbändern fiel die Sonne durch die kleinen Fenster herein und warf ein schimmerndes, von den feinen Schatten der Rosenstöcke durchsponnenes Goldquadrat über den blaugedeckten Tisch, auf dem ein Strauß von roten Aurikeln und goldgelben Schlüsselblumen prangte. Marei, die sauber gekleidet war, stellte die Zinnteller zurecht. Das heiße Rot, das auf ihren Wangen brannte, war wohl der Hitze des Herdfeuers zuzuschreiben. Aber es war auch zu merken, daß Marei sich heimisch zu fühlen begann. Jenen scheuen Blick hatte sie völlig verloren und schien gespannt, wie der schöne Blumenstrauß auf die Jungfer wirken würde. Freundlich nickte Madda. »Wie schön du das gemacht hast! Bist ein gutes und braves Ding!« Ein Glanz von Freude leuchtete in den Augen der Magd.

Peter Sterzinger, mit zinnoberrotem Gesicht, betrat die Stube. Schweigend schnallte er den Hirschfänger herunter. Die Blumen sah er nicht. Schnaufend setzte er sich auf die Ofenbank und schlug mit der Faust aufs Knie. »Jetzt möcht ich nur wissen, was sich da einer denken soll! In der Pfarrkirch böllert der Süßkind wider den Aberglauben, und in der Stiftskirch predigt der geistlich Kommissar, die Landschaft wär verzaubert, Hexen wären im Land und man müßt die Schuldigen vors Malefiz bringen.« Die stumme Marei machte eine Bewegung, als hätte sie einen Fauststoß auf den Leib bekommen und könnte sich vor Schmerz nicht wieder aufrichten. Der Zinnteller, den sie in der Hand gehalten, fiel zu Boden. »Du Patsch und Unschick!« brüllte Peter Sterzinger. »Glaubst du, der ist aus Holz?«

Als er sah, wie bleich das Gesicht der Marei war, knurrte er etwas sänftlicher: »Wenn er eine Dull hat, muß sie halt der Schinagl wieder ausklopfen.« Bevor er das noch gesagt hatte, war die Magd schon draußen.

Madda, während sie das Hütl herunternahm, fragte mit zerdrückter Stimme: »Hat der Sekretari was geredet?« »Gotts Tod und Teufel!« blitzte Peter Sterzinger los. »Mehr als mir lieb ist! Nach der Vesperandacht will er Anfrag halten.«

Maddas Gesicht bekam einen müden Zug. »Meinetwegen! Da hab ich endlich einmal Ruh. Vor dem einen wie vor dem anderen.«

»Guck, wieviel dir um die Ruh ist!« Ein zorniges Lachen. »Aber tu dich nit schneiden, gelt! Vor dem gnädigen Herrn wirst du freilich Ruh kriegen. Aber der ander? Wie kühl er tut und wie windig als er ausschaut – bei dem ist Feuer unterm Kittel. Gar so ruhig wirst du's nit haben bei dem.«

Die Jungfer sah den Schwager an, als verstünde sie nicht, von wem er spräche, und ging aus der Stube. Der Flur war leer, in der Küche knisterte das Feuer, und in der Kammer der Marei war ein Gepolter, als war ein Stuhl auf die Dielen gefallen. Seufzend stieg Madda über die Holztreppe hinauf und trat in ein kleines Giebelzimmer. Wie eine Laube sah es aus. Die Ranken der Efeustöcke hatten die Decke und die halben Wände mit Blättern besponnen; das weiße Bett war wie von einem grünen Baldachin überhangen. An der Wand hingen alte Lauten und Geigen, Erbstücke vom Vater. Ein bunt bemalter Kasten für die Kleider; daneben ein Ladenschrein und drauf ein wächsernes Jesuskind. Neben dem winzigen Tischl ein Spinnrad. Wie ein Bild hing an der Wand ein Rahmen, und da war unter Glas ein altes Büchelchen zu sehen, auf dessen Pergamentdeckel in verblaßter Rotschrift geschrieben stand: ›Fioretti di San Francesco‹ Dieses Buch war das einzige, was Madda von ihrer Mutter noch besaß. Lesen konnte sie es nimmer, die Sprache der Mutter verstand sie nicht mehr. Und überall in der Stube dieser kleine, bunte, glitzernde Kram, als hätte Madda der Weyerziskin die Freude an den winzigen Sächelchen abgelernt. Draußen vor dem Doppelfenster stand ein großer Birnbaum, der seine Äste bis dicht an die Scheiben streckte. Ein seltsames Gewirr von knorrigem

Gezweig! Jährlich mußte man da die neuen Triebe absägen, damit der Baum nicht ganz heranwüchse an die Mauer.

Madda nahm das Hausgewand aus dem Kasten und begann sich zu entkleiden. Ein Haftel ihres Spenzers verfing sich in dem rotgebänderten Zopf. Mit zitternden Händen quälte sie sich und brachte die Haftel nimmer los. »Marei!« rief sie. Niemand kam. Und Madda begann das Nesteln und Zerren wieder. So ungeduldig wurde sie, daß ihr die Tränen kamen. »Marei! Marei!« Da kam die Magd über die Stiege heraufgepoltert und trat in die Stube. Ihr Gesicht war so erschöpft wie nach schwerer Mühsal, das Haar zerrauft, das Gewand bestaubt. »Komm her, Marei!« sagte die Jungfer. »Da ist mir das Spenzerhaftl hängengeblieben in meinem Zopf. Geh, sei so gut und hilf mir!« Das ging auch bei der Marei nicht flink. Endlich war's getan. Da stieß die Magd einen dumpfen Laut aus und rührte mit zitterndem Finger an Maddas Hals, an dem ein winziges Mal zu sehen war, so rot wie ein Johanniskäferchen. »Hast du das noch nie gesehen?« fragte Madda. »Das rote Knöspl ist mir ein liebes Denken an den Vater. Einmal, derweil ich noch ein Kind gewesen, hat der Vater Orgelpfeifen gegossen. Da ist mir ein Tröpfl von dem heißen Zinn an den Hals gespritzt. Seit demselbigen Tag –« Die Jungfer verstummte. Halb verwundert, halb erschrocken, sah sie der stummen Magd ins Gesicht. »Marei? Was hast du?«

Aus den weitgeöffneten Augen der Stummen redete etwas wie namenlose Sorge.

»Marei! So tu doch deuten! Was ist denn mit dir?«

Die Magd schüttelte den Kopf und verließ die Stube. –

Es war um die gleiche Zeit, daß Doktor Besenrieder auf der Straße dem Freiherrn von Preysing begegnete, der vom Markte herunterkam, in kostbarem Gewand, seidengebändert und mit Spitzen behangen. Der Sekretarius, dem es heiß in die Backenknochen fuhr, machte höflich seine Reverenz, begann ein feingeschliffenes Gespräch über das schöne Wetter und erzählte, daß er von einem Sonntagsbesuch bei seiner liebwerten Braut und zukünftigen Hausfrau käme.

»Eure Braut?« fragte Herr Preysing ohne sonderliche Neugier. »Wer ist das?«

»Die ehrsame Jungfer Madda Barbière.«

Unbehaglich berührt, trat der Freiherr einen Schritt zurück. »Sieh doch, wie man sich täuschen kann in den Menschen! Ich hätte der feinen Jungfer einen besseren Geschmack zugetraut.« Lachend machte er eine so rasche Schwenkung, daß sein Degen klatschend dem Doktor Besenrieder gegen die Wade schlug.

Der Sekretarius war kreidebleich geworden. Dennoch atmete er auf. Denn Freiherr von Preysing, statt den Weg zum Hause des Wildmeisters fortzusetzen, hatte kehrt gemacht und ging dem Markte zu.

Am Nachmittage, nach der Vesperandacht, gab Madda Barbière dem Doktor Besenrieder das Jawort.

Wenn der weltliche Herr Kommissar von nun an etwas über die Jagd zu reden hatte, ließ er den Wildmeister ins Leuthaus befehlen.

9

Am folgenden Sonntag kam Adelwart, den man tags zuvor zum Hundstößer befördert hatte, so frühzeitig zur Kirche, daß er sich das Plätzl seiner Andacht nach Belieben wählen konnte. Er stellte sich an eine Säule, nicht weit von dem Betstuhl, in dem er am vergangenen Sonntag die Jungfer Barbière hatte knien sehen. Die Glocken läuteten, die Menschen kamen. Der Betstuhl des Wildmeisters blieb leer. Den Knappen befiel ein Zittern, daß er den Ledergurt umklammern mußte, um seine Hände ruhig zu machen. Er überhörte das Geklingel des Ministranten und achtete nicht auf das Getuschel, das in der ganzen Kirche entstand, als der Prediger auf die Kanzel stieg.

Es war nicht der Leutpfarrer Süßkind, sondern der geistliche Kommissarius Doktor Pürckhmayer. Was er vor acht Tagen in der Stiftskirche den Chorherren und Beamten gepredigt hatte, das übersetzte er jetzt in derbe Noten, die für das Verständnis des ›gemeinen Ohrs‹ berechnet waren. Gleich ging er in medias res. Ob sich die Bürger und Landleute von Berchtesgaden noch nie gefragt hätten, wodurch dieser bösartige Krebsgang der Landschaft verschuldet würde? Der Mißwachs der Felder? Aller Unfried und Hader im Land? Und die erschreckliche Mehrung aller heimlichen Ketzerei? Ob in dieser letzteren Frage nicht schon die Antwort läge? Aus der Wurzel des Unglaubens wäre ein Giftbaum aufgewachsen, in dessen Zweigen sich der Teufel ein bequemes Nest gebaut hätte. Von hier aus kommandiere er zu mitternächtiger Stunde die Rotte seiner Zauberschwestern, wie ein Hauptmann in Kriegszeiten seinen Soldaten das Morden befiehlt. Aber die Langmut des Himmels wäre erschöpft. Durch Gottes und eines gnädigen Fürsten Sendung wäre er, der geistliche Kommissar, ins Land gekommen als Retter in der Not.

Zu ›geziemender Vorbereitung‹ begann der Hochwürdige, ›auf wissenschaftlichen Fundamenten‹ das Laster des Hexenbrodels den christlichen Gemütern vor die Augen zu stellen. Da wurde vor allem die Kapitalfrage aufgeworfen, warum die Hexerei häufiger beim weiblichen Geschlecht als beim männlichen gefunden würde. Die Antwort war nicht höflich gegen die Weibchen, deren Urmutter alles Unheil in die Welt brachte. Ein Weib wäre schwach an Verstand, darum leichtgläubig und mühelos zu betören; es wäre voll Eitelkeit und keinem Mittel abgeneigt, um seiner Hoffart zu frönen; und vor allem wären die Weiber neugierig, minder auf alles Gute denn auf jedes Laster. Was Wunder, daß der Teufel so leichtes Spiel mit ihnen hätte! Wie die Weiber das Wettermachen und Zaubern lernen, das Milchverschütten und Fruchtverderben, das Wurzelschneiden und Nestelknüpfen; wie sie für den Satan ihre neugeborenen Kinder zu einem greulichen Süpplein kochen; wie sie auf ihren Besen, auf ihren Säuen und Kuchelbänken ausfahren zum Hexentanz – das alles malte der blumenreiche Kanzelredner mit einer Anschaulichkeit, daß den Frauen und Mädchen, die in der Kirche waren, nach dem bleichen Entsetzen die Glut der Scham in die Gesichter fuhr.

Es gäbe wohl Menschen, die da leugnen, daß solche Dinge wahr wären – Menschen, welche nie an den Brüsten der Wissenschaft gesogen hätten und voll wären der gutherzigen Torheit. Die meisten aber leugnen die Hexerei, weil sie selber Dreck am Stecken haben und vor dem Richter zittern. Wenn einer spräche, es gäbe keine Hexen, das wäre von allen Indizien das schärfste. Auch sonst gäbe es noch viele Zeichen, aus denen man die fahrenden Hexen leicht zu erkennen vermöchte. Verdächtig sind die Schönen, denn ihrer begehrt der Teufel. Verdächtig sind die Häßlichen, weil sie nach Freuden dürsten. Verdächtig sind die Armen, die sich Reichtum wünschen, und verdächtig sind die Reichen, weil sie aus Gewohnheit zum Laster neigen. Verdächtig sind die Bresthaften und Hinfallenden, denn viele sind unter ihnen, die auf der Hexenfahrt einen Sturz getan.

Und verdächtig sind die Gesunden, denn der Mensch ist zum Leiden geboren, und dauernde Gesundheit kann nur ein Ergebnis zauberischer Mittel sein. Doch ebenso zahlreich wie die Hexen selbst wären für einen guten Christen die schützenden medicamenta. Unter allen das sicherste wäre der Wille, keinen Verdacht vor der Obrigkeit zu verschweigen, sondern kräftige Beihilfe zu leisten, daß das Laster der Hexerei im Lande ausgerottet würde. Da brauche sich keiner aus Angst vor den Hexen das Maul verbinden. Gott hätte das in seiner Weisheit so eingerichtet, daß kein Satan und keine Hexe dem Kläger schaden könnten. Nicht einmal nach dem

Namen des Klägers dürfte ein Richter forschen! Drum würde mit dem heutigen Tag ein Klagekasten am Kirchtor aufgehangen. Wer einen begründeten Verdacht hätte, dürfe nur die Beschuldigung und den Namen der Verdächtigen auf ein Zettelein schreiben und das Zettelein, mit drei Zeichen des heiligen Kreuzes versehen, in den Klagekasten werfen. Dann würde die Obrigkeit schon ihres Amtes walten. So, mit Beihilfe aller guten Christen, würde es wohl gelingen, die Landschaft vor dem völligen Untergang zu bewahren. »Das wollen wir mit gläubigem Vertrauen hoffen, im Namen Gott des Vaters, Gott des Sohnes und Gott des heiligen Geistes, Amen!«

Dumpfe Stille war in der Kirche. Man hörte nur die auf den Steinfliesen klingenden Schritte des hochwürdigen Doktor Pürckhmayer.

Pfarrer Süßkind, der wie gelähmt in seinem Chorstuhl gesessen hatte, stürzte in die Sakristei. Als der Prediger eingetreten war, schlug Süßkind die schwere Türe zu und faßte den Doktor mit beiden Fäusten am Chorhemd. »Herr! Könnet Ihr das verantworten vor Gott?«

»Vor Gott? Ja!« sagte der Kommissar mit Ruhe. »Doch meinem Untergebenen steht es nicht zu, in solcher Art zu fragen. Und was ich als Priester –«

»Du! Ein Priester?« brach es in Zorn aus dem zitternden Greise heraus. »Wie ein anderer Udo von Magdeburg bist du, von dem Fulgosus im zwölften Kapitel des neunten Buches geschrieben, daß ihm der Satan den Hals hat umdrehen müssen, um die Christenheit von einem solchen Bischof zu erlösen.«

»Süßkind! Solch ungemessener Zorn macht Euch verdächtig.« Ohne weiter auf den Pfarrer zu hören, ließ sich der Kommissar zum Hochamt kleiden und schritt, derweil die Orgel zu rauschen begann, mit dem Kelche zum Altar.

Wortlos, zitternd an allen Gliedern, ließ sich auch Herr Süßkind das Meßgewand anlegen. Als er durch ein schmales Gäßl zwischen den knienden Leuten einem Seitenaltar zuschritt, sah er viele erschrockene Weiberaugen mit der gleichen angstvollen Frage auf sich gerichtet. Und neben einer Säule sah er einen jungen Hällinger stehen, mit einem Gesicht, so bleich wie der Tod. Adelwart hielt die Augen geschlossen, ohne sich zu regen. Plötzlich griff er mit beiden

Händen vor sich hin und begann sich durch die Leute zu drängen. Er kam zum Tor. Draußen, inmitten des Trutzhäufleins, stand das Kätterle.

»Jesus! Bub?«

Adelwart hörte nicht. Meister Köppel sprang ihm nach. »So red doch, Adel!«

»Nimmer bleiben hab ich können!« stieß der Bub heraus. »Allweil hab ich das Salzburger Feuer gesehen und hab den Rauch geschmeckt und das verbronnene Fleisch.«

»Komm, Bub!« flüsterte Köppel. »Tu dich zwingen. Heut wär das Fortlaufen eine schieche Sach.«

Als sie wieder zu den Leuten traten, die das Kirchtor umstanden, sagte er zu einem Bauer, so laut, daß es auch andere hören konnten: »Der Bub hat schwere Schichten gefahren. Er ist ein Neuer im Berg und kann das Stollenwetter nit vertragen. Jetzt hat's ihm jählings einen Treff gegeben.« Das Kätterle hielt den Arm um den Buben gelegt. Als man zur Wandlung läutete, fiel Adel auf die Knie und verschränkte die Hände vor dem Kinn. In seinen Augen brannte das Gebet, das heiß in seiner Seele war. So blieb er auf den Knien liegen, bis das Hochamt zu Ende ging.

Wie sich heut die Leut aus der Kirche drängten, das war anders als sonst. Ohne viel zu reden, gingen sie ihrer Wege. Die Frauen und Mädchen hatten etwas Hastiges. Zwei Menschen nur waren anders als die anderen – Meister Josua Weyerzisk und das Trudle. Die hielten sich gleich einem jungen Liebespaar bei den Händen gefaßt und gingen wie glücklich Träumende durch alle Sorgenschwüle dieses Morgens.

Auf dem Marktplatz blieben heut nur wenige stehen; die einen schweigend, die anderen mit scheuem Geflüster. In einer Gruppe, in welcher der Michel Pfnüer stand, wurde laut gesprochen und gelacht. Und von den jungen Hällingern einer rief einem schmucken Mädel zu: »Was ist denn, Margretle, hast auch den Besen schon einmal geschmirbt?« Der Bub hatte kaum ausgesprochen, da bekam er eine fürchterliche Maulschelle. Und der Ferchner, der diese flinke Justiz geübt hatte, rief mit schrillender Stimme in den Lärm: »Wenn einer klagt und einen Zettel wirft, der ist ein Lump!«

Während dieser Auftritt spielte, war Meister Köppel mit seinem Kätterle und dem Buben schon weit auf der Straße drunten. Adelwart wurde immer langsamer, je näher sie dem Wildmeisterhaus kamen. Hinter der grünen Hecke war alles still. Nur die Hunde lärmten in ihrem Zwinger.

»Vater! In des Wildmeisters Haus muß eines krank sein. Heut ist der Meister nit in der Kirch gewesen. Und von den Kindern keines. Und niemand.«

Als Köppel dem Buben ins Gesicht sah, mußte er aus Erbarmen sagen: »Geh derweil voraus mit der Mutter! Ich mach mir einen Dienstweg zum Wildmeister und frag, was los ist.«

Kaum hundert Schritte ging Adel mit dem Kätterle. Beim Waldsaum hielt er das Weibl fest und wartete. Es dauerte nicht lang, da kam der Alte: Im Jägerhaus wären nur der alte Schinagl und ein Weibsbild daheim, der Wildmeister hätte mit seiner Schwägerin und den Kindern eine Lustfahrt nach Reichenhall gemacht.

Adelwart atmete auf. Aber das Kätterle merkte, daß Jonathan etwas verschwieg. Als sie daheim waren und der Bub in seine Kammer ging, fragte das Weibl: »Mann, was ist denn?«

»Der Bub mit seiner verschenkten Seel erbarmt mich. Vor acht Täg hat des Wildmeisters Schwägerin mit dem Besenrieder Verspruch gehalten. Heut sind sie miteinander auf Reichenhall, wo sie einkaufen für das Brautzeug.«

Keiner von den beiden Alten hatte den Mut, dem Buben das zu sagen. Sie gingen ihm den ganzen Tag nicht von der Seite, taten ihm alles zuliebe. Als die Sonne am Nachmittage schon Gold bekam, riß Adel heimlich aus und rannte durch den Wald hinunter. Bei der Achenbrücke blieb er stehen und griff sich an den brennenden Kopf. Dann fuhr ihm ein widerlicher Schreck ins Blut, weil er auf der Straße den Jochel Zwanzigeißen mit seiner Tochter kommen sah. Er wich von der Brücke zurück und sprang hinter das dichte Weidengebüsch.

Wie ein wohlhabender Bürger war der Freimann gekleidet. Auch seine Tochter ging in schmucker Tracht. Ihr Gesicht war von Erregung verzerrt. Während sie neben dem Vater über die Brücke schritt, bohrte sie den funkelnden Blick in das Weidengebüsch.

Jochel Zwanzigeißen ließ ein fettes Lachen hören. »Heut machen die Angsthasen flinke Füß. Da ist doch einer auf der Bruck gestanden? Wo ist er denn hingekommen?«

»Mir scheint, der Vater hat über den Durst getrunken?« sagte das Mädel hart. »Auf der Bruck ist keine Menschenseel gewesen. Augen hab ich auch.« Dem Freimann fiel etwas Starres in den Speck seiner Züge. »So? Augen hast du auch?«

»Die hab ich! Ja! Und ich hab auch gut gesehen, warum die alte Käserin im Schustergäßl droben den Fall getan hat. Neue Schuh hat sie angehabt und ist mit dem glatten Leder auf einen hailen Wasen getreten. Den Vater hat die Käserin gar nit gesehen.«

»So?« Jochel Zwanzigeißen schmunzelte. »Ich hab gesehen, daß die verdächtige Vettel aus Angst vor mir in die Knie gebrochen ist.« Während der Freimann das sagte, riß die Tochter mit einer blitzschnellen Bewegung ein fadendünnes Goldkettl von ihrem Hals und verbarg es in der Rocktasche. Dann lachte sie gereizt. »Seit der Vater mit dem Kommissar geredet hat, fahren die Hexen schockweis umeinander. Guck, da fliegt schon wieder eine!« Mit einem Kichern, das von unheimlicher Bosheit war, deutete das Mädel einer Schwalbe nach, die sich schönen Fluges durch die Feuerglut des Abends schwang. »So hupf doch, Vater! Fang die Hex! Da kannst du fünf Gulden Sportel verdienen.«

»Du!« Der Jochel Zwanzigeißen drehte das Gesicht; ein Zittern kam in seine Hängebacken. »Zum letztenmal sag ich dir's! Tu dich nit spielen mit mir!«

Das Mädel lachte, sah zu der Schwalbe hinauf, griff an ihren Hals und sagte erschrocken: »Herr und Tod, jetzt hab ich mein goldenes Kettl verloren!«

Erst war in den Augen des Jochel Zwanzigeißen nur der Schreck des Geizigen. »Allmächtiger! Das Kettl ist venedisch gewesen, zwölf Gulden hab ich dem Juden zahlen müssen.« Nun wurde sein Mißtrauen wach. Das Blut stieg ihm zu Kopf. »Verloren? So? Verloren hast du's?« Er faßte das Mädel am Arm. Das war wie der Griff einer eisernen Zange. »Gesteh's! Du hast mein Kettl verschenkt. An einen Buben. Daß er die Augen zumacht und über die Unehr zu dir hinüberspringt.«

Ruhig befreite sie ihren Arm. »Dem Vater ist wohl der Verstand verhext? Bist du nit dabeigestanden, wie ich vor dem Spiegel das Kettl umgetan hab. Und droben im Leuthaus hab ich's noch allweil gehabt.«

»So geh und such! Kommst du mir ohne das Kettl heim, so schlag ich dich grün und blau.«

Lächelnd ging die Freimannstochter den Weg zurück. Eine Strecke folgte sie wie suchend der Straße. Als sie für den Blick des Vaters gedeckt war, sprang sie in den Wald und rannte über den Berghang hinauf. Inmitten einer Blöße stand eine große Buche, die bis zum Wurzelstock herunter mit starken Ästen bewachsen war. Diesen Baum schien die Freimannstochter zu kennen. Sie sprang auf ihn zu und kletterte über die Äste hinauf bis in die Krone. Da konnte sie gerade noch sehen, wie drunten im Tal der junge Hällinger über die Achenbrücke ging und in den Garten trat, der das Haus des Josua Weyerzisk umschloß.

Ein Abend war's, als hätten alle Feuerstimmen der Natur sich vereinigt zu einem glühenden Loblied auf den Schöpfer. Alles brannte und leuchtete. Der Himmel war wie ein gleißender Schild. Die Berge, die nach der Sonne blickten, waren von rotem Glanz umflossen. Auch die Schatten, die der Watzmann und seine steinernen Kinder warfen, waren noch getränkt mit flimmerndem Purpur. In der Stille des Abends klang das Rauschen der Ache. Von überall hörte man den Schlag der Drosseln, und die huschenden Schwalben ließen immer wieder seltsam feine, hoch zirpende Schreie hören, als wäre ihr Gezwitscher nicht mehr ausreichend für alle Freude dieser brennenden Stunde.

In dem kleinen Garten, in dem die Rosenknospen sich zu öffnen begannen, saßen Josua und das Trudle auf einer Bank. Der junge Meister wandte das Gesicht, weil er Schritte vernahm. Unmutig stand er auf und sah den jungen Hällinger an. »Wer bist du?«

Adelwart zog die Kappe. »Ich hab dir einmal versprochen, daß ich kommen und hürnen will, weil's deinem Trudle so gut gefallen hat.«

»Jesus!« stammelte der Meister, »bist du der Jäger? Freilich, ja, ich hab dich schon gesehen als Hällinger. Mit dem alten Köppel, gelt?

So schau nur, Trudle! Der gute Bub! Jetzt ist er kommen. Ich lauf zum Wildmeister und laß mir ein Waldhorn geben.« Lustig nickte er dem Trudle zu und rannte davon.

Schweigend stand Adel vor der jungen Frau, die ein bißchen verlegen war. Nach einer stillen Weile rückte sie ans Ende der Bank. »Komm!« sagte sie mit ihrer leisen Stimme. »Da ist Platz genug. Tu dich hersetzen!«

Adelwart ließ sich nieder. »So viel schön ist der Abend heut. Und gelt, mit deinem Gesund geht's wieder in die Höh?«

Der jungen Meisterin glänzten die Augen. »Ein Frühsommer, wie er heuer ist – da muß allweil wieder Leben kommen.« Nun stand sie auf. »Ich darf dir schon einen Trunk holen? Wir haben einen Roten, von Tirol her. Der ist gut.«

»Das muß nit sein, Meisterin!«

»Wart nur ein bißl!« Die Weyerziskin huschte ins Haus. Dann kam sie sacht gegangen, umflossen von der goldroten Sonne, in der Hand den blinkenden Zinnbecher, in dem der rote Wein gestrichen bis zum Rande ging. Ein paar Tröpfchen verschüttete sie. Die rannen ihr wie Blutperlen über die weißen Finger. »Nimm, Bub! Und trink! Gott soll's gesegnen!«

Adel stand auf. »Magst du mir Bescheid tun, Meisterin?«

Das Hälschen vorstreckend, berührte sie mit ihren Lippen den Rand des Bechers. »Eurem Glück, Meisterin! Gott soll's hüten!« Adelwart nahm den Becher und leerte ihn.

Da kam der Josua mit dem schimmernden Waldhorn gelaufen. »Gleich das allerschönste hab ich in des Wildmeisters Stub heruntergerissen vom Zapfenbrett.«

Adelwart stellte den Becher auf die Bank und griff mit zitternden Händen nach dem Hörn. »Das schönste, aber nit das beste«, sagte er, »das ander, mit dem ich selbigsmal gehürnet hab, das war mir lieber gewesen.«

Die Weyerziskin hob den Zinnbecher auf ein Fenstergesims. Dann saßen die drei auf der Bank. Josua legte den Arm um das junge Weib: »Jetzt lus aber auf! Der kann's!«

Erregt, daß ihm die Wangen brannten, setzte Adel das Hörn an die Lippen und schloß mit der Faust den Schallbecher. Eine sanfte, langgehaltene Note zitterte. Aus ihr löste sich die Weise eines alten Liedes :

>Es geht ein dunkle Wolken 'rein,
Mich deucht, es werd ein Regen sein,
Ein Regen aus den Wolken,
Wohl in das grüne Gras!

Und kommst du, liebe Sonn, nit bald,
So weset alls im grünen Wald,
Und all die lieben Blumen,
Die haben müden Tod!<

Der letzte Ton verklang. Josua, der das Liedchen kannte, sagte mit Lächeln: »Das sollt aber einer doch nit tun, daß er in Bangen hürnet um die Sonn, derweil sie um uns her ist wie der Himmelsglanz.« Das sagte er, und der Schatten des Abends war ihm schon heraufgeschlichen bis an die Brust.

Adelwart blieb stumm und strich mit der Hand über das Mundstück des Hornes.

Lachend hatte Josua das Trudle an sich gedrückt. Als er sich vorbeugte, um ihr in die Augen zu schauen, sah er die glitzernden Tränen auf ihren Wangen: »Schau nur, jetzt heinet das Weibl!«

Zärtlich schmiegte sich das Trudle an ihren Mann und lispelte: »Heinen um ein schönes Ding ist süßer als wie ein Lachen.«

Da blieb es still in dem kleinen Garten. Weit draußen im Westen tauchte die Sonne schon hinunter hinter den »Toten Mann«. Die waldige Kuppe des Berges war umwoben wie von blitzendem Feuergespinst.

Adelwart hatte das Horn gehoben. Er blies einen schmetternden Weidmannsruf, der überleitete zu einem flinken, fröhlichen Jägerlied.

Droben an der Straße, wo die kleinen Häuser standen, traten die Leute vor die Haustüren und lauschten. Auf einer alten Bastei des

Stiftes stand ein Chorherr in seinem weißen Habit und sah wie ein funkelndes Goldfigürchen aus, weil da droben noch Sonne war. Draußen vor den Holunderhecken des Gartens blieben die Leute stehen und setzten sich auf das Geländer der Achenbrücke. Und über dem Wasser drüben, hinter den Weiden, stand ein Mädel – allein.

Adel wurde nicht müde. Seine grünen Lieder schmetterten, bis die stahlblaue Dämmerung ins Tal geflossen kam und bis sich der Stiftsberg und seine Dächer und Türme als schwarze Silhouetten in den brennenden Himmel hoben.

Bei diesem Hall und Klingen kam ein Gefährt über die Straße her, ein mit Schimmeln bespannter Leiterwagen, über den drei Bretter gelegt waren. Auf dem ersten Brett saß der Kutscher, auf dem zweiten die Jungfer Barbiere mit den beiden Kindern, auf dem dritten Peter Sterzinger und der Sekretarius. Der Wildmeister, dem die Augen in einer Anwandlung von Bosheit funkelten, machte ein ums andere Mal den Specht. Trotz dieses untrüglichen Zeichens guter Laune fing er grimmig zu schelten an. Das müßte doch eins von seinen Hörnern sein? Und ein Horn nur so vom Zapfenbrett zu nehmen und dem Teufel ein lustiges Ohr wegzublasen? Das wäre doch eine Frechheit! Als man unterscheiden konnte, daß dieses Geschmetter aus dem Garten des Weyerzisk herausklang, sagte Madda mit einer müden Stimme: »So gut versteht sich keiner von unseren Jägern aufs Hürnen. Das muß ein fahrender Musikus sein. Den wird der Joser ins Haus gebeten haben. Weil dem Trudle alles lieb ist, was schönen Klang hat.« Ehe der Wagen noch stand, war Peter Sterzinger schon heruntergesprungen, lief ins Haus und war im Nu wieder da. »Gotts Tod und Teufel! An meinem Zapfenbrett fehlt richtig ein Horn!« Ohne viel Umstände schob er den Sekretarius beiseite. »Da lauf mir aber flink hinüber, Schwägerin!« Merkwürdig, daß er in seinem Grimm noch lachen konnte! »Ich möcht doch wissen, wer da auf meinem Waldhorn hürnet.«

Den Gruß für den Bräutigam vergessend, schürzte Madda das blaue Kleid und sprang durch die Wiese hinüber zum Haus des Josua Weyerzisk. Als sie den Garten betrat, klang in der Abendstille das Lied vom beharrlichen Jäger, der sein Glück mit den Windhunden erjagt, die Treu und Liebe hießen:

»Ein Jäger jagt geschwinde
Und findet vor dem Holz
Mit seinem schnellen Winde
Ein Wild, gar hübsch und stolz.
Auf einer grünen Heiden
Er da sein Wild ersach,
Mit seinen Winden beiden
Hetzt er dem Wilde nach –
›Vom Gspür will ich nit scheiden!‹
Derselbig Jäger sprach.«

Ehe die Strophe zu Ende war, verstummte der schmetternde Klang. Und Adelwart sprang auf.

»Maddle!« rief die Weyerziskin. »Gott grüß dich, Maddle! Wie fein, daß du kommst! Deiner Lebtag hast du so was Liebes noch nie gehört.« Madda, zu Tode erschrocken, wehrte die junge Frau von sich ab und jagte davon, als wäre etwas Gefährliches hinter ihr. »Jesus«, lispelte die Weyerziskin, »was ist denn da?«

»Ich weiß nit«, sagte Josua, »oder es müßt nur sein, daß die Jungfer nit heimgarten will mit einem jungen Buben, weil sie Braut ist mit dem Sekretari.«

Klirrend fiel das Waldhorn auf die Steine nieder.

Josua und die Weyerziskin sahen erschrocken den Buben an, der in der Dämmerung an die Hausmauer gelehnt stand, das Gesicht so weiß wie Kalk. »Allmächtiger!« stammelte der Meister. »Was ist denn mit dir?« Adel gab keine Antwort. Er hob das Waldhorn vom Boden auf, schob es auf die Bank und verließ den Garten.

Joser und das Trudle standen ratlos. Jetzt sahen sie einander an. Und plötzlich umschlangen sie sich wie unter dem gleichen Gedanken, unter dem Sorgenschreck vor dem tiefen Leid, das stumm zu ihnen geredet hatte aus einem blassen Menschengesicht. Zitternd umklammerte die Weyerziskin den Hals ihres Mannes. »Ich bin froh, Joser! In mir ist Glück! Ich muß dir was sagen, Joser, das muß ich dir sagen heut –«

»Was, du Liebe?«

Sie grub das Gesicht in seine Brust. »Ich glaub, daß ich Mutter bin!«

»Jesus!« Zwischen Lachen und Schluchzen hob Joser den zarten Körper des Trudle auf seine Arme, als sollte der Fuß seiner jungen Frau keinen Stein und Grashalm mehr berühren.

Im Dämmerglanz des Himmels funkelte schon ein erster Stern.

Unter dem niederen Dach das neu erblühende Glück. Und droben, im Nachtschatten des Bergwaldes, rang ein zuckendes Herz mit aller Marter des Lebens. In der Finsternis, die unter den Buchenkronen war, lag Adelwart auf den Waldboden hingestreckt, das Gesicht in die Arme vergraben. Und wenige Schritte von ihm entfernt, im tiefsten Schatten, saß dunkel eine Weibsgestalt, so regungslos an einen Baum gedrückt, als wäre sie ein Teil des Stammes.

Auf den Türmen des Marktes schlugen immer wieder die Glocken. Falbe Helle floß über den nächtlichen Himmel, und ein weißes Glänzen wob sich um die Wipfel der Bäume. Im Wald ein sachtes Geraschel, dann der Sprung eines fliehenden Wildes, das die Menschennähe gewittert hatte. Wie ein aus Bewußtlosigkeit Erwachender richtete Adelwart sich auf, lauschte in den Wald und vergrub das Gesicht wieder in die Hände. Was in ihm tobte und schrie, das wollte nicht schweigen. Wirre, zügellose Gedanken schössen ihm durch das gemarterte Hirn. Dann ein irrsinniges Träumen von großen, unerhörten Taten, die er vollführen würde, um stolz zu sagen: ›Das hab ich getan, jetzt belohnt mich, gebt mir die eine, ohne die ich nicht leben kann!‹ Irgendein Wunderbares mußte geschehen! Es mußte! Ob das nicht möglich wäre: in heiliger Stunde den von Zauber umschleierten Schacht zu finden, der in die Tiefen des Untersberges führte, zum Marmeltisch des schlafenden Kaisers und zu den tausendjährigen Schatzkammern, darin die Goldbarren in endlosen Reihen stehen und die Edelsteine mit Scheffeln gemessen werden? Oder ein anderes Wunder? Schreiend wirbelte diese Frage in ihm, bis ein vernünftiger Gedanke die sinnlosen Sehnsuchtsbilder seiner brennenden Seele verwehte. Wenn er in des Wildmeisters Haus käme, um zu werben? Welche Antwort mußte er hören von einem redlichen Mädchenherzen, das in Liebe einem anderen gehörte? Das war sein Elend! Das! Nur das!

Stöhnend warf er sich wieder auf den Waldboden hin, auf dem die Mondlichter um die Halme spielten. Da war ihm, als hätte er in seiner Nähe einen Seufzer gehört. Seine scharfen, an das Dunkel gewöhnten Augen fanden die regungslose Gestalt, die im schwarzen Schatten der Buche saß. Zuerst befiel ihn eine abergläubische Regung. Die Bilder der Predigt, die er am Morgen gehört hatte, zuckten ihm durch den Kopf. Das schüttelte er von sich ab, sprang vom Boden auf und ging mit raschem Schritt durch einen weißen Streif des Mondlichtes zur Buche hinüber.

»Bub?« klang es leise. »Magst du mir nit sagen, warum dir so weh ist in der Seel?«

An der Stimme erkannte er die Freimannstochter. Der Zorn glühte in ihm auf, um sich jäh in ein anderes, fast herzliches Gefühl zu verwandeln. War dieses verlorene Geschöpf nicht eine Schwester seines Leides? Was diese Ruhelose bei Tag und Nacht auf seine Fährte hetzte, war das nicht das gleiche Elend, das in seiner eigenen Seele glühte? Was hatte sie ihm angetan? Nichts! Als daß sie ihn liebhatte und in Sehnsucht nach ihm brannte. Ruhig fragte er: »Bist du schon dagewesen, wie ich gekommen bin?«

Sie schüttelte den Kopf.

»So hast du mir wieder aufgelauert und bist mir nachgeschlichen? Das solltest du nimmer tun!« Seine Stimme hatte warmen Klang. Er bot der Freimannstochter die Hand hin, die sie mit gierigem Griff erfaßte. Kein Schauer, kein Ekel fiel ihn bei dieser Berührung an. »Sei gescheit, Mädel! Ich bin dir nit feind. Aber gut, so wie du's meinst, das kann ich dir auch nit sein.«

Unter der Buche ein Laut, fast wie ein Lachen. »Das brauchst du mir nimmer sagen! Ich bin nit blind. Meinst du, ich hätt's nit gemerkt, warum du heut abend so dürstig gehürnet hast?«

»So red nit drüber!« sagte er mit erwürgter Stimme. »Tu meinem Herzen keinen Schimpf! Ich bin doch eh schon elend genug.«

»Du? Und elend? Du Narr! Dich muß doch eine liebhaben«!

Er befreite seine Hand und ging durch den leise rauschenden, von Mondlichtern überwobenen Wald davon.

Das Mädel blieb in der Finsternis unter der Buche sitzen, zusammengeduckt, die Arme um die Knie geschlungen. Plötzlich sprang sie auf, rannte durch den Wald hinunter und auf der mondhellen Straße über die Achenbrücke. Von den Holunderstauden, die aus dem Garten des Weyerzisk heraushingen, brach sie einen dünnen Zweig und schlich zum Heckentor des Wildmeisters. Die Fäuste vor sich hingestreckt, stand sie im Mondschein, hielt die Holundergerte zum Kreis gebogen und murmelte mit bebender Stimme:

>»Rütl, ich bieg dich,
>Herzfieber, laß mich,
>Hollerast, heb dich auf,
>Herzelend, hock dich drauf,
>Ich hab dich einen Tag,
>Hab du die heiße Plag
>Ein Jahr lang und tausend Nächt,
>Gott Vater, Gott Sohn und Geist,
>Die machen es recht.«

Die Hunde im Zwinger schlugen an und lärmten immer wütender; auch in nahen und fernen Gehöften wurden die Kettenhunde laut. Das war in der mondhellen Nacht ein Gekläff, als zöge das wilde Gejaid durch die Täler von Berchtesgaden.

Neben der Flurtür des Wildmeisterhauses, im Schatten des vorspringenden Daches, saß Madda auf der Steinbank, die Hände im Schoß, den Kopf mit den gelösten Haaren an die Mauer gelehnt. Sie hatte keinen Schlaf gefunden und war aus der schwülen Dachstube heruntergeflüchtet in die kühle, schöne Nacht.

Im Zwinger schwiegen die Hunde, allmählich verstummte auch das Gebell in der Ferne, und es wurde wieder so still, daß Madda den surrenden Flug eines Lindenschwärmers hören konnte, der um das Beet der roten Aurikeln schwirrte. Madda erhob sich, um ins Haus zu treten. Da hörte sie leises Geräusch. Aus dem finsteren Flur kam die stumme Magd herausgegangen, barfüßig, im Hemd, und schlich mit vorgestreckten Händen langsam über den mondhellen Sandweg gegen die Blumenbeete. »Um Gottes willen!« stammelte die Jungfer. »Marei!« Die Magd taumelte, als hätte sie einen Schlag bekommen. Madda hatte sie schon umfaßt. »Was tust du denn da?

So guck, jetzt bist du im Schlaf herausgetorkelt aus deiner Kammer.« Heftig zitternd, erst halb bei Besinnung, sah die Magd zu der Jungfer auf, mit Augen, die im Reflex des Mondlichtes wie Glas erschienen. »Marei! So komm doch ein bißl zu dir! Und schau nur, wie du bist, du mußt dich ja verkühlen in der Nacht.« Madda flüsterte das, weil sie Sorge hatte, daß der Schwager erwachen könnte. Jedes Geräusch vermeidend, führte sie das stumme Geschöpf ins Haus. Die Flurtür wurde geschlossen, und der Riegel klirrte.

Träumend lag die stille Nacht im Tal und über den Wäldern. Langsam wanderte die abnehmende Scheibe des Mondes mit reinem Glanz über den klaren Himmel, wie ein schöner Gedanke durch eine ruhige Seele geht. Der Morgen begann zu dämmern, und rote Glutlinien säumten die blauschwarzen Zinnen der Berge.

Im Grau der ersten Frühe trat die Weyerziskin in den Garten mit einem Korb und einer kleinen Schaufel. Das graue Kleid unterschied sich kaum merklich von dem Grau der taubeschlagenen Büsche. Nur das weiße Häubchen hob sich deutlich aus dem stumpfen Zwielicht. Am Ufer des Baches begann sie eine kleine Rosenstaude, an deren Zweigen viele Knospen waren, mit großem Erdballen aus dem Boden zu graben. So zärtlich tat sie das, daß ihr vor Achtsamkeit immer die Finger zitterten. Die Staude mit dem Erdklumpen hob sie vorsichtig in den Korb, legte ein blechernes Kännchen dazu, nahm den Korb auf die Schulter, die Schaufel in die Hand und huschte davon, über einen steilen Wiesenweg hinauf zum Markte. Die Last des großen Erballens wurde für die schwachen Kräfte der Weyerziskin zu schwer; sie atmete mühsam. Als sie den Markt erreicht hatte und sich bei einem Brunnen bückte, um Wasser in die blecherne Kanne zu schöpfen, vermochte sie sich kaum mehr aufzurichten und schleppte sich weiter, gebeugt wie ein altes Weiblein.

Alle Häuser waren noch still, die Türen geschlossen, die Straßen leer. Nur der Mesner war schon auf den Beinen und trat in die Kirche, als die Weyerziskin den Friedhof erreichte. Ein kleines Grab, grün überwachsen, mit einem eisernen Kreuzl drauf. Hier ließ sich die Weyerziskin nieder und stellte den Korb zu Boden. So blieb sie eine Weile, um sich von ihrer Erschöpfung zu erholen. Dabei betete sie mit verschlungenen Händen. Je länger sie den kleinen grünen

Hügel betrachtete, desto mehr entstellten sich ihre Züge wieder zu dem Ausdruck jener Schwermut, von der dieses junge Leben schon gerettet schien. Die Turmglocke begann den Morgengruß zu läuten. Wie ein schönes Lied des Friedens schwamm der sanfte Glockenhall hinaus in die Stille des erwachenden Tages, der rosig schon die Spitzen der Berge färbte. In der Seele des jungen Weibes schien sich ein Wunder zu vollziehen. Es war, als hätte eine tröstende Himmelsstimme zu ihrem Schmerz gesprochen. Wie ein Leuchten der Freude war's in ihren nassen Augen, und eifrig pflanzte sie die knospende Rosenstaude auf das kleine Grab. Die Glocke schwieg. Immer schaffte das Trudle mit flinken Händen. Jedes Krümlein Erde, das sie aus dem Grab gehoben, sammelte sie um die Wurzeln der Rosenstaude und deckte die Bodennarbe so achtsam mit dem ausgestochenen Rasen zu, daß es aussah, als wäre die Staude nicht frisch gepflanzt, sondern mit dem Frühling auf dem Grab gewachsen.

Einen Schlüsselbund in der Hand, kam der alte Mesner aus der Sakristei und erschrak vor der grauen Gestalt, die über das Grab gebeugt war. Als er die Wirklichkeit erkannte, ging er lachend auf die stille Gärtnerin zu. »Liebe Weyerziskin, was tust du denn da?«

Sie hob die feuchten, glänzenden Augen. »Meinem Kindl hab ich ein Rosenstäudl gebracht.«

»Das hast du so früh gemacht, daß die Sonn dem Stäudl nit schadet, gelt?«

»Ja, Mesner! In der Sonn hätt's dürsten müssen!« Der Weyerziskin glitt das blonde Haargeringel unter der Haube hervor, als sie sich niederbeugte, um aus der blechernen Kanne das Wasser mit dünnem Strahl über den Wurzelballen der Staude auszugießen.

Der Mesner blieb noch eine Weile stehen. »Ein schönes Stäudl! Das wird Rosen tragen!« sagte er. »Guten Morgen, liebe Meisterin!« Dann ging er davon.

Die Weyerziskin betete. Als sie auf dem Heimweg am Pfarrhof vorüberkam, trat der alte Süßkind, in einen schwarzen, faltenreichen Mantel gewickelt, auf die Straße, guckte nach allen Seiten und steuerte dann mit hurtigen Zappelschritten der Kirche zu.

Am Portal des Gotteshauses war ein kleiner schwarzer Kasten mit zwei eisernen Bändern festgemacht. Der Deckel, der einen fingerbreiten Schlitz hatte, trug ein plumpes Vorhängschloß.

Herr Süßkind, vor dem Kirchtor stehend, spreizte mit den Ellbogen den Mantel auseinander. Und während seine linke Hand mit dem Schlüssel am Schloß des Tores klapperte, tauchte seine Rechte vorsichtig eine dünne, mit Vogelleim bestrichene Gerte in den Schlitz des Klagekastens. Die Gerte fischte keinen Zettel, der Kasten war leer. Aufatmend drehte der alte Pfarrer im Schloß des Tores den Schlüssel um und trat in die kühle Dämmerung der stillen Kirche.

10

Das Kätterle hatte eine ruhelose Nacht hinter sich. Gegen elf Uhr war der Bub nach Hause kommen, hatte kein Wort gesprochen, war in seine Kammer gegangen und hatte sich eingesperrt. Zu dieser Sorge hatte das Kätterle noch eine andere: Es wurde schon heller Tag, und noch immer war ihr Mann nicht daheim. Seit man den Morgengruß geläutet hatte, stand sie vor der Haustür und guckte sich in wachsender Sorge die Augen aus. Endlich kam Meister Köppel aus dem Wald gesprungen. Und als die beiden im Haus waren, klagte das Kätterle: »Was bist du denn so lang ausgeblieben!«

»Vom Toten Mann bis heim, das ist ein weiter Weg. Und heut hat's viel zu reden gegeben.« Der Hällingmeister trocknete das von Schweiß übergossene Gesicht. »Weißt du, was für ein Zauberwerk die gestrige Predigt gestiftet hat? Achtundvierzig Neue sind in der heutigen Nacht zur evangelischen Gemeind getreten. Aber geh, tu kochen! In einer Stund ist Schichtzeit. Ich weck derweil den Buben.« Mit dem Wecken brauchte sich der Hällingmeister nicht zu plagen. Als er an die Kammertür pochte, wurde der Riegel aufgestoßen, und Adel stand vor dem Meister, für die Schicht gekleidet. Das Bett war unberührt. »Was ist denn mit dir?« Adel konnte nicht antworten. Da erriet der Alte, was geschehen war. »Hat dir gestern einer was gesagt? Von des Wildmeisters Jungfer?« Auch jetzt brachte der Bub keinen Laut aus der Kehle. Er wandte sich zum Fenster. Und plötzlich fiel er über das Gesimse hin und drückte das Gesicht in die Arme. Eine Weile stand der Hällingmeister schweigend und strich ihm mit der Hand übers Haar. Dann ging er in die Küche hinaus und flüsterte mit dem Kätterle. Statt zu erschrecken, atmete das Weibl auf; jetzt wußte der Bub, was geschehen war, jetzt hatte er das Härteste überstanden. Da würde sich alles wieder zum Guten wenden. Der Alte schüttelte den Kopf. »Der Bub ist einer von denen, die ihr Sach festhalten wie der Berg sein Salz; soll er's auslassen, so muß man mit dem Spitzeisen dreinschlagen oder das Wasser drüberwerfen!«

Eine Stunde später, als er mit Adel hinunterstieg zum Bergwerk, blieb der Bub im Walde stehen und sagte: »Mich wird's nimmer leiden im Berchtesgadener Land. Ich muß schauen, daß ich fort-komm.«

»Das tu dir noch ein bißl überlegen! Der Mutter zulieb. Und nach dem Berggesetz ist Kündzeit ein Vierteljahr. Daß du davonläufst wie ein Herdloser und Grabenhauser, gelt, das tust du mir nit an?«

Adel schüttelte den Kopf.

Sie fuhren nach der schlaflosen Nacht ins Salzwerk ein, zu einer mühsamen Schicht. Um zwölf Uhr legten sich die beiden in der Knappenstube nieder. Zur Abendschicht fuhren sie wieder ein. Während Adel durch den finsteren Stollen wanderte, umzittert vom matten Schein des Grubenlichtes, war in ihm eine fieberhafte Sehn-sucht: freien Tag zu haben und hinaufzusteigen auf die Berge wie damals an jenem ersten Tag im Berchtesgadener Land! Und droben die freie Waldluft trinken, das Wild schauen, durch die Schneefel-der waten, aus dem Feuerrohr eine Kugel hinaufjagen nach einem Adler – dieses Herrliche wieder hören, nur noch ein einziges Mal: wie das Echo des Schusses donnernd hinrollt über alle Berge – dann einen letzten Blick hinunter ins Tal, zu dem Haus bei den Birnbäu-men und heim in die Kammer, sich hinlegen, einschlafen und nim-mer aufwachen!

Um Mitternacht läutete die Schichtglocke. Adelwart fuhr aus. Auf dem Hund, den er führte, saßen der Ferchner und fünf Knappen. Die tuschelten davon, daß der Michel Pfnüer in der Sonntagnacht auf dem Untersberg gewesen wäre, und da hätte er weit drüben auf dem Toten Mann ein Feuer gesehen. Jetzt schwöre der Pfnüer bei allen Heiligen, das wäre ein Hexentanz gewesen. Adel hörte nicht, was da getuschelt wurde. Aber der Ferchner sagte mit einer Heftig-keit, wie sie sonst nicht in der Art dieses ruhigen Mannes lag: »Wenn der Pfnüer das Maul so weit aufreißt, soll er achtgeben, daß nit der Wildmeister fragt einmal, was der Michel in der Nacht auf dem Untersberg zu suchen hat.«

Der Hund rollte durch die Finsternis.

Nun hatte Adel eine zwölfstündige Freischicht. Daheim, trotz der späten Stunde, erwartete ihn das Kätterle beim gedeckten Tisch. Der Bub aß mit der Gier des Erschöpften. Und tat die sonderbare Frage: »Mutter? Ist nit ein Feuerrohr im Haus?« Das Kätterle dachte im ersten Schreck: Er kann die Jägerfreud nicht missen und will heimlich einen Pirschgang machen. Aber wie sollte in des Hällingmeisters Haus ein Feuerrohr kommen? »Freilich«, nickte Adel, »hab mir eh schon gedacht, ich frag umsonst.« Dann ging er in seine Kammer. Am Morgen, als das Kätterle den Buben zur Suppe rufen wollte, war die Kammer leer.

Eine Stunde später, gegen acht Uhr, ereignete sich im Berchtesgadener Land etwas Unerklärliches. Bei wolkenlosem Himmel dröhnte plötzlich ein gewaltiger Hall über die Berge. Schier endlos rollte das Echo. Überall sprangen die Leute aus den Häusern, um erregt darüber zu schwatzen, was das gewesen sein könnte. Wie Donner hatte es geklungen. Oder wie der Schuß einer großen Kartaune. Aber woher sollte Blitz und Donner bei klarem Himmel kommen? Und wie käme eine Kartaune hinauf in die Felskare des Hohen Göhl? Da mußte etwas Unheimliches geschehen sein. Die Predigt, die der hochwürdige Doktor Pürckhmayer gehalten hatte, trieb ihre Blüten. Einer schwor, er hätte einen Feuerstrahl in Form eines riesigen Besens über die Berge fahren sehen. Ein anderer, es wäre eine große schwarze Kugel gegen das Himmelsdach geflogen, krachend in rauchende Stücke zersprungen, und dabei hätte man hoch in der Luft ein höllisches Gelächter vernommen. Wer das berichten hörte, trug es dem Nachbar zu, und da war es schon wieder etwas anderes geworden: Auf dem fliegenden Feuerbesen saßen brennende Gestalten, und aus der zerplatzenden Rauchkugel flatterten in greulichen Schwärmen die Heuschrecken und Hornissen heraus. Daß man von dem Ungeziefer auf den Wiesen und Feldern nichts bemerken konnte, das tat der Glaubwürdigkeit dieser Behauptung keinen Eintrag.

Gegen Mittag erschrak das Kätterle zu Tode, als plötzlich der Bub wie ein Verrückter ins Haus gesprungen kam. Sein Gewand war bedeckt mit weißem Staub, am Hals hatte er eine blutige Schramme, und in dicken Tropfen lief ihm das Blut über die linke Hand herunter. »Adele! Um Christi willen! Was ist denn?« Eine wilde Erregung kämpfte in seinem erhitzten Gesicht. Dennoch konnte er mit erzwungener Ruhe antworten, es hätte ihn nach freier Luft gedürstet, drum wäre er am Morgen hinaufgestiegen auf die Berge, und beim Niederklettern über eine Felswand hätte er sich verletzt. »Mutter, das hätt übel ausgehen können!« Wie ihm die Augen blitzten! »Aber gut ist alles gegangen. Das sollen die Leut noch merken!« Ob er denn auch am Morgen das »Hexengeböller« gehört hätte? Zur Antwort fing Adel so seltsam zu lachen an, daß dem Kätterle ganz zaghaft zumut wurde. Als sie dem Bub das Blut von den Schrammen gewaschen hatte, sprang Adel, der Mahlzeit vergessend, zum Hause hinaus, um die Mittagsschicht nicht zu versäumen. Diese Erregung, diese ruhelose Ungeduld, verließ ihn nicht mehr. Die ganze Woche blieb er so.

Am Samstagabend, als Meister Köppel und Adelwart von der letzten Wochenschicht heimkamen, ging der Bub gleich nach der Mahlzeit in seine Kammer, vertauschte das schwarze Knappenkleid mit seiner grünen Jägertracht, schlüpfte zum Fenster hinaus und sprang durch die Nacht davon. Den ganzen Sonntag blieb er verschwunden. Am Montag in der Früh fand Mutter Köppel den Buben in bleiernem Schlummer auf seinem Bett. Als dann die beiden Hällinger hinunterstiegen zum Salzwerk, sagte der Alte: »So geht's nimmer weiter. Die Mutter sorgt sich das Herz aus dem Leib. Und Augen hast du wie ein Kranker. Du weißt doch, wie lieb ich dich hab. Hast du denn gar kein Vertrauen zu mir? Magst du mir nit sagen, was fürgeht in dir?«

»Nichts Schlechtes, Vater!«

»Das weiß ich. Sei offen, Bub! Sag mir, was dich so ruhlos macht?«

Mit seltsamen Augen sah Adelwart dem Meister ins Gesicht. »Ich kann schier nimmer den Tag erwarten, an dem ich Häuer bin. Und bin ich's, Vater, dann will ich weisen, daß ich nit weniger wert bin als ein Schreiber. Und daß ich der Herrschaft größeren Nutzen schaff als ein ganzes Gericht mit seinen Tintenhäfen und Federspulen!«

Der Hällingmeister schwieg. Bei der Einfahrt flüsterte er dem Ferchner zu: »Gelt, paß mir auf den Adel auf! Der Bub ist ein bißl verdreht!«

Der Ferchner konnte während der Schicht nur gewahren, daß Adelwart unermüdlich schaffte und für den erregten Klatsch, den die Rotte betrieb, kein Ohr hatte. Der Michel Pfnüer betätigte das Maulaufreißen lärmender als je. Ursach zum Gerede war freilich vorhanden. Ganz Berchtesgaden schwatzte von dem kriegerischen Auftritt, zu dem es am Sonntag vor dem Hochamt in der Sakristei der Franziskanerkirche gekommen. Da war der hochwürdige Doktor Pürckhmayer erschienen, um auch hier seine schöne Predigt zu halten. Der Franziskanerprior bedeutete dem geistlichen Kommissar, daß im Hause des heiligen Franziskus ein Mangel an guten Predigern nicht bemerklich und drum eine Aushilfe nicht nötig wäre. Doktor Pürckhmayer erinnerte in gereiztem Ton an die Vollmacht, mit der ihn Seine Fürstliche Liebden, der Propst zu Berchtesgaden und Erzbischof zu Köllen, betraut hätte. Solchem Ton gegenüber wurde auch Prior Josephus ein bißchen laut: Diese Vollmacht gälte nur für das Stift, das dem pröpstlichen Regiment unterstünde; die Franziskaner hätten nur Gott und den Regeln ihres Ordens zu gehorchen. Auf diese Erklärung hin entbrannte Doktor Pürckhmayer zu heiligem Zorn und wollte kraft seiner kirchlichen Stellung strenge Befehle erteilen. Prior Josephus wurde grob: »In meiner Kirche geschieht, was ich für christlich und recht halte! Ein Dominikaner hat uns Franziskanern einen Dreck zu befehlen. Und wenn der geistliche Kommissar den Gottesdienst noch länger aufzuhalten gedenkt, ruf ich die Laienbrüder und lasse den Herrn aus der Sakristei hinauswerfen.« Da schüttelte Doktor Pürckhmayer den Staub von seinen Füßen und drohte mit der Klage beim Päpstlichen Stuhl. Prior Josephus stieg auf die Kanzel und hielt eine kurze Predigt über das Thema: »Seid verständig, ihr Leut! Laßt euch den gesunden Sinn nicht verdrehen! Der Teufel kann keinem was anhaben, der mit christlicher Treue an seinem Herrgott hängt.« Am Abend, gegen sechs Uhr, hörte man, wieder bei blauem Himmel, vom Untersberg herunter das gleiche donnernde Böllern wie am verwichenen Dienstag vom Hohen Göhl. Und nun behauptete Michel Pfnüer, da droben hätten die Hexen in ihrer Freude Salut geschossen, weil ihnen die Franziskaner so hilfreich beigesprungen wären.

»Pfnüer!« sagte der Ferchner. »Kannst du das beweisen?«

Der Michel lachte. »Könnt schon sein, daß ich mehr auf dem Untersberg gesehen hab, als manchem Weibsbild lieb ist.«

»Gesehen? Am Sonntag? Auf dem Untersberg?«

»Ja, auf dem Untersberg!«

»So? Da mußt du hexen und fliegen können. Denn am Sonntag ums Nachtwerden bist du mit angerußtem Gesicht und mit einem Reh im Sack vom Hohen Göhl heruntergekommen. Das hab ich gesehen.«

Der Pfnüer erschrak. »Du wirst doch einem Bergmannsbruder keine Ungelegenheiten machen?«

»Ich bin nit der Wildmeister. Aber laß dein lästerliches Reden sein!«

Am Mittwoch wurde der Hundstößer Adelwart Köppel zum Häuerdienst gestellt, und der Ferchner wurde ihm als Anweiser beigegeben. Drei Tage schafften die beiden miteinander im Berg. Dann erschien am Freitag abends der Ferchner mit Adelwart in der Amtsstube und erklärte im Beisein des Hällingmeisters: »Er ist firm als Häuer und kann sein Gesellenstück machen.« Der Bergschreiber wies den Meister an, den Buben mit Beginn der Frühschicht nach gewohntem Brauch und in Gegenwart zweier Zeugen in einem Sonderstollen einzumauern. Dort hätte der Gesell in einer Doppelschicht zu erweisen, ob er ohne Beistand so viel an Salzgut aus dem Berg zu brechen vermöchte, wie es dem Tagwerk eines firmen Häuers zustünde. Während das noch geredet wurde, traten sechs Häuer in die Schreiberstube; jede der Rottschaften hatte einen Sprecher gewählt, um beim Hällingeramt Beschwerde dagegen einzulegen, daß ein Fremder nach vierwöchentlichem Knappendienst zum Häuer ernannt würde. Das wäre gegen das verbriefte Heimrecht der Hällinger.

Lächelnd hob der Bergschreiber die Gänsefeder wie eine weiße Friedensfahne vor sich hin und erklärte: Meister Köppel könne über das Häuerrecht seines verewigten Sohnes libera potestate testieren; ein wohlwollender Fürzug wäre in hac re unleugbar zu observieren; hingegen könne aber die Häuerschaft einen Regreß nur ad incertum casum et eventum erheben, daß dieser Fürzug einem Unwürdigen prästiert würde, will besagen: für den Fall, daß der Geselle die Häuerprobe nicht bestünde. Diesem vielen Latein gegenüber wurden die Häuer ratlos. Einer platzte heraus: »Der Bub wird sich freilich nit hart tun mit der Prob. Weil ihm der Meister einen Stollen aussuchen wird, in dem er ein leichtes Schaffen hat.«

Jonathan Köppel schwieg. Doch Adelwart sagte: »So soll mir die Häuerschaft den Stollen zuteilen.«

Die Sprecher guckten einander an, und ein Graubart nickte: »Das ist ehrlich geredt! Der Bub soll einen Stollen haben, nit gut, nit schlecht. Schafft er da seine richtige Prob, so bin ich der erste, der bei den Rottschaften zum Frieden redet.«

»Vergelts Gott, Häuer!« Adel trat vor das Pult des Schreibers. »Herr! Nehmet noch aufs Protokoll, daß ich mit Gottes Hilf und Beistand mich anheischig mach, in einer Doppelschicht so viel an Salzgut aus dem Berg zu brechen, als in der gleichen Zeit eine Rottschaft von zwölf guten Häuerleuten zustand bringt.«

»Mensch! Jesus!« stammelte der Hällingmeister, vor Schreck erbleichend. Der Bergschreiber guckte mit kreisrunden Augen drein, und die Häuer fingen zu lachen an. Einer rief: »Der Bub muß krank sein unterm Hirndach!« Dann schrie ein zweiter: »Oder der Teufel müßt ihm helfen!« Adelwart trat mit blitzenden Augen auf ihn zu. »Hast du mich nit sagen hören: mit Gottes Hilf und Beistand?« Die Häuer fingen zu schreien an: Wenn der Bub sich so vermessen hätte, müßte alles Wort für Wort aufs Protokoll. Ratlos sah der Bergschreiber den Hällingmeister an, tauchte die Feder ins Tintenfaß und begann zu schreiben. »Bub«, sagte der Ferchner, als er mit rotem Kopf aus der Stube ging, »heut hast du's verschüttet bei mir.«

Draußen in der Abenddämmerung umstanden an die vierzig Knappen das Hällingeramt. Bei der Nachricht von dem närrischen Protokoll, das man in der Schreiberstube aufgesetzt hatte, begannen sie ein Höhnen und Spötteln, daß Meister Koppel vor Scham nimmer wußte, wohin er gucken sollte. »Komm nur, Vater!« sagte Adel mit verträumtem Lächeln. »Morgen wird das Ding ein ander Gesicht haben.«

»Um Herrgotts willen! Bist du denn krank aufs Leben?«

»Ich bin gesünder als je.«

Meister Köppel sagte kein Wort mehr. Erst droben vor der Gartentür stammelte er: »Was wird das morgen für ein Tag!«

»Ein guter!« Adel trat in die Stube, in der auf dem gedeckten Tisch ein Talglicht flackerte. »Glück auf, Mutter!«

Der Klang dieses Grußes war fürs Kätterle wie ein frohes Wunder. »Bub? Ist was Gutes geschehen?«

»Morgen mach ich mein Gesellenstück als Häuer.«

Da wurde der Abend mit dem bescheidenen Mahl für das Weibl zu einem heiteren Fest. Daß ihr Bub ein Gesellenstück liefern würde, wie man seit der Häuerprobe des David im Salzwerk keines mehr gesehen hatte, diese Überzeugung stand fürs Kätterle so fest wie Stein und Eisen. Mit zappelnder Geschäftigkeit trug sie alles zusammen, was Adel an Zehrung und stärkendem Trunk für die Doppelschicht mitzunehmen hatte. Und als er zur Ruhe ging, hängte sie sich an seinen Hals: »Glück auf, Bub! Deinem Leben und deinem Herzl!«

»Vergelts Gott, Mutter!«

Adel schob in seiner Kammer den Riegel vor. Verwundert dachte das Kätterle: ›Warum tut er sich denn einsperren?‹ Sie hörte das Geklapper, als hätte der Bub den Deckel seiner Truhe gehoben, und hörte nun ein Klingen wie von stählernem Werkzeug.

Die finstere Neumondnacht lag um das kleine Haus. Als der Tag zu grauen anfing, war der ganze Himmel in dichte Schleier gehüllt. Um die vierte Morgenstunde trat Adel geräuschlos aus dem Haus. Auf seinem Rücken hing ein gewichtig angepackter Bergsack; dazu trug er auf der Schulter etwas Langes und Schweres, das in einen Lodenfleck gewickelt war. Vor dem Garten blieb Adel stehen und blickte wie einer, der Abschied nimmt, über die kleinen, schwarzen Fenster hin. »Vergelts Gott, Mutter! Vergelts Gott, Vater!«

Durch das Geklüft der grauen Wolken schimmerte eine irrende Röte, als Adel zur Achenbrücke kam. Auf der Straße blieb er stehen und blickte zu dem Birnbaum hinüber, der seine fruchtbaren Zweige über Maddas Fenster spannte. Dann eilte er über einen Fußsteig zum Markte hinauf. Schon wollte er am Pfarrhof die Glocke ziehen, als Süßkind im schwarzen Mantel heraustrat. Der Pfarrherr erschrak ein bißchen. »Was willst du?«

»Hochwürdiger Herr!« sagte Adel, die Kappe ziehend. »Heut hab ich im Berg ein Tagwerk, bei dem es hergehen kann ums Leben. Da möcht ich beichten und den Leib des gütigen Herrn speisen.«

Süßkind atmete erleichtert auf. »Da gehen wir gleich hinüber in die Sakristei.« Als sie zum Kirchplatz kamen, guckte der Pfarrer sonderbar drein, weil neben dem Klagekasten zwei Spießknechte standen.

»Was macht ihr zwei denn da?«

»Wir müssen wachen!« Am Abend hätte der geistliche Kommissarius wiederum keinen Zettel gefunden, dafür aber die Wahrnehmung gemacht, daß der Kastenspalt mit klebrigem Zeug beschmiert wäre. Da müßten Leute, die vor einer Klage nicht sicher wären, mit Leimruten geangelt haben.

Mißbilligend schüttelte Süßkind den grauen Kopf. »So was sollten die Leut aber doch nicht tun!«

»Daß es nimmer geschieht, drum müssen wir wachen. Aber froh sind wir, daß es Tag wird. Ist ein unheimliches Geschäft, das!«

»Hat denn wer einen Zettel geworfen?«

»Gekommen wär schon einer. Ganz schwarz hat er ausgeschaut. Wie er gemerkt hat, daß wir da sind, ist er davon wie der Teufel. Gestank hat sich keiner schmecken lassen. Da mein' ich, es war ein Hällinger gewesen, der klagen hat wollen.«

»So, so?« Herr Süßkind schmunzelte. »Da wachet nur fleißig in jeder Nacht!«

Adelwart, mit Sorge in den Augen, fragte: »Herr? Ist so ein armes Frauenleut verklagt?« Der Pfarrer schüttelte den Kopf. Und dem Buben schien ein Stein von der Seele zu fallen. Sie traten in die Sakristei.

Gegen sechs Uhr kamen truppweise die Hällinger, die zum Bergwerk wanderten. Weiber und Kinder waren mit ihnen, um sich den Häuergesellen anzugucken, der sich solch eines unsinnigen Fürhabens vermessen hatte. Und weil der Bergschreiber den seltsamen Vorfall im Dekanate rapportiert hatte, wurden zwei Herren zum Hällingeramte geschickt, um den Adelwart Köppel zu fragen, ob er auf diesem aberwitzigen Protokoll bestehen bliebe. An die zweihundert Leute hatten sich vor dem Stollentor angesammelt. Meister Köppel stand auf der Straße, bleich, und guckte sich die

Augen nach dem Buben aus. Endlich kam Adel mit einer schweren Last durch die Wiesen her. »Bub! Wo bist du denn gewesen?«

»In der Kirch.«

Diese Antwort schien den Meister ruhiger zu machen. Nun sah er den plumpen Bergsack. »Was hast du denn da so Schweres?«

Der Bub lächelte. »Den neuen Steinschlägel, der mir helfen soll«

»Wo hast du den her?« »Den hab ich von Salzburg geholt.«

Der Meister machte Augen, als wäre das alles ein verworrener Traum. »Wann bist du in Salzburg gewesen?«

»Am Sonntag.«

»Alles Häuerwerkzeug kenn ich doch. Was soll das für ein Schlägel sein?«

»Der ist neu im Berg. Den hat man bis heut nur allweil gebraucht, um aufs Leben loszuschlagen. Jetzt soll er einen Schlag tun, der zum Guten ist.«

»Und was hast du denn auf der Achsel?«

»Meine neuen Spitzhauen.«

»Das sieht doch aus wie eiserne Stangen?«

»Ja, Vater! Die hat mir nach meiner Weisung der Schmied von Grödig gehämmert, derweil ich vor deines Davids Birnbaum ein Vaterunser gebetet hab.« Da sah der Bub den weißen Stiftsherrn und den anderen im schwarzen Gewand mit den roten Schuhen. »Vater? Wer sind die Herrenleut?«

»Das ist Herr Adam von Reizenstein, der Kapitelherr, der über das Hällingeramt die Aufsicht führt.«

»Und der ander?«

»Das ist –«

»Wer, Vater?«

»Der Sekretarius Besenrieder.«

Adels Augen erweiterten sich. Erschrocken faßte ihn Meister Köppel am Arm und flüsterte: »Besinn dich! Stell dein Fürhaben ein! Sag, du wärst fiebrig gewesen!«

Schweigend befreite Adel seinen Arm. Vorüber an den Leuten, die sich lachend herbeidrängten, als käme ein Gaukler mit seinem tanzenden Bären, ging er auf den Sekretarius zu. »Ich bin der Adelwart.« Seine Stimme hatte einen Klang wie Stahl. »Und stell mich zum Gesellenstück, wie's geschrieben ist im Protokoll.«

»Wir wollen in die Amtsstube gehen!« sagte Doktor Besenrieder. Während sie ins Haus traten, flüsterte er dem Stiftsherrn in lateinischer Sprache zu, was dem Gesellen aus den Augen spräche, wäre die offenkundige Geistesverwirrung. In der Schreibstube machte er mit ernsten Worten den Versuch, Adelwart zum Rücktritt von diesem sinnlosen Unterfangen zu bewegen. Der Bub blieb fest. Auf die Frage nach der Art seines Fürhabens verweigerte er jede Antwort; was er fürhätte, wäre ein neues Ding im Bergbau; am Abend würde er Rede stehen. Doktor Besenrieder neigte zu der Ansicht, daß man die geheimnisvolle Probe als eine res incerta von Amts wegen verbieten müsse. Doch Herr von Reizenstein erklärte, aus dem Gesellen spräche so viel Zuversicht, daß man die wunderliche Sache, die bei gutem Ausfall der Landschaft einen Vorteil verspräche, nicht unversucht lassen dürfe. Da läutete die Schichtglocke. Die Herren traten aus dem Haus, und Herr von Reizenstein wählte drei alte Häuer, die den Sonderschacht bestimmen, den Gesellen einmauern und darüber wachen sollten, daß der Prüfling keinen heimlichen Beistand bekäme.

Adel hatte, unbekümmert um das Geschrei, das ihn umgab, seine Last auf einen Hund gehoben. Als er das brennende Grubenlicht an seinem Gürtel befestigte und den Hund zu stoßen begann, sah er auf einem Fleck, den die anderen mieden, den Jochel Zwanzigeißen stehen. Wie vergnügt der lächelte! Hinter ihm stand seine Tochter mit heißem Gesicht. Als sie sah, daß Adels Blick auf sie gerichtet war, hob sie die Fäuste mit den eingezogenen Daumen. Nur mit den Augen nickte Adel einen Gruß. Es war ihm in dieser Stunde ein wohltuendes Gefühl, unter den hundert Spöttern eine Seele zu wissen, die ihm Gutes wünschte.

Schon tauchte der Hund in die Dämmerung des Schachtes. Da trat der Hällingmeister neben den Buben. »Laß dir helfen! Mir ist, als müßt ich ersticken. Aber du hast den Glauben. So wünsch ich dir halt aus ganzer Seel: Glück auf!«

»Glück auf!«

Schulter an Schulter stießen sie den rollenden Hund hinein in die Finsternis des Schachtes.

11

Doktor Besenrieder wollte den Heimweg nützen, um seiner Zukünftigen guten Morgen zu wünschen und mit dem Wildmeister die Neuigkeit zu erörtern, die er vom Hällingeramte brachte. Peter Sterzinger saß auf der Hausbank und säuberte das Gehörn eines Rehbockes, den Freiherr von Preysing erlegt hatte. Bei Besenrieders Anblick rief er mißmutig in den Hausflur: »Maddle! Komm!« Dann erst grüßte er und schabte emsig mit dem Messer an der Hirnschale des Gehörns. Der Sekretarius ließ sich nieder. »Ihr seid nicht in guter Laune? Die Zeit ist allerdings nicht erquicklich. Wir im Amte bekommen das zu fühlen.«

»So?« knurrte Peter Sterzinger. »Ist schon eine verklagt?«

»Eine Hexe? Nein. Es liegt eine causa vor, die viel schwieriger zu behandeln ist. Der geistliche Kommissar hat wegen des Udo von Magdeburg eine Injurienklage gegen den Süßkind bei uns eingereicht –« Der Wildmeister lachte, daß ihm das Kröpfl blau anschwoll. Unwillig zog der Sekretarius die Brauen zusammen. »Ihr würdet diese Sache weniger lustig finden, wenn Ihr wüßtet, was wir seit einer Woche zu kolloquieren und zu deliberieren hatten. Unser Gericht hat sich als inkompetent erklärt. Gestern wurden die Akten an das fürstliche Hofgericht zu Köllen transferiert.« Sein dünner Hals verlängerte sich. »Wo bleibt meine liebwerte Braut?«

Sterzinger brüllte: »Maddle! Der Deinige ist da!«

Eine Weile stockte das Gespräch. Dann erzählte Besenrieder, daß im Hällingeramt ein Vorfall accidiert wäre, bei dem sich an einem scheinbar wohlorganisierten Menschen eine wunderliche deturbatio de mente et sanitate hätte sehen lassen, ein vollständiges Erlöschen des gesunden Menschenverstandes.

»Weiß schon!« unterbrach der Wildmeister. »Das muß wieder dummes Geschwätz sein! So verrückt ist doch kein Mensch, daß er sagt, er könnt in einer Schicht so viel Salzgut brechen wie hundert Häuer.«

»Was ist denn das für ein Narr?«

»Ein Fremder mit Namen Adelwart.« »Der?« fuhr Peter Sterzinger auf. Sein Kropf wurde völlig blau, und unter pfeifenden Atemzügen ging er zur Haustür. »Wo nur das Mädel bleibt?« Er trat in den Flur. Dann kam er. »Weiß der Teufel, wo die Schwägerin schon wieder hin ist!«

Doktor Besenrieder, dessen Backenknochen rotfleckig wurden wie reife Äpfelchen, erhob sich von der Bank. Das erlebte er jetzt zum drittenmal, daß Madda, wenn er sie besuchen kam, mit verwunderlicher Flinkheit verschwunden war. Er sprach darüber kein Wort, sagte nur mit etwas gereiztem Klang: »Ich möchte wünschen, lieber Peter, daß Ihr, wenn meine Zukünftige in Rede kommt, derartige invocationes wie ›Weiß der Teufel!‹ Vermeidet!« Nach diesen Worten machte er so raschen Abschied, daß ihm Peter Sterzinger vergnüglich nachguckte. Die Bläue seines Kropfes begann sich wieder ins Rosige zu mildern. Der alte Schinagl kam zum Brunnen, und der Wildmeister fragte: »Hast du nit meine Schwägerin und die Kinder gesehen?«

»Wohl! Die hocken da droben bei den Holunderstauden.«

Sterzinger stieg hinauf. Die Kinder waren unter eine Staude gekrochen und spielten Fuchsgraben. Madda, mit dem Klöppelkissen im Schoße, saß gegen den weißen Stamm einer Birke gelehnt und blickte zur Straße hinaus, auf der die Leute in lärmenden Gruppen vom Hällingeramte kamen. Die Brautzeit schien der Jungfer Barbière nicht gut anzuschlagen. Das schmal gewordene Gesicht hatte wenig Farbe, und wie müde Schwermut lag es in ihrem Blick.

»Grad ist der Besenrieder dagewesen.«

»So?« Sie griff nach den Klöppelhölzern und begann die Fäden zu schlingen.

Peter Sterzinger musterte die Schwägerin. »Denk! Was der Schinagl gestern vom Leuthaus heimgebracht hat, ist wahr. So viel Salzgut tät der Häuer brechen in einer Schicht –«

Madda nestelte an zwei Fäden, die sich verwirrt hatten. »Was geht das mich an?«

Etwas Boshaftes glimmerte in Peters forschendem Blick. »Ich hab gemeint, es tat dich ein bißl an der Neugier kitzeln. Weil's der Bub ist!« Ein leises Zittern in ihren Fingern. »Was für ein Bub?«

»Der vom Schellenberger Gärtl!« knurrte Peter Sterzinger. »Den ich deinetwegen hinausgefeuert hab. Jetzt muß ich mir einen Fürwurf machen. Der hat den Puff aus der grünen Höh in die Nacht hinunter nit vertragen und hat den Verstand verloren.«

»Den Verstand? Wieso?«

»Hast du denn nit gehört? So viel Salzgut will er brechen als wie ein Dutzend Häuer –«

»Hat er das gesagt, so tut er's auch.«

Peter Sterzinger riß die Augen auf. »Brav, brav, brav!« Er machte den Specht und stapfte über den Hang hinunter. »Schad, daß der Sekretari nimmer da ist!«

Madda blieb mit den Kindern da droben, bis die Elfuhrglocke läutete. Bei der Mahlzeit sprach sie kein Wort. Dann rannte sie hinüber zum Nachbarhaus. Josua saß vor der Werkbank, und das Trudle hatte den Arm um ihres Mannes Hals gelegt. Die beiden erschraken, als die Jungfer so blaß und atemlos hereinfuhr: »Joser, ich bitt schön, tu mir das und spring hinaus zum Hällingeramt! Da draußen ist was geschehen mit dem Buben. Und so viel sorgen tut sich der Schwager –«

»Was für ein Bub?«

»Der gehürnet hat in deinem Gärtl.«

»Herr! Es wird doch dem guten Buben –«

»Ich weiß nit! Tu mir's, Joser, und spring hinaus!«

Der Meister packte seine Mütze. Bevor er das Hällingeramt erreichte, läutete die Schichtglocke. Aus dem Stollen kam der erste Häuertrupp gefahren. Den faßte Weyerzisk beim Schachttor ab. Was denn geschehen wäre im Berg? Lautes Gelächter war die Antwort, die er bekam. An der lärmenden Gruppe drückte sich der alte Köppel vorüber. Er wollte heim, wollte verhindern, daß das Kätterle zum Bergamt käme. Richtig traf er sie im Wald. Er log zusammen, was er fertigbrachte. Und lief zum Salzwerk zurück, brannte mit zitternden Händen die Grubenlampe an und wanderte in die Finsternis des Schachtes. Je näher er dem Stollen kam, in dem der Bub sein Gesellenstück zu vollführen hatte, um so häufiger blieb er stehen und lauschte. Immer das Gurgeln der Solenleitung, das Rauschen der Schadwässer. Manchmal eine Stimme, irgendwo ein kurzes Lachen. Und ein Licht, das wie ein Sternchen aufglänzte und wieder verschwand.

Nun zweigte sich vom Hauptschacht der Seitenstollen ab, dessen Auslauf die Häuerschaft dem Buben für sein Gesellenstück angewiesen hatte. Aus der Tiefe des Stollens schimmerte Licht. Das kam von den Grubenlampen der drei Häuer, die zu wachen hatten, daß dem Gesellen kein Beistand käme. Sie saßen auf Holzblöcken, gegen die Stollenwand gelehnt. Nur einer wachte, zwei von ihnen schnarchten. Dicht hinter ihnen war der Schacht vom Boden bis zur Decke durch die feste Mauer geschlossen, die man aus Salzsteinen aufgeschichtet hatte. Hinter der Mauer war Licht. Durch die Fugen quoll es heraus und schimmerte matt in den kristallklaren Teilen des Gesteins. Ein klingendes Gehämmer tönte. Den Atem verhaltend, lauschte der Hällingmeister. »Wie steht's denn?«

»Allweil die Hämmerei! Nie noch hab ich was fallen hören.«

Jonathan trat an die Mauer und versuchte durch eine der Ritzen zu spähen. Er sah nur ein trübes Lichtgedämmer und einen Schatten, der sich bewegte. »Bub!«

»Der kann dich nit hören«, sagte der Häuer, »das Stollentrumm hat an die vierzig Gäng in der Läng.«

Da schrie der Meister: »Adle! Hörst du mich nit?«

Das Klingen schwieg. »Vater?«

»Wie steht's mit der Arbeit?«

»Nit schlecht.«

»Ich hör aber nie ein Salzgut fallen.«

»Wird schon fallen, wenn's an der Zeit ist.«

Nun klangen die tönenden Schläge wieder, rascher als zuvor.

Wie ruhig hatte der Bub gesprochen! Doch dem Meister war diesem Unerklärlichen gegenüber eine Erregung ins Blut gefallen, die ihn ganz verstörte. Immer sah er, während er durch die Finsternis davonging, den Doktor Pürckhmayer predigend auf der Kanzel stehen. Im Verlaufe der Schichtzeit trieb die Sorge den Alten noch zweimal vor die Mauer. Das erstemal hörte er wieder dieses ruhelose Klingen, das zweitemal ein dumpfes Gehämmer, wie Schläge, die auf hartes Erdreich fallen. Als er das drittemal kam, eine Stunde vor der Schichtglocke, fand er im Stollen schon ein Dutzend Hällinger, die aus Neugier früher eingefahren und mit Lachen versammelt waren, um sich den Ausgang des unsinnigen Gesellenstückes anzugucken. Immer größer wurde der lärmende Hauf. Im Gewirr der Stimmen hörte man den vergnügten Baß des Michel Pfnüer. Einmal ging ein schallendes Gelächter durch den Stollen, weil der Michel geschrien hatte:

»Ihr Hundstößer! Höi! Habet ihr die tausend Hund schon da, die er braucht, der Riesenbub, um das endsmäßige Salzgut aus dem Berg zu führen?«

In der zitternden Faust die Grubenlampe, stand Jonathan neben der Mauer. Der Ferchner trat zu ihm: »Ich weiß, du hast den Buben liebgehabt!«

Der Alte stammelte: »Hinter der Mauer ist alles still. Lus doch, Ferchner! Was muß da sein?« Wie sollte man lauschen bei diesem Lärm? »Hällinger«, rief der Ferchner, »lasset das Reden sein! Wir müssen hören, was hinter der Mauer ist.« Langsam dämpfte sich das Geschrei. Und da hörte man hinter der Mauer die Stimme des Buben: »Vater? Bist du da draußen?«

»Bub?« Mehr brachte der Alte nicht aus der Kehle.

»Mit dem Schaffen bin ich fertig«, klang es dicht bei der Mauer, »bloß das Salzgut muß noch fallen.«

»Da hat's aber Zeit!« schrie der Michel. Ein johlendes Gelächter hallte durch den Schacht. Dann schaffte die Neugier wieder Ruhe, und aus der Mauer klang es: »Michel Pfnüer! Bet ein Vaterunser! Wenn du beim Amen bist, so muß das Salzgut liegen. So wahr ein Herrgott im Himmel ist!« Jetzt lachte keiner mehr. Der Klang dieser Stimme hatte den Schreiern an die Kehle gegriffen. Und hinter der Mauer sagte der Bub: »Vater! Das Gut wird fallen. Aber das ist ein neues Ding im Berg. Ich weiß nit, wie das ausgeht. Kann sein, daß ich hin bin.«

»Jesus!«

»Mit dem Herrgott bin ich auf gleich. Der Mutter sag ich Vergelts Gott, gelt! Und eine – wirst schon wissen, wen ich mein' – die tust du mir grüßen! Dir, Vater, Vergelts Gott für alles! Jetzt lauf und tu dich sichern!«

Dem Alten fiel die Grubenlampe aus der Hand. Aus dem Hauf der Knappen eine kreischende Stimme: »Mich geht ein Grausen an!« Dann im Stollen ein stummes Zurückweichen, als wären die sechzig Menschen geschoben von den Fäusten einer dunklen Angst. Hinter der Mauer ein leises Klingen. So klingt es, wenn Feuer mit dem Stahl geschlagen wird. Jetzt die gellende Stimme des Buben: »Hällinger! Laufet! So weit wie auf einen Bolzenschuß! Es könnt ein Unglück geben.« Ein schreiendes Flüchten. Im Nu waren all die kleinen Lichter weit draußen in der Finsternis. Nur den Hällingmeister hielt die Sorge fest, die Liebe zu dem Buben, dessen Stimme er hinter der Mauer hörte: »Gütiger Herr Jesus! Mutter Maria! Nehmet mich auf in euren Schutz!« Da leuchtete die den Stollen sperrende Mauer, als wäre sie in rote Glut verwandelt. Es dröhnte ein Donnerschlag, wie ihn die Berge im wildesten Gewitter nie gehört. Alle Tiefen zitterten, ein Brechen und Stürzen begann, die Mauer wurde niedergeblasen, ein sausender Windstoß fuhr durch den Schacht und wehte über die Schar der Fliehenden einen Qualm, der alle Grubenlichter umschleierte.

Das war der erste Sprengschuß, der in einem deutschen Bergwerk aufblitzte, die dunklen Tiefen der Erde erschütterte und zu den Felsen sprach mit seiner Donnerstimme: Spendet den Menschen euer Gut!

Auf die fliehenden Hällinger schlug dieses Neue los mit den Keulen eines abergläubischen Schreckens. Der Michel brüllte: »Feuer und Schwefel! Da ist der Teufel im Spiel!« Das schrien ihm gleich ein Dutzend Stimmen nach. In diesem Lärm des Grauens hallte ein Jauchzer, klingend von heißer Freude. Meister Köppel, den der Luftdruck zu Boden geworfen, begann zu schreien: »Lebst du, Adle? Lebst du noch?« Da umschlangen ihn schon die Arme des lachenden Buben. Im Hauf der fliehenden Knappen blieben die letzten stehen und kamen zur Besinnung. Der Ferchner kreischte: »Hällinger! Luset! Was schreit denn der Meister allweil?« Wieder blieben einige stehen und hoben die Grubenlichter in den dünner werdenden Qualm. Da hörten sie die Stimme des Jonathan Koppel: »Ihr Mannder und Buben! Schauet das Wunder an! Da liegt das Salzgut wie ein Berg. Jesus, Jesus, Jesus! Schauet doch her! Das täten hundert Häuer nit schaffen in einer Woch.«

Der Alte, im Rausch seiner Freude, sah das Werk dieser Stunde noch größer, als es war. Auch den Leuten, die gelaufen kamen und die Lichter hoben, fiel das Staunen ins ratlose Gehirn. Hinter den Brocken der niedergeblasenen Mauer sahen sie das Ende des Stollens ausgebrochen zu einer gewölbten Halle, unter deren Decke das losgesprengte Salzgut in Klötzen zu einem Hügel geworfen lag, so hoch, daß die obersten Massen fast wieder hinaufreichten bis zur Decke. Und weit über die Hälfte des Stollenausganges heraus lag tischhoch das gebrochene Gestein. Das Geschrei der ersten, die gekommen waren, rief die anderen zurück. Sie begriffen das unheimliche Wunder nicht, obwohl ihnen der Hällingmeister immer wieder zuschrie, daß der Bub das reiche Salzgut unter Gottes Beistand mit Pulver aus dem Berg geschossen hätte. Einer der wenigen, die zu begreifen schienen, war der Michel Pfnüer. Der war zuerst ganz still. Dann schrie er: »Gall und Teufel! Wenn der Bub das kann, der schafft ja das ganze Häuerwerk mit seiner Pulverkunst allein. Was bleibt denn da für uns? Da braucht ja die Herrschaft keinen Häuer nimmer.« Das Wort fand Ohren, die es erschrocken hörten. Dem Hällingmeister verwandelte sich die helle Freude in dunkle Sorge. Am liebsten hätte er den Buben so rasch wie möglich aus dem Schacht hinausgebracht.

Adelwart, nach aller Mühsal dieses Tages, nach aller Gefahr dieser feuerblitzenden Sekunde, schien von einer dumpfen Erschlaffung befallen. Jetzt, da sein Werk gelungen war, ging seine Kraft zu Ende. Sein Gesicht war entstellt, vom Pulverrauch geschwärzt, mit dickem Staub behangen. Und blutig war es. Der Ferchner hatte Wasser in seiner Kappe geholt, und Jonathan wusch dem Buben das Gesicht. Den Staub und die Pulverschwärze brachte er weg, aber nicht das Blut; das quoll immer wieder in feinen Tropfen durch die Haut heraus, als wäre das Gesicht von hundert Nadelstichen durchbohrt.

»Adle! So red doch ein Wörtl! Wie spürst du dich?«

»Gut, Vater!« nickte der Bub mit dem Lächeln eines Träumenden. Und der Ferchner sagte: »Tu mir's verzeihen, Mensch! Ich hab meiner Seel gemeint, du hättest was Schlechtes für.«

Heller und heller war es im Schacht geworden. Einige Häuer hatten ihre Pechfackeln angebrannt und kletterten auf dem Berg des gebrochenen Gutes herum. Nun plötzlich ein Schrei wie von einem Tier. Und eine irrsinnige Stimme: »Alle guten Geister! Jesus Maria!« Kurze Stille. Dann Geschrei und Gedräng. Auf der Böschung des Gerölles hörte man einen kreischen: »Hällinger! Um's Himmels willen! Gucket doch her! Da ist im Salzgut drin ein Mensch!«

Dreißig Stimmen: »Was ist? Was ist?«

»Ein Mann ist im Salz!«

Mit groben Fäusten bahnt sich der Michel Pfnüer einen Weg, reißt dem Häuer die Fackel aus der Hand, springt zu den Klötzen hinauf und zetert: »Alle guten Geister! Da hockt der Teufel im Salz! Der Teufel, der ihm geholfen hat! Alles ist Hexenwerk. Hat keiner einen Weihbrunn da? Alle guten Geister! Jesus, Jesus, hat denn keiner einen Weihbrunn da?« Unter dem Lärm, der tobend den Stollen füllte, griffen alle, die nicht zu den ›Heimlichen‹ gehörten, unter die schwarzen Spenzer, wo sie die kleinen irdenen Fläschchen mit dem Weihwasser verwahrt trugen, das sie beschützen sollte vor allen Gefahren der Tiefe. Nur der Michel Pfnüer, obwohl er nicht zu den ›Heimlichen‹ zählte, hatte kein solches Fläschl. Ein Dutzend Hände reichten ihm, was er brauchte in dieser Stunde höllischer Not. Und da fing der Michel ein Sprengen und Spritzen an:

> »Gott Vater, Gott Sohn,
> Gott heiliger Geist!
> Satanas, weiche!
> Sei verloren! Sei verschworen!
> Durch Christi Wunden
> Sei gebunden!
> An Füß und Händ
> Bindt dich das heilige Sakrament!«

Meister Koppel sah erschrocken den Buben an. »Vater? Was ist denn?« fragte Adelwart. Aus seiner Schwäche ermuntert, drängte er sich zu den Klötzen und sah mit eigenen Augen, daß in einem gro-ßen, glashellen Salzblock etwas eingeschlossen hockte, das auch er ohne Schauder nicht betrachten konnte. Wie ein zottiges Tier, auf allen vieren kriechend, war es anzusehen. Und war doch das Bild eines Menschen, ganz in Rostfarbe getaucht, halb nackt und halb in Felle gewickelt, mit einem Wust von Haaren und einem roten Zot-telbart um das starr verzerrte Gesicht, alle Linien zittrig zerflossen, gleich der Gestalt eines Mannes, den man bei trübem Licht unter Wasser schwimmen sieht.

Nach dem ersten Schauer hatte Adel die Besinnung gefunden und rief: »Aber Häuer! Das ist doch kein Teufel!«

»Freilich«, brüllte der Pfnüer, »das glaub ich, daß du den Teufel verleugnest, der dir geholfen hat.«

»Du Narr! So guck doch hin mit Verstand! Das ist doch ein Mensch! Ein Mann! Der vorzeiten durch die Muren ins Salz gefal-len. Und den das Salz nie faulen hat lassen.«

»Lüg, du! Lüg! Bis tief in den Hals! Was wahr ist, wirst du vom Kommissar und vom Freimann hören. Hällinger! Müssen wir unse-ren Berg verteufeln und verhexen lassen? Soll uns der da mit seiner Teufelskunst das Brot vom Maul wegstehlen? Uns elend machen mit Weib und Kind? Ich bin ein Christ. Ich steh zum Kommissar. Und wer nit selber verdächtig ist, der muß mir helfen. Als Christ!« Der Michel brauchte nur die Fäuste nach dem Buben zu strecken, und er hatte ein Dutzend Helfer, die ihm Beistand leisteten als un-verdächtige Christen. Adel wollte sich wehren. Zwanzig Fäuste hingen an ihm und rissen ihn zu Boden. Der Hällingmeister schrie in den tobenden Lärm das Wort hinein, das bei jedem Raufhandel im Stollen noch immer seine Kraft bewiesen: »Bergfrieden!« Jetzt versagte das Wort. Dem Meister blieb nichts anderes übrig, als dem Buben, dem die Hände hinter dem Rücken gebunden waren, mit erwürgter Stimme zuzurufen: »Mußt dich nit fürchten, Adle!«

»Ohne Sorg, Vater!« Sogar lachen konnte der Bub. »Du hast mir nit umsonst einmal gesagt: Aus aller finsteren Tief muß er aufstei-gen, der Mensch, daß er merkt, wie schön und wie kostbar das Licht ist!«

Die Ängstlichen, die Reißaus genommen hatten, trugen die Kunde von dem Ungeheuerlichen hinaus in den trüben Abend. Vor dem Hällingeramte hatte sich neben den beiden Herren eine Schar von Neugierigen angesammelt; sie sahen die vom Schreck verstörten Knappen aus dem Schachttor flüchten, hörten von Feuerblitzen und Schwefeldampf, von dem greulichen Hexenwerk des Adelwart Koppel und von dem leibhaftigen Teufel, der dem Buben zaubern geholfen und den der Michel Pfnüer mit Weihbrunn in einen Salzblock gebannt hätte, daß der Satanas sich nimmer rühren könnte. Das stieg den Leuten wie Qualm ins Gehirn. Ihr schreiendes Entsetzen bewies, daß die Predigt des hochwürdigen Doktor Pürckhmayer trotz der gesunden Abwehr, die sie in der Franziskanerkirche erfahren hatte, ihre Früchte zu tragen begann.

Doktor Besenrieder tappelte pflichtfertig zum Stifte hinauf, um das Unerhörte ad aures domini zu bringen. Herr von Reizenstein verhörte die Knappen. Dabei wichen ihm zwei Leute nicht von der Seite: der Josua Weyerzisk und das verzweifelte Kätterle, das unter Anrufungen Gottes die Unschuld ihres Buben beschwor.

Nun stieß das Weibl einen herzzerreißenden Schrei aus und stürzte gegen das Stollentor, aus dem die Hällinger den Gefesselten herausführten. Aufrecht ging Adelwart zwischen den lärmenden Häuern; sein Gesicht mit den eingesunkenen Augen und den roten Fäden, die ihm über Stirn und Wangen herunterliefen, war anzusehen wie ein Marterbild.

Josua, den Kopf zwischen den Händen, rannte die Straße hinaus. Als er die Achenbrücke erreichte, hörte er vom Garten her die Stimme seines Weibes: »Maddle! Maddle! Mein Joser kommt schon!«

Der junge Meister atmete schwül. Bei seinem Eintritt in den Garten erhoben sich Madda und die Weyerziskin von der Bank. Die Jungfer hatte keinen Tropfen Blut im Gesicht, die Augen waren groß geöffnet. Ihre Stimme klang ruhig: »Gelt, Joser? Gelt, ich hab recht, daß alles ein Geschwätz ist?«

»Ich weiß nit, Jungfer, da kenn ich mich selber nimmer aus. Wie die Leut da draußen reden –« Josua fing zu erzählen an. Alles suchte er zu mildern. Dennoch blieb an Schauerlichem so viel noch übrig, daß sich das Gesicht der Weyerziskin entstellte. Madda, schweigend, schüttelte immer den Kopf. Als Josua schilderte, wie man den Buben herausgeführt hätte, fiel der Jungfer eine Schwäche in die Knie. Sie schloß die Augen und tastete mit den Händen.

Auf der Straße kam ein dumpfer Lärm immer näher, ein verworrenes Schreien von hundert Stimmen. Bevor der Zug noch bei der Achenbrücke war, hörte man schon die Brüllstimme des Michel Pfnüer. Zu einem halben Tausend Schreier und Gaffer war der Zug schon angewachsen, als er am Garten des Weyerzisk vorüberkam. Voraus, auf einem Karren, führten sie den Mann im Salz – den ›eingesulzten Teufel‹, wie der Pfnüer ihn nannte –, und rings um den Karren war ein solches Gedräng, daß Madda, als sie wie von Sinnen auf die Straße stürzte, nur ein Knäuel tobender Menschen sah, einen Schwarm von keifenden Weibern, die sich alle Beklommenheit, von der sie seit der Hexenpredigt des Doktor Pürckhmayer befallen waren, aus der Seele schimpften, um öffentlich zu erweisen, wie christlich ihr Abscheu vor allem Zauberwerk und ihr Grausen vor dem Satan wäre. Die sonst so gutmütigen Weiberchen waren verwandelt zu aberwitziger Raserei. Sie drohten dem Gefesselten mit Fäusten, spien vor ihm aus und zeterten ihm allen Schimpf, den ein verstörtes Gehirn ersinnen kann, in das blutüberströmte Gesicht.

Adelwarts Festigkeit und Ruhe war zerbrochen. Zwischen den Blutgassen auf seiner Stirn war die Haut von kalkiger Blässe. Sein Blick irrte über die tobenden Weiber hin, über das Haus des Wildmeisters, über den Garten des Weyerzisk. Da sah er die Jungfer Barbière. Die Augen schließend, blieb er stehen, als wäre ihm die letzte Kraft versunken. Mit entstelltem Gesicht, wie von der Raserei der anderen befallen, drängte sich Madda durch den Kreis der keifenden Weiber. Und schrie: »Ich glaub's nit!« Er zitterte. Aufatmend sah er sie an mit dürstendem Blick. »Vergelts Gott, Jungfer«, sagte er leise. »Jetzt soll mir geschehen, was mag!« Die Häuer stießen ihn vorwärts. Und der Michel Pfnüer fing gegen Madda zu brüllen an: »Die Jungfer glaubt wohl, daß wir Lügner sind? Und daß der Teufel, den ich ins Salz geschworen, Dreck oder Luft ist? Und gar nit auf dem Karren liegt?« Madda hörte das nicht. Wie versteinert sah sie dem gefesselten Buben nach. Als ihn das Gedräng verdeckte, starrte sie auf die Blutflecken, die seinen Weg bezeichneten und vom Staub der Straße aufgesogen wurden. Eine schrillende Stimme. »Du! Du!« Vor der Jungfer stand das Kätterle, das Gesicht verzerrt und von Tränen überronnen. »Du bist's! Du! Die meinen Buben auf der Seel hat! Du!«

Meister Köppel, erschrocken, zerrte das Weibl mit sich fort. »Kätterle! Hast du völlig den Verstand verloren?«

Sie stieß den Arm des Jonathan von sich. »Verstand? Was braucht man da Verstand? Ich bin eine Mutter! Ich hab ein Herz, das blutet!« In dieser Mutter war wieder lebendig geworden, was sie schon einmal erlebt hatte, vor sieben Jahren. Als sie damals vor dem Landrichter Pießer einen Fußfall getan und gebettelt hatte, er möchte ihrem David nicht sein Glück verbrennen lassen – und als ihr der Richter sagte, das stünde nicht in seiner Macht und drum sollte sie Verstand annehmen, da hatte das Kätterle das gleiche Wort geschrien: »Was braucht man da Verstand? Ich bin eine Mutter! Ich hab ein Herz, das blutet!« Für das Kätterle war es der von den Toten auferstandene David, den man gefesselt und von Blut überströmt hinaufführte zum Richter von Berchtesgaden. Und was das alte Weibl in seinem Jammer schrie, war der Mutterschrei, wie er schon vor ungezählten Jahrtausenden geklungen, der tiefste und geheimnisvollste Naturlaut des Lebens, das sich erhalten will in seinen Kindern.

Als der Zug schon um die Wiesenecke gebogen war und sich mit Lärm hinaufwälzte über die Straße, konnte Madda noch immer das Kätterle hören, dessen Stimme herausschrillte aus dem tobenden Geschrei.

Josua und das Trudle wollten die Jungfer fortführen und redeten ihr herzlich zu. Madda schien kein Wort zu verstehen. Sie fuhr sich mit der Hand über die Stirn wie eine Erwachende, die noch durchzittert ist vom Schauer eines grauenvollen Traumes und nicht glauben will, daß sie die Augen offen hat.

Beim Heckentor des Wildmeisterhauses stand der alte Schinagl zwischen den beiden Kindern, die sich an seine Hände klammerten. Weil es nichts mehr zu sehen gab, wollte er die Kinder ins Haus führen. Kaum hatte er das Gehöft betreten, als er wieder aus dem Tor gesprungen kam: »Jungfer! Jungfer! So gucket doch, was da ist!«

Bei der Hecke lag die stumme Marei auf dem Rasen ausgestreckt, wie tot, die Fäuste in das Gewand geklammert, mit geschlossenen Augen, die Lippen zurückgezogen von den übereinandergebissenen Zähnen. Der Knecht und Josua hoben sie vom Boden auf und trugen sie in ihre Kammer. »Die ist wie ein Stückl Holz!« sagte Schinagl. »Die hat das Grausen aus dem Leben hinausgeblasen.« Madda wusch der Bewußtlosen mit Essig das Gesicht und die Pulse. Langsam erholte sich Marei, immer tiefer ging ihr Atem, die verkrampften Finger begannen sich zu strecken, sie schlug die Augen auf, und während ihr um die Mundwinkel ein schmerzvolles Zucken ging, lallte sie jene dumpfen Laute: »Mua – Mua –«

»Gott sei Lob und Dank!« Madda, auf der Bettkante sitzend, streichelte die Hand der Stummen. Dann löste sich bei ihr alle Erschütterung dieser Stunde in einem Strom von Tränen.

12

Im großen Speisesaal des Stiftes saßen die Kapitelherren nach einem festlichen Mahle noch beim Nachttrunk. Man hatte dieses Prunkmahl zu Ehren des Grafen Udenfeldt gehalten, der alljährlich gelegentlich seiner Badekur zu Reichenhall als Jagdgast in die wildreichen Reviere von Berchtesgaden geladen wurde. Daß er, obwohl Protestant, dazu noch ein angesehener Parteigänger der evangelischen Union, in dem katholischen Stift solche Ehre genoß, war ein Akt geziemender Dankbarkeit. Im Patronatsgebiet des Grafen, der in der Pfalz begütert war, lagen die beiden Weinberge, die das Stift noch besaß – die letzten Reste der vielen schönen Rebengelände, die dereinst den berchtesgadnischen Keller mit flüssigem Golde versorgt hatten. In den Sturmzeiten der Reformation war dieser kostbare Besitz verlorengegangen; evangelische Fürsten hatten ohne viel Umstände die Hände auf das berchtesgadnische Kirchengut gelegt. Nur der selige Graf Udenfeldt hatte das letzte, rebengrüne Eigentum des Stiftes in der Wohlmeinung respektiert, daß ein katholischer Menschenleib den Durst nicht minder schwer ertrüge als eine lutherische Kehle. Auch der Sohn des Grafen schützte das Rebengut des Stiftes und gab in jedem Frühjahr den sieben Lastwagen, die den gekelterten Wein nach Berchtesgaden davonführten, ein festes Waffengeleite mit auf den Weg. Für solche Wohltat erwiesen sich die Kapitelherren dankbar. Jährlich wurde der Tag, an dem Graf Udenfeldt als Jagdgast zu Berchtesgaden einkehrte, durch ein festliches Mahl gefeiert, und es war für die Kapitelherren ein Gesetz, bei diesem Mahl jedes politische und religiöse Gespräch zu vermeiden. Man schwatzte über Fischfang und Jagd, erzählte lustige Schnurren und lauschte dem Spiel der Musikanten, die im Nebensaale unter der Leitung des Stiftsorganisten Johannes Feldmayer ihre Weisen ertönen ließen.

Dieses Mahl von heute war aber nicht so friedlich verlaufen wie sonst. Die Stimmung hatte etwas Gewitterschwüles. Herr von Sölln, der zwischen dem Ehrengast und dem Freiherrn von Preysing saß, blickte sorgenvoll drein, nicht nur deshalb, weil man die feindlichen Parteien, deren causa invidiosa die Herren vom Landgericht ratlos machte, an die gleiche Tafel hatte rufen müssen. Man hatte sie weit auseinandergesetzt. Der hochwürdige Doktor Pürckhmayer thronte ganz zuoberst an der Tafel, und ganz am unteren Ende saß der Franziskanerprior Josephus, vom Pfarrer Süßkind getrennt durch den siebenfingerigen Theobald von Perfall, der bei seinen alchimistischen Studien schon viermal vor dem wundersamen Augenblick gestanden, in dem der rote Löwe erblitzen mußte. Doch immer wieder hatte der weiße Schwan, die letzte Wandlung eigensinnig versagend, sich mit Knall und Gestank in die Lüfte geschwungen. Dreimal war ein Finger des Alchimisten mitgeflogen. Der Verlust dieser niedlichen Gliedmaßen hinderte den unerschütterlichen Greis nicht an der Fortführung seines Werkes. Seit vier Stunden erklärte er seinen Nachbarn an der Tafel den neuersonnenen Weg, auf dem er den weißen Schwan zu geruchlosem Gehorsam zwingen wollte, und schwärmte vom blitzenden Erfolge seiner Kunst, die alle Schulden des Stiftes aus der Welt blasen und ein goldenes Zeitalter ausschütten mußte über das schöne, liebe Berchtesgaden. »Frieden und Freude wird hausen in jedes Bauern Stub. Und das Lachen wird sein in jedem Herzen.« Herr Theobald streckte die verstümmelten Hände über den Tisch. »Ist das nicht billig bezahlt? Sollt auch mein letzter Finger noch auffliegen, der Löb muß blitzen, bevor ich sterb!«

Prior Josephus, den geschorenen Kopf halb eingezogen in den Halskragen der braunen Franziskanerkutte – ein Fünfziger mit klugen Augen in dem gesunden Gesicht –, betrachtete freundlich das von zausigem Haarwust weißumflammte Antlitz des begeisterten Greises. Minder schweigsam als der Prior war Pfarrer Süßkind. Immer wieder fand er am weißen Schwan eine üble Eigenschaft, die ihn an den Bischof Udo von Magdeburg erinnerte.

Ein Dutzend Tischgenossen saßen zwischen den feindlichen Lagern. Magister Krautendey, der Stiftsphysikus, ein gedrungenes Männchen mit schiefen Schultern, mit spöttischem Faltengesicht und scharfen Augen, unterhielt sich über den wunderlichen Vorfall im Salzwerk mit Seiner Gestreng dem Landrichter Gadolt. Seine Gestreng sah gar nicht strenge aus. In seiner schwarzen Hoftracht glich Herr Gadolt eher einem trostreichen, freundlichen Leichenbitter als einem harten Richter. Diese beiden sprachen mit gedämpften Stimmen. Die übrigen Tischgenossen nahmen keinen Schleier vor die Kehle. Zwischen Zutrank und Bescheid wurde mit wachsender Erregung debattiert, am lautesten in der Mitte der Tafel, wo vier jüngere Chorherren saßen: Christian Anzinger, Georg Römhofer, Johannes Seibolstorff und Adolf Pießer. In diesem Viereck sprang die gereizte Unterhaltung von einer Sorge der Landschaft zur anderen. Der Krebsgang wäre in allem und jedem, die Jagd würde immer schlechter, der Wald wäre verwüstet, das Fischwasser von den hungrigen Bauern ausgestohlen. Und keine Aussicht auf Besserung der Dinge! Fortschritt wäre nur im Anwachsen der Schulden zu bemerken. Dem kleinen Ländl käme der Fürstentitel zu teuer, die höfische Wahrung der Hoheitsrechte fräße für sich allein schon die halben Einkünfte des Landes auf. Statt den Chorherren den Wein zu beschneiden, sollte man der köllnischen Hofhaltung den Leibriemen enger schnüren. Mit zorniger Schärfe rief Doktor Pürckhmayer in die Debatte: »Was da geredet wird, ist Verrat am Fürsten!« Weil sich beim Klang dieser Stimme der Spektakel ein wenig dämpfte, hörte man den Pfarrer Süßkind lachen: »Luset! Der Udo von Magdeburg will predigen!« Es wurde noch stiller, und Prior Josephus sagte sanft verweisend: »Lieber Süßkind! Nach einem Gegner, den man als schwach erfunden, soll man nicht die Kletten des Spottes werfen.«

Mit funkelndem Zornblick sprang der geistliche Kommissar vom Sessel auf. Schweigen war an der Tafel. Graf Udenfeldt, ein schlanker Vierziger mit kurzgeschorenem Blondkopf – neben der reichen Hoftracht des Freiherrn von Preysing sah er in dem grauen Tuchkoller mit dem einfachen Leinenkragen fast ärmlich aus –, warf einen forschenden Blick über die erregten Gesichter. Der schwüle Ernst des Augenblickes hielt nicht lange an. Wie man anderwärts, wenn es plötzlich stille wird, zu sagen pflegt: Jetzt geht ein Engel durch die Stube! – so sagte Pfarrer Süßkind mit Ruhe: »Jetzt holt der Teufel eine Hex!« Aus zwanzig Kehlen dröhnte ein Lachen. Doktor Pürckhmayer schien zu fühlen, daß ein Gewitter seines Zornes nicht mehr am Platze wäre. Er bezwang sich, nahm seinen Platz wieder ein und sagte nur: »Wer da die Schwachen sind, das wird sich weisen.« Herr von Sölln atmete erleichtert auf. Die gefährliche Klippe schien überwunden. Da sprach der Freiherr von Preysing ein unvorsichtiges Wort: »Herr Doktor! Ihr solltet in Gegenwart eines Unierten den Unfrieden, der unter euch geistlichen Brüdern herrscht, nicht gar so deutlich betonen! Das stärkt die Gegner, wenn sie merken, auf wie schwachen Füßen die Einigkeit im römischen

Lager steht.« Er sagte das als Scherz. Auf den Doktor Pürckhmayer wirkte dieses Wort wie ein Funke in der Pulverpfanne. Er stieß in Jähzorn den Becher um. »Ja, Herr! Wären unsere Feinde nicht mit Jubel dessen kundgeworden, daß Widerspruch und Zwietracht in unserem eigenen heiligen Haus die Mauern lockert, nie und nimmer hätten sich die Übermütigen einer so greuelvollen Tat erkühnt, wie sie vor Wochen in der Kaiserburg in Prag geschehen.«

Herr von Sölln warf einen flehenden Blick auf den geistlichen Kommissar, um ihn an den Beschluß des Kapitels zu mahnen: vor dem Grafen Udenfeldt nicht von dem kaiserlichen Rundschreiben zu sprechen, das vor wenigen Tagen die üble Nachricht brachte, daß die evangelischen Landstände Böhmens in Rebellion geraten wären und am 23. Mai zu Prag die kaiserlichen Statthalter Slawata und Martinitz mitsamt dem Sekretär Fabrizius aus den Fenstern des Kaiserschlosses in den Burggraben geworfen hätten. »Silentium«, klang es von überall über die Tafel her. »Taceri jubemus!« Doktor Pürckhmayer ließ sich nicht beirren. Die geballte Faust vor sich hinstreckend, schraubte er die Stimme:

»Was zu Prag geschehen ist –«

»Darüber braucht Ihr kein silentium zu wahren!« fiel ihm Graf Udenfeldt ins Wort, mit einer tiefen Furche auf der Stirn. »Protestantische Gäule reiten auch nicht fauler als die katholischen. Was zu Prag geschehen ist, das weiß ich schon.«

»Und das ist mehr als Übermut! Das ist Friedensbruch und Meineid! Verbrechen und Mord!«

Der Graf sagte ruhig: »Mord? Den drei Herren, die da geflogen sind, ist nichts geschehen. Sie sind auf einen Misthaufen gefallen, der ihre Glieder sänftlich in Empfang nahm.«

»Herr! Verhöhnet nicht ein Wunder, das Gott gewirkt hat! Die verbrecherische Tat, die zu Prag geschehen ist, hat Feuer gegen den Himmel geworfen. Ein Strafgericht wird niederfallen –«

»Kann sein! Es fragt sich nur, auf wen es fallen wird.« Graf Udenfeldt erhob sich.

»Hol doch der Teufel die Politik!« rief Freiherr von Preysing mit Lachen in die schwüle Stimmung. »Gott sei Dank, da guckt der

Wildmeister zur Tür herein. Das will besagen, daß draußen im Wald ein Rehbock wartet.«

Aufatmend wandte sich Graf Udenfeldt gegen die Fenster. »Ja, Preysing! Mich sehnt nach dem Wald, der da hereingrüßt durch die Scheiben. Der ist nicht römisch und nicht lutherisch. Der ist grün und deutsch. Wie er ist, so mag ich ihn!« Er nahm seinen Degen vom Fenstergesims und schritt mit dem Freiherrn von Preysing zur Türe. »Wohl bekomm euch das Mahl, ihr Herren!« Draußen im Nebensaal intonierte die Musikkapelle das friedliche Adagio aus Cavalieres Oratorium ›L'anima e corpo‹. Maestro Feldmayer schwang das Taktstäbchen mit so versunkenem Eifer, als gäbe es in der Welt nichts anderes als diese zärtlichen Klänge. An der Tafel im Speisesaal blieb dumpfe Stille zurück. Da sagte Herr Pießer: »Das Ding ist noch glimpflich abgelaufen. Hab schon gemeint, jetzt wäre der Udenfeldter Wein beim Teufel.« Dieses Wort verscheuchte den Alp, der auf der Tafelrunde lag. Ein Lärm erhob sich, daß man von dem süßen Adagio des Cavaliere keine Note mehr hören konnte. Herr von Sölln war aufgesprungen. Der Zorn gab seiner Stimme einen so harten Klang, wie man ihn nie noch von diesem milden Manne gehört hatte. »Die Vollmacht unseres fürstlichen Herrn in Ehren!« rief er dem geistlichen Kommissarius zu. »Aber Ihr überschreitet jedes Maß. Wie Ihr den Schrecken über unser Land schüttet und die Kanzel verunehrt, so habt Ihr in dieser Stunde auf die Gastlichkeit unseres Tisches gespien! Und einem Kapitelbeschlusse habt Ihr zuwidergehandelt!«

Von allen Seiten klang die Zustimmung: Unter den Kapitelherren schien der geistliche Kommissar seinen letzten Parteigänger verloren zu haben.

Mit eisiger Ruhe stand Doktor Pürckhmayer diesem Aufruhr gegenüber. »Ich tue, was ich für Recht erkenne. Ich kann nicht heucheln, um die Fässer eures Kellers zu beschirmen. Meinem christlichen Sinne war es eine Qual, am gleichen Tisch mit diesem Ketzer und Gottesfeind zu sitzen.«

»Schmähet diesen Mann nicht, den ich achte und ehre. Das ist ein Mensch! Versteht Ihr dieses Wort? Ein Mensch!«

»Der eure Weinkarren durch zwanzig lutherische Musketiere geleiten läßt. Und um seinetwillen steht ihr alle wider mich! Ihr Judasse um dreißig Schoppen!«

Pfarrer Süßkind hob den Becher: »Heiliger Udo! Ich bring dir von den dreißig Schoppen einen!« Von der ganzen Tafel schrien ihm die Chorherren ihren Beifall zu. Dann dämpfte sich der Lärm, als wären alle Tischgenossen neugierig auf die Antwort des geistlichen Kommissars. Von draußen klang das Adagio des Cavaliere. In diesem klingenden Schweigen hörte man Herrn Theobald von Perfall zum Magister Krautendey sagen: »Ja, und da hat man vor zwei Jahren, im Streitfall contra Galilei das herrliche Buch des Kopernikus auf den Index der librorum prohibitorum gesetzt. Sie sagen in Rom, der Lehrsatz, daß sich die Erde um die Sonne drehe, wäre wider Gott. Aber wie kann denn wider Gott sein, was Gott selber geschaffen hat? Die Menschen mit ihren trüben Gehirnen haben halt früher das helle Gotteswerk nicht klar erkannt. Aber wenn dann einer kommt, der die rechten Augen hat –« Jetzt bemerkte der Greis das Schweigen, das ihn umgab. Verstummend sah er um sich her. In den erregten Gesichtern war ein sonderbares Staunen. Doktor Pürckhmayer, bleich bis in die Lippen, ließ sich wortlos auf den Sessel nieder. Immer das zärtliche Klingen da draußen im Nebensaal. Und durch die Fenster hallte etwas aus der Tiefe des Tales herauf wie das fern verwehte Geschrei von hundert Menschen. »Perfall!« stammelte Herr von Sölln. »Ich danke dir für dieses Wort!«

Aus der kleinen Fensternische rief Prior Josephus lächelnd herüber: »Theobald! Da hat der rote Löb geblitzt. Das hast du gut gesagt.«

»Ich?« Der Greis wurde verlegen. »Was hab ich denn gesagt? Der Krautendey und ich, wir haben nur von dem Buch des Kopernikus geredet. ›De revolutionibus orbium coelestium‹.«

Herr von Sölln wandte sich an den geistlichen Kommissar. »Herr Doktor? Wollen wir nicht den Klagekasten vom Kirchtor wegtun lassen?«

Doktor Pürckhmayer hob das Gesicht. »Was soll diese Frage? Jetzt?«

»Die Stunde, in der wir das Wort von den trüben Gehirnen der Menschheit hörten – meinet Ihr nicht, das wäre die Stunde für eine solche Frage? Gestern ist eine alte Frau zu mir gekommen, deren Leben ich kenne seit dreißig Jahren. In Angst und Tränen ist sie vor mir auf die Knie gefallen und hat mich gebeten um meinen geistlichen Zuspruch. Sie tät nimmer wissen, wie sie leben müßt. Wenn ihr der Freimann begegne, tät ihr ein Zittern in die Glieder fallen –«

»Die alte Käserin?« rief Prior Josephus. »Bei mir ist sie auch gewesen. Ein braves und gutes Weib! Vierzehn Kinder hat sie gehabt, hat vierzig Jahr lang Not und Sorgen geschluckt, und müd und elend ist sie geworden an Leib und Knochen.«

Wieder fragte Herr von Sölln: »Herr Doktor? Wollen wir den Klagekasten nicht wegtun lassen? Heut zum erstenmal ist ein Zettel geworfen worden. In besoffenem Zustand ist der Kläger zum Kasten gekommen, ein Lump und Tagdieb! Und hat den eigenen Bruder verklagt, einen redlichen Mann.«

»Die Sache wird untersucht werden!« sagte der Kommissar. »Weil es Menschen gibt, die aus Bosheit klagen, deswegen soll man der Gerechtigkeit nicht die Hände binden. Der Kasten bleibt!«

Dem alten Dekan fuhr es heiß in die Stirne. »Den Kasten laß ich wegtun. Heut noch! Und wenn Eure köllnischen Seligmacher mich niederstechen, sterb ich als einer, der gutmachen hilft, was aus trüben Gehirnen wie eine Elendspest aufs Leben der Menschen gefallen ist! Von Meineid und Verbrechen habt Ihr geredet? Was zu Prag in der Kaiserburg geschah, ist nicht aus der Luft gewachsen über Nacht. Das ist der Zweig eines Baumes mit tausend Wurzeln des Übels, die hinuntersteigen in die Schuld vergangener Zeiten. Und eine von den tausend Schuldwurzeln geht durch hundertfünfzig Jahre hinunter in die Dominikanerzelle, in der von Jakobus Sprenger und Henricus Institor der Malleus maleficarum geschrieben wurde.«

»Schmähet diese verdienstlichen Männer meines heiligen Ordens nicht!«

Die Stimme des Kommissars hatte schrillen Klang. »Sie waren treue Söhne der Kirche!«

»Mag sein, Herr Doktor! Aber sie waren Söhne einer Zeit, in der die Schatten der Finsternis hinausstiegen über alle Kirchtürme. Und Priester waren sie doch auch? Aber statt das Evangelium der Liebe zu künden, haben sie ein Buch geschrieben, das eine grammatica der Henker und Schergen ist, ein Buch, in dem sich alle Finsternisse der Menschenseele ineinanderflechten: Dummheit, Heuchelei, Unbarmherzigkeit, Arglist, Unreinlichkeit, Aberscham, Fabelhaftigkeit und törichtes Geschwätz.«

»Salvo animam meam!« stammelte der Landrichter Gadolt. Um nicht mehr zu hören, wie da gesprochen wurde über ein von allen kirchlichen und weltlichen Obrigkeiten anerkanntes Gesetzbuch, drückte er die Hände über die Ohren. Auch mancher unter den Chorherren blickte in Sorge auf den greisen Dekan. Nur der Alchimist mit den sieben Fingern nickte schmunzelnd vor sich hin, und Pfarrer Süßkind schrie in Freude: »Ecce vox salutis!«

Doktor Pürckhmayer war ruhig geworden. »Ihr seid entweder ein Narr, der nicht weiß, was er redet, oder ein Gottesleugner, der die Larve fallen läßt.«

»Gott? Wie dürft Ihr den Namen Gottes nennen in einer Stunde, in der von diesem grauenvollen Buch die Rede ist? Namenloses Elend hat es über die Menschheit gebracht. Die Luft aller christlichen Länder ist durchflogen vom Aschenstaub der verbrannten Frauen und Kinder der gerichteten Unschuld.«

»Wagt Ihr zu behaupten, daß viele tausend ehrsame Richter ungerechte Schurken waren und die Unschuld mordeten? War nicht jedes Urteil, das sie sprachen, gegründet auf das Bekenntnis der Schuld?«

»Heiliger Udo!« rief Herr Süßkind. »Laß dir doch selber einmal auf der Folter das Fleisch zerreißen und die Knochen zerbrechen! Und ich verwett meine Seel gegen einen Pfifferling, daß du bekennen wirst, du wärest ein altes Weib und hättest deinem Buhlteufel sieben Blindschleichen als liebe Kinderlen geboren.«

Mit beiden Fäusten schlug sich Herr von Sölln an die Brust. »Bin ich der einzige, der wider dieses Elend redet? Rührt sich denn nicht in tausend Menschen das Gewissen und die Vernunft? Hat nicht Agrippa von Nettesheim ein Zeugnis der Barmherzigkeit gegeben?

Hat nicht Johannes Weier sein helles Mahnwort in die dunkle Narretei der Zeit geschrien?«

»Sie waren Bundesbrüder aller Teufel. Die Kirche hat ihr Zeugnis verworfen.«

»Verworfen? Ja, Herr Doktor! Verwerfet nur allweil das Helle! Wie ihr das Buch des Kopernikus wieder verworfen habt! Und das Wort des Galilei! Die Welt ist doch im Lauf und dreht sich der Sonn entgegen, derweil ihr sie zwingen möchtet, daß sie stillsteht wie ein Karren im Dreck. Aber eh die Dunkelheit dem Morgen zugeht, muß die Finsternis um Mitternacht am höchsten gestiegen sein. Höret, ihr Herren! Da muß ich euch fürlesen, was mir gestern mein Bruder geschrieben hat.« Mit zuckenden Händen wühlte der alte Dekan in seinem weißen Habit und brachte ein Bündel Briefe hervor.

Der geistliche Kommissar ging auf ihn zu. »Ex potestate inquisitoria befrag ich Euch: Leugnet Ihr das factum comprobatum der Zauberei? Leugnet Ihr die Macht des Teufels?«

Der Dekan suchte unter den Blättern. Herr Süßkind übernahm die Antwort: »Die Macht des Teufels? Die leugnet keiner. Wär dem Teufel nicht Macht gegeben, wie hätt er dem Udo von Magdeburg den Kragen umdrehen können? Derzeit ich das gelesen hab bei Fulgosus, denk ich besser vom Teufel. Hütet Euch, Doktor! Ihr malet ihn allweil dick an die Mauer.«

Da hatte Herr von Sölln gefunden, was er suchte. »Höret, ihr Herren! Ihr wisset, daß mein Bruder Domherr zu Würzburg ist. Und da hat er mir gestern diesen Brief geschickt, vierzehn Blättlen voll Verzweiflung, und hat mir geschrieben, wie sie brennen am Main und daß sie in anderthalb Jahren dreißig Bränd gehalten und dritthalbhundert Menschen verbronnen haben. Höret, ihr Herren!« Er trat zum Fenster, hob bei der sinkenden Helle eins von den Blättern vor die Augen, und während aus dem Tal herauf jenes ferne Lärmen tönte, fing er zu lesen an: »Da ist verbronnen worden beim ersten Brand: die Lieblerin; die alte Ankers Witib; ein fremd Weib. Beim anderen Brand: die alte Beutlerin; der Tungersleben, ist ein Spielmann gewest; zwei fremde Weiber; die schielende Ammfrau. Notabene, sie sagen, von der kam das ganze Unwesen her. Beim dritten Brand: die Glaserin, die des Burgemeisters Ehefrau gewest; des Dompropsten Köchin; ein fremd alt Weib; die Ehefrau des Ratsherren Baunach; der Lieblerin Tochter; ein klein Mägdlein von neun Jahren; ein geringeres, ihr Schwesterlein. Beim vierten Brand: der erstgemeldeten zwei Mägdlein Mutter; ein Knab von zwölf Jahren, in der ersten Schul; die Apothekerin zum Hirsch und ihre Tochter; ein fremd Weib; ein Edelknab von Ratzenstein, ist morgens um sechs Uhr auf dem Kanzleihof gerichtet worden und den ganzen Tag auf der Bahr stehengeblieben, dann hernacher den anderen Tag mit den Herbeigeschriebenen verbrannt worden. Notabene, eine fremde junge Harfnerin hat sich selbst erhenkt, wie sie den Freimann hat zum Leuthaus kommen sehen, ist aber gar nicht im Verdacht gewest.« Dem Greis versagte die Stimme. »Ihr Herren! Denket euch hinein in die Seel von diesem armen jungen Mädel! Ist von irgendwo gekommen mit ihrem Harfenspiel, will den Leuten eine Freud machen, sieht die Holzstöß brennen, da fällt ihr die Angst ins Leben, ist doch in keinem Verdacht, und wie sie sieht, der Freimann kommt, da reißt sie von ihrem Harfenspiel eine Sait herunter –«

Wieder erlosch ihm die Stimme. Er wischte sich das Wasser aus den Augen. Dann las er weiter: »Beim fünften Brand: der Ratsherr Baunach; das Göbel Babelin, die schönste Jungfrau in Würzburg; der Steinadler, ein reicher Mann; ein Student in der fünften Schul, hat viel Sprachen gekonnt und ist ein vortrefflicher musicus gewest, vocaliter und instrumentaliter; ein Knab von zwölf Jahren; zwei Singerknaben von zwölf Jahren aus dem neuen Münster; der Spitalmeister im Dietricher Spital, ein sehr gelehrter Mann; zwei fremde Weiber; der Stürmer, ein reicher Büttner; zwei Alumni; ein fremd Knäblein von sieben Jahr. Beim sechsten Brand: ein Herr vom Adel, Junker Fleischbaum genannt. Notabene, ein blind Mägdlein von fünf Jahren; ein fremder Knab; ein fremd Weib; des Ratsherren Stolzenberger Söhnlein; Herr Nikodemus Hirsch, Chorherr im neuen Münster; Herr Christophorus Berger, Vikarius im neuen Münster, der Friedrich Basser, Vikarius im Domstift; Herr Lambrecht, Chorherr im neuen Münster. Notabene, sind alle vier bei den obgenannten Bränden die Beichtväter gewest. Beim siebenten Brand: Herr David Hans, Chorherr im neuen Münster, notabene, ist auch ein Beichtvater gewest, ist beim Meßlesen irrsinnig worden und hat den Kelch mit des Herren geweihtem Blut aus der Hand geworfen; des Ratsherren Stolzenberg große Tochter; die Stolzenbergerin selber, notabene, der Ratsherr Stolzenberger ist die Nacht vor dem Brand in den Main gesprungen; des Valkenbergers, eines reichen Kaufmanns, fünfjährig Töchterlein ist heimlich gerichtet und mit der Bahr verbrannt worden. Beim achten Brand: drei Vikari zu Hach; der Dreißigacker, ein Freimannsknecht, notabene, ist von der Valkenbergerin verklagt worden, daß er im Kerker an ihrem Töchterlein ein viehisch Ding getan hätt; wieder ein blind Mägdlein; des Richters Schellhar jung Eheweib; ein fremd Mägdlein von zwölf Jahr; ein fremd bresthaftes Weib; die dicke Schneiderin; drei fremde Weiber; ein fremd Mägdlein von neun Jahr, notabene, hat in der Folter bis zum fürletzten Grad kein Wörtl konfitiert, hat bloß allweil geschrien: ›Müetterle, hilf! Müetterle, hilf!‹ Von Grauen geschüttelt, knüllte Herr von Sölln die Blätter zusammen, auf denen noch die Opfer von zweiundzwanzig Bränden verzeichnet standen. Wie von Sinnen rief er gegen die Decke des Saales: »Müetterle, hilf! Müetterle, hilf!« Er schleuderte den Knäuel der Blätter zu Boden, vergrub das Gesicht in die Hände, lehnte sich zitternd an die Mauer und fing in der Schwäche seines Alters zu schluchzen an.

Dumpfe Stille war im Saal. Auch den Doktor Pürckhmayer schien ein Erschrecken vor den Bildern dieses Briefes befallen zu haben. In dem Blick, mit dem er den Dekan betrachtete, war nichts Feindseliges mehr. Er schien zu fühlen: Das ist kein Leugner, nur ein Greis, in dem das Erbarmen stärker ist als seine Kraft. Zögernd ging er auf ihn zu und sagte: »Reverende! Ich habe nichts mehr dawider, daß Ihr den Klagekasten vom Kirchtor entfernen lasset.« Über die Herren an der Tafel kam ein verblüfftes Staunen. Herr von Sölln hatte nichts gehört. Er sprach unter Tränen vor sich hin: »Hilf, Müetterle, hilf! Und die Mutter ist lang schon verbronnen gewesen! Ein fremdes Weib! Ist mit dem Kind in die Stadt gekommen, einen Kauf machen oder ein Glück suchen. Ein fremdes Weib! Und einer, dem ihr Halstuch nicht gefallen, schreit in das Gäßl hinaus: ›So eine fremde Vettel, so eine fremde Hex!‹ Da laufen die Leut zusammen. Das Weib wird grob. Oder zittert vor Angst. Die Spießknecht kommen gelaufen und packen die Fremde. In den spanischen Schrauben bekennt sie, was man ihr fürredet. Und in den Listen, da steht geschrieben: Ein fremdes Weib. Ihr Herren, ach, ihr Herren! Heut in der Nacht, da bin ich die ganze Zeit vor meines Bruders Brief gesessen, und allweil hab ich die drei Wörtlein angestarrt: ein fremdes Weib! Daß sie Weib gewesen! Und fremd! Das ist ihr ganzes Verbrechen. Drum hat man sie verbronnen. Allweil seh ich ihre Augen, in denen das Grausen ist, das Grausen vor der Zeit, in der sie leben und brennen hat müssen. Und in den Gassen streunet ein neunjähriges Kind herum. Ist fremd! Sucht die Mutter und traut sich an keinen Menschen an. Wird wie ein wildes Hündl und kratzt und beißt! Wird vom Schinder eingefangen. Und in den spanischen Schrauben schreit es: ›Müetterle, hilf! Müetterle, hilf!‹ – Allmächtiger! Herr im Himmel! Was für eine Zeit ist das!«

Im Nebenraum verstummte die Musik, und Doktor Besenrieder kam in den Saal gestürzt. Ohne Atem fiel er auf einen Sessel hin. Mit Geschrei umdrängten ihn die Chorherren und labten den Erschöpften mit Wein. Da fand er die Sprache, die ihm geläufig war, die lateinische: Ein Unerhörtes wäre im Salzwerk geschehen! Der Häuerprüfling Adelwart Köppel wäre mit dem Teufel im Bündnis. Und ein teuflisches Werk hätte er angerichtet. Wie auf blitzendem Unwetter wäre der Höllische durch den Berg gefahren. Jeder Stollen wäre voll gewesen von Feuer und Schwefelstank. Und Salzgut hätte der Teufel für seinen Bundesbruder aus dem Berg gebrochen, so viel, daß es mit tausend Hunden nicht zu fördern wäre. Da hätte sich der Michel Pfnüer mit geweihtem Brunn in den Zauberschacht gewagt und hätte den Höllischen hineingeschworen in einen Salzblock. Nun säße der Teufel im Salz wie die gebackene Zwetschge in der Nudel. Hier fehlte dem Besenrieder das lateinische Wort; er sagte: »in nudula«. Und wenn die Herren die Fenster auftun möchten, könnten sie das Geschrei der tausend Menschen hören, die den Teufelsbündler in Fesseln gelegt hätten und den gebannten Satan auf einem Karren gefahren brächten.

Der geistliche Kommissar war bleich. Verstört bekreuzte er sich immer. Der Schreck in seinen Augen bewies, daß dieser Eiferer kein Heuchler war. Er glaubte. Die Hände erhebend, schrie er: »Ecce veritas! In dieser Stunde hat Gott gesprochen, um euch zu strafen für alle Zweifel eurer Schwäche. Danket dem Himmel, daß ich als Hirte in eurer Mitte bin, um das Land zu retten!« Den beiden Vikaren des Münsters befahl er, ihm zu folgen, und eilte aus dem Saal, um mit heiligen Mitteln den Kampf wider den Teufel zu beginnen. Herr von Sölln, als versänke vor seinen Augen die Welt, faßte mit zitternden Händen seinen Kopf: »Allmächtiger! Bin ich denn irrgegangen mit meinem Glauben ein ganzes Leben lang?«

»Nur ruhig!« flüsterte ihm Prior Josephus zu. »Das alles ist Narretei, die sich klären wird. Und der Besenrieder ist ein lateinisches Schaf in nudula.« Dieses Wort tat seine Wirkung. Aufatmend trat Herr von Sölln zum Fenster. Die Straße da drunten war schwarz von Menschen, und ein Lärm scholl herauf wie das Brausen eines Stromes. »Josephus!« sagte der Dekan beklommen. »Da kommt ein Schwarm von bösen Tagen auf uns heran!« Er drückte die Fäuste auf die Brust. Als er sich vom Fenster abwandte, schien er ein anderer geworden. In Ruhe gab er zwei Chorherren die Weisung, alle Musketiere, Spießknechte und Dienstleute des Stiftes zusammenzurufen, die beiden Zugänge zum Hofe abzusperren und außer dem Gefangenen und dem Karren mit der res miraculosa nur jene einzulassen, die amtlich mitzureden hätten: den Hällingmeister und die Ältesten der Rottschaften. Magister Krautendey sollte den Salzblock mit dem Wunderkern untersuchen; Pfarrer Süßkind sollte bei dem Tor, das gegen die Marktgasse lag, Prior Josephus auf dem Platz vor der Pfarrkirche den Versuch machen, die erregten Leute zu beschwichtigen.

Während der Lärm auf der Straße immer näherkam, verließen die Herren den Saal. Pfarrer Süßkind, der mit seinen hurtigen Beinen durch den Korridor vorausgeschossen, blieb bei der Treppe stehen und schrie: »Da kommt der Reizenstein! Der lacht. So muß der Unsinn doch ein lustiges Färbl haben.« Als Herr von Reizenstein atemlos im Korridor erschien, umklammerte der Dekan den Arm des Kapitularen: »Rede! Um Gottes willen! Was ist denn geschehen?«

»Hundert Hällinger sind verrückt geworden, weil einer unter ihnen mehr Verstand hat als die anderen alle. Freilich, mir selber wirbelt der Kopf. Soviel ich kapiere, hat der Häuerprüfling für die Bergmannsarbeit ein neues Ding gefunden, das der Herrschaft großen Nutzen bringt. Er hat in einer Doppelschicht so viel Salzgut gefördert, wie zwei Häuerrotten fördern in einem Wochenwerk. Das hat der Ferchner bezeugt.«

Herr Süßkind jubelte. »Ecce veritas!«

»Aber der Teufel?« stammelte der Dekan.

»Herr, das ist seltsam. Unter dem Salzgut, das gefallen, hat man einen Block gefunden – da hockt ein toter Mann im Salz.«

Alle Stimmen schrien: »Ein Mann im Salz?« – »Das ist ein Ding, halb lustig, halb grausig. Ich kann's den Leuten nicht verdenken, daß sie wie von Sinnen schreien: ›Der Teufel!‹ Aber es muß ein Mensch sein, der da hockt im Salz. Er hat kein Leben mehr. Doch die forma humana ist unverkennbar.«

Der Menschenschwarm, der vom Hällingeramte herkam, mußte den Stiftshof erreicht haben. Das Geschrei brandete herauf zu den Fenstern des Korridors. Herr von Sölln und alle, die bei ihm waren, eilten die Treppe hinunter. Nur Theobald von Perfall blieb zurück. Mit der verstümmelten Hand den weißen Bart streichelnd, sah er ruhig den erregten Herren nach. »Ein neues Ding, und eines, das Verstand hat?« Er lächelte. »Wird wohl verworfen werden!« Dann ging er zu seiner Zelle, um in der Alchimistenesse das Feuer anzuschüren und den neu ersonnenen Weg zu versuchen, auf dem er den weißen Schwan zu wohlriechendem Gehorsam zwingen wollte. Was kümmerte ihn der tote Mann im Salz? Herr Theobald von Perfall hatte nicht viele Jahre mehr zu leben. Da durfte er keine Zeit verlieren, wenn er den roten Löwen blitzen machen und das arme Leben erlösen wollte von allen Nöten.

13

In der trüben Abendhelle widerhallte das Geschrei der hundert Menschen von den Mauern des Stiftes. Den Spießknechten und Musketieren wurde es ein leichtes, die Sperre zu wahren. Der größere Menschenhauf mit dem schweren Karren, auf dem sie den gesulzten Teufel gefahren brachten, war noch weit zurück. Der Trupp, der den gefesselten Buben führte, war vorausgekommen.

Mit geschlossenen Augen ging Adelwart zwischen den Häuern. Der Blutverlust hatte ihn so sehr geschwächt, daß er taumelte bei jedem Schritt. Doch ob auch sein Gesicht von roten Fäden überronnen war, um seine Lippen lag es wie das Lächeln eines Träumenden.

»Barmherziger!« stammelte Herr von Sölln, als er den blutüberströmten Menschen sah. »Der Teufel, mit dem der Bub in Bundschaft sein soll, hat seinen Schwurgesellen schlecht beschützt.« Während vom Laienhof und vom gesperrten Kirchplatz her aus dem wachsenden Geschrei der Leute immer wieder die mahnenden Stimmen des Franziskanerpriors und des Pfarrers zu hören waren, begann der Dekan die Häuer zu befragen. Vier von den Hällingern sagten gleichlautend aus, sie hätten gesehen, wie der Teufel unter Donnerkrachen und Schwefelstank bei des Pfnüermichels Bannspruch in den Salzblock gefahren wäre. Der fünfte erklärte, bei dem Krachen und Feuern wäre ihm Hören und Sehen vergangen, aber im Salzblock hätte er den Teufel auch gesehen. Dann erzählte der Ferchner: »Wie das Blitzen und Wettern angehoben hat, da bin ich schiech erschrocken. Aber ich hab doch gleich gemerkt, daß alles eine vernunftbare Sach ist, und hab dem Buben die Hand geboten, weil ich gemeint hab, er hätt ein nutzbares Ding fürs Leben gefunden. Und da hat der Michel sein Brüllen angehoben: ›Der Teufel, der Teufel!‹« Nun sollte Meister Köppel aussagen. Sein Gesicht war von kalkiger Blässe. »Ist alles gewesen, wie's der Ferchner sagt. Um's ander fragt doch den Buben selber, Herr! Der hat noch nie ein Wörtl gelogen und nie noch ein schlechtes Stück verübt.«

Herr von Sölln trat auf Adelwart zu: »Rede! Wie ist dir ein solches Ding in den Sinn gekommen?«

Adel sagte mit matter Stimme: »Bitt, Herr, lasset mir das Blut aus den Augen waschen, daß ich sehen kann!«

Meister Köppel sprang zum Brunnen, riß von seinem Leinen-hemd den Brustlatz herunter und tauchte ihn ins Wasser. Während er dem Buben das Blut vom Gesicht wischte, sagte er: »Tu dich nit sorgen, Adle! Der Herr ist redlich und grad.«

»Warum denn sorgen?« Adelwarts Gesicht, das unter den Blut-spuren zum Vorschein kam, war kreideblaß, und gleich begannen aus den hundert kleinen Wunden wieder die roten Tropfen heraus-zuquellen. »Herr!« sagte er mühsam, »Leicht wisset Ihr noch, daß ich Jäger bin. Beim Wildmeister, wie ich den Probschuß mit dem Feuerrohr gemacht hab, ist der Widerhall an die siebenmal über alle Berg gelaufen. Soviel schön ist das gewesen! Hab's nimmer verges-sen können. Und weil mich der Wildmeister nit genommen hat, hab ich niederfahren müssen in den Berg.« Er schloß die Augen. Magis-ter Krautendey trat auf ihn zu: »Man muß ihm die Fessel aufschnei-den. Arteriarum exigui pulsus sunt!« Mit einem Zängl, das er flink aus der Tasche gezogen, zwickte er die Stricke ab, mit denen Adel-warts Hände geknebelt waren. Der Bub atmete auf. Während ihm Meister Köppel mit dem nassen Lappen das Gesicht wieder wusch, kam Prior Josephus: »Alles Reden ist umsonst. Die Leut sind wie die Narren.«

Stockend fing Adel zu reden an: »In der finsteren Tief ist's wie ein Dürsten in mir gewesen; daß ich noch ein einzigsmal hören möcht, wie so ein Widerhall an die siebenmal umlaufet um alle Berg. Feu-errohr ist bei der Mutter keins im Haus gewesen. Tut nichts, hab ich mir gedacht, ich mach mir schon ein Rohr. Von meiner Jägerzeit hab ich noch ein Pulverhorn mit Feinkraut im Kufer gehabt. Und in der Freischicht einmal, zehn Täg ist's her, hab ich Kreuzmeißel und Hammer in den Sack geschoben und das Pulverhorn dazu und bin hinaufgestiegen auf den Göhl. In einen endsmächtigen Felsblock hab ich meißeltief eine Rohrseel hineingetrieben, hab sie mit Pulver ausgeschlagen und hab das Kraut angebronnen mit Zunder. Das Feuer ist aufgeflogen, und einen Kracher hat's getan, wohl hun-dertmal fester wie ein Feuerrohr.«

Prior Josephus lachte. »Da haben wir den Hexendonner und die Kartaunen des Teufels!«

»Den Widerhall hab ich nimmer laufen hören. So hat's mich über den Haufen geschmissen. Wie ich die Augen wieder auftu, rinnt mir das Blut über den Hals, und der endsmächtige Felsblock liegt in Scherben. Herr, da ist mir's durch den Kopf gefahren: Wenn das bißl Zündkraut so viel Kraft hat, daß es so ein Endstrumm Felsbrocken auseinanderreißt, da müßt man im Berg mit einem Fäßl Pulver in einem Schnaufer so viel Salzgut brechen können, wie eine fleißige Rottschaft fördert in einer Woch.«

Meister Köppel atmete auf, der Ferchner nickte, die Häuer machten verdutzte Gesichter, und die Chorherren schwatzten in Erregung durcheinander. Das begriffen sie gleich, daß hier durch einen klugen Gedanken ein Ding gefunden war, das dem Stift und der Landschaft großen Gewinn versprach. Die schwarzen Körnlein, die seit zwei Jahrhunderten nur vernichtet und getötet hatten, sollten nun wie die gezähmten Stiere im Pflug ein nützliches Werk in den Tiefen der Berge leisten. »Bub! Das ist wie das Ei des Kolumbus!« rief Herr von Sölln in Freude, nicht weil er den Vorteil schätzte, sondern weil er die Gefahr der Stunde vermindert sah. Der Landrichter schüttelte den Kopf: »Nihilominus est diabolus in re!« Und Besenrieder fügte hinzu: »Der Teufel ist nicht wegzuleugnen. Höret, Herr, wie die Leute schreien, die ihn bringen!« Der Dekan wurde ärgerlich:

»Soll doch der Teufel den Teufel holen! Erzähle, Bub! Diesen Einfall hast du festgehalten?«

»Ja, Herr! Heut vor acht Täg in der Nacht hab ich meine Jägertracht angelegt und hab mir vom Schmied in Grödig drei lange Bohrmeißel schmieden lassen, wie ich gemeint hab, daß ich sie brauchen tät. Ums Tagwerden bin ich auf Salzburg zu und hab mir bei der Hofjägerei ein Fäßl Büchsenkraut und Zündschnuren eingehandelt. In der Mittagszeit, da bin ich auf den Untersberg hinauf und hab eine Prob gemacht.«

Der Lärm vor dem Markttor wuchs zu wildem Getöse. Man hörte die brüllende Stimme des Michel Pfnüer: »Platz für den Teufel!«

Dann das grillende Geschrei der entsetzten Weiber.

»Krautendey! Römhofer!« befahl der Dekan. »Hinüber zum Tor! Daß nur der Karren eingelassen wird!«

Adel, den der Hällingmeister stützen mußte, sprach mit lallenden Worten weiter: »Drei Bohrlöcher hab ich in eine Wand getrieben, hab sie mit Kraut geladen und die Schnür gelegt. Wie das Feuer aufgeflogen ist, da hat's von der Wand einen Haufen Gestein herausgebrochen, Herr, wie ein Haus so groß –«

»Der Hexendonner am Sonntagabend!« rief Prior Josephus. »Wie der Teufel den Franziskanern Salut geschossen!«

Auf dem Münsterturm begannen alle Glocken zu läuten. Herr von Sölln fuhr auf, erschrocken und in Zorn: »Wer hat das anbefohlen?« Er wollte zum Münster hinüber. Da sah er den Buben taumeln und lautlos hinstürzen auf die Erde. »Ferchner! Jonathan! Traget den Buben hinauf in meine Stube! Legt ihn auf mein Bett! Waschet ihn mit Essig! Dann schick ich den Krautendey.«

Am Münster wurde das Tor geöffnet, Weihrauch wehte über die Kirchenschwelle heraus, und Lichter flackerten im sinkenden Abend. Doktor Pürckhmayer, mit der brennenden Kerze und im Räuchermantel, erschien zwischen den beiden Vikaren, die den Weihbrannkessel und das Rauchfaß trugen. Feierlich einherschreitend, sangen die drei das Credo in Deum. Ihr frommes Lied ging unter im Schall der Glocken und in dem Stimmgetös, aus dem das Gebrüll des Michel Pfnüer und die gellende Stimme des Pfarrers Süßkind herausschollen: »Leut! So nehmet doch Vernunft an! Schauet! Da ist doch ein Mensch! Ein Mensch!« Als Herr von Sölln den kirchlichen Aufzug gewahrte, rief er bestürzt: »Das wirft den Leuten noch Feuer in die Köpf.«

»Was da drin ist an Stroh, wird bald verbronnen sein!« tröstete Prior Josephus. »Der brave Bub ist in Sicherheit. Lasset dem Doktor Pürckhmayer seine Freud! Der wird mit Schaden abziehen. So geht's den Dominikanern allweil. Die sind zu hitzig.«

Beim Laientor wurde, als man den Karren mit dem eingepökelten Satan durchließ, von der tobenden Menge die Sperre gebrochen. Ein Knäuel schreiender Menschen drängte sich hinter dem Wagen her. Aus dem Gewühl sprang wie eine Irrsinnige das Kätterle heraus: »Mein Bub? Wo ist denn mein Bub?« Sie sah, wie man den Ohnmächtigen in den Flur des Stiftes trug, und da rannte sie schluchzend zum Tor. Im Gedräng der Leute fuchtelte Herr Süßkind mit den Armen. Und Magister Krautendey erklärte dem Dekan: »Auf

Ehr und Gewissen, Herr, das ist ein Mensch! Der muß vor undenklichen Zeiten in den Salzmuren versunken sein. Da ist er selber Salz und Stein geworden. Jetzt hockt er im Salz wie der Käfer in dem gelben Bernstein, den ich Euer Gnaden jüngst gewiesen hab in meiner collectione metallorum.«

Auch auf dem Kirchplatz brachen die Leute durch die Sperre und rannten zu Hunderten auf den Karren zu. Der geistliche Kommissar wurde vom Ziel seines frommen Eifers abgeschnitten, und es staute sich ein solches Gedräng um den Karren her, daß die Chorherren dicht an den Salzblock gedrängt wurden und den vom Michel Pfnüer gebannten Satan wohl nicht bequem, doch deutlich betrachten konnten.

Schon dämmerte der Abend. Trotz des schwindenden Lichtes war in dem glasigen Salzblock diese zittrig verschwommene menschliche Form zu erkennen. Der Block war so auf den Wagen gehoben, daß der Mann im Salz wie zum Sprung geduckt auf den Knien lag und mit dem grinsenden Bartgesicht nach einem Weg zu spähen schien, auf dem er entrinnen könnte. Diese Stellung, die verdrehten Beine mit den gespreizten Zehen, wie sie der Frosch beim Schwimmen macht, die faunische Fratze des von rostbraunem Haarwust umsträubten Gesichtes, das Tierische des halbnackten Körpers in den Fellzotten – das war ein Anblick, der bei aller grausigen Seltsamkeit doch etwas Komisches hatte. Einer der Chorherren fand das Wort: »Was der da drinnen sich denkt, das weiß ich. Der denkt sich: Ich möcht hinaus!« Schwer atmend schüttelte Herr von Sölln den Kopf: »Wie kann man scherzen vor der verewigten Qual eines Menschen!« Was die Herren sprachen, ging unter in dem wirren Lärm. Alle Stimmen überbrüllte der Michel Pfnüer, der das Eigenlob seines Mutes ausschrie, mit dem er den Teufel bei den Kutteln gepackt und unter Gottes Beistand gebändigt hatte. Die Musketiere begannen freien Raum um den Karren zu schaffen. Herr von Sölln, sobald er eine Gasse hatte, ging auf den Michel zu und faßte ihn an der Brust. »Hällinger! Ich werde Schweigen gebieten lassen. Dann sollst du den Leuten erzählen, was du gesehen und getan hast. Sagst du auch nur ein einziges Wort, das von zwei redlichen Zeugen widerlegt wird, so lasse ich dich auf offenem Marktplatz auspeitschen und stelle dich als Aufrührer vor den Richter.

Hast du verstanden?« Der Michel Pfnüer wurde bleich und sagte kein Wort mehr.

»Raum für die Diener Gottes!« klang es mit zorniger Stimme aus dem Gedräng. Als die drei geistlichen Herren endlich mit ihren brennenden Kerzen einen Weg zum Karren fanden, begann beim Flackerschein der Lichter das kristallene Gesplitter des Salzblockes fein zu schimmern. Doktor Pürckhmayer sprengte in reichlichen Güssen das geweihte Wasser über den Salzblock und begann mit kühner Stimme die lateinischen Formeln des Exorzismus. Die Weiber fielen auf die Knie, und von Reihe zu Reihe ging das Wort: »Der Teufel wird ausgetrieben! Haltet Ruh!« Um den Karren her entstand beim Getön der Glocken eine halbe Stille. Die Entfernten, die trotz Hälserecken den marinierten Unhold nimmer gewahren konnten, begannen steif in die Luft zu gucken, um den Augenblick nicht zu verpassen, in dem der ausgetriebene Teufel unter Feuer und Stank davonflöge durch die Abendluft. Der geistliche Kommissar hatte die rituelle Beschwörung gesprochen, die den Teufel zu ehrlicher Antwort auf jede Anrede zwingen mußte, und begann das Verhör mit der Frage: »Propter quam causam ingressus es in corpus salis?« Die Leute hätten das gerne verstanden. Pfarrer Süßkind machte bereitwillig den Dolmetsch. »Jetzt hat er gefragt, warum der Teufel in den Block gefahren ist.«

Ein Flüstern: »Was sagt der Teufel?«

»Das Maul hält er.«

Wieder die Stimme des Exorzisten, etwas gereizt: »Per quod pactum ingressus es in montem salis nativi?« Herr Süßkind verdeutschte: »Jetzt hat er gefragt, um welcher Bundschaft willen der Teufel sich im Hällingerberg hätt sehen lassen.«

»Und der Teufel?«

»Der hält noch allweil das Maul.«

Doktor Pürckhmayer beschwor und fragte, daß ihm die Stimme heiser wurde. Der Sohn der Hölle aber schwieg. Er verweigerte auch jede Auskunft über den Hällinger, mit dem er in Bundesbrüderschaft getreten, wie über die Art des höllischen Werkes, das er im Salzwerk unter Blitz und Donner ausgeführt.

»Mein geistlicher Bruder!« sagte Prior Josephus. »Ihr scheinet zu vergessen, daß im Salz ein Teufel hockt, der nicht zu Ingolstadt studiert hat. Wollet verstatten, daß ich mit dem Mann im Salz ein deutsches Wörtl red!« Er schwang sich auf den Karren, hob die Arme und rief mit schallender Stimme über die verdutzte Menge hin: »Passet auf, Leut! Jetzt will ich an den Mann im Salz eine Red tun, die ihr alle versteht. Ist der haarborstige Kerl da drin ein toter Mensch, dann wird er stillbleiben, wie halt im Tod wir Menschen alle sind. Ist er aber ein Teufel, so will ich ihm etwas befehlen, was jeder Teufel mit Freuden tut.« Ein kurzes Geschrei im weiten Hof. Dann tiefe Stille. Nur noch das Tönen der Glocken im Grau des Abends. Und Prior Josephus, umzittert vom flackernden Licht der Kerzen, schlug mit der Faust auf das flimmernde Gestein. »Du da drinnen! Hör mich im Namen des Dreifaltigen! Bist du ein toter Mensch, so schweig! Und barmherzig wollen wir dich zur irdischen Ruhe bestatten, auf die du wartest seit tausend Jahr und länger. Bist du aber ein Satan, so befehl ich dir in Gottes Namen: Fahr heraus und tu, was deines Amtes ist, als Teufel! Fahr heraus da aus dem Salz! Und unter den Menschen, die da stehen, pack den Dümmsten und Verlogensten, den Böswilligsten und Sündhaftesten beim Kragen, reiß ihm die schlechte Seel aus dem Leib und reit auf ihr hinunter in die höllische Glut!«

Man hörte rings ein Atemschlucken der Angst. Hunderte griffen mit Schreck an ihren Hals, als hätten sie den Klauenschlag des Teufels schon an ihrer Kehle gespürt. Doch der Mann im Salz blieb stumm, blieb ruhig auf den Knien liegen und grinste gegen die flackernden Lichter.

Prior Josephus rief mit Lachen: »Also Leut! Ist das ein Teufel?« Ein halbes Tausend Stimmen scholl ihm entgegen: »Ein Mensch! Ein Mensch!«

»Gelt ja? Und schauet, Leut, da wollen wir unserem lieben Herrgott danken, daß sich der grausliche Kerl durch des geistlichen Herrn Kommissari lateinische Müh erwiesen hat als ein natürliches Ding!« Als der hochwürdige Doktor Pürckhmayer diese Worte hörte, machte er mit zornrotem Gesichte kehrt, blies die Kerze aus und suchte einen Weg zum Münster. Und der Franziskanerprior sprach mit Lachen: »Also, ihr Mannder und Weiber! Jetzt seid ein bißl verständig! Und daß ihr's alle wißt: Was der Häuerprüfling Adelwart Köppel im Stollen angerichtet hat, das ist kein Teufelswerk, sondern im Salzbau eine neue Schaffensweis, bei der man das Gut mit Pulver aus den Felsen schießt. Das wird der Landschaft so großen Nutzen bringen, daß die Bürger und Bauern übers Jahr viel weniger Steuer zahlen müssen als heuer.« Diese Wendung war von schlagender Beweiskraft. »Mit der gescheiten Arbeit des Buben hat der Mann im Salz kein Brösl zu schaffen. Hätt ihn heut der Bub nit gefunden, so hätten ihn die Häuer über vier Wochen aus dem Stollen gebrochen, in den er, Gott weiß wann, durch die Muren versunken ist. Und daß ihr euch den haarigen Kerl recht schön betrachten könnt, sollen die Spießknecht beim Karren eine Gasse machen. Da kann der Reih nach jeder herkommen und das Maul aufreißen. Und wer den Brotladen weit genug aufgerissen hat, soll heimgehen und sich bei allen Heiligen bedanken, daß er nicht auch im Salz drin hocken muß und nach tausend Jahr die dummen Leut erschrecken. Also, gut Nacht!« Der Prediger sprang vom Karren herunter; dankbar drückte ihm Herr von Sölln die Hand. »Ich sag's doch allweil«, meinte Josephus schmunzelnd, »die Dominikaner sind schlechte Exorzisten. Man muß mit den Teufeln reden, wie sie's verstehen.«

Die ›Teufel‹, die er meinte, hatten auch das gesunde Deutsch des Franziskaners nicht ganz verstanden. Als die Gasse der Spießknechte gebildet war und die Pechpfannen den Mann im Salz mit Feuerhelle übergossen, drückte sich manches Mädel scheu und flink an dem ›toten Menschen‹ vorbei, und bärtige Weiber in Pluderhosen verdrehten die Augen. Auf dem Marktplatz war ein schreiendes Gewühl. Auch der stille Michel Pfnüer wurde wieder laut: Er wüßte, was er wüßte, und man würde schon sehen, was dabei herauskäme. Während er allerlei geheimnisvolle Andeutungen zum besten gab, kamen Graf Udenfeldt und Freiherr von Preysing von ihrem Pirschgang zurück, und Peter Sterzinger mußte einen Rehbock in die Zwirchkammer liefern.

Dabei hörte er Dinge, die ihm keine Veranlassung gaben, den Specht zu machen.

Neben dem offenen Tor des Münsters standen die Chorherren, Prior Josephus, Pfarrer Süßkind und die Beamten des Stiftes beisammen, laut debattierend. Ein Streitfall, der nach der friedlichen

Wendung des Abends unerwartet aufstieg, schied die Herren in zwei heißkämpfende Parteien. Als um den Mann im Salz die Pfannfeuer brannten, war es die erste Sorge des Herrn von Sölln gewesen, den Klagekasten vom Kirchtor entfernen zu lassen. Dann hatte er den Vorschlag gemacht, man sollte, um die Sprudelquelle der Erregung zu verstopfen, den Mann im Salz mitsamt seiner bitteren Schale noch in der Nacht und in aller Stille begraben. Da trat der geistliche Kommissar, seiner ausgeblasenen Kerze und des Rauchmantels entledigt, aus dem Tor des Münsters. In der gereizten Laune, die der siegreiche Wettkampf des heiligen Franziskus in ihm entzündet hatte, fragte er scharf: »Begraben? Wie?« Der Sinn dieser Frage wurde nicht gleich erfaßt. »Ich meine: christlich begraben oder heidnisch?« Die Herren sahen einander ratlos an. Nur Prior Josephus lächelte: »Nach verlorener Schlacht hebt Sankt Dominikus das Fähnl wieder hoch.«

Herr Romhöfer wollte entscheiden: »Außerhalb der Friedhofmauer. Das versteht sich! Der Mann im Salz muß doch aus heidnischen Zeiten stammen.«

»Wie wollt Ihr das beweisen?« fragte Doktor Pürckhmayer. »Habt Ihr die Jahre gezählt, seit denen er in carcere salis gefangen liegt? Oder schließt Ihr nach seinen Fellen? Als Sankt Bonifazius dem deutschen Lande das Heil brachte, sah er die Menschen mit Fellen bekleidet. Euer Mann im Salz kann ebensowohl ein Christ sein wie ein Heide. Ist er ein Christ, so müßt Ihr ihn christlich begraben. Das ist sein Recht. Ist er ein Heide, so müßt Ihr ihm die Ruhstatt in geweihter Erde verweigern. Bevor Ihr das eine oder das andere tut, müßt Ihr mit Bestimmtheit wissen, ob er Christ ist oder nicht.«

»Aber, Herr!« stammelte der Dekan. »Die Stunde ist ernst. Etwas muß doch mit dem Kerl geschehen. Sein Anblick bringt die Leute in Aufruhr und rührt in allen trüben Tiefen des Aberglaubens. Wir müssen ihn bestatten.«

»Da möget Ihr rei publicae causa völlig recht haben. Höher steht das kirchliche Gesetz.«

»Quantum equidem judicare possum«, fiel mit Würde der Landrichter Gadolt ein, doch der Dekan, in dem es zu kochen begann, unterbrach ihn heftig: »Da habt Ihr als Richter nicht mitzureden. Das ist keine causa judicialis, sondern eine res ecclesiae.« Seine Gestreng war aufs tiefste beleidigt, und Herr von Sölln erklärte: »Der Tote muß hinunter in die Erde. Da ich überzeugt bin, daß er aus heidnischen Zeiten stammt, will ich ihn im Stiftsgarten bestatten lassen.«

»Das dürft Ihr nicht!« Doktor Pürckhmayer richtete sich auf. »Er kann ein Christ sein!«

»Ja. Meintwegen also! Dann laß ich ihn mit christlichen Ehren im Friedhof begraben.«

Herr von Sölln warf einen hilfesuchenden Blick auf Prior Josephus. Der zuckte die Achseln. »Wo ein Mensch recht hat, hat er recht. Gegen die Meinung des geistlichen Kommissari ist kein Wörtl zu sagen. Ich weiß nur einen Ausweg.« Er wandte sich schmunzelnd an den Doktor Pürckhmayer. »Ihr habt mir doch gedroht, daß Ihr mich beim Papst verklagen wollt. Da könnt Ihr ja gleich an den Päpstlichen Stuhl eine Anfrag richten, wie die harte Nuß zu knacken wär. Und Rom wird sprechen.« Die Chorherren lächelten. Und der kanonische Doktor sagte mit zornfunkelndem Blick: »Da habt Ihr mir einen klugen Rat gegeben. Den will ich befolgen. Euch, Herr Landrichter Gadolt, übertrage ich kraft meiner fürstlichen Vollmacht die Verantwortung, daß hier kein Recht verletzt wird.« Nach diesen Worten ging er davon. Schweigen blieb hinter ihm; Pfarrer Süßkind brach es. »Halleluja!« rief er und hob die dicken Arme über das weiße Vollmondköpfl. »Der selige Udo ist von den Toten auferstanden!« Dann begannen die Herren eine Debatte, die sehr hitzig wurde. Ein Kreis von Leuten sammelte sich um die Stiftsherren. Wenn diese neugierigen Lauscher auch eine schwere Menge Latein zu hören bekamen, schnappten sie doch genug vom Gespräch der Herren auf, um in das lärmende Gewühl des Marktplatzes die Nachricht hinaustragen zu können, daß man nicht wüßte, was mit dem Teufel, will sagen mit dem toten Mann im Salz, zu geschehen hätte. Das war Wasser auf die Mühlen der erregten Gehirne. Teufel oder toter Mensch? Christ oder Heide? Begraben oder nicht begraben? Der Gegensatz dieser Meinungen führte zu Ohrfeigen und Faustschlägen, zu einer erbitterten Prügelei.

Peter Sterzinger, weit entfernt von einer schnackelfrohen Laune, surrte heißköpfig in der finsteren Nacht über die Straße hinunter. Nah vor seinem Hause blieb er stehen und lauschte. »Schwager!«

Dieses Wort war aus dem schwarzen Schatten der Hecke herausgeklungen. Madda kam über die dunkle Wiese gerannt und umklammerte seinen Arm. »Gott sei Lob und Dank! Weil ich nur einen Menschen hab!«

»Aber, Mädel! Du tust ja, als wärst du verrückt!«

»So red doch, Schwager! Was ist denn geschehen?« Er wollte vom Mann im Salz erzählen, vom geistlichen Kommissar, vom Prior Josephus. »Geh doch, du!« unterbrach sie ihn mit zerdrückter Stimme. »Das weiß ich alles, vom Weyerzisk! Aber sonst! Was ist denn sonst noch? Ich hab in meiner Angst den Schinagl hinaufgeschickt. Der kommt gleich gar nimmer heim.«

»Wenn ihm das Hirndach verklopft ist, wird er schon kommen.«

»Jesus, so red doch endlich! Was ist denn mit –« Sie wollte es niederzwingen. Aber die Frage mußte heraus: »Mit dem Buben?«

Dem Wildmeister stieg ein schadenfrohes Wörtl auf die Zunge. Er verschwieg es und machte den Specht.

Da ging in der Finsternis eine klobige Mannsgestalt vorüber. An dem Spitzbart, der aus dem schwarzen Gesicht des Mannes herausstach, erkannte Madda den Jochel Zwanzigeißen. Als sein Schritt verhallte, umklammerte die Jungfer wie von Sinnen die Hand des Schwagers. »Ich bitt dich, Peter, ich kann nimmer leben, ich hab nimmer Ruh! Verstehst du denn nit? So geh doch und frag um Herrgotts willen, was mit dem Buben ist!«

»Herr Jesus! Ja! So spring ich halt schnell hinauf zum Besenrieder.«

»Zu dem nit!«

»Gut! Muß ich halt schauen, daß ich den Herrn selber krieg. Da, nimm!« Er bot ihr das Feuerrohr und die Ledertasche hin und rannte in die Nacht hinaus. Madda konnte ihn nimmer sehen. Immer stand sie noch und starrte in die Finsternis. Dann trug sie der Jägerzeug ins Haus. Auf dem Tische stand eine Talgkerze, flackernd im Luftzug der offenen Tür. Die Jungfer trat in die Nebenstube, zum Bett der Kinder, und strich ihnen mit der Hand über die vom Schlaf erglühten Wangen. Wieder ging sie vors Haus, setzte sich auf die Steinbank, konnte nicht bleiben, taumelte in die Stube, nahm das

Licht und stieg in ihre Kammer hinauf. Zitternd löste sie die Schuhe von ihren Füßen, legte die Kleider ab und zog sie wieder an. Vor dem Jesuskinde fiel sie auf die Knie und begann zu beten, mit weit geöffneten Augen, die heiß und trocken waren.

Drunten schlugen die Hunde an. Den Leuchter fassend, huschte Madda über die Treppe hinunter, stellte das Licht zu Boden und sprang in die Nacht hinaus. Leute gingen mit erregtem Schwatzen vorüber. An die Tür gelehnt, blieb Madda stehen. Da hörte sie etwas im Haus, wie schweres Schluchzen. Das kam aus der Stube der stummen Magd. Als die Jungfer die Tür der kleinen Kammer öffnete, sah sie bei dem Schein, den das Kerzenlicht hineinwarf, die Marei mit gefalteten Händen in ihrem Bette knien. Erschrocken warf sich die Magd auf die Kissen hin und zerrte die Decke über den Kopf. Madda setzte sich auf den Bettrand. »Marei? Warum mußt du in der Nacht so traurig beten?« Die Stumme rührte sich nicht. Leise redete ihr die Jungfer zu. Madda konnte gütig sein; doch so herzlich und milde, so zärtlich aus tiefstem Herzen hatte sie in ihrem Leben noch nie zu einem Menschen gesprochen. Plötzlich richtete die Magd sich auf und fing mit hastigen Händen zu reden an. Lange begriff die Jungfer nicht. Endlich glaubte sie zu verstehen. »Ich soll dem Schwager nit verraten, daß du vor Schreck am Abend hingefallen bist wie tot?« Die Stumme faltete bettelnd die Hände; das war eine Bewegung, so leidenschaftlich, daß Madda nicht wußte, was sie denken sollte. Warum durfte der Schwager nicht wissen, was mit der Marei geschehen war? Der gefesselte Bub mit dem blutübergossenen Gesicht – das war doch ein Anblick, bei dem man hinfallen konnte vor Weh und die Augen schließen und sterben!

Madda streichelte der Magd die zuckende Wange. »Wenn du's nit haben willst, so sag ich dem Schwager nichts.« Da umschlang Marei die Jungfer mit pressenden Armen, suchte mit den Lippen eine Stelle an ihrem Hals und küßte sie immer wieder, immer diese gleiche Stelle. Madda befreite sich, fast erschrocken über diese wilde Zärtlichkeit. »Aber geh, Marei! Was tust du denn da? Jetzt sei gescheit! Und leg dich schlafen!« Sie ging aus der Kammer, zog die Türe zu, trat in die schwarze Nacht hinaus und wartete.

14

Um die zehnte Abendstunde kamen die heißköpfigen Streithähne auf dem Marktplatz und vor dem Münstertor mit erstaunlicher Schnelligkeit zur Ruhe. Erst fing es zu tröpfeln an. Weil diese sanfte Mahnung nicht ausreichte, um Frieden zu stiften, schüttete der Himmel einen Platzregen herunter, mit Tropfen, die dreinschlugen wie die Hagelkörner. Der Marktplatz leerte sich mit der Schnelligkeit eines Windhundes, im Stiftshof erloschen die Pfannenfeuer, die den Mann im Salz bewachenden Musketiere flüchteten unter die Schwibbogen des Hofes, und die kanonischen Debatter vor dem Münstertore retteten sich in den Flur des Stiftes oder in die Kellerstube, wo sie weiterstritten.

»Sie sind wie die jungen Gockel, die sich raufen um einen toten Frosch und nach allem Hader merken müssen, daß sie den Brocken nicht schlucken können!« Mit diesem Worte, ganz zerschlagen von allen Erregungen des Tages, stieg der greise Dekan zu seiner Schlafstube hinauf, in die man den ohnmächtigen Buben getragen hatte. Eine dreistrahlige Lampe erleuchtete den weißen Raum. An den Wänden die Blätter des Holbeinschen Totentanzes und Dürers Himmelfahrt der Maria. Eine ganze Mauer war eingenommen von einem Bücherkasten; in der Fensternische, vor einem Schreibpult, stand ein alter Lehnsessel. Als Herr von Sölln in die Stube trat, wusch ein Lakai die Blutflecken vom Boden auf; unter der Lampe kramte Magister Krautendey sein Chirurgenzeug in eine Ledertasche; Meister Jonathan stand zu Füßen des Bettes, und das Kätterle kniete auf den Dielen und streichelte die Schulter des Buben, der mit geschlossenen Augen lag, das Gesicht und die Hände bedeckt von grauen Pflastern. Verwundert fragte der Dekan: »Wie kommt die Frau da in meine Stube?«

Mit großen Angstaugen blickte das Kätterle auf. »Ich bin die Mutter!« Sie wollte nicht begreifen, daß eine Frau, und wenn's auch eine alte wäre, unter dem Dach des Stiftes nicht übernachten könnte. Der Hällingmeister mußte fast Gewalt anwenden, um das Kätterle aus der Stube zu bringen. Kopfschüttelnd sah Herr von Sölln die Tür an, die sich hinter dem Weibl geschlossen hatte. »Das ist doch nit ihr Sohn!«

Magister Krautendey lächelte. »Habt Ihr noch nie eine Henn gesehen, der man ein Entenei ins Nest gelegt? Wie die Henn in Sorgen fludert und gackert, wenn das Entl zum erstenmal ins Wasser torkelt? Mir deucht: Das ist unter allen Müttern, die von der weisen, fürsorglichen Natura erschaffen wurden, die beste und mütterlichste.«

Nachdenklich sah der Dekan den Magister an, »Krautendey! Das hätte der geistliche Kommissar nicht hören dürfen.«

»Dem sag ich's auch nicht.«

Schmunzelnd, als hätte ihm das scherzende Wort alle Sorge dieses Abends leichter gemacht, trat der Dekan zu dem Bett, auf dem der Bub mit seinen Pflastern und Binden lag. »Noch allweil in Ohnmacht?«

»Nein, domine! Er ist eingeschlafen, vor Schwäche und Blutverlust. Am Schenkel hat er eine schwere Verwundung. Von einem Brocken, der ihn getroffen. Das ganze Gesicht und die Hände sind hundertmal durchnadelt von Salzbröseln und Steinsplittern. Drei Wochen wird der Bub wohl brauchen, bis er sich ausheilt. Schaden wird's ihm nicht. Er hat einen Körper, wie grad herausgesprungen aus der Freud des Schöpfers.«

Ein Lakai trat in die Stube: Der Wildmeister wäre draußen und hätte dringend mit dem Herrn zu reden. Als der Dekan wieder kam, sah er den Schlummernden lächelnd an. Dann fragte er: »Krautendey? Ihr seid erfahren in rebus naturalibus. Wie alt schätzet Ihr den Mann im Salz?«

»Auf vierzig oder fünfzig Jahr.«

»Ich meine nicht sein Lebensalter, sondern die saecula, seit denen er im Salze steckt?«

Krautendey nahm sein Chirurgenzeug unter den Arm. »Soll ich sagen, was der Doktor Pürckhmayer hören darf?«

»Der ist nicht da.«

»So sagt mir, Herr, wann Gott die Berge gemacht hat?«

»Doch wohl am Schöpfungstag.«

»So muß der Mann im Salz zumindest um vierzig Jährlein älter als der Adam sein – wie Moses rechnet.«

»Magister!« stammelte Herr von Sölln erschrocken. »Kann einem Menschen nicht geschehen sein, was dem Käfer in Eurem electrum geschah?«

»Freilich, domine! Ist auch kein Unterschied. Steiget auf den Münsterturm und schauet hinunter auf den Mann im Salz, dann ist er so winzig wie der Käfer im electrum. Und wie der Käfer da hineingekommen? Aristoteles sagt, das electrum wäre ein Pech, wie die Bäume es ausschwitzen. Ich glaub, er hat recht. Der Bernstein wird im nordischen Meer gefischt. Muß da nicht vorzeiten einmal kein Meer gewesen und ein Wald gestanden sein? Wie hätt das electrum sonst aus den Bäumen schwitzen und der Käfer hineinfallen können in das linde Pech?«

Der Dekan schüttelte den Kopf. »Krautendey! Das sind dunkle Träume.«

»Ja, Herr! So dunkel träum ich oft.« Der Magister ging zur Tür. Mit der Klinke in der Hand blieb er stehen. »Aus mancherlei Zeichen, die ich auf den Bergen gefunden, muß vorzeiten einmal das Eis, wie es heut noch um die Watzmannkinder liegt, das ganze Berchtesgadener Tal gefüllt haben und über den Salzberg hinausgegangen sein bis weit in die Ebene. Da hab ich gerechnet, wie lang die Sonn hat scheinen müssen, bis sie das Eis hat schmelzen können. Und hab gerechnet: zwanzigtausend Jahr! Um wieviel älter muß da der Mann im Salz noch sein? Ich trau mich nimmer rechnen. Tät mir der Doktor Pürckhmayer einmal auf die Tafel gucken, so tät der Freimann eine Klafter Brennholz brauchen. Drum hängt an meiner Tafel ein Schwämml, mit dem ich meine Träum wieder auslöschen kann! – Was meinet Ihr, Herr? Wie lang wird's dauern auf der Welt, bis Zeiten kommen, wo man rechnen darf und die Ziffern nimmer auslöschen muß?« Er wollte gehen, drückte die Türe wieder zu und sagte leise: »Jetzt träum ich grad, daß der Mann im Salz, derweil er noch ein lebendiger Mensch gewesen, auch schon an einen Teufel geglaubt hat. Selbigsmal ist aber doch Herr Luzifer noch ein Erzengel im Himmel gewesen! Das ist halt so der Menschen ewige Art, daß sie lieber das Schwarze berufen als sich am Licht erfreuen. Gute Nacht, lieber Herr!«

Lange blieb der Dekan in Gedanken versunken und betrachtete das verpflasterte Gesicht des Schlummernden. »Der hat auch gerechnet!«

Dann erhob er sich und wanderte durch die Stube, bis er sich müd in den Lehnstuhl am Fenster setzte.

Draußen in der Finsternis rauschte der Regen, und die schweren Tropfen trommelten an die in Blei gefaßten Scheiben. Erst gegen Morgen ließ der Regen nach. Zögernd rang sich in der Frühe die Sonne durch das treibende Gewölk. Schon in der ersten Morgenhelle des erwachenden Sonntags wurde es lebendig im Stiftshof. Je näher es auf die Kirchenstunde ging, desto zahlreicher strömten die Menschen herbei, um gruselnd den Mann im Salz zu bestaunen. Der Platzregen hatte den Salzblock glattgewaschen und hatte an der Stelle, unter der das Haupt des eingepökelten Urmenschen steckte, so viel von dem Salzstein gelöst, daß man fast die Strähnen des rotbraunen Haares befühlen konnte. Nur wenige im Gedräng der Neugierigen hatten den Mut, da hinzurühren. Wer es gewagt hatte, scheuerte flink auf seiner Hinterseite das verhöllte Fingerglied. Und Dinge wurden geredet, bei denen die menschliche Vernunft ihre abenteuerlichsten Purzelbäume schlug.

Auch der Hällingmeister und das Kätterle, als sie gute Nachricht über Adelwarts Befinden vernommen hatten, drängten sich in das Gewühl, das den Karren umgab. Um sich das Herz zu erleichtern, spie das Kätterle zornig auf den Salzblock, der ihrem Buben so viel warmes Blut gekostet hatte.

Mit Peter Sterzinger und den Seinen kamen die Weyerziskin und Josua zur Kirche. Die junge Frau hätte gerne etwas gesehen, aber Josua mahnte erschrocken: »Tu's nit, Trudle! Da könntest du dich verschauen dran.« Auch Madda schüttelte den Kopf, als der Schwager fragte: »Magst du nit hinschauen zum Karren?« Mit seinem Schmunzeln kontrastierte seltsam der verdrießliche Ton, in dem er sagte: »Hinschauen hättest du wohl sollen! Bist doch eigentlich schuld an allem! Hättst du nit selbigsmal so aufbegehrt, so wär der Bub nit in den Salzberg eingefahren, und das saure Manndl hätt lang noch drunten liegen können in der Tief. Aber freilich, wie der Bub einmal drunten war, da hat er doch weisen müssen, daß er als Jäger mehr Verstand unter dem Hirndach hat als wie die Maulwürf.« Madda gab keine Antwort. Während sie die Kinder hinüberführte zur Kirche, huschten ihre heißglänzenden Augen über alle Fenster des Stiftes.

An diesem Morgen predigte Herr von Sölln im Münster, Pfarrer Süßkind in der Leutkirche, Prior Josephus bei den Franziskanern. Was sie sagten, fiel in manchem Gehirn auf guten Boden. Wie die größere Menge die Sache nahm, das konnte man nach dem Hochamt an dem Geschrei erkennen, das den Marktplatz füllte. Um die Mittagsstunde trug man den Streit der Meinungen heim in die Häuser, und da wurde zwischen Ehemann und Eheweib, zwischen Sohn und Vater, zwischen Bruder und Schwester mit kreischenden Stimmen weitergestritten: ob Mensch oder ›Ich weiß nit was‹, ob Heide oder Christ, ob verbrennen oder begraben!

Um zwölf Uhr hatte Herr von Sölln die Chorherren zum Kapitel gerufen. Es mußte ein Entschluß gefaßt werden, wenn der Anblick dieser gesulzten Vergangenheit den Leuten nicht weiterhin die Köpfe verwirren sollte. Nun gab's eine Überraschung. Doktor Pürckhmayer hatte das Franziskanerspäßchen ernst genommen, hatte noch in der Nacht einen Bericht an die päpstliche Kurie verfaßt und früh am Morgen einen der Vikare, begleitet von zwei kurköllnischen Seligmachern, auf die Reise nach Rom geschickt, um in diesem unlösbaren Streitfall die Entscheidung der höchsten kirchlichen Instanz zu erfragen. Das setzte im Kapitelsaal einen bösen Aufruhr ab. An der Sache war nichts mehr zu ändern, und so konnte man nur noch darüber schlüssig werden, wie der Mann im Salz den Leuten aus den Augen geräumt und schadlos konserviert werden sollte, bis Rom gesprochen hätte. Man entschied sich für den alten Mühlenkeller, der hinter dem Laienhofe neben den Gefängniszellen lag und jedem Zugang von außen entrückt war. In früheren Zeiten, da das Kloster noch mit der Möglichkeit einer Belagerung rechnen mußte, hatte es innerhalb der Umwallung seine eigene Mühle besessen, die durch einen unterirdischen Wasserzufluß getrieben wurde. Seit fünfzig Jahren stand die Mühle still, der Wasserzufluß war vermauert. Im Kellergewölb dieser Mühle sollte der Mann im Salz sich häuslich einrichten, um mit Geduld des Tages zu harren, an dem sein rätselvolles Schicksal ultra montes entschieden würde. Trotz des Sonntags wurde die Übersiedlung gleich in Angriff genommen. Man vermauerte die beiden Fensterluken, die nach dem alten Hirschgraben guckten, und spedierte den Mann im Salz auf einer Gleitbahn über die Treppe hinunter in das finstere Loch. Dann wurden schwere Eisenbänder vor die feste Tür gelegt, und die Vorhangschlösser wurden versiegelt.

Wachs und Eisen halfen nicht viel. Der Mann im Salz, obwohl er drunten schlummerte in der Finsternis des Mühlenkellers, ging als lebendiger Aufwiegler durch alle Gassen von Berchtesgaden. Das wurde schlimmer von Tag zu Tag. Dunkle Munklereien begannen umzulaufen. In der Wachtstube über dem Mühlenkeller sollte es nicht geheuer sein; die Musketiere könnten um die Mitternachtsstunde kein Auge schließen; unheimliche Geräusche wären aus dem Keller herauf zu vernehmen. Auf der Straße standen die Leute bis spät in die Nacht und guckten zu den vermauerten Kellerluken hinüber. Am Morgen erzählte einer, er hätte einen stinkigen Feuerschein aus der Mauer fahren sehen. Der andere: eine mordsmäßige schwarze Katze wäre mit der Geschwindigkeit eines Wiesels an der Mauer auf und nieder gelaufen. Ein dritter: vom Untersberg herüber wäre ein schwarzer Drache, so groß wie ein Scheunentor, durch die Nacht einhergeflogen und sieben Vaterunser lang über dem Stifte stehengeblieben in der Luft. Da half kein Predigen, kein Beruhigen, kein verständiges Wort. Ein Hexentanz des Aberglaubens gaukelte durch alle Köpfe, durch das ganze Tal.

Im Wildmeisterhause kam man erst zur Ruhe, als Peter Sterzinger eines Tages dem alten Schinagl in pfeifendem Zorn erklärt hatte: »Kerl, ich schmeiß dich hinaus, wenn du noch ein einziges Wörtl von dem Unsinn redest.« Hoch an der Zeit war's gewesen, daß der Wildmeister diesen energischen Machtspruch tat. Er hatte sich in diesen Tagen und Wochen unter Atemnot so häufig bis ins Zwetschgenblaue geärgert, daß sich der Schwung seines linksseitigen Wimmerls merklich vergrößerte. Und die Kinder waren schon so verängstigt, daß sie nimmer allein in der Schlafkammer bleiben wollten. Immer mußte Madda bei ihnen sitzen. Die Freundschaft mit der stummen Marei war für die Kinder zu Ende; sie sagten: »Die tut sich selber fürchten.« Alles Erdenkliche tat die Magd, um das Zutrauen der Kinder wieder zu gewinnen. Dabei arbeitete sie wie ein Tier. Und wie sie gegen Madda war, das sah sich an, als hätte sie einer Heiligen zu dienen. Heimlich küßte sie die Schuhe, die Madda getragen, und wenn sie am Morgen das Gewand der

Jungfer bürstete, hielt sie oft mit der Arbeit inne und drückte zitternd das Gesicht in die linden Falten.

Auch Peter Sterzinger war gegen Madda anders als sonst. Nie sagte er ein stichelndes Wort. Und häufig, wenn es Madda nicht bemerkte, sah er sie nachdenklich an. Es war, als hätte ihr Leben eine neue, feine Saite bekommen, die immer klang, ganz leise. Die Kinder gingen ihr nimmer von der Seite. Gab's einen schönen Tag, so saßen sie viel am Waldsaum über der Ache drüben. Während Madda von den Zwergen im Untersberg erzählte, vom schlafenden Kaiser mit dem langen Bart, vom König Watzmann und seinen versteinerten Kindern, blickte sie immer hinauf zu den Fenstern des Stiftes.

In diesen Tagen geschah es auch nie, daß Madda aus dem Haus verschwunden war, wenn Doktor Besenrieder seine Braut besuchen kam. Dennoch ging er mit sorgenvollem Gesicht davon. Hatte er das Haus verlassen, so geschah es fast immer, daß Madda zur Weyerziskin hinüberhuschte, die in ihrem glitzernden Winkelchen saß und das weiße Kleinzeug nähte, das sie im Frühling brauchen würde. Josua schwatzte und lachte dann immerzu bei der Arbeit an dem Marienbild, das der Vollendung entgegenging. Manchmal, nach heißen Tagen, stiegen sie alle drei zur Kirche hinauf, um den Rosenbusch zu begießen, der ein bißchen kränkelte. An einem schwülen Abend, als Josua und das Trudle allein hinaufgingen, erlebte die Weyerziskin einen großen Schreck. Da wollten die beiden in der roten Dämmerung aus dem Friedhof treten. Im gleichen Augenblick kam ihnen Jochel Zwanzigeißen mit langen Sprüngen entgegengerannt, lief aber an den beiden vorbei, guckte um die Ecke der Friedhofmauer und fragte mit fettem Gemecker: »Du? Was tust du dich verstecken vor mir?« Die erwürgte Stimme eines Weibes antwortete: »Jesus, Jesus! So laß mich doch in Fried!« Ein krampfhaftes Schluchzen. Joser, der die Stimme der alten Käserin erkannte, sprang im Zorn auf den Zwanzigeißen zu. »Geh deiner Weg! Und laß das arme, kranke Weibl in Ruh!« Schweigend, mit seinem gutmütigen Schmunzeln, ging der Freimann davon. Die alte Käserin lag neben der Friedhofmauer auf den Knien und zitterte an allen Gliedern. Joser hob sie vom Boden auf. »Komm, Mutter Käserin! Wir führen dich heim. Geh, Trudle, hilf mir ein bißl, das Weibl ist so viel schwach.« Die Weyerziskin kam nicht gleich, sie stand mit blassem Gesicht hinter dem eisernen Gitter und klammerte sich an die Stäbe.

Seit jenem Samstag, an dem der Mann im Salz aus der Tiefe des Berges heraufgestiegen, hatte Jochel Zwanzigeißen sich das so angewöhnt, daß er immer um die Abenddämmerung irgendwas im Markte zu schaffen hatte. Nie sah man seine Tochter bei ihm, die doch sonst auf jedem Weg an seiner Seite gewesen. Um den Verbleib der Freimannstochter kümmerte sich niemand. Aber Jochel Zwanzigeißen? Was der nur allweil im Markt zu schaffen hatte? Wozu brauchte er das Eisenzeug, das er beim Schmied vom Roste säubern und im Feuer härten ließ? Man wußte doch, daß beim Richter nur Kleinigkeiten anhängig waren: daß ein Nachbar die Nachbarin eine ›schieche Hex‹, die Nachbarin den Nachbar einen ›Teufelsbündler‹ gescholten hatte. Und der junge Hällinger, der den Mann im Salz aus dem Berge geschossen hatte, war doch ›schön heraus‹ und stand bei den Herren in Gunst. Die Stiftsleute erzählten, daß die Heilung seiner Wunden gut vonstatten ginge und daß man im Kapitel beschlossen hätte, die Feuerkunst des Buben im Bergwerk einzuführen und den Adelwart zum Schießmeister zu ernennen, der die anderen Häuer in der neuen Pulverkunst zu unterweisen hätte. Da könnte dann soviel an Gut gebrochen werden, daß sich die Einnahmen des Salzwerkes verdoppeln müßten. Das hörte mancher gerne, den die hohen Steuern drückten. Dennoch ging bei der Hitze, die in allen Köpfen schwelte, das sinnlose Gerede durch den Markt.

Eines Morgens kam ein Geißhirt wie besessen zu seinem Bauern gelaufen: Er hätte in der Nacht auf dem Toten Mann ein großes Feuer gesehen, und da wären an die dreihundert kohlrabenschwarze Teufel um die Glut gestanden. Der Bauer, der als einer der ›Heimlichen‹ galt, versetzte dem Buben eine Maulschelle und versprach, ihm ›die Ohren aus dem Grind zu reißen‹, wenn er das unsinnige Zeug unter die Leute brächte. Doch wenige Tage später war es schon überall verbreitet: Der Satan mit seinen höllischen Baronen hätte auf dem Toten Mann einen Reichstag abgehalten, um den Teufelsbündler Adelwart aus den Ketten und Schrauben des Jochel Zwanzigeißen zu befreien. Dieser Hexenmeister läge nicht in der Siechenstube des Stiftes, sondern im tiefsten Bußloch, und hätte auf der Streckleiter dreißig Mitschuldige angegeben, keinen Berchtesgadener, lauter Zugewandte: Salzkärrner, angeworbene Musketiere, vier Handwerksleute, die um ihres Fleißes willen guten Verdienst hatten – man nannte sie alle mit Namen und zählte noch sieben fremde Weiber dazu. Als Herr von Sölln von diesem Gerede hörte, befahl er die Ältesten der Marktgemeinde zu sich und sprach mit ihnen in einem Zorn, daß sie den greisen Herrn erschrocken anguckten. Damit sie sich mit eigenen Augen von der Narretei dieser Gerüchte überzeugen könnten, führte er sie sofort in die Siechenstube, wo Adelwart mit verbundenem Gesicht am sonnigen Fenster saß. Das dämpfte dann den umlaufenden Klatsch.

Als Adelwart in der dritten Augustwoche genesen aus der Sorge des Magisters Krautendey entlassen wurde, hielten es Herr von Sölln und Pfarrer Süßkind für nötig, mit dem Buben durch den Markt zu spazieren. Adel trug des Davids Feiertagsgewand. Alle Wunden, die er aus der Probestunde seiner Feuerkunst davongetragen, waren gut geheilt; nur auf der Stirn und auf der linken Wange blieben ihm zwei Narben, die sich ansahen, als hätte er die Pocken überstanden. Das gab ein Aufsehen in den Gassen! Adelwart schien die scheue Neugier, die ihm begegnete und folgte, gar nicht zu bemerken. Dennoch huschte sein heißer Blick über alle Menschen hin. Das war ein Schauen, wie ein Jäger schaut, der einen stillen Wald durchpirscht und immer späht, was kommen wird. Als die drei hinaustraten auf das freie Wiesengehänge, mußte Adel die Fäuste auf die Brust drücken, in der es hämmerte, daß er jeden Schlag hinaufspürte bis in die Schläfen. Das Gefühl der Freiheit war heiß in ihm. Und das Bild der schönen Sommerwelt fiel über ihn her wie ein blauer Rausch.

Die steilen Wände wie aus goldbehauchtem Silber geformt, im Schattenblau wie ein dunkleres Stück des Himmels. Unter den Wänden die sammetlinden Teppiche der Almen und der weit geschlungene, dunkle Mantel des Fichtenwaldes, den die Wasserfäden der Wildbäche durchblitzten. Wie für eine hoffende, unverzagte Seele alles Finstere des Lebens sich aufhellt zu freundlichen Farben, so wandelten sich die Dunkelheiten der Bergforste, je tiefer sie dem Tag entgegensanken, in das lichte Kronengewoge der Buchengehänge und Ahornwälder. Von Sonne schimmernd, umschloß dieses helle Grün den Lauf der gleißenden Ache und die Wiesen, auf denen hundert Menschen beim Heuen waren und in der Morgensonne leuchteten, als wäre kein dusterer Fleck in ihrem Leben und in ihren

Köpfen. Mit dürstenden Augen trank der Bub diese Schönheit in sein Herz. Immer sprachen die beiden Herren zu ihm: wie er sich mit den Leuten zu verhalten hätte und daß er eine Woche ruhig daheim bleiben sollte, um sich völlig zu kräftigen. Immer antwortete Adel: »Ja, ihr guten Herren!« Dennoch schien er nicht zu hören, was sie sagten. In seinen Augen war ein Erwarten, als sollte sich bei jedem nächsten Schritt ein Wunder ereignen.

Nun sah man schon den blumigen Garten des Josua und die grüne Hecke des Wildmeisterhauses. Hinter der Hecke kein Zeichen des Lebens. Nur die Hunde schlugen an. Als die drei zur Brücke gingen, guckte die Weyerziskin aus ihrem glitzrigen Winkelchen gerade zum Fenster hinaus! »Jesus!« stammelte sie in Freude, war schon draußen, lief durch den Garten zur Ache und schrie über das Wasser einen Jauchzer zum Wald hinüber. Da drüben, im Schatten einer Buche, saß Madda mit den Kindern und erzählte von der Riesin Latte, die vor tausend Jahren ganz allein im Berchtesgadner Land gehaust hätte und vor Einschichtweh gestorben wäre, jung und schön. Versteinert läge sie bei Reichenhall auf einem langen Berge, weiß am Tag und schwarz in der Nacht. An jedem Morgen, wenn die warme Sonne käme, täte das rote, steinerne Herz der Riesin Latte einen tiefen Seufzer. Da klang der helle Jauchzer der Weyerziskin durch das Rauschen der Ache her. Die Jungfer blickte verstummend auf. »Maddle«, fragte die kleine Bimba, »warum tut's denn seufzen, das steinerne Herzl?«

Ein erstickter Laut. Madda stieß den Klöppelstein über die Knie hinunter, packte die Kinder bei den Händen, flüchtete hinter die dichten Buchenstauden und schmiegte sich zitternd in den tiefsten Schatten. Miggele, in dem eine Erinnerung zu erwachen schien, fragte neugierig: »Kommt der Vetter Sekretari?« Erschrocken preßte Madda den Kleinen an ihre Brust, so fest, daß ihm nicht nur das Schwatzen, auch fast der Atem verging. Genau so machte sie's auf der anderen Seite mit der kleinen Bimba, lag auf den Knien, regungslos, und lauschte durch das Gewirr der Büsche hinüber zu dem Waldweg, auf dem Herr Süßkind mit dem Dekan unter lautem Gespräch und ein Dritter mit Schweigen vorüberkamen. Das Geräusch der Schritte und die Stimmen waren schon längst erloschen. Da klang es: »Maddle! Wo bist du denn?« Bimba begann zu zappeln. »Hörst du denn nit?« Die Worte des Kindes wiesen der Weyerziskin den Weg. Bei aller Freude machte sie verwunderte Augen. »Maddle? Hast du denn nit gesehen –« Taumelnd erhob sich Madda, umschlang die Freundin und drückte das Gesicht an ihren Hals. Kein Laut. Sie zitterte nur, und die Weyerziskin fühlte die stummen, heißen Tränen. Die Kinder guckten verdutzt. Dann entdeckte Miggele einen Schmetterling, der um den Waldsaum gaukelte. Die Schwester sollte ihm helfen, den zu fangen. Bimba schüttelte das Köpfl: »Lauf nur, du! Mir muß die Maddle noch sagen, warum das steinige Herzl hat seufzen müssen.«

Das erfuhr die Neugierige an diesem Tage nimmer.

15

Das Kätterle war wie im siebenten Himmel. Ihre Mutterfreude blaute so rein wie die Luft nach einem Gewitter, das sich völlig verzogen hat. Ihr Bub war schuldlos, frei, genesen! Und das zehrende Herzweh, das in seinem Blut gefiebert hatte? Wo war denn das? Mit seinem Blut davongeronnen? Der einzige Schatten neben der hellen Freude, die dem Kätterle im Herzen lachte, war der Hällingmeister mit seinem Sorgengesicht. Immer hatte er etwas zu klagen: Aus dem Reich wären üble Dinge zu vernehmen, den Evangelischen stünde ein saures Leben bevor, der Kaiser begänne, wider die Protestanten in Böhmen zu rüsten. Für das Kätterle war Böhmen ein Land, das in weiter Ferne lag. Sie hatte ihren Buben nah und war zufrieden. Fast wie eine Trauerbotschaft nahm sie es auf, als der Meister an einem Freitag nach Hause kam und die Nachricht brachte: Adel sollte sich am Montag beim Hällingeramte einstellen und dem Bergschreiber ansagen, was er an Werkzeug, an Pulver und Zündschnuren nötig hätte, um seine Feuerkunst vor einer amtlichen Kommission als ungefährlich zu erweisen.

Adel atmete auf und streckte die Arme.

»Es ist nötig, daß du dich hinstellst auf deinen Platz!« sagte der Meister. »Die Häuer kochen was aus, und allweil tuschelt der Pfnüer.«

»Den laß nur tuscheln, Vater!«

»Daß man deine Bohrstangen nimmer hat finden können, hast du dir da nie einen Gedanken drüber gemacht?«

»Wird sie halt der Pfnüer mit seiner Kameradschaft verworfen haben.« Adel lächelte. »Die meinen, das tat einen guten Wagen aufhalten, wenn sie einen Stein aus der Straß reißen.«

»Gott sei Lob und Dank! Wenn ich soviel Zuversicht merk bei dir, da schnauf ich auch wieder auf.« Zärtlich sah der Alte dem Buben in die Augen. Dann schmunzelte er. »Vor du das Schaffen in der Tief wieder anhebst, sollst du eine Freud haben. Morgen ist großes Jagen im Tiergarten. Das Hällingeramt muß zwanzig Leut zur Jagdfron stellen. Neunzehn hab ich ausgesucht. Magst du mittun?« Adel war bleich geworden. »Mich wird der Wildmeister ausmustern.«

Der Alte schmunzelte wieder. »Der will dich doch selber haben! Auf den Abend, Schlag fünf, mußt du dich einstellen.« Im gleichen Augenblick brachte das Kätterle die Suppe. »Jesus! Bub! Was machst du für Augen? Ist denn ein heiliges Fest in dir?«

Nach dem Essen stieg Meister Köppel zum Wildmeisterhaus hinunter. Über den Toten Mann sah er schweres Gewölk heraufziehen. »Wenn nur dem Buben die grüne Freud nit verregnet wird!« Im Gehöft des Wildmeisters ging es lebendig zu. Die Jägerei des Stiftes war bei der Arbeit, um die Jagdnetze und Stellstangen auf die Handkarren zu laden. Jonathan wurde ins Haus gewiesen. Er trat in die Stube. Hell blinzelte die Sonne durch die mit Blumen verstellten Fenster, und der Kreuzschnabel zwitscherte in seinem kleinen Käfig. So lebensfroh hatte der ›Wehdamsvogel‹ in des Wildmeisters Stube noch selten gesungen. Der Tisch, die Wandbank und alle Stühle waren vollgelegt mit Waldhörnern, Armbrusten, Feuerbüchsen, Hirschfängern und Saufedern. Peter Sterzinger, schon in der grünen Gala, hantierte geschäftig umher, während Madda und die stumme Marei zwei große, auf der Ofenbank stehende Saumkörbe mit Mundvorrat, Weinguttern, Zinnbechern und Tischzeug vollpackten. »Grüß dich, Köppel!« Sterzinger warf einen flinken Blick auf die Schwägerin und blinzelte dem Hällingmeister zu.

»Ist alles in der Reih?«

»Auf Schlag fünf hab ich die Jagdfroner herbestellt. Ich hab unseren Buben dazu genommen. Der ist doch einmal bei der grünen Farb gewesen.«

In einem Saumkorb klirrte etwas. Peter Sterzinger schielte hinüber und zog eine grimmige Miene auf. »Euch, Meister, bin ich gut. Aber der Steinschießer soll mir kein Schrittl in meine Hofreut tun! Ich bin nit der Mann im Salz, ich brauch mir's nit gefallen zu lassen, daß mich der Pulverschnöller aus meiner Ruh herausfeuert.«

»Das wird für den Adel ein hartes Stückl sein. Eine Freud ist ihm in den Augen gewesen, daß mein Kätterle gefragt hat: Bub, ist ein heiliges Fest in dir?« Jonathan schien auf etwas zu warten, ging zögernd zur Tür und sagte kleinlaut: »Hab's eh geforchten! Ich hätt mich nit drauf einlassen sollen!« Der seltsam geänderte Ton des alten Köppel schien dem Wildmeister nicht zu gefallen. Aber da machte er den Specht. Ehe der Hällingmeister nach der Türklinke greifen konnte, stand Madda bei ihm, »Bleib, Jonathan!« Ihr Gesicht war bleich. »Der Schwager wird nit tun, was unverständig ist!«

»Ah! Die ist gut!« brüllte Peter Sterzinger und blies das linksseitige Wimmerl zu bläulicher Rundung auf. »Du mußt wohl völlig vergessen haben –«

Madda trat auf den Schwager zu. »Hab ich eine Narretei begangen, mußt du sie drum nachmachen? Daß du auf die gleiche Bank mit den dummen Leuten rucken willst, die eine lobwerte Sach als teuflisch ausreden? Das mag ich nit glauben von dir.« Sie legte ihm die Hand auf den Arm. »Ich hab ein Unrecht getan. Das mußt du nit ärger machen. Hast du nit gehört, daß die Freud in seiner Seel ist wie ein heiliges Fest?« Ein Zucken ging um ihren Mund. Sie wollte noch etwas sagen, wandte sich ab und verließ die Stube. Die stumme Marei, der die Augen naß geworden, lallte einen klagenden Laut und rannte hinter der Jungfer her. Das wirkte auf die kleine Bimba, daß sie zu weinen begann. »Herr Jesus!« lachte Peter Sterzinger. »Da heult ja gleich alles nacheinander! Soviel Zähren sind um einen Buben schon lang nimmer geronnen.« Als er die Kinder aus der Stube geschoben hatte, trat er vergnügt auf den Hällingmeister zu. »Gelt, ich hab recht gehabt! Nur schad, daß der Sekretari nit dabei gewesen ist. Da war ihm ein Lichtl aufgebronnen in seinem dumperen Juristenköpfl.«

Jonathan tat einen brunnentiefen Atemzug. »Glaubet Ihr denn, daß der Bub noch eine Hoffnung hätt?«

»So viel, wie jede Nacht auf den Tag, der kommen muß! Und morgen soll der Bub aufweisen, was er für ein Jäger ist. In der Nacht wird's wettern. Aber morgen kriegen wir wieder den schönsten Tag. Und lus nur, wie der Wehdamsvogel pfeift! Da steht meinem Haus eine Freud zu!« Ein alter Jäger trat in die Stube, flüsterte dem Wildmeister ein paar Worte zu und ging wieder davon. »Koppel«, fragte Sterzinger, »gelt, du hast mir doch den Michel Pfnüer zur Fron gestellt?« Der Alte wurde rot wie ein Kind, das man auf einer Heimlichkeit ertappte. Er stotterte: »Der Michel hat den Fürhalt gemacht, er war mit der Fron nit an der Reih.« Daß ihm selbst dieser

Einwand des Häuers willkommen war, weil er dadurch die Sorge loswurde, den Pfnüer einen ganzen Tag lang in Adelwarts Nähe zu wissen, das verschwieg der Hällingmeister. Er hätte auch zu weiteren Reden keine Zeit gehabt. Peter Sterzinger begann sofort ein grimmiges Fluchen: »Du weißt doch, daß ich den Kerl zur Jagdfron haben muß, bloß daß er nit frei hat, wenn die ganze Jägerei bei der Hofjagd ist. Da wär im unbehüteten Revier der Teufel los.« Um den Wildmeister zu beschwichtigen, versprach Köppel, den Michel für den kommenden Tag in feste Arbeit einzuspannen. Er lief auch gleich zum Salzwerk hinaus und fuhr in den Stollen ein, in dem die Häuerrotte des Pfnüer bei der Schicht war.

Am Nachmittag gegen fünf Uhr sammelten sich im Gehöft des Wildmeisters die Fronleute, jene vom Hällingeramt und zwanzig andere, die von den Genossenschaften der Handwerker zu stellen waren. Junge, kräftige Buben. Der Schatten der Zeit schien nicht allzu düster auf diesen jungen Gemütern zu liegen. Freilich, was alle grauen Köpfe im Land verstörte, rumorte auch unter diesen braunen und blonden Haardächern. Die Reden, die da mit halbem Übermut und mit halber Vorsicht geführt wurden, drehten sich um abenteuerliche Dinge: daß man die alte Käserin vor drei Tagen funden hätte, wie sich das angstverdrehte Weibl auf dem Dachboden einen Strick um den Hals hätte legen wollen; und einer von den Musketieren, die in der Wachtstube über dem Mühlenkeller schliefen, hätte im Keller drunten eine bärenmäßige Stimme fragen hören: »Federlein, kommt meine Zeit nit bald?« Seit er das mitgeteilt hätte, fiele er mit Anbruch jeder Nacht in einen so festen Schlaf, daß er am Morgen nur mühsam zu erwecken wäre.

»Weil er sich an jedem Abend einen Rausch ansauft, bis er torkelt!« sagte einer der Buben. »Da glaub ich freilich, daß er den Höllischen nimmer reden hört.«

»Den Höllischen? Geh, du Narr!« fiel mit Lachen ein blonder Bursch ein, dem der Schalk aus den blauen Augen zwinkerte. »Seit gestern weiß man doch, daß der Kerl im Salz ein richtiger Mensch sein muß. Den langmütigen Gesellen hat das Warten auf Rom verdrossen. Drum hat er selber geredet. Gestern in der Nacht, wie's zwölfe geschlagen hat, da hat man ihn jählings schreien hören: ›Höi, Musketiere, höi, den geistlichen Kommissari möcht ich haben!‹ Da sind die Musketiere wie die Narren gesprungen. Der Kommissar ist gleich aus dem Bett gefahren und mit Kreuzschlagen und Wasserspritzen hinuntergerumpelt zur versiegelten Kellertür. Und hat lateinisch gefragt: ›Diabolus, gribusgrabulus, was begehrst du?‹ Da schreit der Mann im Salz: ›Ich möcht hinaus ein bißl?‹ Der Kommissar hat wieder gefragt, lateinisch: ›Diabolus, gribusgrabulus, warum willst du hinaus?‹ Und da hat der Mann im Salz gerufen: ›Weil ich ein Mensch bin und alle tausend Jahr einmal hinaus muß, aber flink, es geht schon ein paar Schnaufer übers Tausend!‹«

Ein schallendes Gelächter. Dann hörte man eine Stimme kreischen: »Gucket, Leut! Was da für einer kommt!« Der heitere Lärm verstummte. Alle Gesichter drehten sich. Adelwart, in der schwarzen Stollentracht der Hällinger, trat in das Gehöft. »Der höllische Schatzgräber!« schrie ein Knappe. »Wenn der mit der Jagdfron geht, da tu ich nit mit!« Das schrien ihm die anderen Hällinger nach. Den Lärm übertönte ein Himmelkreuzdonnerwetter: »Wer will nit fronen? Wer reißt da das Maul auf?« Mit groben Ellenbogen ruderte Peter Sterzinger durch das Gedräng. »Will einer mucksen, so hockt er morgen im Block, statt daß er mittut bei der Knödelschüssel!« Er ging auf Adelwart zu und reichte ihm die Hand. »Grüß dich Gott, Bub! Wenn die Maulreißer meinen, du wärst zu gut, um mit ihnen zu fronen, so dienst du morgen in meiner Jägerei.« Adel stand vor dem Wildmeister, als hätte ihn ein Schwindel befallen. Peter Sterzinger mußte ihn bei der Hand fassen: »Komm herein! Ich geb dir das Horn. Beim Auszug sollst du die Liedstimm blasen.«

Leuchtende Bänder in den schwarzen Zöpfen, stand Madda unter der Haustür. Und Peter Sterzinger fragte schmunzelnd: »Bub! Was ist denn? Bist du nit völlig genesen?« Adel nickte nur. Ein Lächeln, das Fürchten und Hoffen war, verzerrte sein blasses Gesicht. So führte ihn der Wildmeister vor die Jungfer hin. »Also, Maddle, da ist der Bub! Hab ich dir halt in Gottes Namen den Gefallen getan.«

»Mir?« stammelte Madda. Mit heißer Welle schoß ihr das Blut ins Gesicht.

»Wem denn sonst? Doch nit der Marei?« Peter Sterzinger schnackelte dem Buben zu. »Jetzt bleib nur derweil! Ich hol dir das Horn heraus.« Er trat in den Flur. Wortlos standen die zwei jungen Menschen voreinander, jeder so mühsam atmend, als läge ihnen der gleiche schwere Stein auf der Seele, jeder mit glühendem Gesicht, mit schimmernden Augen. Die stumme Marei, die mit dem Zuber zum Brunnen wollte, blieb wie versteinert im Hausflur stehen; auf ihrem vergrämten Gesichte brannte ein Glanz von Freude; mit einem lallenden Laut, der einem halben Lachen glich, huschte sie zurück in die Küche.

Zwei Jäger, die im Zwinger die Hunde gekoppelt hatten, brachten die Meute geführt. Das tolle Gekläff der Hunde machte die Maultiere scheu, die mit den schweren Saumkörben zu bocken begannen, und bei allem Lärm klang aus dem offenen Stubenfenster noch immer das helle Getriller des Kreuzschnabels.

Für die beiden, die da voreinander standen, umflutet von Sonne, schien das alles nicht vorhanden. Madda sagte mit zerdrückter Stimme: »Ich weiß wahrhaftig nit, was der Schwager da geredet hat – von mir.«

Adel nahm die schwarze Hällingermütze herunter und löste aus der Schnur ein Sträußl jener Bergblumen, die so dunkel sind wie die Trauer und so köstlich duften wie treue Liebe. Die bot er der Jungfer hin. Alles Tiefste eines Menschenherzens war im Klang seiner leisen Stimme: »Ihr habt mir in harter Stund ein gutes Wörtl gesagt. Das hat mich leben lassen!« Er mußte Atem schöpfen. »Ich bitt Euch, Jungfer, nehmet die Blumen da zu gutem Vergelts!«

Madda nahm die Blumen, beugte das Gesicht, um den Duft zu kosten, und steckte das Sträußl an ihr Mieder. »Vergelts Gott, Jäger!« sagte sie. Und er stand doch als schwarzer Knappe vor ihr!

Peter Sterzinger tauchte mit dem blinkenden Waldhorn auf. »Also, Bub! Beim Auszug gehst du als erster.« Mit aller Kraft seiner Stimme rief er: »Fertig, Leut! Die Jäger voraus! Die Froner an die Karren! Die Säumer ans End!« Während der Zug unter dem Gekläff der Meute sich ordnete, legte Peter Sterzinger den Arm um die Schwägerin. »Gott soll dich behüten, Mädel! Morgen, zum Abend, bin ich wieder daheim.« Er sagte ihr ins Ohr: »Heut hätt die Tresa eine Freud gehabt!« Da huschte ein dunkler Schatten über die Hofreut. Eine Wolke, schwer und bleigrau, hatte sich vor die Sonne geschoben. Der Wildmeister guckte zum Himmel hinauf. »Teufel! Das kommt aber schnell! Maddle, da muß die Marei vor Abend mit dem Karren noch hinauf zum neuen Schlag und muß die Herdborzen holen, die ich hab machen lassen. Die müssen vor dem Regen noch unter Dach.«

»Ja, Peter!«

»Und daß mir der Schinagl morgen mit dem Wildwagen beim Tiergarten ist!«

»Ja, Peter!«

»Und sperr in der Nacht fest zu! Laß in der Hofreut die Rüden umlaufen, die von der Meut daheim bleiben.«

»Ja, Peter.«

»In Gottes Namen also!« Der Wildmeister rief den Jägern zu: »Erst zum Leuthaus hinauf! Da warten die Herren.« Zu Adel sagte er: »So, Bub! Jetzt blas!«

Ein Klang, als sollte das Horn zerspringen! Am Stiftsberg und im Wald über der Ache drüben ein schmetterndes Echo. Die Hörner der Jäger fielen ein, und unter Hall und Widerhall, unter dem Läuten der Meute, rückte der Jagdzug hinaus in das aufziehende Unwetter. Schinagl war auf die Straße getreten, um dem Zuge nachzugucken. Die Kinder kamen gelaufen und schrien ihre dünnen Jauchzer hinter dem Vater her. Madda stand noch immer bei der Haustür und hielt das glühende Gesicht in die kleinen, dunklen Blumen gedrückt.

Von der Achenbrücke kam der Hällingmeister gelaufen. Der hatte den Pfnüer im Stollen nimmer gefunden, und der Ferchner hatte ihm gesagt: »Der Michel hat sich Freischicht geben lassen, er müßt auf die Alm hinauf, weil seine Kuh verkrankt war. Mir scheint, die hat das Wildbretfieber!« Erschrocken hatte Jonathan den Rückweg angetreten und atmete erleichtert auf, als er den Jagdzug schon weit auf der Straße sah. Jetzt brauchte er den Ärger des Wildmeisters nimmer anzuhören. Mochte doch der Michel Pfnüer seine heimlichen Wege suchen! Sie lagen weit von den Wegen, die Adel im Tiergarten zu gehen hatte. Das blieb für den Hällingmeister die Hauptsache. Nur sein Gewissen wollte er erleichtern. Drum ging er auf Madda zu und sagte ihr, was sie dem Schwager bei seiner Heimkehr von Michel Pfnüer zu melden hätte. Madda schien nicht zu hören. Immer lauschte sie dem Hörnerklang, der von der Straßenhöhe heruntertönte in das von Wolkenschatten übergossene Tal. Lächelnd nahm Jonathan die Kappe herunter, als stünde er vor einem heiligen Ding. Leise, mit Freude im Klang seiner Stimme, sagte er: »Liebe Jungfer! Gottes Segen auf Euer Leben und Glück!«

»Ja, Meister!« Madda nickte. »Ich will's dem Schwager schon ausrichten.«

Auf der Straße droben war der Jagdzug verschwunden. Schinagl guckte zum Himmel hinauf, den die Wolken immer dunkler überzogen. »Bis sie hinauskommen zum Tiergarten, haben sie keinen trockenen Faden nimmer am Leib!« Er ging in den Hof und schloß das Zauntor.

Madda saß auf der Hausbank, den Kopf an die Mauer gelehnt. Die Kinder waren bei ihr, schwatzten und fragten, hatten beklommene Stimmchen und wurden immer ängstlicher. Madda umschlang sie, preßte sie an sich, lehnte den Kopf wieder an die Mauer und schloß die Augen. Nach allem Traum dieser Stunde war das ernüchternde Besinnen auf ihre Seele gefallen. Ihr Herz verloren an diesen einen! Ihr Wort gebunden an jenen anderen! Ihr Weg verschlossen! Ihr Leben verkauft! Ihr Glück versunken! Über die Birnbäume fuhr ein sausender Windstoß hin. Klatschend fielen die aus den Kronen geschüttelten Birnen in das Kraut der Beete. Madda erhob sich und trat ins Haus. »Marei!« Die Magd kam aus der Küche gelaufen. Obwohl es im Flur schon dämmerte, sah Madda die Freude in den Augen der Stummen. Marei, wie eine segnende Mutter, machte über Madda das Zeichen des Kreuzes, faßte scheu ihre Hände, küßte sie, lachte dazu mit dumpfen Lauten und rieb ihre Wange an Maddas Arm. Es war in ihrem Gehaben etwas von der täppischen Art eines zahmen Tieres, das stumm ist und sich zärtlich erweisen möchte gegen den gütigen Menschen, der es nährt. »Ja, Marei! Du bist mir gut. Du tätest mir alles Glück vergönnen. Aber da ist kein Reden darüber. Jetzt muß ich die Arbeit schaffen.« Die Stumme richtete sich auf und nickte. »Du mußt mit dem Karren gleich hinauf zum neuen Schlag, wo du mit dem Schinagl das Scheitholz geholt hast. Da liegen die Herdborzen, die der Schwager hat machen lassen. Die müssen heim, vor der Regen kommt.«

Die Magd rannte davon. Als sie den Handkarren aus der Scheune gezogen und eine Blache geholt hatte, warf sie einen Blick nach dem

Himmel und merkte, daß sie sich eilen mußte. Soweit die Straße gut war, zog sie den hopsenden Karren im Laufschritt hinter sich her. Durch den steilen Wald hinauf ging es langsam, obwohl Marei sich keuchend in den Karrengurt legte und zog, daß ihr der Schweiß das Gesicht überglitzerte. Das dicht geballte Gewölk erstickte schon die letzte Helle, als Marei die Rodung erreichte, die sich am Fuß einer grauen Felswand hinzog. Brausend fuhr der beginnende Sturm über den Berghang, und rings um den Waldsaum schwankten die dunklen Wipfel. Mühsam schleppte Marei den Karren über das Gewirr der umherliegenden Äste. Jetzt blieb sie stehen und guckte. Auf der Lichtung stand eine Hirschkuh mit ihrem Kalb. Während das Junge noch sorglos äste, hob das Muttertier verhoffend den Kopf, weil es das Geräusch des Karrens vernommen hatte. Einen Locklaut ausstoßend, wollte die Hirschkuh gegen den Waldsaum trollen. Da klang ein schnurrender Ton. Das Tier machte einen seltsamen Sprung, jagte in rasender Flucht dem Schutz des Waldes zu und begann zu schwanken, bevor es zwischen den Bäumen verschwand. Die absonderlichen Sprünge des Tieres hatten auf Marei wie etwas Heiteres gewirkt. Lachend legte sie sich wieder in den Karrengurt und zog. Bei dem Gerassel, das der Karren machte, vernahm sie ein Geräusch nicht, das sich anhörte, als spränge ein Mensch über die dürren Äste. Sie zog und zog, bis sie die Felswand erreichte. Hier lagen die kleinen Reisigbündel aufgeschichtet, die zum Anschüren des Herdfeuers dienten. Während Marei die Borzen auf den Karren lud, fielen die ersten Tropfen. Ein Blitzschein, dem ferner Donner folgte, zuckte über den Bergwald. Keuchend schaffte die Magd. Es gelang ihr, die Ladung des Karrens mit der Blache zu überspannen, ehe der Regen schwer zu fallen begann. Nun wollte sie den Heimweg antreten. Da schlug ein Blitz in den Wald, die ganze Lichtung schien in Feuer zu schwimmen, der Donner dröhnte, und rauschende Fluten fielen grau und dick aus den Lüften herunter. Triefend schleppte Marei den Karren gegen die Felswand hin. Dort war eine Höhle, in der sie neulich mit dem Schinagl die Mittagsrast gehalten hatte. Dunkel gähnte das Felstor, und finster senkte sich die Höhle in den Berg. Erleichtert atmete die Stumme auf, als sie den schweren Karren hereingeschleppt hatte unter das steinerne Dach und die Reisigbündel sicher vor dem Regen wußte. Ein Unwetter ist um so schneller vorüber, je gröber es tut; wenn nach dem Regen der Mond heraufstieg, konnte Marei den

Karren trocken heimbringen, und die liebe Jungfer würde mit ihr zufrieden sein.

Unter jenem lallenden Lachen, das sie in ihrer Stummheit besaß, nahm sie im Dunkel der Höhle das triefende Kopftuch ab und streifte den klatschenden Rock herunter, um die Nässe herauszuwinden. Nun lauschte sie erschrocken. Es war ihr, als hätte sie das Atmen eines lebenden Wesens vernommen. Wieder lachte sie, um ihre Furcht zu überwinden. Da flammte unter knatterndem Donner die bläuliche Helle eines Blitzes in die Höhle herein, und Marei sah wenige Schritte vor sich ein finsteres Mannsbild stehen, mit schwarzem Gesicht, den Kopf umzottet von dunklem Haarwust. Nur die Augen glimmerten bei dem bläulichen Schein des Blitzes. In Angst sich bekreuzend, wollte Marei entfliehen, wollte den Karren überklettern, der die Höhle sperrte. Da sprang der Schwarze aus dem finsteren Winkel heraus und schrie mit brüllender Stimme: »Burri malurrio Satanas!« Die Magd, der vor Schreck die Sinne vergingen, stürzte lautlos auf den Steinboden der Höhle hin.

Das dumpfe Rauschen des Regens verwandelte sich in lautes Geprassel. Dabei hörte man das klagende Schmälen des Hirschkalbes, das die Mutter suchte. Der Hagel fiel so dicht, daß sich die Dämmerung von dem vielen Weiß, das den Grund bedeckte, zu erhellen begann. Dann setzte der schwere Regen wieder ein und schüttete aus schwarzen Wolken die Nacht über den brausenden Wald. Im Dunkel der Höhle glomm ein rötlicher Schein. Der Schwarze hatte Feuer geschlagen und ein Stück Zunder angebrannt. Er beugte sich über die Magd, die wie leblos auf der Erde lag. Mit der roten Glut des Zunders leuchtete er in das verzerrte Gesicht der Ohnmächtigen, suchte auf dem Boden der Höhle, fand eine Armbrust, warf den Zunder fort und kletterte über die Ladung des Karrens hinaus ins Freie. Mit langen Sprüngen rannte er durch den brausenden Regen davon. Dieses Schütten wollte nicht enden. Alle Gräben der Berge waren in Bäche verwandelt, die das Wildwasser hinuntertrugen ins Tal. Das Bett der Ache konnte die Fluten nimmer fassen. Die Straße war überschwemmt, jede Talwiese stand unter Wasser.

In allen Gehöften war Licht. Von den Haustüren riefen die Leute einander durch die schwarze Nacht ihre Sorge zu.

»Was meinst du, Nachbar? Wird er hin sein, der Haber?«

»Gar viel wird nimmer stehen. Ein Hagelwetter so spät im Jahr! Das ist doch, als hätt's der Teufel gemacht.«

»Oder eine, die was gelernt hat von ihm.«

So redeten Hunderte in dieser rauschenden Sorgennacht. Jeder Bauer, der um seinen Hafer bangte, suchte nach einem Sündenbock für den Schaden. Auch noch andere Sorgen hatte diese Nacht. Von der Tür des Wildmeisterhauses schrillte immer wieder ein banger Ruf in die rauschende Finsternis: »Marei!« Keine Antwort kam. Flackernde Helle fiel aus der Haustür in die Nacht hinaus; Madda hatte auf dem Herd ein Feuer brennend erhalten, damit Marei, wenn sie heimkäme, ihre Kleider trocknen und sich wärmen könnte. Umzüngelt von dieser Helle, stand die Jungfer in der Tür. »Marei! Marei!« Da sah sie eine dunkle Gestalt durch das Zauntor huschen. »Gott sei Lob und Dank! Marei?«

Das war der Meister Weyerzisk, in eine Kotze gewickelt. »Jungfer? Was schreiet Ihr denn allweil? Ich hab herüber müssen, mein Trudle hat nimmer Ruh gegeben.« »Die Marei muß sich verlaufen haben im Wald!« Gleich, wie das Wetter so grob geworden, hätte sie den Schinagl mit der Laterne davongeschickt und mit den beiden Hunden, die von der Jagd zurückgeblieben. Und jetzt käme der Schinagl auch nimmer heim!

»Die sind da droben wo untergestanden und warten den Regen ab.« Schon hatte Weyerzisk der Jungfer gute Nacht gesagt, blieb aber noch immer stehen. Er lächelte, und seine Augen glänzten. »Heut am Abend bin ich mit dem Muttergottesstöckl fertig worden. Ich mein', ich hab was Besseres nie gemacht. Freilich, die heilige Mutter hat's verdient um mich. Die hat mir wieder das liebe Glück ins Haus gerufen. Da muß ich ihr schon mein Bestes hinauftragen. Gelt?« Meister Weyerzisk schritt in die rauschende Finsternis hinaus.

Madda lauschte hinüber zu dem kleinen Haus, in dem das lachende Glück unter sicherem Dache wohnte. Ein Dürsten war in ihr, daß sie hätte schreien mögen vor Sehnsucht. Da hörte sie die ängstlich gewordenen Kinder rufen, ging zu ihnen in die dunkle Kammer, blieb, bis sie wieder schliefen, und kam in den Flur zurück. Als sie hinaustreten wollte in die Nacht, sah sie auf der Diele einen feuchten Streif, als wäre ein von Nässe triefender Mensch durch den Flur nach der Küche gegangen. »Jesus! Mädel!« Madda sprang zur Küchentür und fand die Stumme zusammengekauert im Herdwinkel, zitternd an allen Gliedern, rot angestrahlt vom Schein der glühenden Kohlen. »Marei! Gott sei's gedankt! Weil du nur da bist!« Die Jungfer legte in Hast ein paar Scheite über die Kohlen. »So tu doch deuten! Hast du dich im Wald verlaufen? Hat dich der Schinagl heimgebracht?« Aus den knisternden Scheiten züngelten die Flammen auf. Beim Glanz dieser Helle sprang die Magd aus dem Herdwinkel, drückte sich an die Mauer und starrte mit einem Blick des Entsetzens in das auflohende Feuer. Madda erschrak. »Aber, Mädel!« Nun sah sie erst, in welch absonderlichem Aufzug die Marei sich befand: ohne Kopftuch, mit zerzausten Zöpfen, ohne Rock, über dem Hemd nur den offenen Spenzer um die Brust. Das bißchen, was sie am Leib hatte, klatschte vor Nässe. Erst dachte Madda nur: ›Die hat den triefenden Rock heruntergestreift und zum Trocknen aufgehangen‹. Drum sagte sie: »Geh, Marei! So was tut doch ein schämiges Weiberleut nit offen am Herd. Komm, ich leg dir trockenes Zeug in deine Kammer! Da kannst du dich umziehen.«

Die Magd schien nicht zu hören. Immer stierte sie in die Flammen und lallte in ihrem Zittern: »Mua – Mua –« Der Jungfer flog ein Schauer über den Nacken: »Marei! Was ist denn mit dir?« Sie wollte die Magd am Arm fassen. Die Stumme wich zurück, streckte wehrend die Hände vor sich hin, und ihre verstörten Augen schienen zu betteln: »Rühr mich nit an!« Diese zitternden Hände waren blutig von Nägelwunden, in den vorgequollenen Augen war Angst und Grauen, und von den Wimpern fielen große Tropfen über die kalkweißen Wangen. »Marei? Hat dich ein Blitz geschlagen?« Da beugte sich die Stumme zögernd aus dem Winkel vor. Wie ein Kind, das die Flamme fürchtet, streckte sie die Hand, faßte einen halb verkohlten Span und schrieb mit langsam entstehenden Buchstaben an die weiße Mauer: ›Bin im Wald gewest, ist Satanas bei mir gewest, ich verflucht, ich ewig verdammt, ist mein Mutter verbronnen worden, muß ich brennen auch.‹

Unter gellendem Schrei schlug Madda der Stummen den Span aus der Hand. »Marei! Du hast ja den Verstand verloren!« Die Stimme erlosch ihr. Da begann die Stumme mit den Nägeln die Schrift von der Wand zu kratzen. Weil noch immer ein Rest der

Buchstaben zurückblieb, wusch sie mit ihrem nassen Haar die Kohle von der Mauer. Als von der Schrift nur noch ein mattgrauer Fleck auf dem weißen Kalk zu sehen war, atmete sie auf. Unter hölzernen Bewegungen, wie ein schlechter Komödiant sie zu machen pflegt, warnte sie mit erhobenem Finger, legte die Hand vor den Mund und deutete auf das rote Mal an Maddas Hals. Dann fiel sie in den Herdwinkel und drückte das Gesicht in die Hände. Madda stand wie versteinert. Plötzlich rannte sie in die Nacht hinaus. »Schinagl! Schinagl!«

Immer schrie sie diesen Namen. Weil sie keine Antwort hörte, sprang sie der Straße zu.

Ein dumpfes Rauschen war in der Nacht. Das kam von der Ache und von den Wildbächen. Der Regen fiel nur noch wie feiner Staub, und um die fernen Berge war zwischen Dunst und Nebel ein milchiger Schein des Mondes.

Beim Weyerzisk war die Stube noch erleuchtet. Hinter der Glaskugel brannte die Öllampe, und die kreisförmige Helle umflimmerte das vollendete Marienbild. Dem schönen, aus frommer Kunst geborenen Werk zu Füßen stand das Singerkästl und zirpte die Weise von der Linde im Tal. Die Weyerziskin saß auf ihres Mannes Schoß, von seinen Armen umschlungen. Wange an Wange lauschten die beiden dem klingenden Lied und betrachteten in Freude das vollendete Schnitzwerk, diesen Dank ihres neugeborenen Glückes. Draußen in der Nacht eine schreiende Stimme. Mit Fäusten wurde an die Tür geschlagen. Madda taumelte in die Stube. »Joser! Ich weiß mir nimmer zu helfen. Unser Marei hat den Verstand verloren.« Die beiden sprangen in der rauschenden Nacht über die Straße hinüber. »Ich weiß nit, Joser, was das Mädel hat. In mir ist eine Angst, daß mir kalt ist um Herz und Seel.« Sie hatten das Haus erreicht und stürzten in den Flur, Madda voraus in die Küche.

Hier war nichts anderes zu sehen als das ruhig brennende Feuer auf dem Herd, der stille Schein an den Wänden. Die Marei war nimmer da. Aber im Herdwinkel glitzerte die Nässe auf den Steinplatten, und an der weißen Mauer war der graue, feuchte Fleck. »Marei! Marei!« Die Jungfer brannte ein Kienlicht an, lief in die Kammer der Magd, zu den schlafenden Kindern, über die Stiege hinauf zum Dachboden. »Marei! Marei!« Nirgends eine Antwort.

Mit dem flackernden Kienspan eilte Madda zur Haustür und leuchtete in den Garten hinaus. »Marei! Marei!« Die Ache rauschte. Und die Nacht war hell geworden. Durch die Wolkenklüfte, die mit Silber gerändert waren, fiel das Mondlicht über das nebeldampfende Tal. Und vom schwarzen Gehäng des Waldes herunter, beim Rauschen der Ache kaum noch zu hören, klang ein doppelstimmiges Gekläff wie der Standlaut zweier Jagdhunde, die ein verendetes Wild gefunden.

16

Ein schöner Morgen war gekommen. Während die Kirchenglocken zur Frühmesse läuteten, stand der hochwürdige Kommissar in seiner Stube am offenen Fenster und blickte sinnend hinaus in das kühle Leuchten. Diese Sturmnacht hatte den Herbst gebracht. In den Laubwäldern sah man gelbe Ahornkronen, und die Berge waren beschneit bis über die Almen herunter.

Doktor Pürckhmayer hatte keinen Blick für den Rosenkranz, den die Sonne um den weißen Watzmann warf. Vor einer Viertelstunde hatte man ihm gemeldet, daß der Hagelschlag alle Haferfelder vernichtet hätte; das wäre für das Stift ein schwerer Schaden; die Bauern, die zur Nachschau ausgezogen, kämen verzweifelt von den verwüsteten Feldern heimgelaufen; da müßte von seiten der Herrschaft etwas geschehen, um die Leute zu beruhigen, ehe die Aufrührer laut würden. Dem Doktor Pürckhmayer war die Stirn heiß geworden. »Was kommt ihr zu mir gelaufen? Einen Udo von Magdeburg hat man mich gescholten, einen Landschaden und Volksverhetzer. Jetzt, wo die Gottesstraf ersichtlich wird, jetzt kommt ihr zu mir? Geht zu eurem weisen Dekan! Der ist wohl auf der Hofjagd, um für einen Ketzer die Wildsauen zu treiben, damit es den Gurgeln der Chorherren nicht an Feuchtigkeit gebricht? Da harret nur, bis er seines unpriesterlichen Vergnügens satt geworden! Mich laßt in Ruhe!« Der geistliche Kommissar war grollend in das Fenster getreten und sah auf den Feldern diese winzigen Figürchen hin und her schleichen. Ein Gefühl des Erbarmens erwachte in ihm. Mochte unter ihnen mancher sein, der die Gottesstrafe verdiente! Aber es gibt doch auch gute Christen, die Hafer bauen. Ihnen sollte Gottes treue Hilfe nicht fehlen. Wer schadet denen? Doch wohl der Böse und seine verruchten Helfershelfer! Das könnte aber unmöglich geschehen, wenn es Gott nicht zuließe. Daß er es zuläßt, also quodam modo ein Mitschuldiger des Bösen wird? Wie ist das in Einklang zu bringen mit Gottes Wesen, dem doch alles Böse so unnahbar sein muß wie die Mitternacht dem Mittag? Doktor Pürckhmayer legte die Stirn in Falten. Die ›Zulassung Gottes‹ führte ihn zu Bedenken, die sein kanonisch geschulter Geist nicht völlig überwand. Es machte ihm dabei ein Zitat zu schaffen. Er hatte bei seinem gottseligen Ordensbruder Sprenger gelesen, daß die Hexen mit besonderer Vorliebe neugeborene Kinder fressen; am liebsten die eigenen, gewöhnlich nur die ungetauften, in Ausnahmefällen auch getaufte, was aber nur geschehen könnte unter Voraussetzung einer besonderen ›göttlichen Zulassung‹. Das erweckte Bedenken in ihm. Aber die theologische Fakultät der Universität zu Köllen hatte der Sprengerschen Lehre die Approbation erteilt, und Doktor Pürckhmayer sah sich vor einen Konflikt zwischen menschlicher Vernunft und priesterlicher Pflicht gestellt. So ganz versunken war er in seine Gedanken, daß er den Stimmenlärm überhörte, der aus der Tiefe herauftönte zu seinem hochgelegenen Fenster. Schließlich wurde der Lärm so laut, daß Doktor Pürckhmayer doch den Kopf zum Fenster hinausstreckte. Er sah da drunten einen Knäuel von hundert Menschen, die unter Geschrei etwas Lebloses, das einem in weißes Linnen gewickelten Tiere glich, aus dem alten Wallgraben heraufzerrten gegen die Straße.

Auch der Weise ist neugierig. Wenn er's nicht wäre, wie käme er zur Weisheit? Drum schellte Doktor Pürckhmayer dem Lakaien. Der surrte davon und kam nach wenigen Minuten wieder gelaufen, mit käsigem Gesicht. Bauern, die von ihren verwüsteten Haferäckern heimgekommen, hätten im Wallgraben die Hexe gefangen, die den Hagelschaden angerichtet. Die Hexe müsse auf ihrer nächtlichen Besenfahrt aus der Luft heruntergefallen sein. Sie wäre nur mit einem Hemd bekleidet. Auch müsse sie sich beim Sturz einen Schaden getan haben; man hätte sie in todesähnlichem Schlaf gefunden, aus dem sie nur mit groben Schlägen zu erwecken war. Auch müsse sie etwas mit dem Teufel im Salz zu schaffen haben, weil man sie bei der Mauer des Mühlenkellers zwischen den Holunderstauden gefunden hätte. Daß man es wahrhaftig mit einer Hexe zu tun hätte, wäre klar erwiesen. Als ihr die Leute in Wut das Hemd vom Leib gerissen, hätte man auf ihrer linken Schulter den Brandstempel eines Malefizgerichtes entdeckt. Die Bauern, die um ihren Hafer gekommen, wären wie rasend; jeder schrie nach dem Richter, nach dem Zwanzigeißen und nach dem Feuer.

Doktor Pürckhmayer war bleich geworden. Er öffnete eine Lade, nahm eine Stola heraus und legte sie um seinen Hals. So gerüstet wider alle Gefahr, durchschritt er den Korridor, zu dessen Fenstern schon das Geschrei heraufschallte aus dem Stiftshof. Der Lärm hatte die Kapitularen, die nicht zur Hofjagd mitgezogen, aus ihrem Morgenfrieden aufgestört. Auch Theodor von Perfall hatte die Tür seiner Alchimistenküche aufgetan, doch nur, um einem brenzligen Rauchschwaden den Austritt zu gewähren; sobald der Qualm sich etwas verteilt hatte, machte er sich von neuem an den Kochtopf, in dem er das goldene Glück der Menschheit brauen wollte.

Als Doktor Pürckhmayer hinaustrat in den von Sonne überglänzten Stiftshof, war der Zusammenlauf schon angewachsen auf einige hundert Menschen. Die waren wie von Sinnen. Inmitten des Gedränges pendelte der Weißkopf des kugeligen Pfarrers. Herr Süßkind fuchtelte mit den Armen, sein rundes Gesicht war dunkelrot vor Zorn und Schreien. Niemand hörte auf seine Stimme. Es genügte den Leuten, begriffen zu haben, daß Herr Süßkind über die Hexe eine andere Meinung hatte, und da war es mit aller Ehrfurcht vor ihrem Pfarrer zu Ende. Sie suchten ihn von der Stelle zu stoßen, die er mit eisernem Grimm verteidigte, um die stumme Marei zu schützen. Seinen eigenen Mantel hatte er über das nackte, mißhandelte Geschöpf geworfen, hatte sich mit gespreizten Beinen über die Ohnmächtige gestellt und schlug mit den Fäusten zu, wenn einer die Hand streckte, um den Mantel fortzureißen. Er machte keinen Versuch mehr, die Menge aus ihrem Aberwitz aufzurütteln. Dem zitternden Greise waren im Zorn, der ihn erfaßt hatte, nur noch zwei Worte geblieben, die er immer schrie: »Ihr Narren!« Jetzt brachen die Spießknechte eine Gasse durch das lärmende Gewühl. Der Landrichter, der mit dem Doktor Besenrieder kam, erteilte den Befehl: »Man muß die Hexe von der Erde heben! Solang sie die Erde berührt, kann der Teufel sie verwandeln und der Gerechtigkeit entziehen. Hebt sie von der Erde!« Pfarrer Süßkind streckte den Spießknechten die Fäuste hin:

»Soll einer sich hertrauen und soll sie anrühren!« Da sah er den Doktor Pürckhmayer kommen. Unter einem Lachen voll wilden Hohnes hob er die Arme: »Heiliger Udo! Deine Saat ist aufgegangen!« Konnte der geistliche Kommissar in dem tobenden Geschrei diese Worte nicht vernehmen? Er warf einen Blick des Grauens auf die Ohnmächtige, der das Blut um die halb entblößten Brüste sickerte. »Das crimen exceptum ist augenfällig. Herr Gadolt! Waltet Eures Amtes!«

»Die Hexe in den Turm!« befahl der Richter. »Man soll den Zwanzigeißen holen!« Die hundert Stimmen sammelten sich zu einem johlenden Schrei der Freude. »Gott im Himmel«, schrie Herr Süßkind, »wenn du jetzt nicht herunterschlägst mit dem ewigen Kehrbesen –« Da schoben die Knechte den Greis mit den Spießschäften zurück und faßten die Hexe an Armen und Beinen.

Dem Pfarrer war die letzte Kraft erloschen. Taumelnd, mit kreidebleichem Gesicht, schob er sich bis zum Laienhof und kam auf den Marktplatz. Aufgeregte Menschen liefen ihm entgegen; der Irrsinn hüpfte schon von Haus zu Haus: »Man hat die Hex gefangen, die das Wetter gemacht!« Pfarrer Süßkind rannte, daß ihm der Atem verging. Keuchend zog er am Franziskanerkloster die Türglocke: »Zum Prior! Ich muß zum Prior!« Die Zelle des Josephus lag im Oberstock des kleinen Klosters. Ein kahler, bescheidener Raum, der anzusehen war wie die Werkstätte eines armen Schneiders. Prior Josephus pflegte in seinen Mußestunden für bedürftige Bauernbübchen Kleider zu nähen, deren Loden er bei wohlhabenden Bürgern zusammenbettelte. Er nähte just an einem kurzen Höschen, das auf den Knien seiner gekreuzten Beine lag. »Josephus! Weißt du, was geschehen ist?«

Der Prior nickte, ohne die Nadel rasten zu lassen. »Der Laienbruder, der mir die Hexenzeitung gebracht hat, ist grad aus meiner Stub gegangen.«

»Und da kannst du Hosen schneidern? Red! Was soll denn geschehen, um der Narretei zu wehren?« »Nichts.« Josephus zog einen frischen Zwirn durch das Wachs. »Die Dummheit der Leut ist eine Mauer geworden. Wer dagegen anrennt, ist ein Ochs. Sie muß von selber fallen. Versuch sie niederzurennen, und morgen bist du als Mitschuldiger in den Prozeß hineingezogen. Heuer haben sie am Main schon sieben Franziskaner verbronnen. Nein, Bruder, da ist's besser, daß ich leb und Hosen näh für arme Buben. Du bist doch ein Historikus? Da mußt du wissen, daß die Vernunft der Völker ein ewiges Auf und Nieder ist. Heut ist der Wagen der Zeit mit Dreck geladen und geht bergab.«

Herr Süßkind guckte die kleine Hose an. »Ich erleb's nimmer, daß es aufwärts geht.«

Er setzte sich auf die Schneiderbudel und drückte das Gesicht in die Hände.

Lächelnd klopfte Prior Josephus mit der Faust die wulstige Naht. »Der Mann im Salz, der älter ist als du, hat's auch erlebt, daß es wieder in die Höh gegangen ist.«

Der Pfarrer hörte nicht. »Ein krankes, unschuldiges Geschöpf! Und soll brennen müssen! Wo ist Gott?« Da gurrte vor dem offenen Fenster eine Taube. Das war ein so wunderlicher Laut, daß die beiden hinüberblickten zum Fenster, über dessen Gesimse die Sonne hereinfiel in die kahle Stube.

Josephus lächelte. »Gott hat seltsame Stimmen! – Guck, Süßkind, was für ein nettes Hösl das wird! Bloß den Latz muß ich noch annähen. – Ja, Bruder! Die Menschen! Wenn die nicht flink alle Knöpf und Haften greifen, meinen sie gleich, daß der Herrgott Hosen macht, die keine Lätz haben. – Wo ist denn mein dicker Zwirn? Da tut's der feine nicht, die Knöpf am Latz müssen was aushalten.« Josephus kramte auf der Schneiderbudel umher.

Am Fenster stand Pfarrer Süßkind in der Sonne. Sein Blick suchte die blaue Ferne, aus deren Wäldertiefen die Grate der Wimbacher Berge sich hinaufschwangen zum weiß beschneiten Watzmann. Dort draußen lag der Tiergarten. Da krachten heut die Feuerbüchsen hinter den Hirschen her und klangen die Jagdhörner. »Der Herr wird eine böse Heimkehr haben! Soll man nicht einen Boten hinausschicken?« »Vergönn ihm den grünen Tag! Viele erlebt er nimmer. Am Abend wollen wir ihn abpassen.«

»Was kann bis zum Abend geschehen sein!«

»Nicht viel. Herr Gadolt ist keiner von den schnellen Reitern. Und dein Magdeburger Udo macht als Gelahrter jede Dummheit gründlich. Das kostet Zeit.«

Vom Marktplatz tönte der hundertstimmige Lärm, durch die Ferne verwandelt in ein sanftes Gesumme. »Lus, Josephus! Der Bach im Tal hat ganz den gleichen Laut wie die Menschen da drüben!«

»Merkst du das heut zum erstenmal?«

In Gedanken schwieg der Pfarrer. Die Hand über die Augen wölbend, spähte er in die Ferne. Die Wälder da draußen, die sich über

Ilsank hineinzogen in das Tal der Ramsau, lagen noch von blauem Morgenschatten übergossen. Das kahle Gewänd war leuchtend angestrahlt von der Frühsonne, die den frisch gefallenen Schnee wieder schwinden machte.

Aus der Tiefe, in der die Ramsauer Ache rauschte, stiegen die Schluchten der Wimbachklamm hinauf zu einem stundenlangen Hochtal, das der Watzmann mit seinen hohen Wänden und der Hochkalter mit seinem zerrissenen Gemäuer umschloß. Vorzeiten hatte ein See dieses Tal gefüllt, das noch immer der ›Seeboden‹ hieß, obwohl es seit Jahrhunderten trocken lag. Das war der ›Tiergarten‹ des Stiftes. Wo Ferch und Saibling einst nach den Mücken aufgesprungen, wohnten jetzt die Hirsche in dichten Wäldern. Und in den sumpfigen Dickungen der Talsohle hausten rudelweise die Wildsauen. Von Berg zu Berg war das Tal durch ein hohes Gatter abgeschlossen, und nicht weit von diesem Gatter, inmitten eines schattigen Wäldchens, hatten sich die Stiftsherren ein kleines Jagdschloß erbaut.

Ein weißbärtiger Jäger und seine alte Frau waren damit beschäftigt, im Freien eine Tafel zu decken, den Proviant aus den Körben zu kramen und im Brunnentrog die Weingutter zu kühlen. Was die zwei zu reden hatten, wurde im Flüsterton erledigt. Nicht weit saß Herr von Sölln im Schatten einer alten Fichte, vertieft in ein Buch, das auf seinen Knien lag. Er war nicht gekommen, um zu jagen, nur um den Gast, den Grafen Matthias Udenfeldt, zu begrüßen, der in der Nacht von Reichenhall, wo er die Bäder gebrauchte, herübergeritten und bei grauendem Morgen im Jagdschloß eingetroffen war. Der Lesende hörte nicht die fernen Jodelrufe der Treiber, nicht die krachenden Schüsse. Heiß erregt, die Stirn in die Hand gedrückt, saß er über sein Buch gebeugt. Das war des Johann Weier Traktat ›Von den Blendwerken der Dämonen‹, jenes mutige Buch, das ein Mensch mit hellsehenden Augen gleich einer Fackel hinausgeschleudert hatte in die Finsternis seiner Zeit. Die Wangen des greisen Priesters glühten, während er las: ›Die vom Wahn gehetzten Weiblein und Mütterchen werden ohn Erbarmen in finstere Türme geworfen und auf ein blutig erpreßtes Bekenntnis hin zum Tod verdammt und im Rauch gen Himmel geschickt. Daß die armen Wesen lieber ein unmöglich Ding bekennen und im Feuer sterben wollen, eh daß sie so unmenschlich und vielmal auseinanderge streckt und gemartert werden, solches kommt nur von der Art, in der man die Prozesse führt. Und wenn die armen Weiblein von der schweren Tortur ihre leiblichen Kräft verlieren und im Gefängnis ihr Leben enden, wird vom Richter zur Entschuldigung fürgewendt, sie seien im Gefängnis verzweifelt und der Teufel hätt ihnen den Hals gebrochen, damit sie zu öffentlicher Straf nicht sollten geführt werden.‹

Mit klingenden Hörnern zog die Jägerei durch den Wald heran, und hinter den jauchzenden Fronleuten, die an Stangen die erlegten Hirsche und Sauen getragen brachten, kamen die heiter schwatzenden Jagdherren, Graf Udenfeldt mit dem Freiherrn von Preysing und die Kapitularen Römhofer, Seibolstorff, Pießer und Anzinger, jeder von den vieren in weidmännischer Tracht. Herr von Sölln erwachte und fand sich nicht gleich zurecht vor diesem verwandelten Bild. Er hatte blutige Streckbänke gesehen, entstellte Weiberleichen und qualmende Holzstöße, um die aller Irrsinn des Lebens, alle Dummheit und Schlechtigkeit der Menschen gaukelte. Und da zog der grüne Frohsinn zu ihm her, mit Jauchzen und Lachen! Eine Hornstimme hob sich schmetternd aus dem Akkord heraus, und schmunzelnd nickte Peter Sterzinger dem Buben zu, der schwarz unter den grünen Jägern stand. Ein heiteres Durcheinander in Sonne und Schatten. Während Freiherr von Preysing nach einem Trunk verlangte, reichte Graf Udenfeldt dem Dekan die Hand: »Daheim hab ich schöne Wälder und gute Jagd. Aber mir hat beim Weidwerk das Herz noch nie so froh geschlagen wie heut zwischen Euren silbernen Bergen!« Er fing zu erzählen an, führte den Dekan zur Strecke hinüber und wies ihm die Hirsche und Keiler, die er erlegt hatte. »Die Freude hat mich ungenügsam gemacht, ich muß Euch plagen mit einer Bitte.«

»Hab ich allein dabei zu reden, so ist sie gewährt.«

»Laßt mir einen von Euren Jägern ab! Da ist ein junger Gesell, in den ich mich vergafft habe. Ein Jäger und Mensch nach meinem Gefallen! Wie er den wunden Eber mit dem Eisen abfing im Ansprung, so ein kraftvoll schönes Bild hab ich nie gesehen, derzeit ich jag. Und sein Gesicht ist mir vertraut, ich weiß nit wie. Als hätt ich ihm schon hundertmal in die Augen geschaut. Und ich hab ihn heut zum erstenmal gesehen. Ihr selber nützet ihn nicht als Jäger. Und Bergleut, die Euch das Salz fördern, habt Ihr genug im Land!«

»Den meint Ihr?« Herr von Sölln begann mit den Fingern auf dem Buch an seiner Brust zu trommeln. »Fragt ihn, Graf! Will er Euch den Handschlag geben, so hab ich nichts dawider.«

»He! Du Jäger in Schwarz!« rief Udenfeldt.

»Jetzt kriegst du dein Lob zu hören!« flüsterte Peter Sterzinger dem Buben zu, stapfte lachend hinter ihm her und guckte erschrocken drein, als er den Antrag des Grafen hörte. Adelwart schwieg und sah den Stiftsherrn an.

»So rede!« Graf Udenfeldt legte ihm die Hand auf die Schulter. »Du verstehst dich so gut auf alles Weidwerk, daß du meiner geschulten Jägerei noch ein Lehrmann sein kannst. Mein Jägermeister will altern. Ich muß mich beizeiten umschauen nach einem Nachfolger.«

Noch immer wartete Adel auf ein Wort des Dekans. Der sagte: »Ich will deinem Glück nicht im Weg stehen. Jägermeister, bei einem Herrn, der dir wohlwill! Überleg dir das!«

»Da braucht's kein Überlegen, ich bleib, wo meine Treu mich hält.«

Herr von Sölln schmunzelte. »Denk, was geschehen ist! Und daß dein Sträßl zur Lebensruh im Berchtesgadener Land mit groben Steinen beworfen ist.«

»Da komm ich schon drüber!« sagte Adel ruhig. »Die glatten Weg sind für die Müden.«

Peter Sterzinger platzte heraus: »Jetzt ist mir aber ein Brocken von der Seel! Herr Graf, den Buben brauchen wir selber!« Er wandte sich an den Dekan. »Wenn er die Häuerschaft im Salzschießen unterwiesen hat, soll man ihn hinstellen, wo er hingehört: zur Jägerei! Der Mann im Salz wird endlich sein Loch im Boden finden. Und über die Narretei wird Gras wachsen.«

»Der Jäger da«, fragte Graf Udenfeldt, »ist der Bergmann, der im Salzbau das neue Ding gefunden?« Er faßte die Hand des Buben. »Du bist klug und treu. Ich begreife, daß dein Herr dich wert hält. Aber der Menschen Dummheit geht über Herrenmacht. Du hast dem Leben einen Vorteil gewiesen. Drum wirft der Unverstand mit Steinen nach dir. Verdrießt dich das einmal, dann komm zu mir!«

Von der Tafel klang die Stimme des Freiherrn von Preysing: »Ihr Herren, der Wein will sieden in der Sonne, und die Hirschleber wird kalt.«

Freundlich nickte der Dekan dem Buben zu und führte den Grafen zur Tafel. Peter Sterzinger drosch die Hand auf Adelwarts Schulter. »Gelt? Die Herrenleut fangen zu schmecken an, was sie haben an dir!« Und drüben an der Tafel gab's ein Gelächter, weil Freiherr von Preysing den Spruch tat: »Einen Durst hab ich, als hätt ich wie euer teuflischer Zottelbruder tausend Jahr im bitteren Salz gesessen.«

Die Jägerei bekam noch Platz an der Tafel. Neben dem erlegten Wild hatten sich im Schatten der Bäume die Fronleute und Roßknechte gelagert. Das war ein hübsches Bild: wie die Sonne durch die Bäume guckte und die fröhlichen Menschen mit ihrem Lichterspiel umzitterte. Immer lauter wurde die Stimmung an der Tafel. Die Jäger mußten ihre grünen Lieder singen und die Hörner holen. Während das klang und schmetterte, gab es zwischen den Jagdherren ein unermüdliches Becherschwenken und Zutrinken. An den Reden merkte man, daß der Wein in den Köpfen zu rumoren begann.

Peter Sterzinger hatte noch zu schaffen. Er mußte den Hirschen, die Graf Udenfeldt erlegt hatte, die Geweihe abschlagen und den von ihm gestreckten Keilern die Waffen ausbrechen.

Je übermütiger sich die Laune an der Tafel auswuchs, um so stiller wurde der Graf. Er schlug den Deckel des Buches auf, das vor dem Dekan auf dem Tische lag, und nickte schweigend. Leise fragte Herr von Sölln: »Ihr kennt dieses Buch?«

»Das ist mehr als ein Buch! Das ist der Herzensschrei eines deutschen Mannes, der seinem verblendeten Volk das dicke Leder von den Augen reißen wollte.«

»Was hat es genutzt? Das Brennen im deutschen Land ist ärger als je!«

»Ein gutes Wort muß hoch zu Jahren kommen, bevor es klingt in allen Ohren. Aber man glaubt doch wieder an die Menschheit, wenn unter tausend finsteren Namen einer ist, dem die Sonn aus den Augen geht. Und liegt das Buch nicht da auf Eurem Tisch, hundert Meilen weit vom Kleveschen Land, in dem es der Weier geschrieben? Wie Euch, so redet es Tausenden ins Herz und rechnet ihnen die Schäden für, aus denen die qualmende Pest herausgewachsen. Schuld ist der Afterglaube, den der Eigennutz und die Dummheit sammeln. Schuld ist das Unwissen, das hinter jedem unverstandenen Ding eine Bosheit des Teufels wittert. Schuld ist die Mutlosigkeit vieler Verständigen, die stumm bleiben aus Angst. Dazu die eselhaften Quacksalber, die nur den Bandwurm und das Bauchzwicken kennen und von den Leiden einer verstörten Menschenseel so wenig wissen wie ein Blinder von den Farben.«

Ein schallendes Gelächter an der Tafel. Herr Anzinger hatte beim Rundtrunk so übel getröpfelt, daß ihm der rote Saft über das Wams hinunterrann.

Unmutig zog der Dekan die Brauen zusammen, während Graf Udenfeldt in Erregung weitersprach: »Von aller Schuld die schwerste ist den bockbeinigen Juristen beizumessen, die vor jedem Paragräphlein auf dem Bauch liegen und sagen: Das Gesetz ist da; mag es so dumm sein, wie es will; weil es da ist, muß es befolgt werden! Und ihre Helfer sind die heißköpfigen Kleriker, die den Teufel im Glauben des Volkes nicht von Kräften kommen lassen, weil sie mit Gott allein zu wenig ausrichten.«

»Graf! Bin ich nicht auch ein Kleriker? Und der Süßkind? Und Prior Josephus?«

»Unter den Klerikern sind wenige, die mich an Eure Art gemahnen. Wie Euer Doktor Pürckhmayer ist, so sind die meisten. Ob römisch oder evangelisch! Der kirchliche Zwiespalt im Reich, der begonnen hat wie ein Tag der Freiheit, ist auf kotigen Weg geraten. Es brennt mir auf der Seele, daß man der Scheiterhaufen mehr in evangelischen Ländern aufgerichtet hat als in katholischen. Vernunft und Freiheit sind im deutschen Land betrogen um jede Wohnstatt. Deutschland, das man einst das Land der Klugen und Redlichen nannte, hat dieses Rösten und Brennen mit größerem Fleiß betrieben als je eine andere Nation. Ich hab meine Heimat lieb und muß mich ihrer schämen! Und möchte den Morgen schauen, an dem es endlich tagt! Ob ich das erleben werde? In der wüsten Verworrenheit einer Zeit, wo Bruder gegen Bruder steht? Weiß da einer, ob er morgen noch atmen wird? Was da geschehen kann, davon hab ich am Lebenselend meines Jägermeisters ein Exempel erfahren.«

An der Tafel wurde man aufmerksam, und Herr Pießer fragte: »Wovon ist da die Red?«

»Von einem Exempel, wie man schuldlose Menschen mordet.«

Da war die Neugier wach. »Ein gruslig Ding zu einer lustigen Stund«, sagte Preysing, »das schmeckt wie zu rotem Wein ein Surfisch. Der macht den Durst noch feiner!«

Der Scherz, über den die anderen lachten, schien dem Grafen nicht zu gefallen. Er schwieg eine Weile, bevor er zu erzählen begann: »Da ist mein Vater, ich bin noch ein Jung gewesen, vom Wiener Hof zur Heimat geritten, kommt zur Dämmerzeit in ein Dörfl hinter Passau und nachtet in der Herberg.« Auch die Jäger am Ende der Tafel waren still geworden und lauschten. »Am Morgen, wie mein Vater mit seinem Stallmeister redet, kommt aus dem Wald ein Gaul dahergesaust, und droben hockt ein junger Gesell, torkelig wie im Rausch. Gaul und Mensch sind rot übergossen von Blut, und der Reiter glitscht herunter, mehr tot als lebendig. Hat einen Schuß durch die Rippen gehabt und einen Säbelhieb über Schädel und Schulter. Und hat die Jägerlivrey des Königs von Frankreich getragen. Mein Vater läßt den ohnmächtigen Menschen in die Herberg schaffen, und der Medikus, der in meines Vaters Gefolg gewesen, muß ihn betreuen. Dann reitet mein Vater seines Wegs und heißt den Medikus bleiben. Drauf, in Regensburg, wo die Reichsgeschäft meinen Vater verhalten haben, kommt der Medikus angeritten, bringt den fremden Gesellen mit und sagt: ›Herr, luset, was der Mensch da erzählt!‹ Der junge Gesell, mit dem Wundverband um den Schädel und mit dem Arm in der Schling, schaut meinen Vater an und hat die Augen voll Wasser. Hat ein schlechtes Deutsch geredet. Aber mein Vater hat Französisch verstanden. Und hat den Gesellen mit heimgebracht nach Udenfeldt. Da ist der Pikör des Königs von Frankreich unser Jägermeister worden. Und ist's noch heut. Hat nur ein paar Jährlein über die fünfzig und ist schon ein weißhaariger Greis. Verläßlich wie guter Stahl und treu wie Gold! Deutsches Blut, in die Fremd verschlagen und wieder heimgefunden um harten Preis! Was ihm widerfahren ist in selbiger Nacht, die ihm einen Treff fürs Leben in die Knochen geschlagen, das hat er mir oft erzählt.

Es war um die Zeit des Schmalkaldischen Krieges, als ein deutscher Musikus mit seinem jungen adligen Herrn die Reise nach Paris machte, wo der Junker die Universität besuchen sollte. Dem gefiel das lachende Leben besser als die Wissenschaft. Er ließ draufgehen, was Zeug hatte, mußte wegen Schulden flüchten, und sein Gefolge blieb hilflos in der Fremde zurück. Der junge Musikus fand Stellung in der Hauskapelle eines vornehmen Herrn und freite die Tochter eines schweizerischen Fechtmeisters. Der Schweizer und die Seinen waren Calvinisten, und die Liebe zog den Bräutigam zu dem Glauben hinüber, den seine Braut bekannte. Einige Jahre blieb die Ehe kinderlos. Dann schenkte die junge Frau dem Gatten ein Zwillingspaar, zwei Knaben. Die waren einander so ähnlich, daß nur die Augen der Eltern sie zu unterscheiden vermochten. Vater und Mutter wurden ein Opfer der Bartholomäusnacht. Die verwaisten Knaben steckte man zur Bekehrung in ein Kloster. Mit vierzehn Jahren kam der eine zu einem Geiger der königlichen Kapelle in die Lehre, den anderen reihte man als Hundejungen in die Jägerei des Königs ein. Da wurde der eine ein tüchtiger Musikus, der andere ein tüchtiger Jäger. Mit zärtlicher Liebe hingen die Brüder aneinander. Dabei glichen sie sich an Gestalt und Gesicht, daß ihre nächsten Freunde sie nur an der verschiedenen Kleidung erkannten. Häufig neckten und verwirrten sie ihre Kameraden durch den Wechsel der Tracht.

Da verlor der Musikus sein Herz an eine junge Sängerin, die zur Komödientruppe des Königs gehörte. Der Jäger, um diese Wahl zu prüfen, führte eine der gewohnten Mummereien aus, besuchte die Sängerin in der Tracht seines Bruders und fand ein holdes Geschöpf, das die Täuschung nicht erkannte. Dieser Scherz, der den Jäger die Ruhe seines Herzens kostete, entzweite die Brüder. Als der Musikus wenige Monate nach seiner Vermählung zur Rettung seines Glückes aus Paris flüchten mußte, weil sein junges schönes Weib das Wohlgefallen eines hohen Herrn erweckt hatte, blieb der Jäger als ein an Herz und Seele verstörter Mensch zurück. Ein halbes Jahr ertrug er die Trennung. Dann verkaufte er, was er besaß, lief aus des Königs Dienst, folgte dem Bruder über Straßburg nach Deutschland und fand zu München das junge Paar, das eben nach Wien zu reisen gedachte, weil ihm bei der Opera des Kaisers Stellung und gutes Auskommen zugesagt waren. Unter tiefen Gemütserschütterungen wurde die Versöhnung der Brüder geschlossen. Sie schworen, sich niemals im Leben wieder voneinander zu trennen. So reisten die drei in Eintracht weiter. Zu Salzburg beschlossen sie zu bleiben, bis die junge Frau, die der Geburt eines Kindes entgegensah, die schwere Stunde überstanden hätte. In einer kleinen Fuhrmannsherberg, die außerhalb der Salzburger Stadtmauern gelegen war, hatten sie Wohnung genommen. Da schollen am Abend aus einer dunklen Stube feiner Geigenklang und eine süße Stimme, deren Worte die Neugierigen, die sich auf der Straße zu sammeln pflegten, nicht verstanden. Manchmal des Tages sahen die Leute am Fenster ein junges, dunkelschönes Frauengesicht mit großen, glänzenden Augen. Ein fremder, schöner Klang und ein fremdes, schönes Weib? Das sind verdächtige Dinge. Bei den Leuten kam ein Gerede in Lauf, und eines Mittags erschien in der Herberg der Richter mit zwei Schergen: Eine Bauersfrau hätte zur Anzeige gebracht, daß ihr Bub durch die teuflische Singerei völlig verzaubert wäre und daß sie in der Mondnacht am Fenster der Herbergsstub einen schwarzen Gesellen gewahrt hätte, dem Rauch und Feuerfunken aus dem Maul gegangen wären. Erschrocken, mit ihrem mangelhaften Deutsch, versuchten die beiden Brüder die Sache aufzuklären. Daß ein Geiger geige und eine Sängerin singe, das wäre doch kein unheimlich Ding. Und das mit dem Rauch und den Feuerfunken, erklärte der Jäger, wäre nicht minder eine natürliche Sache. Er brachte aus seinem Mantelsack ein tönernes Röhrlein hervor, dessen ausgebechertes Ende er aus einer Schweinsblase mit braunem Kraut anstopfte; dann schlug er Feuer, legte den brennenden Zunder auf das Kraut, sog an dem tönernen Rohr, blies den Rauch davon und pustete die Feuerfunken aus dem glimmenden Kraut.«

»Der hat Towak geraucht!« fiel Freiherr von Preysing mit Lachen ein. »Das haben vor etlichen Jahren die Münchner Harquebusierer aus dem Feld mit heimgebracht. Aber die Obrigkeit hat das Ding verboten.«

Graf Udenfeldt nickte. »Der Mansfeld schafft für seine Kürissierer das indianische Kraut von Bremen her. Sonst gäb's Rebellion im Regiment. Aber dem Salzburger Richter ist das vor sechsundzwanzig Jahren ein neues Ding gewesen. Er hat den Kopf geschüttelt, obwohl der Jäger zu Protokoll gegeben, das hätt er von einem flämischen Soldaten gelernt, dem er das Röhrlein und drei Krautblasen abgehandelt; zwei Blasen hätte er schon leer geraucht; und das war ein gutes, ärztliches Ding, das wider die Melancholey helfe, das Zahnweh vertreibe und vor der Pest behüte. Der Gerichtsherr sagt, da hätt er keine Meinung und müßte das Wort seiner Oberen einholen. Er nimmt das indianische Kraut und das Röhrlein in Beschlag und läßt die drei Menschen in Sorg und Unruh zurück. Die junge Frau in ihrer Angst hat immer gebettelt: ›Fort! Nur fort! Nur fort!‹ Und der Jäger rennt davon, dingt einen Salzkärrner mit seinem Blachengefährt, kauft für sich einen Gaul, und wie der Herbstabend dämmert, jagen die drei auf der Passauer Straße davon.«

In dem Schweigen, mit dem alle an der Tafel lauschten, klang die leise Stimme eines Jägers. »Bub? Was ist denn mit dir?« Bleich, mit erweiterten Augen, saß Adelwart am Tisch, die zitternden Fäuste vor sich hingeschoben. Und Graf Udenfeldt erzählte: »Sie jagen in der Nacht, was die Gäule aus den Eisen geben. Zwischen Salzburg und Passau, im Buchbergischen, kommt ein Eisengerassel und Hufdreschen hinter den dreien her. Ein Dutzend Seligmacher holen den Karren ein und wollen die Leut in Verhaft nehmen. Denn der Gerichtsherr, von Zahnweh befallen, hat zur Hilf das indianische Kraut versucht, und da ist ihm so elend worden, daß er zu sterben vermeint hat. Und sein Medikus sagt: Ihr seid vergiftet, seid verzaubert, verhext! Da sind die Seligmacher des Malefizgerichtes losgeritten. Wie sie um Mitternacht den Karren einholen, wird die junge Frau im Todesschrecken von Kindsnöten befallen. Der Jäger, wie er seines Bruders Weib unter der Karrenblache so greinen hört, denkt in Sorg nur noch das einzige: Die Frau muß unter Dach! Und reißt dem Fuhrmann die Geißel aus der Hand und haut auf die Mähren los. Und da fangen die Seligmacher zu feuern an und ziehen vom Leder und schlagen drein.«

Wortlos erhob sich Adelwart vom Tisch und taumelte aus der Sonne in den Schatten des Waldes. Graf Udenfeldt verstummte. Und Herr Pießer sagte lachend: »Dem Häuer ist das Grausen ins

Blut gefallen. Der hat vom Mann im Salz her noch eine Schwäche in den Knochen.« Besorgt war der Wildmeister dem Buben nachgesprungen. Der hatte sich zu Boden geworfen und das Gesicht in die Arme gedrückt. Peter Sterzinger fragte immer. Adel gab keine Antwort.

An der Tafel spann sich um das Abenteuer, das der Graf erzählt hatte, eine laute Debatte, bei der die Weinstimmung mitredete. Nur Udenfeldt blieb ruhig. »Das Ding sollt ernster genommen werden, als es den Herren beliebt!«

»Ach was, ernst!« lachte der Seibolstorff. »Das Leben ist grob. Wie's einen trifft, so muß man's haben. Was soll Eures Jägermeisters verwaiste Lieb beweisen wider die heutige Zeit? Heut weiß jeder Richter, was Towak ist, wenn er ihn auch selber noch nicht geschmeckt hat.«

»Weiß auch jeder Richter, was Menschlichkeit ist und Gerechtigkeit?« fiel Herr von Sölln in Erregung ein. »Schauet hinaus ins Reich! Die deutsche Luft ist trüb geworden von allem Qualm der Scheiterhaufen. Und schauet auf unser eignes Land! Ist nicht der Mann im Salz, den ein nutzbares Fürnehmen aus der Tief gehoben, bei uns Towak geworden für tausend Köpf? Liegt nicht das Stroh der Dummheit aufgeschichtet zu hohen Schobern? Gott soll's verhüten, daß ein böser Zufall den Funken wirft!« Er schlang die zitternden Hände um das Buch, das auf der Tafel lag. »Und das Erlösungswort des Weier ist da! Seit fünfzig Jahren! Und das Wort ist umsonst geredet!«

»Nein, Herr!« sagte Graf Udenfeldt. »Ihr selber seid doch einer von den vielen, die das Wort gehört haben! Des Weier Buch hat in die Nacht der Zeit einen Schein geworfen, der immer weiter quillt. Da muß es einmal tagen. Und sollt uns Deutschen der Morgen kommen müssen mit tausend Nöten, mit Wetterschäden und Blutbächen.« Seine Stimme war hart geworden, und etwas Abwesendes war in seinem Bhck, als dächte er an andere Dinge, nicht an die Worte, die er sprach. »Im Cleveschen, wo der Weier sein Buch geschrieben, ist niemals wieder ein Brand gewesen. Rings um die Cleveschen Grenzen her sind alle Herren fürsichtiger worden. Mein Vater hat schon vor dreißig Jahren jedes Malefizgericht abgestellt. Und eines Ostertags, wie ein junger Pastor in der Schloßkirch wider die Hexen gepredigt hat, ist mein Vater auf die Kanzel gestiegen, hat den Mann Gottes beim Schopf gepackt und hat ihm das Gesicht aufs Kanzelgesims gestoßen: ›Spürst du's? Das ist heiliges Holz! Auf solchem Holz verkündet man Gottes Botschaft. So, jetzt predige weiter!‹«

Schallendes Gelächter am Tisch. Und drüben im Schatten des Waldes richtete Peter Sterzinger den Buben auf. »So red doch! Was ist denn mit dir?« Adels Augen blickten verstört. »Wildmeister! Jetzt weiß ich, warum mein Vater und meine Mutter haben verbluten müssen! Weil ein indianischer Götz in Amerika ein rauchiges Kraut hat wachsen lassen!« Dem Buben brach die Stimme. »Sonst war kein Grund gewesen!« Dann fing er ein seltsames Lachen an und preßte das Gesicht in die Hände. Der Wildmeister, der den Hirschen die Geweihe abgeschlagen hatte, während Graf Udenfeldt die Geschichte der Zwillingsbrüder erzählte, konnte sich Adels Worte nicht deuten. »Spinnst du? Oder hast du zu rief in den Becher geguckt?«

Vom Tisch herüber hörte man die verdrossene Stimme des Freiherrn. »Das ist ja, als säße man in einer Christenlehr! Ihr seid keine Jäger. Ihr seid ja Mucker! Gottes Tod und Zorn! Ich laß mir die grüne Freud nicht verderben. Soll der Weltkarren laufen, wie er mag! Das ist noch lang nicht das Ärgste, wenn man das Reich alljahr von tausend alten Vetteln erlöst, die den Weidmann schrecken, wenn er zum Jagen zieht.« Er griff nach dem Weingutter. »Anzinger, ich bring dir eins!«

Graf Udenfeldt wartete, bis der Weingutter wieder auf der Tafel stand. Dann fragte er: »Preysing? Ist deine Mutter von Gott mit ewiger Jugend begnadet?«

Erst schien der Freiherr nicht zu wissen, wie er diese Frage nehmen sollte. Dann wich ihm das Blut aus dem Gesicht. »Denkst du an meine Mutter, weil ich von alten Vetteln rede?« Erschrocken trat der Dekan zwischen die beiden Herren.

Ruhig sagte der Graf: »Ich denke nur an die Gefahr, die in unserer Zeit vor das Leben jeder Frau gestellt ist. Hat man nicht eine Herzogin von Bayern verdächtigt? Kann nicht die gleiche Gefahr auch deiner Mutter drohen?«

Der Freiherr riß den Fänger aus der Scheide. »Das zahlst du mir!« Seibelstorff und Pießer faßten seine Arme. Da standen auch schon die drei Reitknechte des Grafen an der Seite ihres Herrn, mit der Faust am Eisen. Immer schrie der Feldherr:

»Das zahlst du mir!« Er suchte sich freizumachen und hörte nicht auf die flehenden Worte, mit denen ihn Herr von Sölln zum Frieden beschwor. »Ich laß meine Mutter nicht beschimpfen! Der meint wohl, daß er reden könnt mit mir, als war ich von seinen unierten Brüdern einer? Dem lutherischen Ketzer will ich weisen, daß es katholischer Boden ist, auf dem er steht!«

Graf Udenfeldt hatte die grüne Kappe und die Handschuhe vom Tisch genommen. »Preysing, steck ein!« Zu einem seiner Knechte sagte er: »Wir reiten, hol die Pferde!« Er trat auf den Freiherrn zu. »Du hast mich mißverstanden und wirst dich erinnern, daß ich dir gut bin und deine Mutter ehre. Wir wollen in Frieden scheiden. Leb wohl, Preysing! Es könnte sein, daß wir uns zum letztenmal bei grüner Freud gefunden. Und daß es roter Ernst im Land geworden, wenn wir zwei uns wiedersehen. Ich fürchte, bald!« Der Lärm, der um die beiden gewesen, wurde still, und die Kapitularen sahen den Grafen mit sonderbaren Augen an. Hufschläge klapperten auf dem rauhen Wegboden. Ein Schnauben und Gewieher. Die Pferde waren erregt durch den Blutgeruch des Wildes und durch die Hirschgeweihe, die ihnen der Wildmeister hinter die Mantelsäcke gebunden hatte. »Gott schütz Euch, Herr!« Graf Udenfeldt reichte dem Dekan die Hand. »Das war ein Tag, den ich um mancher Ursach willen nie vergessen werde. Kann ich Eurem gastlichen Gotteshaus gefällig sein, so wird's geschehen zu jeder Stund. Und der Himmel soll Euer schönes Land beschirmen, wenn die Zeiten grob werden im Reich!«

Peter Sterzinger war auf die gaffenden Jäger zugesprungen: »Was reißt ihr die Mäuler auf? Hürnet den Gastgruß!« Die Hörner klangen, während der Graf und seine Knechte in die Sättel stiegen. U-denfeldt grüßte die Herren. Dann machte ihm die Unruh seines Pferdes zu schaffen. Nur flüchtig konnte er im Davonreiten das Gesicht noch wenden, um mit einem letzten Blick den Glanz zu trinken, den die niedergehende Sonne um die Berge goß. Da sprang einer auf den Grafen zu und faßte die Zügel des Pferdes.

»Herr, ich bitt Euch –«

Schnaubend stieg der Gaul, und der Reiter mahnte: »Laß die Zügel fahren!«

Adelwart gab die Zügel frei und stammelte: »Herr! Den Namen sagt mir! Eures Jägermeisters Namen! Den muß ich wissen.«

Mit Mühe das scheuende Pferd bezwingend, warf Udenfeldt einen prüfenden Blick in das bleiche Gesicht des Buben. »Willst du mein Wort überlegen, ich bleibe vier Tage noch zu Reichenhall, im roten Hirschen –« Da mußte er dem Pferde Freiheit lassen, weil die nachdrängenden Gäule der Knechte in Unruh gerieten.

»Herr! Den Namen! Ich muß den Namen wissen!«

Während die Reiter auf dem grobsteinigen Wege davontrabten, faßte Peter Sterzinger erregt den Arm des Buben. »Mensch! Du wirst dich doch nit bereden lassen! Schau doch, wie gut unser Herr dir ist! Und das Mädel daheim! Was machst du für Augen her? Das Mädel hat dich doch lieb! Und hol mich der Teufel, ich räucher den Besenrieder aus und tu für dich, was ich kann!«

Neben den beiden war der Freiherr von Preysing, noch immer den blanken Hirschfänger in der Hand, auf einen Felsblock des Wegrains gestiegen. Er schien ernüchtert und blickte mit ernsten Augen über den Weg hinunter, auf dem die Reiter noch zu sehen waren. Plötzlich schrie er mit heiserer Stimme: »Matthias! Fahr wohl!« Er hob das blinkende Eisen in die rote Abendsonne. »Ich bring dir eins aus meiner deutschen Seel!« An der Tafel standen die Stiftsherren in leisem Gespräch beisammen. Der Freiherr, den Fänger in die Scheide stoßend, trat zu ihnen. »Dekan! Mir hat der Wein den Verstand über den Haufen geworfen. Das ist mir leid. Weil ich einem Menschen weh getan, der's nicht verdient. Die grüne Freud ist mir versaut. Jetzt will ich heim.«

Die Sonne tauchte hinter die Berge, und kühler Schatten überschlich das kleine Jagdschloß. Die Herren ritten davon. Nicht wie sonst mit Lachen und Schwatzen. Sie waren in einer Laune, die weder dem Erfolg des Jagens, noch dem schönen Abend entsprach, der einen grellen Rotschein auf den beschneiten Spitzen der Berge zurückließ.

Der Wildmeister befahl den Fronleuten, das erlegte Wild zum Gatter des Tiergartens hinunterzuschaffen. »Ich schau derweil, ob der Schinagl mit dem Wagen da ist.« Den Buben fragte er: »Gehst du mit?«

Adelwart sage: »Ich tät lieber schaffen.« Er stellte sich zu den Leuten, die an einer Stange den schwersten Keiler aufnahmen. Je beschwerlicher der Weg sich senkte, über den er mit drei Gesellen die grobe Last hinuntertrug, um so ruhiger wurde der Blick seiner heißglänzenden Augen. Bevor das Gatter des Tiergartens erreicht war, stockte der Zug der Wildträger. »Was geht denn da für?« Ein Leiterwagen stand vor dem Gattertor. Die beiden Schimmel waren abgesträngt und ausgeschirrt. Während sich Peter Sterzinger wie ein Verrückter auf einen der Gäule schwang, schrie er dem Schinagl zu: »Steig auf! Steig auf!« Nun saß er droben und schlug mit einem Riemen auf den Schimmel los, daß es klatschte. Weil der eine Gaul zu rennen anfing, trabte auch der andere, und Schinagl, an die Mähne geklammert, machte vergebliche Versuche, auf den Rücken des Pferdes zu kommen. Adelwart, von Sorge befallen, rannte zum Gatter. Da drehte sich Peter Sterzinger auf dem trabenden Schimmel um und schrie mit einer Stimme, die nicht wie seine eigene klang: »Soll einer nach Ramsau laufen und Rösser holen! Schaffet das Wild ins Zwirchgewölb! Mich brauchen meine Leut. Herr Jesus! Jesus!« Er griff mit der Faust zu dem Knecht hinunter und half ihm auf das Pferd. Dann droschen sie alle beide mit Fäusten und Fersen auf die Gäule los. »Wildmeister!« schrie Adelwart, die Stimme erwürgt von der Sorge, die sein Herz umklammerte. »Wildmeister!« Die beiden hörten nimmer und jagten auf ihren Gäulen davon.

17

Der Abend dämmerte. Die Berge hatten noch einen Hauch von Glanz, und der brennende Himmel gab auch dem Schatten, der das Berchtesgadener Tal erfüllte, einen Traum von Farbe, die Ache, hoch von den Nachwässern der Gewitternacht, brauste so stark, daß ihr Rauschen fast die lärmenden Stimmen des Menschenhaufens übertönte, der in Erregung um das Heckentor des Wildmeisterhauses versammelt stand. Noch immer kamen Leute gelaufen. Und auf der Straße gellte eine Weiberstimme: »Da kommt der Dekan! Mit dem Süßkind kommt er!« Vor dem Heckentor empfing ein wildes Geschrei die beiden Herren. Der Pfarrer ruderte mit seinen dicken Armen eine Gasse frei. Die vier köllnischen Dragoner, die das Heckentor bewachten, senkten die Eisen und ließen die Herren passieren. Ehe die beiden zur Schwelle kamen, hörten sie aus dem Haus das klägliche Weinen der Kinder. Der Flur war dunkel. Aus der Magdkammer fiel Lichtschein heraus. Ein Gepolter war da drinnen, als würde das Bett von seinem Platz geschoben.

Süßkind hatte an der Wohnstube die Tür aufgestoßen. Das erste, was er in dem von drei flackernden Kerzen unruhig erleuchteten Räume sah, war die weiße Dominikanerkutte. »Der Udo!« rief er mit zornigem Hohn. »Der Udo ist los!« Wie ein steinernes Bild, die Hände in den Kuttenärmeln, saß Doktor Pürckhmayer auf der Fensterbank, unter dem Käfig, in dem der Kreuzschnabel verängstigt umherflatterte. Als der Dekan auf der Schwelle erschien, sagte der geistliche Kommissar: »Da seht Ihr jetzt, was Eure blinde Langmut geduldet hat!« Er drehte das Gesicht zum Tische, an dem der Landrichter dem Sekretär die Schlußformel eines Protokolls in die Feder diktierte. Wie ein käsfarbenes Häuflein Elend saß Doktor Besenrieder auf einem Stuhl, so heftig zitternd, daß er die Feder kaum regieren konnte. Während er schrieb, stand Madda hinter ihm, die Hände ineinander geklammert, in ihrem Hausgewand, mit freiem Hals und entblößten Armen. Ihr Gesicht war entstellt. Als sie die Herren sah, die in die Stube traten, sprang sie mit ersticktem Schrei dem Dekan entgegen, fiel vor ihm auf die Dielen hin und umklammerte seine Knie. Herr Gadolt hielt im Diktieren inne, und Doktor Besenrieder legte die Kielfeder fort, um sich den Schweiß vom Gesicht zu trocknen. So war's eine Weile still in der Stube. Nur das Geflatter des Kreuzschnabels. Und in der Kammer die klagenden Stimmchen der Kinder. »Erhebt Euch, Jungfer!« sagte der Dekan. »Ich will mit dem Herrn reden. Geht derweil in die Kammer und geschweiget die armen Kinder!«

Der Sekretarius atmete auf, doch Herr Gadolt runzelte die Stirn: »Die Jungfer steht pro testimonio vor dem Richter.«

»Geht zu den Kindern, Jungfer!« Die Stimme des Dekans hatte scharfen Klang.

Und Madda gehorchte.

Da richtete sich Herr Gadolt in aller Würde auf. »Ich muß Euer Gnaden zu bedenken geben, daß hier keine res ecclesiae verhandelt wird, sondern eine causa judicialis, bei der ich als unverantwortlicher Richter keinen Eingriff dulde.«

Unbekümmert um diese feierliche Aufspreizung, nahm der Dekan dem Sekretär das Protokoll unter den Händen weg. Das wollte der Landrichter nicht gestatten. Doktor Pürckhmayer unterbrach ihn: »Es kann nur zum Guten dienen, wenn Herr von Sölln in den Stand der Dinge Einsicht gewinnt. Beruhigt Euch, Herr Gadolt!«

Pfarrer Süßkind, der auf der Ofenbank die Daumen drehte, rief mit Lachen: »Gott hat ein Wunder getan! Der heilige Udo predigt den Frieden!«

»Laß das, Süßkind!« mahnte Herr von Sölln. »Das ist nicht die Stunde, um zu spotten.«

»Und wenn er nicht schweigen will«, fiel Doktor Pürckhmayer ein, »so rufe ich die Dragoner und lasse den Störenfried vor die Tür setzen. Ihr aber leset! Ihr seid wohl nach irdischen Freuden eben erst aus dem Sattel gestiegen und wißt nicht, was geschehen ist?«

»Doch, Herr! Daß Ihr ein unglückliches Geschöpf in den Turm gesperrt und daß ihm der Zwanzigeißen mit seinen Daumenschrauben nur Seufzer und stumme Tränen entpreßte – das weiß ich.«

»Da wißt Ihr wenig. Leset das Protokoll!«

Dem Dekan begannen die Hände zu zittern, während er las. Nun legte er das Blatt auf den Tisch. »Ich habe da nichts anderes gelesen als die Geschichte einer barmherzigen Tat, die der Jungfer Barbière ein Loblied singt.«

Mit verblüfftem Staunen sah Doktor Pürckhmayer den greisen Priester an. »Sonst habt Ihr nichts gelesen?«

»Dazu noch das Elend eines kranken Menschenkindes, das Leiden eines fremden Weibes, das der Widerhall Eurer Predigten so ganz von Sinnen brachte, daß es im Schauer eines bösen Wetters Dinge zu erleben glaubte, die nicht wahr sein können, wenn es einen Gott im Himmel gibt.«

Der Landrichter riß die Augen auf. Und Doktor Pürckhmayer rief: »Herr Gadolt! Sagt diesem Verblendeten, was wir wissen!«

Der Richter begann zu sprechen, mit reichlichem Aufwand von Latein. Gleich am Morgen, als man die im Hemd aus den Lüften gefallene Hexe dingfest gemacht, hätten sich zwei Bäuerinnen eingefunden, um Zeugnis wider die Unholdin abzulegen. Die eine beschwor, sie hätte gesehen, wie die Hexe am Abend mit einem Karren zu Berg gefahren wäre, aber den Karren hätte sie nicht gezogen, er wäre frei hinter ihr hergelaufen, wie ein Hündl seinem Herrn nachläuft. Die andere beschwor, sie hätte sich aus Not am vergangenen Abend zum neuen Schlag hinaufgeschlichen, um einen Armvoll Scheite zu stehlen; als es mit dem Wetter so grob wurde, hätte sie in der Felsgruft unterstehen wollen; da wäre ein fürchterliches Tier, siebenmal so groß wie ein Ochse, vor der Gufel gelegen; im Felsloch hätte sie den Teufel reden und ein Weibsbild juchzen hören; der Satanas hätte lateinisch geredet, und da hätte sie die gestohlenen Scheite erschrocken zu Boden geworfen, hätte das Kreuz geschlagen und wäre davongelaufen. Zur Prüfung dieser Aussage war Herr Gadolt hinaufgeritten zum neuen Schlag, hatte vor der Felshöhle die Holzscheite gefunden und in der Gufel, hinter dem mit Borzen beladenen Karren das Kopftuch und das Röckl, das die Teufelsbuhlin von sich abgetan, bevor sie mit dem Hagelwetter hemdlings durch die Lüfte fuhr. Solcher Zeugnisse, meinte Herr Gadolt, hätte es gar nicht bedurft. Man hätte im Turm gesehen, wie ein unsichtbarer Teufel der Hexe die Glieder durcheinanderschüttelte, daß man nicht mehr hätte unterscheiden können, was Arme und was Beine wären.

»Gadolt! Gadolt!« rief Herr von Sölln. »Habt Ihr denn noch nie von einer Krankheit gehört, die Verzerrungen des Verstandes erzeugt wie Verzerrungen der Glieder? Gebt doch einem vernünftigen Gedanken Raum! Glaubt Ihr denn, eine Hexe, die mit dem Teufel Buhlschaft trieb, wird ihr Verbrechen mit Kohle an die Mauer schreiben?«

»Ob das die Hexe selbst getan, ist noch nicht statuiert!« fiel Doktor Pürckhmayer ein. »Das simulacrum, das die Jungfer Barbière in der Küche gesehen, war plötzlich da und plötzlich verschwunden. Kann das nicht eine Erscheinung gewesen sein, die Gott erzeugte, um zum Nutzen der christlichen Landschaft das scheußliche crimen ans Licht zu bringen?«

Dem Dekan versagte die Sprache. Und Pfarrer Süßkind auf der Ofenbank lachte zornig auf: »Allgütiger im Himmel! Was man dir alles zutraut!«

Ernst erklärte Herr Gadolt, es könne die Hexe das Bekenntnis auch aus Schlauheit an die Mauer geschrieben haben, um im Falle der Entdeckung auf einen Akt der Reue hinweisen zu dürfen. Die Inkulpatin war im Malefizverfahren bewandert. Auf ihrer Schulter hätte man neben deutlichen Folternarben ein Brandmal gefunden, das Jochel Zwanzigeißen als den Stempel des Salzburger Malefizamtes erkannte. Zur Klarstellung wurde noch am Morgen ein reitender Bote nach Salzburg geschickt. Der brachte die Aufklärung. In der ersten Maiwoche war zu Salzburg ein fremdes Weib mit einer stummen Tochter aufgegriffen worden, weil eine Wirtin angab, die beiden hätten ihr die ganze Herberg mit Ungeziefer vollgehext. Man nahm die Verdächtigen fest, als sie vor einem Bäckerladen um Brot bettelten. Auf der Folter bekannte das fremde Weib, sie wäre die Witib eines Hufschmieds, den man zu Landshut wegen Verzauberung eines bischöflichen Gespannes verbrannt hätte; sie wäre landflüchtig geworden, weil sie selbst in Bundschaft mit dem Teufel stünde; die verdiente Strafe wolle sie gerne leiden, wenn die Richter nur glauben möchten, daß ihre stumme Tochter ein braves Ding wäre. Weil sie so willig bekannte, wurde ihr der Feuertod durch die Gnade des Pulversackes erleichtert. An dem Maimorgen, an dem das fremde Weib justifiziert wurde, drückte man der Tochter zur Warnung das Brandmal auf die Schulter und jagte sie aus dem

Turm. »Jetzt wissen wir, daß die stumme Hexe des Schreibens kundig ist. Gesteht sie nicht mit Worten, so soll sie ihre Mitschuldigen mit der Feder bekennen.« Entsetzen in den Augen, starrte Herr von Sölln den Richter an, der von diesen grauenhaften Dingen so würdevoll sprach wie ein Zeremonienmeister von den Schüsseln einer fürstlichen Tafel. »Bekennen? Aus Angst vor dem Zwanzigeißen soll sie schuldlose Menschen mit sich ins Elend reißen, zur Peinbank und auf den Feuerstoß?«

»Das würde Gott nicht zulassen!« fuhr Doktor Pürckhmayer auf.

»Nicht zulassen?« Der greise Chorherr bot in seinem Zorn den Anblick eines Betrunkenen. »Nicht zulassen? Hat Gott nicht Eure Predigt zugelassen? Hat Gott nicht zugelassen, daß Eure Seligmacher in dieses Haus gekommen, in dem nichts anderes geschah als ein Werk der Barmherzigkeit?« Er faßte den Doktor Pürckhmayer mit zuckenden Fäusten an der Brust. »Du! Sag mir, ob dein Gott das zulassen wird, daß man dieses stumme Geschöpf auf der Folter zum Schreiben zwingt? Und Namen erpreßt? Und Unglück und Widersinn von einem Haus in das andere hetzt? Sag mir, ob du und dein Gott das zulassen werden?«

Süßkind und Besenrieder hatten sich zwischen die beiden Greise geworfen, drängten den Dekan zurück und sprachen mit beschwichtigenden Worten auf ihn ein. Bleich stand Doktor Pürckhmayer an der Mauer und sagte: »Es wird geschehen, was das Gesetz befiehlt. Ich wiederhole: Gott würde nicht zulassen, daß eine Inkulpatin Schuldlose bezichtigt. Wenn aber Gott es zuläßt, daß sie Namen nennt, so sind es Mitschuldige, gegen die wir verfahren werden mit aller Strenge des Gesetzes. Und Euch will ich warnen, Herr von Sölln!«

»Warnen? Mich?«

»Ihr habt verstanden. Mehr sag ich nicht.« Doktor Pürckhmayer wandte sich an den Landrichter. »Schließet das Protokoll!«

Von draußen klang ein tobender Lärm herein. Dann im Flur der Wutschrei eines Mannes: »Wie kommt der Schinder in mein redliches Haus?« Die Tür wurde aufgestoßen, und auf der Schwelle erschien Peter Sterzinger, atemlos, die grüne Jägertracht behangen mit den weißen Schaumflocken des Gaules. »Wie kommt der

Zwanzigeißen unter mein Dach?« Madda, die seine Stimme vernommen, kam aus der Kammer geflogen, warf sich an seine Brust und umklammerte seinen Hals. Peter Sterzinger schlang den Arm um die Zitternde. »Tu dich nit sorgen, Maddle! Tat der Kerl dich anrühren, so stoß ich ihm das Messer in den Hals. Gott soll mir helfen!«

Herr Gadolt wollte ihn beruhigen: Der Zwanzigeißen wäre nur im Haus, um Kleidungsstücke für die Inkulpatin zu holen. Den Wildmeister und die Seinen träfe kein Verdacht, nur der Vorwurf folgenschwerer Unüberlegtheit. Während der Landrichter noch redete, sprang Peter Sterzinger wie ein Irrsinniger in die Kammer, weil er seine Kinder weinen hörte. Im gleichen Augenblick trat Jochel Zwanzigeißen in die Stube, mit seinem fetten, gutmütigen Lächeln. Unter dem linken Arm trug er ein Kleiderbündel, das in eine blaue Schürze gebunden war. Auf der rechten Hand streckte er dem Doktor Pürckhmayer einen kleinen irdenen Tigel hin, so herzensfreundlich, wie ein Bräutigam seiner Braut eine schöne Blume reicht. »Da hab ich einen kostbaren Fund getan.«

Erschrocken wich der Kommissar zurück: »Was ist das?«

»Die Schmier, mit der sich die Hexen salben zur Ausfahrt. Der Tigel ist versteckt gewesen im Strohsack.«

»Zurück!« schrie Doktor Pürckhmayer, während er das Gesicht bekreuzte. »Entfernt diese Scheußlichkeit aus meiner Nähe!«

Mit hastigem Griff riß Herr von Sölln den kleinen Tigel aus der Hand des Zwanzigeißen und trat mit dem Pfarrer Süßkind zum Tisch, um den Fund bei Licht zu betrachten. Inzwischen begann Herr Gadolt zu inquirieren: »Jungfer Barbière? Hattet Ihr Kenntnis, daß sich diese Latwerge in Eurem Hause befand?«

Madda konnte nicht sprechen, schüttelte nur den Kopf und wich erschrocken vor dem Freimann zurück, der mit funkelndem Blick auf sie zugetreten war. In Zorn sprang Doktor Besenrieder auf. »Zwanzigeißen! Ihr habt Euch in geziemender Entfernung von der Zeugin zu halten!« Für diesen Ausbruch seiner Bräutigamssorge bekam er von Herr Gadolt die lateinische Vermahnung, daß der protokollführende Sekretär nicht berechtigt wäre, in den Gang einer Vernehmung einzugreifen pro gratia personae. Da rief der Pfarrer:

»Was da drin ist in dem Scherben, ist eine Wundsalb, wie die Leut sie aus Hirschtalg und Harz zusammenrühren.«

»Ja, Herr!« stammelte Madda. »Bald, nachdem die Marei zu uns gekommen ist, hab ich gemerkt, daß aus dem Eisenhafen, in dem der Schwager das Inschlitt von den Hirschen einschmilzt, ein Brocken herausgestochen ist.«

»Daß die arme Magd eine Wundsalbe nötig hatte«, fiel Herr von Sölln mit bebender Stimme ein, »dafür haben die Salzburger Schergen gesorgt!«

Zwanzigeißen hob die Hand. »Möchten mich die gnädigen Herren ein Wörtl reden lassen?« Freundlich lächelnd trat der fette Jochel näher. »Das ist so bei der Hexenschmier, daß sie allweil unverdächtig aussieht, wie Immenhonig, wie eine Wundsalb, wie Nähwachs. Wer Übung hat, der kennt sich aus. Jede Hexenschmier, wenn sie vom Teufel gesegnet ist, muß nach Kindsfett riechen. Das ist ein Geruch, den die gnädigen Herren nit kennen werden. Ich kenn ihn.« Er deutete. »Die Schmier da schmeckt nach Kindsfett. Jetzt weiß ich auch, warum der jungen Bachbäuerin ihr ungetauftes Kindl vergangene Woch hat sterben müssen, kein Mensch hat sagen können, an was.« Da sprang der Dekan auf ihn zu: »Du Schurk und Mörder um fünf Gulden Sportel! Schmeck an dem Kindsfett!« Er schleuderte dem Freimann den Tiegel an den Kopf, daß die Scherben auseinanderklirrten und die Hexensalbe als dickes Pflaster auf der Stirne des Jochel kleben blieb. »Euer Gnaden!« fuhr Herr Gadolt auf. »Ich protestiere –«

»Wollt Ihr sagen, daß ein Gericht hier amtet? Ist das noch ein Gericht, das Ehrerbietung verdient?« Herr von Sölln hatte dem erschrockenen Sekretär das Protokoll unter der Feder weggerissen, knüllte das Blatt zusammen und warf es dann zu Boden.

Im Sturmschritt, ohne ein Wort zu sagen, ging der hochwürdige Doktor Pürckhmayer aus der Stube. Pfarrer Süßkind lachte. »Der Udo von Magdeburg muß einen Spritzer von der Hexenschmier abgekriegt haben! So teufelsmäßig flink ist er davongefahren.«

In Empörung wollte Herr Gadolt zur Wahrung seiner amtlichen Würde eine lateinische Rede beginnen, verschluckte sie aber, weil er die Assistenz des geistlichen Kommissars vermißte, hob mit zornrotem Gesicht den zerknüllten Bogen von der Erde auf und sagte zum Sekretär: »Ihr werdet aus Rücksicht für Seine Gnaden den Herrn Dekan, der in entschuldbarer Erregung die Amtshandlung störte, das Protokoll repetieren müssen.«

Peter Sterzinger war aus der Kammer getreten. Der Anblick seiner Kinder schien ihn beruhigt zu haben. »Herr Richter! Zu der schiechen Sach, die da verhandelt wird, muß ich eine Klag tun. Der Schinagl hat mir erzählt, was geschehen ist. Ich selber hab der Marei den Auftrag gegeben, daß sie hinaufkarren soll auf den neuen Schlag und die Borzen holen. Wie das Mädel so lang verblieben ist, da ist der Schinagl suchen gegangen. Er hat zwei Hund bei ihm gehabt. Wie er hinaufkommt, haben die Hund eine Wildfährt angefallen. Im Hochwald haben sie Laut gegeben, als wären sie hinter einem angeschossenen Stück Rotwild her –«

Durch Tür und Fenster klang bei sinkender Nacht ein wachsender Lärm in die Stube. Pfarrer Süßkind, von Sorge befallen, sprang in den Flur. Gleich erschien er wieder. »Herr! Da draußen predigt der Udo wider uns!« Der Dekan trat mit dem Pfarrer hinaus in die Nacht. Aus dem Leutgewühl klang eine schrillende Stimme. Die hörte sich an wie das Angstgeschrei eines Weibes. Es war die Stimme des geistlichen Kommissars, der zu den Bauern von einer unerhörten Gewalttat wider die Heiligkeit des Gesetzes sprach, von verdächtiger Barmherzigkeit, von schlechten Herren, die gegen das Wohl der eigenen Untertanen wüten, wie der teuflische Hagel loswütete gegen den Hafer der christlichen Bauern.

»Süßkind? Ist dieser Mensch besoffen?«

»War schon möglich. Dummkeit kann rauschig machen wie alter Wein.«

Mit erhobenen Armen ging Herr von Sölln auf den lärmenden Haufen zu. »Ihr Leute! Ihr guten, lieben, irregeführten Leute! Um Gottes Barmherzigkeit willen –« Da war schon eine kreischende Meute um ihn her, aus deren Zorngebrüll die Worte herausschrillten: »Teufel«, »Hafer« und »Hexe«. Pfarrer Süßkind, dem die Stunde nicht mehr geheuer erschien, begann zu schreien: »Wildmeister! Wildmeister!« Er suchte den Dekan aus dem Gewühl herauszuzerren. Das wäre ihm nicht gelungen, wenn nicht Peter Sterzinger den Notschrei des Pfarrers vernommen hätte. »Himmelsakerment, ihr

240

verdrehten Metzenschädel, wißt ihr denn nimmer, was Ehrfurcht ist?« Bei dieser Frage begann der Wildmeister eine so ausgiebige Arbeit, daß es dem Pfarrer gelang, den Dekan um die Hausecke zu retten. Er gab ihn erst frei, als sie auf dem Gehäng des Stiftsberges im Schutz der finsteren Holunderstauden waren: »So, Herr, jetzt rastet ein bißl!« Herr Süßkind selber atmete so schwer, daß er kaum noch reden konnte. Erschöpft und zitternd setzte sich Herr von Sölln auf den Grasboden hin. Rings um ihn her war die schwarze Laubmauer der Stauden; in der Höhe ein Stück des Himmels, den der steigende Mond zu erhellen begann; und drunten in der Nacht das Rauschen der Ache und das Geschrei der Bauern.

»Menschen! Menschen! Sag mir, Süßkind, zu was hat Gott die Menschen erschaffen?«

»Die da drunten? Und den heiligen Udo? Das weiß ich nicht. Aber zu was er Euch erschaffen hat, das hab ich gemerkt, wie Ihr dem Zwanzigeißen sein Kindsfett an den Kopf geschmissen habt. Man muß den Wert und Zweck der Menschheit nicht wägen am Zentner Pofel, sondern am Quentl Ausnahm.«

»Süßkind! Was tun, um der Narretei einen Riegel zu legen? Was Prior Josephus geraten hat: das Ding ad absurdum zu fuhren? Das ist ein gefährlicher Rat!«

»Gefahr ist alles, Herr! Des Josephi Rat ist gut. Und ich selber will Hexenbeichtiger machen und der stummen Magd fürsagen, was sie schreiben soll.«

Der Dekan erhob sich. »Nein! Ich weiß einen anderen Weg. Nach Herrenrecht hab ich die Schlüssel zu jedem Schloß im Stift. Ich will warten bis nach Mitternacht. Dann geb ich der armen Magd die Freiheit.«

»Herr! Das wär von allem Weg der übelste!«

»Bis zum Morgen wird sie außer Land sein. Mein Zehrpfennig wird ihr weiterhelfen. Aber wo sie auch hinrennt, überall wird sie das fremde Weib sein! Das fremde Weib!« Der Greis drückte das Gesicht in die Hände.

Der Stimmenlärm da drunten beim Wildmeisterhause verstärkte sich, wobei der Volksprediger Doktor Pürckhmayer etwas Unlieb-

sames erleben mußte. In der Dunkelheit verwechselten die blind-
wütigen Bauern seine weiße Dominikanerkutte mit dem weißen
Augustinerhabit des verschwundenen Dekans. Der geistliche
Kommissar war genötigt, die Hilfe seiner köllnischen Dragoner
anzurufen. Denen gelang es, den Hof zu räumen und das Heckentor
zu schließen.

Nun saß der Kommissar, mit glitzernden Schweißperlen an den
Schläfen, beim Kerzenscheine wieder auf der Wandbank in der
Stube, während Besenrieder das Protokoll repetierte. Peter Sterzin-
ger ergänzte seine Klage: Das Stück Rotwild, das die Hunde in der
Gewitternacht niedergerissen hätten, wäre von Schinagl als weid-
wund von einem Bolzenschuß angesprochen worden; es wäre den
Herren wohl auch bekannt, daß die Wildbretdiebe das Gesicht
schwärzen. »Beim Regen ist der Kerl in der Gufel untergestanden.
Da muß die Marei dem geschwärzten Lumpen begegnet sein. Der
Saubär hat sie gepackt, hat ihr das Röckl vom Leib gerissen, und
das arme Weibsbild hat ihn aus Angst und Dummheit für den
schwarzen Teufel genommen. Schwören will ich drauf, daß der
Lump kein andrer gewesen ist als der Michel Pfnüer, der sich weg-
gelogen hat von der Jagdfron.«

Herr Gadolt nahm diese völlig sinnlose Beschuldigung so wenig
ernst, wie sie es verdiente, sagte aber doch: »Der Pfnüer wird hiewegen inquiriert werden. Sollte sich wider Erwarten das Ding mit
der Hirschkuh et cetera als res naturalis aufklären, so bleibt noch
immer die Frage: Wer hat das Wetter gemacht und den Hafer de-
vastiert? Die Hexe als factum ist vorhanden, im Hemd aus der Luft
gefallen.«

Peter Sterzinger, dem der ausgebuchtete Hals wie Zinnober glühte, wollte etwas sagen. Er wurde zum Schweigen verwiesen. Dann
mußte Madda das repetierte Protokoll unterschreiben. Die Herren
gingen aus der Stube. Jochel Zwanzigeißen, mit dem Kleiderbündel
unter dem Arm und mit den gesammelten Scherben des Salbentie-
gels in der Hand, ließ ihnen höflich den Vortritt. Dann nickte er
freundlich und sagte: »Die Jungfer soll aus Fürsicht buschlige Krausen tragen! Man muß den Leuten nit alles zeigen, was man am Hals
hat.« Madda erschrak, daß sie zitterte. Ihr Schwager war auf die
Ofenbank hingefallen, mit dem Kopf zwischen den Fäusten. Der

Kreuzschnabel im Käfig wurde ruhig, plusterte die Federn auf und steckte das Köpfl unter den Flügel. Dennoch war es, als pfiffe ganz leise ein Vogel in der stillen Stube. Das kam von der Luftnot des Wildmeisters. Er brauchte lang, bis er den freien Atemzug und seine Ruhe wiederfand. Dann gab er dem Schinagl den Auftrag, wenn die Jäger kämen und das Jagdzeug brächten, sollte alles in der Scheune verwahrt werden. »Mich soll man in Ruh lassen!« Er stieß an der Haustür den Riegel vor und zog in der Stube die roten Vorhänge vor die Fensterscheiben. Die Schwägerin an der Hand fassend, fiel er auf die Ofenbank. »Maddle! Maddle! Was hast du uns mit dem maultoten Ding für ein Elend ins Haus geführt!«

»Ich bin barmherzig gewesen. Und die Marei ist so unschuldig, wie ich selber bin. Das muß sich erweisen, wenn's noch Gerechtigkeit gibt auf der Welt.«

Mit leisen Stimmen, gemartert von aller Sorge dieses Tages, sprachen sie weiter. Plötzlich sprang die Jungfer auf und blies die Lichter aus, die auf dem Tisch brannten.

»Mädel? Was ist denn?« fragte Peter Sterzinger in der Finsternis. Da hörte er den Laut der heimkehrenden Hunde und den Stimmenlärm der Jäger und Fronleute, die das Jagdzeug brachten. »Jesus, mit denen kommt der Bub!« Im gleichen Augenblick wurde an der verriegelten Haustür gerüttelt, und eine erwürgte Stimme war zu hören: »Wildmeister! Um Himmelschristi willen, so tut mir doch auf!« Peter wollte zur Tür. Zwei zitternde Arme umklammerten seinen Hals, und als er sprechen wollte, preßte sich eine Hand auf seinen Mund. »Wildmeister! Wildmeister!« Das schrie der Bub da draußen immer wieder und rüttelte an der Haustür, bis der Schinagl kam und grob wurde. Eine Weile noch der Wechsel erregter Stimmen im Hof. Dann wurde es still vor den Fenstern. Auch die müden Hunde schwiegen.

In der finsteren Stube brach Madda in Schluchzen aus. Der Schwager führte sie zur Ofenbank, sie vergrub das Gesicht an seiner Brust, und so saßen die beiden in der Dunkelheit, bis Peter Sterzinger schwer atmend sagte: »Komm! Gehen wir halt zur Ruh in Gottes Namen! Das hat keinen Sinn, so herhocken die halbe Nacht.« Madda zündete eine Kerze an. Während sie die Treppe hinaufstieg, hörte sie Mitternacht schlagen. In ihrer Kammer fiel sie vor dem kleinen Tisch, der im Mondschein am offenen Fenster stand, auf einen Sessel, schob den Leuchter vor sich hin und drückte das Gesicht in die Arme. Eine Stunde verging, Madda regte sich nicht. Drunten schlugen die Hunde an und wurden gleich wieder still, als hätte jemand sie beruhigt, den sie kannten.

Im Garten ein Klatschen, als wären reife Birnen von dem Baum gefallen, der nah vor dem Fenster stand. Jetzt schwankten die Äste da draußen hin und her, und Madda sprang mit ersticktem Schrei vom Sessel auf. Vor dem Fenster bewegte sich etwas und rückte die knorrigen Äste immer näher. Ein bleiches Gesicht, vom Mond beschienen, tauchte auf und verschwand wieder im Schatten.

Madda, vor Schreck wie gelähmt, sah draußen in der Nacht das entstellte Gesicht der Marei, das von der Kerzenhelle beleuchtet war. Mit der Linken hing die Magd an einem Ast geklammert, und während sie mit der Rechten in irrsinniger Hast zu deuten und zu reden anfing, stöhnte sie ihre dumpfen Laute, einen Blick voll Angst in den verstörten Augen, aus denen die Tränen mit Geglitzer niederkollerten über den lallenden Mund. Wie Verzweiflung schien es die Magd zu befallen, als Madda nicht verstehen wollte. Sie rückte näher und griff mit beiden Händen nach dem Fenstergesimse, um sich hereinzuzwängen in die Stube. Da löste sich der Bann, den der Schreck über Maddas Glieder geworfen. »Peter!« schrie sie mit gellendem Laut. Sie sah nicht mehr das Flehen in den nassen Augen der Magd, das Warnen dieser beredten, mit Blut befleckten Hände. Von Angst getrieben, stürzte sie hinaus auf die finstere Stiege. Die Sinne drohten ihr zu schwinden. Daß sie die Stimme ihres Schwagers hörte, das brachte sie wieder zu sich. Der kam, nur halb bekleidet, mit nackten Füßen über die Treppe heraufgesprungen. »Jesus! Was ist denn?«

»Im Birnbaum vor meinem Fenster hockt die Marei.« Peter Sterzinger sprang in die Kammer. Dann hörte Madda sein heiseres Lachen. »Aber Mädel! Da muß dir ein Traum was fürgelogen haben. Draußen vor dem Fenster ist nichts wie Mondschein und der leere Baum.« Madda trat in die Stube und starrte das Fenster an: »Peter, ich schwör, das ist die Marei gewesen!« Mit fliegenden Worten begann sie zu erzählen. Der Schwager ließ sie nicht zu Ende reden: »Komm! Wenn's wahr wäre, daß ein Mensch auf den Baum gestiegen, so müßt im Krautbeet drunten eine Fährt sein.« Sie gingen hinunter, und der Wildmeister steckte die Kerze in eine Laterne. Nun traten sie hinaus in die schöne, kühle Mondnacht, in der als einziger Laut das Rauschen der Ache war. Um die Hausecke zum Garten. Gleich beim ersten Hinleuchten entdeckte Peter zwischen dem Kraut die frische Spur eines Menschenfußes. Im Zwinger gaben die Hunde Laut. Der Wildmeister flüsterte: »Nimm das Licht unter den Schurz!« Während Madda die Laterne verhüllte, sprang Peter lautlos gegen die Hecke hin. Jetzt hörte die Jungfer einen stöhnenden Wehlaut und die keuchende Stimme ihres Schwagers: »Mensch! Wer bist du?« Die Laterne hebend, lief Madda hin und sah den Doktor Besenrieder auf den Knien liegen, mit dem Gesicht eines Gespenstes, mit bettelnd gefalteten Händen:

»Keinen Laut, Peter! Schnell in die Stube hinein!«

Der Wildmeister lachte rauh und ging dem stummen Brautpaar voran. Nun standen die drei in der Stube, beim trüben Schein der Laterne, die der Wildmeister auf die Ofenbank gestellt hatte. »Gelt, Mädel, wenn wieder einmal dein Brautherr bei dir fensterln will, dann schau deinen Sekretär nit für ein Weibsbild an! Und Euch, Besenrieder, hätte ich für gescheiter gehalten, als daß Ihr in so ernster Zeit solche Dummheiten treiben könntet.«

Das käsige Jammermännchen guckte verstört den Wildmeister an: »Ich weiß nicht, was Ihr redet!«

»Herr Sekretär!« brauste Peter auf. »Das Leugnen war noch dümmer als Euer Streich. Wer soll denn sonst vor meiner Schwägerin Fenster auf dem Birnbaum gehockt sein? Das hat Euch freilich nit in den verliebten Kram gepaßt, daß das Mädel Zeter und Mord geschrien hat.«

»Schwager, Schwager«, stammelte Madda, »meine Seligkeit verschwör ich drum, es ist die Marei gewesen!«

Mit dem Doktor ging eine seltsame Veränderung vor. Die schlotternde Angst schien plötzlich von ihm zu weichen. Er streckte den hageren Körper, und ein harter Ernst sprach aus seinen traurigen Augen. »Ich glaube zu verstehen. Was die Jungfrau auf dem Birnbaum gesehen hat, kann in Wirklichkeit nicht die Marei gewesen sein, deren peinlichem Verhör ich beigewohnt habe bis zur elften

Nachtstunde. Den Schlüssel, mit dem der Zwanzigeißen vor meinen Augen die Turmtür sperrte, hab ich selber Seiner Gestreng überbracht. Daß die geständige Teufelsbuhlin, die im Turme sitzt, zu gleicher Zeit als simulacrum der Jungfer Barbière vor ihrem Fenster erscheinen konnte, dieses factum confirmatum geschweigt mir manchen Zweifel, mit dem ich in aller Bitternis meines Herzens gerungen habe.« Er streifte Madda mit einem Blick des tiefsten Kummers und wandte sich wieder an den Wildmeister. »Mein Charakter und die Würde meines Amtes hätten mich vor dem törichten Verdacht bewahren sollen, als könnte ich zur Nachtzeit auf Bäume steigen und einen Akt der Mißachtung gegen meine Braut begehen, die ich bis zu dieser Stunde geschätzt habe für eine Heilige!« Dem Sekretär zerbrach die Stimme.

Peter Sterzinger, in heiß aufsteigender Sorge, keuchte: »Herrgott! Mensch! Bist du es nit gewesen, den ich draußen im Krautbeet frisch gespürt hab?«

»Nein. Ich hatte mich eben durch die Hecke gezwängt, weil ich nicht an das Tor pochen wollte. Daß ich kam, ist eine schwere Versündigung an der beschworenen Pflicht meines Amtes. Es geschah aus der schmerzvollen Erwägung, daß es über meine Kräfte gehen würde, wider die Jungfer, die meinen Namen hätte tragen sollen, als Gerichtsperson amtieren zu müssen. Ich bin gekommen, um die Jungfer Barbière zu schleuniger Flucht zu bestimmen. Die Inkulpatin Maria Baustätter aus Landshut, die drei Grade der peinlichen Frage hartnäckig überstand, hat beim vierten Grade neben einer zweiten Mitschuldigen auch den Namen der Jungfer Barbière als einer Gesellin bei ihren Hexenfahrten niedergeschrieben.«

Sterzinger fiel wie ein Klotz auf die Ofenbank. Madda lächelte mit blassem Mund. Es war wie das Lächeln eines klugen Kindes, dem ein gruseliges Märchen nicht glaubhaft erscheint.

»Es steht mir in dieser Stunde nicht zu, zwischen Verdacht und Wahrheit zu entscheiden«, sagte Besenrieder, »doch die Rücksicht auf mein Amt gebietet mir, der Jungfer Barbière den Ring zu restituieren, den ich bis an mein Lebensende zu tragen hoffte.« Ohne Madda anzusehen, ging er zum Tisch und schob einen dünnen Silberreif, den er nicht vom Finger zog, sondern aus der Gürteltasche nahm, bis in die Mitte der Tischplatte. Sein Rücken krümmte sich, ein heftiges Zittern befiel ihn. »Daß man meine Warnung mit dankbarem Schweigen übergehen möchte, damit ich nicht in Schmach und Elend gerate, hiewegen will ich keine Bitte stellen. Das mag die Jungfer halten nach ihrem Gutdünken.« Jetzt sah er Madda an. Das war wie der Blick eines Verhungernden, dem böse Fäuste das Brot aus der Hand gerissen. Und plötzlich schrie er: »Rettet Euch, Jungfer! Noch in dieser Stunde! Es könnte zu spät sein, wenn es tagt.« Dann floh er aus der Stube, mit solcher Hast, daß vom Luftzug das schwarze Seidenmäntelchen wie ein dunkles Rad um seine Schultern war.

Peter erwachte aus seiner dumpfen Betäubung und streckte die Arme. »Herr Sekretari! Jesus Maria!« Er wollte dem Fliehenden nachspringen. Da sagte Madda mit einer Stimme, deren Ruhe der Wildmeister wie etwas Ungeheuerliches zu vernehmen schien: »Geh, laß ihn laufen!« Er sprang zu ihr hin und umklammerte sie. »Du Liebe! Barmherziger Himmel! Der Blödsinn ist ledig im Land wie ein wilder Stier. Pack in ein Tuch, was ich schleppen kann! Ich führ dich durchs Holz hinauf in den Tiergarten. Der Wärtl im Jagdschloß muß dich verstecken, muß dich hinüberführen nach Reichenhall.«

»Aber, Peter!« Sie sah ihn lächelnd an. »Bist allweil so ein gescheites Mannsbild gewesen. Und da tust du mir das Alierdümmste raten. Vor wem muß ein unschuldiges Leut davonlaufen?« Er starrte sie ratlos an. »Mädel! Das rote Malefiz! Und da kannst du lachen?«

»Soll eins nit lachen, dem sein Leben frei geworden? Steht nit die helle Freud vor mir? Und alles Glück, das der Herrgott einem Menschen geben kann?« Eine trunkene Süßigkeit war im Klang ihrer Stimme. Aufatmend schloß sie die Augen und preßte mit beiden Händen die Brust, als wäre ein Gefühl in ihr, das nicht Raum hat in der Enge eines Menschenherzens.

Peter Sterzinger grub die Fäuste in sein Haar. »Maddle! Jesus Maria! Da weiß ich nimmer, was ich denken muß! So eine Stund! Und so ein Reden!«

Sie schlug die Augen auf und lachte den Schwager an, ging zum Tische, nahm den silbernen Reif und legte ihn auf die flache Hand. »Guck, Peter! Das Reifl bind ich morgen mit roter Seiden an eine geweihte Kerz. Die trag ich der heiligen Mutter Gottes hinauf in die Pfarrkirch. So schön ist's freilich nit wie dem Joser sein Bildstöckl! Jeder gibt, wie er kann.«

Der Wildmeister packte sie an der Schulter. »Maddle!« schrie er. »Ist ein Wunder geschehen? Oder hat sich vor Grausen dein armer Verstand verwendt?«

Aus der Kammer klangen die ängstlichen Stimmchen der Kinder, die nach dem Vater riefen. »Schau nur!« sagte Madda. »Weil du so schreien mußt! Jetzt hast du die Kinder aus dem guten Schlaf gebracht!« Sie ließ den silbernen Reif in die Tasche gleiten und lief in die Kammer. Draußen schlugen die Hunde an. Ein Schreck fuhr dem Wildmeister durch die Glieder. Mit dem Hirschfänger, den er vom Zapfenbrett gerissen, sprang er zur Haustür. Draußen der bleiche, von schwarzen Schatten durchwobene Mondschein. Noch immer lärmten die Hunde. Kein Geräusch beim Tor, kein Schritt und Laut auf der Straße. Peter Sterzinger atmete auf. Dann trat er in den Flur zurück und verriegelte die Türe.

Die Hunde schwiegen. Nur das Rauschen der Ache. Plötzlich wieder das tolle Kläffen im Zwinger. Und ein Geraschel in der finsteren Hecke, durch deren Gezweig sich eine Weibsperson hinauszwängte auf die Wiese. Draußen taumelte sie ein paar Schritte, stürzte zu Boden und wand sich in Krämpfen. Nun lag sie wie eine Schlummernde. Als sie erwachte, dämmerte schon das erste Grau des Morgens. Eine Weile blieb die stumme Magd noch in der Wiese stehen, hinaufstarrend zu dem dunklen Hausfirst, der über der schwarzen Hecke zu sehen war. Immer bekreuzte sie das von Tränen übergossene Gesicht. Endlich taumelte sie gegen die Straße hinaus – und stand wieder, von zitterndem Schreck befallen, als das von den Ulmen überschattete Haus des Josua Weyerzisk heraustauchte aus dem Grau. Wieder bekreuzte sie das Gesicht, lallte einen dumpfen Laut und rannte wie ein gehetztes Wild die Straße hinaus. Keuchend hielt sie inne, weil sie merkte, daß der Weg, den sie eingeschlagen, gegen Salzburg führte. »Mua, Mua!« lallte sie unter strömenden Tränen, rannte über einen Acker, watete durch die Ache, deren Wasser ihr hinaufrauschte bis an die Brust, und erreichte einen Saumpfad, der steil emporführte durch den Wald. Mühsam atmend folgte sie diesem Weg, gejagt von allen Ängsten ihrer Seele, gequält von allen Schmerzen ihres gemarterten Leibes. Wohin wird dieser Weg sie führen? Über die Berge? Irgendwohin. Und der erste Mensch, der ihr begegnet, wird sie mißtrauisch anschielen. Der zweite wird schreien: »Was will denn das fremde Weibsbild da?« Der dritte, der die Müde rasten sieht bei seiner Hecke, wird schimpfen: »Mach, daß du weiterkommst, du Hex!« Und dieses Wort beruft die Folter und das Feuer.

Der Wald noch schwarz. Die Wiesen hellten sich schon auf. Am Haus des Josua Weyerzisk war in der Dämmerfrühe ein rötlicher Lichtschein hinter den kleinen Fenstern. Als es zu tagen begann, erlosch das Licht. Der junge Meister trat aus dem Haus, auf den Armen etwas Schweres, das in ein grünes Tuch gewickelt war. Mit den Augen eines Glücklichen sah er in den schönen, frischen Morgen hinaus. Nur als er hinüberguckte zum Haus des Wildmeisters, ging ein Kummerschatten über seine Freude. Er atmete auf und folgte dem Wiesenpfad, der zum Markte hinaufführte. Die Gasse droben war noch ohne Leben. An der Pfarrkirche fand Josua das Tor verschlossen. Er trat in den Friedhof und blieb vor dem Grab seines Kindes stehen. Während er zärtlich die welken Blätter von der kümmernden Rosenstaude löste, schloß der Mesner die Kirche auf, um den Morgensegen zu läuten. Joser, den Kopf entblößend, trat in das kühle Gotteshaus, in dem noch die Dämmerung alle Säulen und Altäre umschleierte. Auf der Schwelle des Kirchentores löste Joser das grüne Tuch von dem Schnitzwerk und warf noch einen prüfenden Blick auf das keusche, liebliche Werk seiner Hände und seines Herzens. Heiß stieg ihm das Blut in die Wangen. Was so hell in seinen Augen glänzte, war die stolze Freude des Künstlers, der empfindet: ›Mir ist ein schönes Ding gelungen.‹

Beim Eintritt in die Kirche vergaß er sich zu bekreuzen. Auf den steinernen Fliesen hallte sein Schritt. Er ging auf einen der Seitenaltäre zu, dessen Altarbild die Jungfrau Maria zeigte, wie sie, von Engeln getragen, aus grauen Wolken in den geöffneten Himmel schwebt. Joser stellte das Schnitzwerk auf den mit weißem Spitzentuch bekleideten Altar. Noch ein letztes Mal, als fiele ihm die Trennung von seinem Werke schwer, strich er mit der Hand über den Sockel des hölzernen Bildes. Dann beugte er das Knie und flüsterte lächelnd: »Heilige Mutter! Vergelts Gott, heilige Mutter!« Lange blieb er auf den Knien liegen. Als er ging, drehte er immer wieder das Gesicht nach dem Altar zurück, auf dem das geschnitzte Bild, je näher Joser dem Kirchtor kam, immer undeutlicher in der stillen Dämmerung zerfloß.

Er trat hinaus in den Morgen. Was wohl die Leute beim Anblick des Marienstöckls für Augen machen werden, wenn sie zum sonntäglichen Hochamt in die Kirche kommen? So ganz versunken war er in diesen frohen, stolzen Gedanken, daß er den Dekan nicht gewahrte, der beim Anblick des jungen Meisters erschrocken stehenblieb und dann hinüberrannte zum Pfarrhof, um bei der Widumstür an der Glocke zu reißen, als hätte er den Pfarrherrn zu einem Sterbenden zu rufen.

Im Laienhof des Stiftes hatte Joser kein Ohr für den Lärm, der um die frühe Stunde schon in der Wachtstube der Musketiere herrschte. Er sah nicht, wie ihm die Spießknechte nachguckten, die Köpfe zusammensteckten und miteinander tuschelten. Joser erwachte aus seinem lächelnden Sinnen erst, als er unter dem leuchtenden Sonntagshimmel die Straße schon halb hinuntergestiegen war und da drunten, zwischen seinem Garten und dem Haus des Wildmeisters, ein paar Dutzend Leute und ein helles Blinken sah, wie von den Eisen langer Spieße. Da dachte er in Schreck an die stumme Marei, an die Jungfer Barbière, an den Wildmeister und fing in Sorge zu rennen an. Plötzlich stand er wie gelähmt. Was wollten die Spießknechte in seinem Garten? Und wie laut die Ache rauschte, Joser konnte über die paar hundert Schritte her eine gellende Frauenstimme hören, gleich der Stimme eines ertrinkenden Kindes.

»Jesus!«

Unter diesem stöhnenden Laut begann er durch die Wiese zu jagen, nicht wie ein Mensch, sondern mit der Schnelligkeit eines Wildes, das die Hunde läuten hört. Er hatte die Stimme seines Weibes erkannt. So wie jetzt, so hatte das Trudle damals geschrien, als der Kessel mit dem siedenden Wasser gefallen war. »Jesus! Jesus!« Da kam, von einem Dutzend aufgeregter Leute begleitet, der Trupp schon über die Straße her, voraus der Doktor Besenrieder mit aschfahlem Gesicht und der freundlich schmunzelnde Jochel Zwanzigeißen, dann die Spießknechte, vier von den köllnischen Seligmachern und zwischen ihnen die taumelnde Weyerziskin, schreiend und mit gebundenen Händen.

Daß neben dem Trudle die Jungfer Barbière ging, an den Arm der Weyerziskin gefesselt, doch stumm und ruhig, das sah der Josua nicht. Er sah nur sein Weib. Mit einem Zornschrei die geballten Fäuste erhebend, sprang er auf den Jochel Zwanzigeißen vor.

Bevor er den Freimann erreichte, stürzte er besinnungslos auf die Straße hin.

18

In Meister Köppels Stube knieten um die Zeit des sonntäglichen Hochamtes der alte Jonathan und das Kätterle vor dem Tisch. Eines hielt den Arm um den Hals des anderen geschlungen. So sangen sie aus aller Inbrunst bedrückter Herzen zu ihrem Gott, während die Tränen des alten Weibls das vergilbte Liederbuch fleckig machten.

Den erschöpften Gesichtern sah man die ruhelose Sorgennacht an, die sie mit dem Buben durchgemacht hatten. Um die elfte Stunde war er heimgekommen, einem Irrsinnigen ähnlich, mit Reden, wie sie ein Kranker im brennenden Fieber stammelt. Die Hexe, die man gefangen, das Malefizgericht und der Jochel Zwanzigeißen in des Wildmeisters Haus, die verstörte Sorge um das geliebte Mädchen, das indianische Kraut, ein dunkelschönes Frauengesicht, Geigenklänge und süße Lieder, das Leben und Sterben seiner Eltern, alles verwirrte sich für Adelwart ineinander zu einer taumelnden Qual. Als die zwei Alten zu verstehen begannen, hielt das Kätterle den Buben auf der Ofenbank umschlungen, streichelte ihm das Haar und spürte ein Gefühl wie schmerzende Eifersucht. Nun hatte der Bub seine rechte Mutter gefunden, und wenn's auch eine tote war, das Kätterle mit seinem liebenden Mutterherzen fühlte sich in den Winkel geschoben. Ganz verdreht begann sie zu schwatzen, verwechselte die Namen, sagte zu dem Buben immer David statt Adelwart und zergrübelte sich den Verstand, wie das möglich sein kann: Ein wildfremdes Frauenzimmer trägt zu Paris ein Kind unter dem Herzen, das liebe Kindl kommt im Widum zu Buchenau auf die Welt und hat das gleiche Gesicht wie der Adel, nein, wie der David Köppel zu Berchtesgaden. Während das Kätterle so grübelte, wurde draußen an die Haustür geschlagen. Jonathan sagte: »Das ist von den Unsrigen einer.« Dann ging er zur Haustür.

Es war der Bauer, der die ›Heimlichen‹ zur nächtlichen Gemeinde auf dem Toten Mann zu rufen pflegte. Er brachte den Rat, daß sich die ›Brüder in Christi‹ den Sonntag über still daheim halten sollten. Im Markte hätte man ausgeschrien, daß das ganze zaubrische Unwesen von den Evangelischen herkäme. Der Ferchner hätte im Zorn ein Wort dagegen gesprochen: Das Elend käme so wenig von den Evangelischen wie von den Römischen her, sondern von der

Dummheit der Leut. Und da hätten die wütenden Mannsbilder den Ferchner und einen luthrischen Knappen, der ihm beigesprungen, halb zu Tod geschlagen.

Die drei mit ihren Sorgen saßen in der Stube beisammen, bis der Morgen kam. Das Kätterle wollte auch den Buben vom Kirchgang zurückhalten.

Den hielt kein Bitten und Betteln.

»Ich muß hinunter. Oder ich sterb!«

Nun knieten die beiden Alten vor ihrem Liederbuch, während drunten im Tal die Glocken den Segen läuteten. Sonst immer, eine halbe Stunde nach dem Hochamt, kamen die Kirchgänger, die auf den Gehängen des Göhl ihre Gehöfte hatten, über das Bergsträßl herauf. Heute wollten die Leute nicht kommen. Der Hällingmeister ging in den Garten, um über den Weg hinunterzuschauen. Da sah er, daß die Straße drunten, die beim alten Hirschgraben hinaufführte zum Marktplatz, von Menschen ganz schwarz war. »Weib«, sagte er, als er in die Stube kam, »da drunten muß was Schieches um den Weg sein. Ich schau hinunter, ob ich den Buben nit find.« Das Gesicht des alten Weibls verzerrte sich: »Da muß ich mit!« Jonathan wollte seine Kappe nehmen, die in der Fensternische lag. »Jesus«, stammelte er und sprang zur Tür. »Da bringt uns der Wildmeister den Buben heim!« Dem Kätterle fuhr's in die Knie, daß es keinen Schritt mehr von der Stelle kam. Sie konnte nur mit erwürgtem Laut die Arme strecken, als die beiden Männer den Buben in die Stube führten. Dem war der schwarze Hällingerkittel halb vom Leib gerissen, sein Gesicht war entstellt, in den irrenden Augen brannte ein Blick der Verzweiflung. So fiel er vor dem Kätterle auf den Boden, umklammerte die alte Frau und schrie wie ein Kind: »Hilf, Mutter! Hilf!«

Peter Sterzinger torkelte auf einen Sessel hin und legte die zitternden Fäuste auf den Tisch. »Ein Glück, daß ich mit meinen Jägern dazugekommen bin und den Buben hab herausreißen können aus dem Gewürg der Leut. Die hätten ihn erschlagen.«

»Allmächtiger! Warum denn?«

»Weil er den Teufel aus dem Berg gefeuert. Weil der Haber hin ist. Weil der Bub die Reden nit hören hat können, die man ausschreit über meine Schwägerin.«

»Über die liebe Jungfer?« stammelte Jonathan.

»Ja, Meister!« Peter Sterzinger wischte sich den kalten Schweiß von der Stirne. »Die Weyerziskin und meine Schwägerin sind eingezogen zum Malefiz.« Er schnaufte und riß den Hemdkragen auf. Kein Laut in der Stube. Plötzlich klammerte das Kätterle mit dem einen Arm den Kopf des Buben an sich, hob die geballte Faust und schrie: »Die Luder! Die roten Hund und Luder! Da täten sie meines Davids Glück zum anderen Mal verbrennen!« Immer schrillender wurde ihre Stimme: »Mann! Der du alleweil betest und singst! Wo ist er denn jetzt, dein Herrgott?«

Jonathan tat einen schweren Atemzug. »Wenn er nirgends war, so ist er in deiner Lieb, in deiner Muttersorg!«

Der Wildmeister stand vom Sessel auf. »Die Sach hat ein schieches Gesicht. Das maultote Weibsbild, von dem der Zwanzigeißen die Namen meiner Schwägerin und der Weyerziskin hat schreiben lassen, ist in der Nacht aus dem versperrten Turm verschwunden. Da drüber sind die Leut wie die Narren worden. Und den Gerichtsherren ist der Schreck in den Verstand gefahren. Wenn da der Herrgott nit ein Wunder tut –« Der Wildmeister sah zu der Ofenbank hinüber, zu der das Kätterle den Buben geführt hatte. »An Euch, Mutter, hab ich eine Bitt. Ich muß mich umtun um die Schwägerin. Darf ich meine Kinder heraufschicken zu Euch?« »Freilich«, nickte das Kätterle, »die solln's gut haben!«

Peter Sterzinger rüttelte den Buben an der Schulter. »Heut wettert's. Sonn wird auch wieder kommen. Tu dich aufrichten!«

Adelwart sah den Wildmeister aus der Stube gehen und nahm den Kopf zwischen die Fäuste. »Mutter? Kann das wahr sein, daß wir leben? Oder ist unser Weh und alles bloß ein schiecher Traum, den einer träumt, ich weiß nit, wer?« Stöhnend hob er die Augen. »Mutter! Das liebe, süße Mal an ihrem Hals – da sagen jetzt die Leut, das war von einem Teufelskuß! Und sagen, der Zwanzigeißen hätt dreingestochen mit einer Nadel, und die Hex hätt keinen Tropfen Blut gegeben.«

Draußen ging der Wildmeister am Fenster vorüber. Den Weg vermeidend, hetzte er durch den Wald hinunter. Als er die Achenbrücke erreichte, sah er vor dem Garten des Weyerzisk einen Trupp schreiender Leute stehen, die unter Schimpfreden mit Steinen nach den Fenstern des kleinen Hauses warfen, über dessen Dach in der schönen Sonne die welken Ulmenblätter niedergaukelten wie gelbe Feuerflocken. Auch Peter Sterzinger bekam von dieser Volksstimme ein paar Essigbrocken zu kosten. Er atmete auf, als er am Hoftor den Riegel zugestoßen hatte. Auf der Hausschwelle trat ihm der Knecht entgegen und strich unter scheuem Blick das Haar in die Stirne. »Herr! Ich muß was reden mit Euch!«

»Jetzt führst du die Kinder hinauf zum Hällingmeister!«

Schinagl schüttelte den Kopf. »Erst muß ich das ausreden.«

Peter Sterzinger wurde bleich und sah den Schinagl mit funkelnden Augen an. »Ausreden? Was?«

»Daß ich im Haus da nimmer dienen kann.«

»So?« Dem Wildmeister schwoll der Hals, und die Blässe verging ihm. Dann fuhr aus seiner pfeifenden Brust ein Fluch heraus, der kein Ende nehmen wollte: »Kreuzhimmelherrgotthöllenteufelsakrament, ist das eine Welt!« Er wurde ruhiger. »So? Nimmer bleiben willst du?«

Schinagl sägte mit den Armen durch die Luft. »Es geht nimmer! Und ich tu's nimmer!«

»Warum nit?«

»Weil mich die Leut drum anschauen. Weil ich nicht selber noch hineinsausen will ins Elend. Weil einem Christenmenschen nimmer wohl ist unter einem Hexendach.«

Da faßte Peter Sterzinger mit den Zangen seiner Fäuste den Knecht am Hals. Und während Schinagl in ein Schwanken geriet gleich einem Fichtenwipfel, mit dem ein Sturmwind tändelt, schrie der Wildmeister: »Du Rindviech, du nichtsnutziges und gottverfluchtes! Dumm bist du wie Bohnenstroh! Aber ein Bröserl Treu und Redlichkeit hätt ich dir zugetraut! Du Mistschieber, du kotzmiserabliger!« Schinagl hörte nimmer, wie grau sein Charakter da geschildert wurde. Er fühlte nur noch das Würgen an seinem Hals und die Faustschläge, die gleich einem teuflischen Hagelwetter auf ihn niederprasselten. Hätte er statt des borstigen Haarflecks auf seinem Kopf ein Haferfeld getragen, so wäre da kein Halm mehr stehengeblieben. Erst versuchte er sich zu wehren. Als er merkte, daß der andere der Stärkere war, hielt er dieses Dreschen geduldig aus, bis er mit Brust und Gesicht gegen die Mauer flog. »So, Mensch! Jetzt kannst du hinauflaufen zum Landrichter und kannst mich verklagen!«

»Da brauch ich keinen Landrichter.« Schinagl suchte das verlorene Gleichgewicht herzustellen, brachte seine ruppige Frisur in Ordnung und wischte sich mit dem Ärmel das Blut von der Nase. »Die Dreck am Stecken haben, müssen sich klein machen. Wenn sich einer so dreinschlagen traut, muß die Unschuld bei ihm unter Dach sein. Da bleib ich halt wieder, wenn's recht ist. Ich geh bloß zum Brunnen und wasch mir die Schnauz ein bißl ab. Nachher hol ich die Kinder, gelt? Und daß ich sie gut hinaufbring zum Koeppel, da kann sich der Wildmeister verlassen drauf.«

Peter Sterzinger tat einen tiefen Schnaufer. »Gott sei Lob und Dank! Wenn die dümmsten Leut noch in Ruh mit sich reden lassen und Einsicht fürweisen, kann's doch mit der Menschheit nit gar so schiech bestellt sein.« Ein warmer Funke von Vertrauen war ihm in das bedrückte Herz gefallen. An dieser aufatmenden Hoffnung wurde er auch nicht irr, als er in der Stube gewahrte, daß der Kreuzschnabel still und mit aufgeplusterten Federn in seinem Käfig saß. »Fürgestern hat das fiedrige Mistviech wie närrisch gepfiffen, und das Grausen ist mir ins Haus gefallen. Heut trauert der Wehdamsvogel, und da muß doch wieder eine Freud kommen!«

Diesen Glauben hatte Peter Sterzinger nötig, als er um die Mittagsstunde hinaufstieg zum Leuthaus. Sein Weg war wie ein Spießrutenlaufen durch alle Torheit, die mit Schimpf und Kreischen auszufliegen vermag aus verdrehten Menschenköpfen. Auf dem Marktplatz ein tobendes Leutgewühl. Die Stimmen waren heiser. Die roten, vor Aufregung schwitzenden Gesichter waren anzusehen wie die Fratzen von Betrunkenen. Und in jedem Schimpf und Schrei war ein seltsames Zittern, als säße versteckt in diesen sinnverlorenen Schreiern eine dunkle Angst, die noch heißer in ihnen brannte als der Zorn, mit dem sie an ihren verwüsteten Hafer dachten. Der

Wildmeister, der von einem Felsgrat ruhig niederblicken konnte in gähnende Tiefen, lernte in diesem wirbelnden Aberwitz zum erstenmal im Leben das Gefühl des Schwindels kennen; mit allen Farben schwamm es ihm vor den Augen.

Dann im Leuthaus das ernste Gesicht des Freiherrn von Preysing! Peter Sterzinger überfiel ihn gleich mit dem Schwur, es könnten hundert Leute bezeugen, daß Madda das rote Mal an ihrem Hals schon seit der Kindheit hätte und daß es von einem glühenden Tropfen der Zinnspeise herrühre, mit der ihr Vater die Orgelpfeifen gegossen. Wo die Wahrheit so landkundig wäre, hätte man dem Zwanzigeißen nicht verstatten dürfen, an einem schuldlosen Frauenleut die Nadelprobe zu machen.

»Das ist nicht geschehen, lieber Wildmeister! Ist nur ein Leutgerede. Aus allen Köpfen fliegen die Mären aus wie die Motten aus einem Pelzrock, der geklopft wird. Heut ist Sonntag, da wird nicht peinlich inquiriert. Man hat am Morgen nur ein kurzes Verhör mit den Inhaftierten vorgenommen, die ihre Unschuld beteuerten. Aber ich darf euch nicht verhehlen, daß die Sache ein besorgliches Ansehen gewinnt.« Die Leute wären durch das rätselhafte Verschwinden der stummen Hexe außer Rand und Band geraten. Landrichter Gadolt und der Sekretarius wären am Morgen gröblich beschimpft und mißhandelt worden. Kein Wunder, daß sie jetzt, um sich selbst zu salvieren, für strengste Anwendung des Gesetzes sprächen. Dann hätte Herr von Sölln noch vor dem Hochamt alle Geistlichkeit von Berchtesgaden zusammengerufen und das Bekenntnis abgelegt, daß er selbst der Hexe in der Nacht die Freiheit gegeben, um weiteres Unheil zu verhüten. Es wäre für jeden Verständigen augenfällig gewesen, daß Herr von Sölln dieses gutgemeinte, aber törichte Bekenntnis nur vorschöbe, um der Menge den Glauben zu nehmen, als hätte die Befreiung der Hexe etwas zu schaffen mit Zauberei. Das ganze Kapitel wäre einmütig dagegen aufgestanden, daß die schwebende Sache durch solch eine Notlüge noch verschärft würde. Herr von Sölln hätte die Wahrheit seiner Selbstanklage hartnäckig beteuert, bis auch seine treuesten Freunde, Prior Josephus und Pfarrer Süßkind, wider ihn aufgestanden wären und bezeugt hätten, daß sie in der späten Nachtstunde, da Herr von Sölln die Hexe befreit haben wollte, mit dem Dekan in seiner Stube beisammengesessen wären, um über die böse Zeitsorge Rat zu halten. Ursache zur

Sorge wäre reichlich vorhanden, obwohl die Gerichtsherren den besten Willen hätten, die Wahrheit klarzustellen. Der Michel Pfnüer wäre verhaftet worden, aber zwei Hirten hätten bezeugt, daß der Pfnüer vor Ausbruch des Gewitters auf der Alpe eingetroffen wäre, um nach seiner kranken Kuh zu sehen, und daß er in der Sennstube genächtigt hätte.

»Was für Hirten wären denn das?«

»Die Sennbuben von der Scharitzkehl.«

»Zwei Lumpen und Wilddieb hint und vorn! Um einen Kameraden aus dem Dreck zu lupfen, schwören die zwei dem Teufel den Schwanz weg. Und er hat doch einen!«

Der Freiherr zuckte die Achseln. Das wäre noch nicht das Bedenklichste. Wenn auch gegen die Jungfer Barbière außer dem geschriebenen Bekenntnis der verschwundenen Hexe nichts Greifbares vorläge, so wäre doch gegen die Weyerziskin eine criminatio der grauenvollsten Art erhoben worden. Nach dem Hochamt hätte sich der Mesner der Pfarrkirche eingefunden, um zu bezeugen: Er wäre eines Morgens in der Dämmerung dazugekommen, wie die Weyerziskin ganz grau im Friedhof gesessen und etwas herausgewühlt hätte aus dem Grab ihres Kindes; als er sie angesprochen, hätte sich das Knöchelchen, an dem die Weyerziskin nagte, in eine Rosenstaude verwandelt. Herr von Sölln hätte den Mesner bei Gottes Gerechtigkeit beschworen, sein Gewissen zu erforschen, bevor er eine vom Unglück gebeugte Mutter auf den Holzstoß brächte; seine Aussage könnte nichts anderes sein als eine durch den Aufruhr dieser Tage erzeugte turbatio mentis. Doch der Mesner erklärte, er hätte das seit Wochen in Pein mit sich herumgetragen, aber erst heute, seit ihm die malefizisch eingezogene Hexe nimmer schaden könne, hätte er den Mut gefunden, die Wahrheit zu sagen.

»Jesus!« stammelte Peter Sterzinger. »Die Weyerziskin! Das liebe Trudle! Wenn so was möglich ist, da glaub ich, daß die Welt noch heut in Scherben auseinanderbricht.« Seinen Augen war es anzusehen, daß er nimmer wußte, ob er glauben oder zweifeln sollte.

»Ja, Peter! Die Sache sieht übel aus. Doktor Pürckhmayer und die Gerichtsherren halten das crimen exceptum der Weyerziskin für erwiesen. Und sie kalkulieren: Wenn das geschriebene Geständnis der verschwundenen Magd bei der Weyerziskin auf Wahrheit beruht, warum sollte es falsch sein im anderen Falle?« Dem Freiherrn schwankte die Stimme. »Ich weiß keinen Weg mehr, auf dem ich helfen könnte. Die Kapitelherren sind mit wenigen Ausnahmen durch das Zeugnis des Mesners auf die strenge Seite des geistlichen Kommissars geschoben. Der hat die Köllner Vollmacht in der Tasche. Dem Dekan in seinem machtlosen Erbarmen bleibt nichts anderes übrig, als mit nassen Augen in das wachsende Elend dieser Tage hineinzuschauen und die zitternden Hände in den Schoß zu legen.«

Als Peter Sterzinger mit aschfahlem Gesicht aus dem Leuthaus auf die Straße trat, war die Sonne trüb geworden. Schwüler Südwind wehte, und das Blau des Himmels umschleierte sich mit weißen Dünsten.

Das Erbarmen, dazu die Sehnsucht nach einer Aussprache, trieb den Wildmeister zu dem kleinen Haus, über dessen Dach die Ulmen welkten. Die Fensterläden waren geschlossen. Erst nach langem Rufen und Pochen wurde die Tür geöffnet. Auf der Werkbank, in der verdunkelten Stube, brannte die Öllampe hinter der Glaskugel. Joser trug die lederne Arbeitsschürze, setzte sich stumm vor die Schnitzbank und begann an einem hölzernen Klotz zu schneiden. Aus dem Holze wuchs etwas Häßliches heraus, halb ein verzerrtes Götzengesicht und halb eine Raubtierfratze. Peter Sterzinger machte einen Schritt gegen die Werkbank und blieb wieder stehen, weil unter seinen Schuhsohlen die Glasscherben krachten. »Mensch! So red doch ein Wörtl!«

Joser blickte nicht auf. Er wühlte die Klinge ins Holz. »Reden? Was denn? Mein Weib hat ihr totes Kind gefressen. Und das ist wahr?« Er bückte sich und hob einen Stein von den Dielen auf. »Schau! So, zum Greifen, haben mir die guten Leut das in die Stub geworfen.« Unter grellem Lachen ließ er den Stein wieder fallen, faßte die Klinge und schnitt in das Holz. Der Wildmeister brachte keinen Laut heraus. Nach einer Weile fragte Joser, wieder mit Lachen: »Bist du heut in der Pfarrkirch gewesen?« Peter nickte. »Hast du was gesehen da?«

»Halt den Pfarrherrn! Und die narrischen Leut, die gebetet haben, wie man heuet vor einem Wetter.«

»Sonst hast du nichts gesehen?«

»Nichts!«

»So wird halt auch nichts drin sein in der Kirch!« Joser stieß die Klinge ins Holz, wie man mit dem Messer einen Menschen mordet. »Alle die liebe, fromme Süßigkeit ist des Teufels worden!« Er lachte, schob auf der Werkbank die Fäuste vor sich hin und stierte in den zitternden Lichtglanz der Glaskugel. Da trat der Wildmeister über die krachenden Scherben der zertrümmerten Fenster auf ihn zu und legte ihm den Arm um den Hals. »Joser! Schau! Wir sind doch Brüder worden im Elend und Weg.« Lange schwieg der Weyerzisk. Dann fiel ein Zittern über seinen Körper. Plötzlich stürzte er auf die Knie, faßte den Kopf zwischen die Fäuste und schlug ihn mit der Stirn auf den Boden. »Gelogen und betrogen hab ich! Hab die Seel verschworen und meinen Herrgott verleugnet! Hab mein Glück verhöllt! Mein Kind ist tot! Und mein Trudl muß brennen!« Nach diesem schreienden Ausbruch seiner Qual befiel ihn ein Zustand dumpfer Erschöpfung. Er ließ sich vom Wildmeister aufrichten, zu einer Bank führen und hörte alles schweigend an, was barmherziger Trost ihm vorredete. So lange saßen die beiden auf der Bank, bis die weißen Lichtlinien an den geschlossenen Fensterläden sich zu trüben begannen. Erschrocken erinnerte sich Peter Sterzinger der Zeit und seiner Kinder.

Wieder allein, nahm Joser die Öllampe, leuchtete an den Wänden hin, an denen der kleine Kram des Trudle glitzerte, leuchtete in die Kammer, tat ein unverständiges Ding ums andre und stellte schließlich den Perpendikel der Wanduhr, statt die abgelaufenen Gewichte aufzuziehen. Taumelnd trug er die Lampe zur Werkbank und erschrak vor der grinsenden Fratze, die er aus dem weißen Holzklotz herausgeschnitten hatte. Wie Raserei befiel es ihn. Keuchend griff er nach dem Beil und zerhackte mit hundert Hieben das unheimliche Gebilde, das er im Zorn seines Schmerzes geschaffen hatte.

Schritte im Garten. Ein grober Schlag gegen die Haustür. Und eine Männerstimme: »Machet auf! Wir sollen Wäsch und Gewand für die Weyerziskin holen!« Zwei Spießknechte traten in die Stube, einer mit brennender Laterne, denn die Nacht war finster geworden unter dem dichten Gewölk, das der rauschende Südwind über dem Tal zusammentrieb. Joser fing um das Trudle ein jagendes Gestammel an. Ein Spießknecht mahnte: »Flink, Meister, wir sind nit zum Heimgart da!« Mit der Lampe taumelte Joser in die Kammer. Was seine zitternden Hände an Gewand und Wäsche zusammensuchten, hüllte er in ein Leintuch. Als die Spießknechte mit dem Pack davongingen, sprang auch Joser in den Garten und schlich hinter den beiden her, durch die Wiesen, über den Stiftsberg hinauf. Droben in den Gassen alles still. Am Stift viele Fenster erleuchtet. Die großen Höfe finster und öd. Den Pfarrer Süßkind, der beim Tor des Laienhofes in der Mauerecke stand, konnte Joser nicht sehen. Den Laienhof erfüllte trüb das Geflacker eines Pfannenfeuers. Bei einer eisenbeschlagenen Tür, die offen war, standen zwei köllnische Dragoner, jeder mit dem blanken Pallasch über dem Arm; vor der Wachtstube saßen Musketiere und Spießknechte auf der Bank. Mit Zittern stand Joser in der Finsternis des Stiftshofes. Da kam einer von der eisenbeschlagenen Tür her, ein kleines, schiefschultriges Männchen, und ging durch den finsteren Stiftshof. Joser sprang ihm nach: »Magister! Um Christi Barmherzigkeit! Was ist denn mit meinem Trudle?« Krautendey blieb stehen. Dann nahm er, ohne ein Wort zu sagen, den Weyerzisk bei der Hand und zog ihn mit sich fort.

Aus der finsteren Mauerecke neben dem Torbogen klang ein Seufzer heraus wie das bange Aufatmen eines Menschen, dem es steinschwer auf der Seele liegt. Jetzt im Laienhof eine gepreßte Stimme: »Ist der Zwanzigeißen noch da?«

Ein Spießknecht antwortete: »Nein, Herr Sekretär! Der hat sich heimgemacht, wie der gnädig Herr Dekan zur Beicht hinunter ist. Der Herr selber hat ihn fortgewiesen.«

»Gnädiger Herr? Verhält sich das so?«

»Seine Gegenwart bei der Spendung eines heiligen Sakramentes war eine Entweihung, die ich nicht dulden durfte.«

Als Pfarrer Süßkind diese Stimme vernahm, sprang er an die Mauer hin, gegen das Portal des Stiftes, und sah die beiden aus dem Laienhof treten: den Doktor Besenrieder und Herrn von Sölln, der über dem weißen Habit das Chorhemd mit der Stola trug. Der Dekan blieb stehen. »Besenrieder? Wollt Ihr dieser leidenden Mutter nicht eine Pflegfrau hinunterschicken?«

»Das verbietet ein paragraphus ordinis judiciorum. Ich habe schon aus Menschlichkeit gegen mein Amt gehandelt, als ich ohne Gerichtsbeschluß die Beichtigung der Weyerziskin gestattete. Gegen das jus prinzipale des Himmels durfte ich keinen Einspruch erheben. Eine Pflegfrau kann ich nicht bewilligen. Es steht zu erwarten, daß sich die Inkulpatin von der Fehlgeburt, die ihr der Schreck der Inhaftierung verursachte, binnen wenigen Tagen erholt.«

»Und wieder Kräfte sammelt für die Peinbank?«

»Ihr sagt das wie einen Vorwurf gegen mich. Das ist ungerecht. Die res adversae dieser Tage haben gerade mich am schwersten betroffen. Aber die Pflicht steht über meinem Herzen.« Besenrieder schritt erhobenen Hauptes durch die Finsternis davon. Er war im Dunkel schon verschwunden, und noch immer stand der Dekan auf der gleichen Stelle, die geballten Fäuste vor sich hingestreckt. Da legte sich ein Arm um seine Schultern, und eine in Erregung flüsternde Stimme fragte: »Habt Ihr was reden können?«

»Süßkind! Ach, Süßkind!« Herr von Sölln warf sich an die Brust des Pfarrers. »Mein Herz ist mit Dornen geschlagen! Die vier Augen dieser beiden Frauenleute stehen vor meiner Seele wie vier flammende Klagen.«

»Habt Ihr was reden können?«

»Mit der Weyerziskin nicht. Sie ist von einer Ohnmacht in die andere gefallen. Aber die Jungfer Barbière ist mutig, daß sie einen Mann beschämen könnte. Die will es tun. Sie getraut sich, die Peinbank zu überstehen und fest zu bleiben, um das Land vor diesem Elend zu erlösen und das eigene Leben zu retten. Süßkind, Süßkind! Was für eine Zeit ist das? In der man zum Guten nur helfen kann mit gefährlichen Lügen! Schlägt das fehl, so sind wir alle verloren, und zu Berchtesgaden hebt ein Brennen an, daß die Berge rot werden. Süßkind, jetzt versteh ich, was zu Würzburg geschehen ist: daß der Hexenbeichtiger David Hans beim Meßlesen irrsinnig geworden ist und den Kelch mit des Herrn geweihtem Blut aus der Hand geworfen hat. Hundertfältige Unschuld aufnehmen in sein Ohr! Und als Priester nicht reden dürfen und sehen müssen, wie die Schuldlosen brennen!«

Süßkind flüsterte mahnend: »Still! Da geht einer!«

Der Gebeugte, der da gegangen kam in der Finsternis, sah nur die rote Helle, die herausglostete aus dem Tor des Laienhofes. Er wankte wie ein Müder, der schwere Wege machte, kam zum Tor und hörte das Schwatzen der Musketiere. »Soll mich der Teufel holen«, sagte einer, »ich glaub's halt nit!« Eine andere Stimme: »Du Lapp, du gutmütiger! Wenn's der Zwanzigeißen doch selber gesehen hat, wie die drei Kröten von der Weyerziskin davongesprungen und in die Mauer geschloffen sind! Sein Leben tät er verwetten, sagt der Zwanzigeißen, daß er die Teufelskinder findet, wenn er morgen sucht mit einem geweihten Licht.« Das Gespräch der Knechte verstummte. Im flackernden Schein des Pfannenfeuers stand ein Mensch vor ihnen, mit einem Gesicht zum Erschrecken. Der schrie: »Du Lump! Was redest du da von meinem Weib?« Die Musketiere packten den Joser und stießen ihn auf den Marktplatz hinaus.

»Halt's dem christlichen Erbarmen zugut, daß wir dich laufen lassen!«

Neben dem Brunnen stürzte Joser auf den Boden hin. So lag er eine Weile. Dann richtete er sich auf, schöpfte mit beiden Händen Wasser und wusch das Gesicht. Er ging in der Nacht die Straße hinunter, hob die Fäuste über den Kopf und keuchte: »Jochel! Morgen suchst du die drei Kröten nimmer!« Die Hände um das Stangengeländer klammernd, das die Straße von der Sunke des alten Wallgrabens schied, spähte er hinüber in das Dunkel. Die Wand mit den vermauerten Fenstern war die Wand des Mühlenkellers, in dem der Mann im Salz geduldig auf die römische Botschaft wartete. Daneben, in einer gepfeilerten Mauer, die sich rundete, war ein schwarzer Fleck: ein vergittertes Fensterloch. Keuchend schwang sich Joser über das Geländer, ließ sich hinuntergleiten in den Graben, rannte drüben über die Böschung hinauf, klammerte die Hände in das Gefüge der Mauer und kreischte gegen das vergitterte Fenster: »Trudle! Trudle! Hörst du mich nit?« Da legten sich in der Finsternis zwei würgende Hände um seinen Hals, und eine, bebende Stimme raunte: »Schweig! Um Christi Barmherzigkeit willen, schweig!« Weyerzisk hatte sich wehren wollen, meinte die Stimme zu erkennen und ließ die Arme fallen. »Willst du schweigen? Und tun, was ich sag?« Joser nickte. Und stammelte, als ihn der andere freigab: »Du bist mein Bruder im Elend, gelt? Du bist der Bub, den die Maddle lieb hat!«

»Komm!« Adel faßte den Weyerzisk bei der Hand und riß ihn mit sich fort, durch den Wallgraben hinunter.

Das schwermütige Rauschen der Ache klang zusammen mit dem mißtönigen Lied, das der Südwind pfiff. Manchmal, wenn der Schein des verhüllten Mondes einen halben Weg durch die treibenden Wolken fand, huschte eine matte Helle durch die Finsternis des Tales hin wie ein verheißendes Rätsel des Lichtes.

Gegen zwei Uhr morgens traten der Weyerzisk und Adelwart aus dem kleinen Ulmenhaus in den Garten. »Meister«, flüsterte Adel, »gib mir die Hand auf alles!« Weyerzisk reichte dem Buben die Hand. Der hielt sie eine Weile schweigend umschlossen. Dann sagte er: »Dir sollt ich trauen müssen! Es geht um dein Glück, um deines Weibes Leben. Aber sooft ich dir in die Augen geschaut hab, hat mich eine Sorg gepackt. In dir ist ein verschlossen Ding, das sich versteckt vor mir.«

»In mir ist die Sorg um mein Weib. Ich bin der deinig mit Leib und Seel.«

»So komm!« Die beiden gingen zur Gartentür. »Wenn drüben Licht ist im Haus, so wart eine Viertelstund. Nachher schlief durch die Heck und poch an das Fenster.« Da sprang der Weyerzisk wie ein Irrsinniger gegen die Stauden hin und stampfte mit den Füßen unter keuchenden Flüchen auf den Rasen. »Mensch! Was ist denn?« fragte Adelwart.

»So eine Krot ist über den Weg gehupft.«

»Ist in der jetzigen Stund nichts anderes in deinem Verstand? Und ist das nit auch ein Tier, das leben will?«

Joser lachte. »Die findet keiner nimmer!«

Schwer atmend stand Adel in der Finsternis. »Jetzt liegt mein Fürhaben in deiner Hand. Verdirbst du mir den Weg, so wirfst du dir einen schweren Prügel vor die eigenen Füß. In Gottes Namen, so komm halt!« Die beiden traten aus dem Garten, und Adelwart spähte auf und nieder über den grauen Streif der Straße. Dann preßte er die Fäuste vor die Augen. »Wär nur der Tag schon vorbei! Oder tät mir einer das Denken auslöschen: was sie leiden muß, bis es wieder nächtet!«

Leise lachte der Weyerzisk. »Denkst du an den Jochel? Da sei ohne Sorg! Droben im Stiftshof hab ich's von den Musketieren gehört, daß der Zwanzigeißen unpaß war und morgen nit amten könnt.«

»Meister?« Das klang wie ein erstickter Jubelschrei. »Ist das wahr?«

»Heilig und wahr! Da verschwör ich meine Seel!«

»So ist alles gut!« Adel krampfte die Fäuste in seine Brust. »Jetzt schnauf ich auf. Und was ich hab an Kraft, das ist gedoppelt.«

In jagenden Sprüngen rannte er über die Wiese und warf sich mit vorgestreckten Armen durch die Hecke, daß die Zweige krachten. Im Zwinger fingen die Hunde zu lärmen an. Mit lockenden Lauten machte der Jäger sie still, huschte zum Haus und pochte an ein Fenster. In der dunklen Stube ein leises Geräusch. Wieder pochte der Bub. »Wildmeister! Ich hätt ein Wörtl zu reden.«

Ein Fenster wird aufgerissen. »Du?«

»Ich bin's.«

»Allmächtiger! Ist was Unguts mit meinen Kindern?«

»Die haben geschlafen, wie ich fort bin von daheim. Eins hat die Ärmlen um das ander gehabt.«

»Gott sei Lob und Dank!« In der Stube glomm ein Lichtschein auf. Dann wurde an der Flurtüre der Riegel zurückgestoßen. Adelwart trat ins Haus. Mit brennenden Augen sah er in der Stube umher. Jedes Stücklein Hausrat war ihm wie ein erschütterndes Ding. »Gelt? Ist dir auch die Nacht zu lang gewesen?« sagte Peter Sterzinger. »Dreimal hab ich mich schon gelegt. Und dreimal bin ich wieder aufgestanden. Alles ist mir wie ein Loch, so tief, daß ich nimmer hinunterschau bis auf den Boden.« Adel nickte. Und strich mit zärtlicher Hand über die Kante der Tischplatte hin, auf der die Arme der Jungfer Barbière geruht hatten, wer weiß wie oft. »Ja, Wildmeister! So hab ich heut nacht hinuntergeschaut in das tiefe Loch der Welt. Und hab keinen Boden gesehen. Keinen kalten und keinen heißen. Weil ich gemeint hab, es war keine Straße nimmer mit Gottes Hilf, drum bin ich auf einen Kreuzweg hin und hab geschrien: ›Satan, erscheine!‹ Ich hätte ihm mein Leben und meine Seel gegeben, bloß für das einzige, daß er die Jungfer freimachen tät.«

Peter Sterzinger stammelte erschrocken: »Mensch! Wie kann man sich so versündigen!«

»Ohne Sorg, Wildmeister!« Der Bub lächelte mit verzerrtem Gesicht. »Es hat sich der Teufel nit erschreien lassen. Kann sein, weil es keinen gibt. Oder kann auch sein, weil's um die elfte Stund gewesen ist, nit um die zwölfte. Einer, der für seine Regentschaft bloß ein einziges Stündl hat, den brauchen die Menschen nit fürchten. Wo man dreiundzwanzig Stündlen hat, in denen man sich selber helfen kann.« Adel setzte sich auf die Bank und bekam eine andere Stimme. »Heut, am Morgen, muß ich im Hällingeramt ansagen, was ich an Werkzeug, an Kraut und Zündschnuren brauch zum Salzschießen. Vor ich den Herren die Sach fürweisen soll, ist mir's drum, daß ich das Ding noch einmal proben möcht für mich allein. Kann ich von dir eine Kapp voll trückenes Feinkraut haben und eine Armsläng Zündschnur?«

Dem Wildmeister stieg der Ärger in den beklommenen Hals. »Die Maddle hockt da droben, zwischen Unschuld und Feuer! Und da kommst du und denkst an dein Salzschießen und Pulverschnöllen? Und wie du's den gnädigen Herren recht machen kannst im Taglohn?«

Adel lächelte. »Wenn's Nacht ist, muß der Mensch denken, wie der Morgen weitergeht.«

»Brav, Bub!« Peter schnaufte schwer. »So hab ich mich noch nie verschaut! Hätt den Hirsch deiner redlichen Seel auf drei gute Zentner geschätzt. Und da liegt ein windiger Spießer auf dem Wasen. Du bist einer von denen, die mit ihrer braven Ruh im Leben was fürwärts bringen. Meinetwegen! Mach dein fürsichtiges Probstückl! Das Feinkraut und die Zündschnuren kannst du haben von mir. Nachher sagen wir einander Grüßgott. Und fertig!« Er hob den Deckel einer eisenbeschlagenen Truhe und nahm aus ihrer Tiefe ein Bündel Luntenschnüre und eine mit Pulver gefüllte Blechkanne. Von der Bank aufspringend, packte Adelwart dieses Zeug mit so hastigem Griff, daß ihn der Wildmeister betroffen ansah. »Bub?« Da wurde ans Fenster gepocht. »Jesus«, stammelte Peter, »wer ist denn da schon wieder?« Als er aufhorchte, erkannte er die Stimme draußen. »Barmherziger! Das ist der Joser!« Während er zur Tür wollte, streifte er den Buben mit einem galligen Blick. »Da kommt einer – bei dem wird's fehlen mit der Ruh!«

Adel, das Luntenzeug und die Pulverkanne auf dem Arm, vertrat ihm den Weg. »Wildmeister!« Es flammte heiß in seinen Augen. »Wie ich noch ein Bübl gewesen bin, hat mir mein guter Pfarrherr einmal erzählt von einer griechischen Königstochter, die man verbrennen hat wollen, bloß weil der richtige Wind nit gegangen ist. Da hat eine heidnische Götzin aus dem Himmel herausgelangt und hat die Königstochter zu sich hinaufgehoben ins Gewölk. Der König hat seine Tochter im Leben nimmer gesehen. Aber der Königstochter ist's gut gegangen. Was eine heidnische Götzin kann, das muß unser christlicher Herrgott in Gnaden doch auch vermögen. Wenn er in Güt herauslangen tät aus dem Himmel und tät durch ein Wunder Eure Schwägerin aus den spanischen Schrauben lupfen? Und tät sie fortheben, weit fort? Aber wo ihr das Leben gut ist in Glück und Freuden? Wildmeister, was tätet Ihr sagen?«

»Vergelts Gott halt!« Peter Sterzinger schien nicht recht zu wissen, was er redete. Immer starrte er den Buben an, dieses ernste Gesicht, diese brennenden Augen. »Tausendmal Vergelts Gott tät ich sagen! Was denn sonst?«

Adelwart atmete auf. »So will ich dem Weyerzisk die Haustür aufriegeln.«

Der Wildmeister stand wie versteinert, sah den Weyerzisk in die Stube treten und sah, wie Joser zum Tisch ging und einen beschriebenen Bogen neben die flackernde Kerze legte. »Peter, da hab ich eine Schrift gemacht. Die schreibt dir Vollmacht zu über mein Haus und alles, was mein ist. Wenn sich's weisen tät, daß mein Trudle unschuldig ist, so will ich auswandern. Ins steirische Land. Es heißt, da brennen sie weniger. Da will ich hin. Bin ich mit dem Trudle im steirischen Land, so kriegst du Botschaft. Dann verkauf mein Haus –« Dem Joser brach die Stimme. »Tät's anders kommen, ich weiß nit wie, so gib den Preis für mein Haus an den Hällingmeister. Der soll's den Evangelischen von Berchtesgaden zukommen lassen!«

Peter Sterzinger schien aus seiner Betäubung zu erwachen. »Joser, ich tu, was du willst! Aber was du redest, ist doch alles wie ein unsinniger Traum.«

»Wird schon einen Sinn kriegen. Was gut gewesen, ist schlecht worden. Wo das Glück gehauset hat, hupfen die Kröten über den Weg. Da kann's auch kommen, daß Unsinn Verstand wird und daß sich ein Schlechtes zum Guten wandelt.« Joser lachte. »Also, Peter – Vergelts Gott auf ewig!« Er reichte dem Wildmeister die Hand. »Und laß dir einen Rat geben!« Seine Stimme bekam einen Klang von grausamer Härte. »Hupft dir eine Krot über den Weg, so zerschmeiß das Ungeziefer mit einem Stein! Oder schlag es tot mit dem Stecken.«

Das schien der Wildmeister anders zu verstehen, als es gemeint war. Er sagte: »Da müßt einer viel Leut erschlagen!«

Joser gab keine Antwort, ging aus der Stube und verließ das Haus.

Der Südwind hatte sich in ein flackerndes Wehen verwandelt; bis tief herunter über die Wälder hing das schwere, dunkle Gewölk; ein feines, kühles Nebelreißen ging durch die Finsternis.

In der Stube des Josua brannte die Lampe. Er begann in seinem Handwerkszeug zu kramen wie einer, der sich an die Arbeit machen will, wählte eine schlanke, dreikantige Feile und prüfte sie lang. »Die wird's tun!« Ruhig setzte er den Schleifstein in Schwung, schliff das Ende der Feile zu einer scharfen Spitze, wickelte einen Lederfleck herum und legte sie in die Fensternische. Alles andere Werkzeug räumte er in die Kästen und machte Ordnung wie am Feierabend vor einem hohen Festtag. Dann sah er nach der Wanduhr. Die stand. Ein abergläubischer Schreck befiel den Joser, der nicht wußte, daß er selber den Perpendikel gestellt hatte. »Deutet das auf Tod oder Teufel?« schrie er in die stille Stube, schüttelte sich, stieß an einem der zertrümmerten Fenster den Laden auf und schob den Kopf hinaus. Noch immer lag die Finsternis um das kleine Haus. Joser war ruhig geworden. Aus einer Truhe nahm er das Geld, das er sich erspart hatte. In einer langen Strieme wickelte er die aneinandergereihten Münzen in eine geblümte Feiertagsschürze seines Weibes und band sie unter dem Spenzer um seinen Leib. Dann legte er Gewand und Wäsche zusammen, gab von dem schimmerigen Kram der Fensterecke dazu, was sein Trudle am meisten geliebt hatte, und machte aus allem ein Bündel, das sich mit zwei Strickschlingen hinter den Schultern tragen ließ. Nun schürte er in der Küche auf dem offenen Herd ein Feuer an. Als die Flamme züngelte, trug er zusammen, was seinem Trudle gehörte und an sein Kind erinnerte. Alles verbrannte er. Ein übelriechender Qualm erfüllte das ganze Haus. In Menge flogen die Aschenflocken umher und fielen grau auf alles Gerät.

»Allmächtiger!« stammelte Joser, als er plötzlich sah, daß es auch vor den Fenstern grau geworden. In der Stube fiel er auf die Knie und drückte das Gesicht in die Hände. Dann stand er ruhig auf, verwahrte die mit Leder umwickelte Feile in seinem Spenzer, nahm das Bündel auf den Rücken und blies die Lampe aus.

Ein dünner Regen fiel. Alles war grau von Nebel und der Morgen kalt. Auf den Bergen mußte Schnee gefallen sein.

Joser eilte über die Achenbrücke. Im Wald, zwischen dichten Stauden, verbarg er das Bündel. Dann zurück über die Brücke, in jagendem Lauf an der Ache entlang und durch die Wiesen hinauf zur Salzburger Straße. Neben dem Straßengraben versteckte sich Joser im Buchengestrüpp und zog die geschliffene Feile aus dem Spenzer. »Jochel! Heut suchst du nimmer – mit deinem geweihten Licht!«

So langsam kam der Tag, wie das Glück einem Elenden kommt. Der Morgensegen, der geläutet wurde, klang in dieser Nebelschwere, als wären die Glocken in Filz gewickelt. Ein Düngerkarren, von zwei Ochsen gezogen, kam über die Straße heruntergeholpert. Dann kamen drei Bauern, die mit Mistgabeln zu ihren verwüsteten Haferfeldern gingen. Sie schwatzten und wurden plötzlich still, weil sie den Jochel Zwanzigeißen sahen, der seine fette Behäbigkeit in einen schwarzen Mantel gewickelt hatte.

Jochel wanderte gegen den Markt. Nun blieb er stehen, spähte über die Straße voraus, kicherte vor sich hin und huschte hinter den Stamm eines Ahorns, der am Wege stand. In den Buchenstauden hatte Joser schon die Zweige vor sich weggebogen, um freien Sprung zu haben. Er duckte sich wieder. Auf der Straße vom Markt her, kam ein altes Weib gegangen, die Käserin, mit einer vierzinkigen Düngergabel auf der Schulter. Über dem Stiel der Gabel hatte das Weib, aus dessen welkem Runzelgesicht ein verstörtes Leben redete, die Hände ineinandergeklammert. Sie betete mit halblauter Stimme: »Gegrüßet seist du, Maria, Mutter voller Gnaden –« Da sprang der Jochel Zwanzigeißen hinter dem Ahorn hervor, schwang seinen schwarzen Mantel flügelig auseinander und kreischte: »Hex! Woher und wohin? Bist du auf deiner Gabel! –« Der Jochel wurde plötzlich stumm und verlor den Hut. Der Kopf sank mit geschlossenen Augen in den Nacken, als wäre der Zwanzigeißen schläfrig geworden. Umfallen konnte er nicht, weil er in der Brust die vier Zinken der Gabel hatte, deren Stiel die alte Käserin in den Fäusten hielt. Als das Weib die Gabel erschrocken zurückzog, fiel der gemütliche Jochel stumm auf die Straße hin, und während die Käserin wie rasend davonrannte, kollerte aus dem schwarzen Mantel des Jochel eine kleine rote Holzschachtel heraus. Der Deckel löste sich. Drei graue, faustgroße, lebendige Dinger hüpften träg über die Straße, suchten ein Versteck und bargen sich unter dem schwarzen Mantel des Jochel Zwanzigeißen, der, so still er auch lag, noch immer schmunzelte.

19

Es war um die Schichtglocke, gegen sieben Uhr am Morgen, als Adelwart und Jonathan aus dem Bergwald herausschritten. Ihre groben Lodenmäntel waren vom Regen weiß behangen mit kleinen Tropfen. Während die beiden auf die Straße traten, kam einer über die Brücke gelaufen und kreischte: »Hällingmeister!« Es war der Schinagl. Atemlos kam er angesaust und schrie: »Sind die Kinder wohlauf?«

»Freilich! Die haben grad mit der Mutter die Supp gegessen.«

»Gott sei Lob und Dank!« Schinagl wischte sich den Schweiß von der Stirn. »Soviel Angst hat der Herr gehabt, weil der Wehdamsvogel tot vom Spreißel gefallen ist.«

Köppel erschrak. Er schien dieses böse Zeichen nach dem Gewicht zu werten, das ihm zukam. Adel sagte ruhig: »Der Kreuzschnabel, den ich in Eurer Stub gesehen? Unter dem Dach des Wildmeisters geht das Elend schon in den dritten Tag. Hat seit drei Tagen eins daran gedacht, daß man dem Vogel Futter geben muß?«

Schinagl riß die Augen auf. »Meiner Seel! Der Vogel muß verhungert sein!« Er fing zu lachen an und rannte wie ein Narr davon.

»Jetzt guck! Und da bin ich selber erschrocken!« sagte Jonathan. »Wie lang ist's her, daß man dem hungrigen Verstand der Leut kein gesundes Futter gegeben hat? Kein Wunder, wenn alles vom Spreißel fällt. Bei uns und im ganzen Reich!«

Vom Hällingeramte klang den beiden ein wirres Stimmengelärm entgegen. Jonathan umklammerte die Hand des Buben. »Was wird denn da schon wieder sein? Du gottverfluchte Zeit!« Seine Befürchtung, daß dieser Aufruhr dem Buben gelten könnte, der den Satan aus dem Berg gefeuert, wurde durch das erste Wort beschwichtigt, das die beiden im Hofe des Hällingeramtes zu hören bekamen. Von den hundert aufgeregten Knappen kümmerte sich keiner um Adelwart. Jetzt hatten sie über den Jochel Zwanzigeißen zu schreien. Den hatte man kalt auf der Salzburger Straße gefunden. Die einen behaupteten: mit einem Schürhaken erstochen. Die anderen schrien: mit siebenmal umgedrehtem Hals. Ob erwürgt oder totgestochen, allen war es klar, daß der Teufel das verübt hatte, um seine malefizisch eingefangenen Buhlschwestern zu behüten. Daß der Satan dabei im Spiel gewesen, war bewiesen durch die drei Kröten, die man davonhüpfen sah, als man den schmunzelnden Jochel von der Straße aufgehoben. Und die Bachbäuerin, die mit ihrem Mann dazugekommen, als der Jochel noch warm gewesen, hatte den Höllischen in Gestalt eines grauen Weibsgespenstes auf einer Gabel durch den Nebel davonreiten sehen, so flink, wie nur der Teufel reiten kann. Und eine neue Hexe wäre gefunden! Als die Spießknechte den stillen Jochel zum Freimannshaus getragen hätten, wäre ihnen das Tor nicht geöffnet worden. Sie hätten es eingeschlagen und in der Stube des Freimannshauses die rosthaarige Tochter des Jochel Zwanzigeißen gefunden: mit Stricken an eine Bettlade gefesselt, das Gesicht und die Schultern von blutigen Striemen bedeckt, mit einem Knebel im Mund. So könnte doch ein Vater mit seiner Tochter nicht umspringen, wenn das gottverlassene Weibsbild nicht eines grausigen Dinges schuldig wäre, dessen Entdeckung der Vater hätte verhüten wollen. Minder barmherzig, als der Vater Zwanzigeißen da gehandelt, würden wohl die zwei Freimannsgesellen sein, um die das Malefizgericht bereits einen reitenden Boten nach Salzburg schickte und die vor Abend noch zu Berchtesgaden eintreffen würden.

Jonathan wollte den Buben mit sich fortziehen und erschrak bis ins innerste Herz. So ganz ohne Leben und Farbe, so ganz verstört und verzweifelt hatte er das Gesicht und die Augen Adelwarts noch nie gesehen. »Bei Gottes Barmherzigkeit! Du wirst doch nit wissen drum, wie der Zwanzigeißen hat sterben müssen?« Adelwart schüttelte stumm den Kopf. »So red doch, Bub! Was tut dich denn so verstören?«

»Vater! Alles Elend bis heut ist wie ein reißender Bach gewesen. Aber eine Bruck ist drüber gegangen. Die hab ich gesehen. Jetzt ist der Bach ein Meer geworden. Und drüben seh ich kein Ufer nimmer.« Die Schichtglocke läutete. Da schien der Bub seine Ruhe wiederzufinden. »Vater, du mußt einfahren!« Er schlang den Arm um Jonathans Hals und küßte den alten Mann mit heißer Zärtlichkeit auf die Wange. »Glück auf! Mußt dich net sorgen um mich. Ich tu, was ich muß. Wär's nit der Herrgott, der mich treibt, ich tät nit wissen, wer mir die Kraft gibt.«

Er riß sich los und trat in die Amtsstube, um dem Bergschreiber anzusagen, was er für die Probe seiner Schießkunst nötig hätte.

»Wird alles religiosissime perduziert werden.« Das Handwerkszeug wäre bis zum Nachmittag geschmiedet, genau so, wie Adelwart das verlange; und es spräche kein Impendiment dagegen, wenn er die Steinmeißel und Bohrstangen vor Nacht vom Hällingeramte noch abzuholen wünsche, um sie auf ihre Brauchbarkeit zu experieren. Das Kraut und die Zündschnuren würden am Abend noch in die Stollen advehiert, damit Adelwart für seine Probe alles in re praesenti fände. Hoffentlich spränge diesmal kein Teufel aus dem Salzberg, sondern nur die wünschenswerte Fortuna der Herrschaft.

Als Adelwart hinaustrat in den still gewordenen Hof, über den der feine Regen niederstäubte, schlug er die Fäuste an seine Stirn, wie um einen Gedanken zu ersticken, der ihn marterte.

Drüben in der Salzmühle das dumpfe Rollen der mahlenden Steine, die auch den größten Brocken klein bekamen.

»Ich muß! Und ich muß!« Adelwart ging der Straße nach, die hinausführte gegen die Wiesen, zwischen denen das einsame Freimannshaus sich hinter Weiden und Erlen versteckte.

Zwei magere Maultiere, mit langen Stricken angepflöckt, weideten neben der Straße. Ein Blachenkarren stand unter dem triefenden Laubdach einer Buche. Adel wollte vorübergehen. Da sah er unter der Blache des Karrens einen Mann auf leeren Säcken schlafen. Ein müdes, abgezehrtes Gesicht, um das ein rot und grau gesprenkelter Bart wie ein ausgezacktes Schurzfell herumhing. Dem Buben schoß es mit heißer Glut in die Stirn, und ein Blitz der Hoffnung glänzte in seinen Augen. Er sprang auf den Karren zu, griff mit beiden Fäusten unter die Blache, packte den Mann und rüttelte ihn aus dem Schlummer. »Passauer? Bist du's oder nit?«

Der Kärrner schlug die Augen auf. »Passauer? Bist du's?«

»Ich bin's. Und du bist der Bub, der mir aus dem Dreck geholfen!«

»Und was du mir versprochen hast? Weißt du das noch? Ich brauch dich, Passauer! Willst du mir helfen?«

»Ich will's. Was soll ich tun?«

Adel warf einen jagenden Blick auf die Straße auf und nieder. Dann klammerte er den Arm um den Hals des Kärrners. »Passauer! Ich leg mein Glück und Leben in deine mageren Händ. Das Mädel, das mir gut ist, wollen sie verbrennen. Ich mach das Mädel frei. Heut in der Nacht. Und ich brauch deinen Karren. Der tät noch flinker sein als meine Füß. Passauer, willst du? Ich hab nichts, Passauer, und kann deinen Karren nit zahlen. Aber willst du Lohn, so reiß mir das Herz aus dem Leib und die Augen aus dem Kopf. Ich geb sie mit Freuden.«

Da drückte der Kärrner seine knöcherne Hand auf den Mund des Buben. Das Gesicht des Rotbärtigen verzerrte sich, und seine Augen funkelten. »Ich will dir sagen, wieviel Lohn ich brauch! Mir haben sie um Johanni zwei von meinen lieben Föhlen verbronnen. Neun Jahr ist die eine gewesen, elf die ander. Und haben in der Pein bekennen müssen, daß sie dem Teufel sieben Kinder geboren hätten! Weißt du jetzt, wieviel Lohn ich brauch? Wo muß ich warten mit meinem Karren?« Adel konnte nicht antworten.

»Red! Wo muß ich warten?«

»Wenn's auf Mitternacht geht, hinter dem Pfannhaus drüben, auf dem Reichenhaller Weg.«

Der Passauer schob den Buben mit der Faust von sich, duckte den Kopf auf die leeren Säcke und schien zu schlafen.

Wie in einem Rausch voll gläubiger Hoffnung eilte Adelwart durch den Regen. Daß er den Passauer gefunden, in dieser Stunde, erfüllt von brennendem Zorn wider das Elend der Zeit, das empfand er wie einen Fingerzeig des Himmels, der ihm beistehen wollte. Doch als die Bretterplanke des Freimannshauses auftauchte, legte sich ihm eine neue Sorge gleich einer eisernen Klammer um Hals und Herz. ›Was hilft mir der Passauer, wenn's mir fehlschlägt mit dem Mädel ?‹

Aus dem Gehöft des Jochel Zwanzigeißen war ein Klirren zu hören, wie wenn Eisen gegen Steine schlägt. Am Tor brauchte Adel nicht zu pochen. Das lag in Trümmern. Als er eintrat, zitterte sein Herz vor allem Schauerlichen, das ihn auf dieser ehrlosen Stätte erwarten mußte. Doch an dem Bilde, das sich auftat, war der Regen das einzig Trübe. Zwischen einer Wiese mit fruchtbehangenen Obstbäumen und einem gepflegten Gemüsegarten, der an den Beetsäumen noch Blumen hatte, stand ein kleines, freundliches Haus, das Gemäuer weiß getüncht, die Läden und Fensterkreuze mit blauer Farbe gemalt. Blumenstöcke mit bunten Astern auf allen Gesimsen. Über der Haustür hingen drei Schwalbennester an der Mauer; und die alten Pärchen und die flügge gewordenen Jungen saßen in dichtgedrängter Reihe auf einem Balkon unter dem Schutz des Daches, guckten mit den kleinen Augen in den Regen hinaus und zwitscherten leise, wie in Sehnsucht nach einem schönen Tag, an dem sie reisen könnten.

Staunen im Blick, stand Adelwart auf dem rot besandeten Weg. Durch seine Gedanken zuckte die Frage: ›Haust man in der Unehr so friedlich wie in der Ehr?‹

Nur das Rauschen der nahen Ache, dieses Schwalbengewisper und das eintönige Geplätscher der Dachtraufe. Im Haus kein Laut. Hinter einem Schuppen klang wieder jenes Klirren, wie wenn Eisen gegen Steine schlägt. Diesem Geräusch ging Adel nach. Da fuhr ihm ein Schauer über den Rücken, weil er unter dem Schuppendach die Angelgerte des Jochel Zwanzigeißen stehen sah. Und hinter dem Schuppen, auf einem stubengroßen Wiesenfleck, der mit Pfählen umschlagen war, stand die Freimannstochter bis an die Brust in einer Grube und warf mit der Schaufel die steinige Erde heraus. Neben dem frischen Hügel, der sich da anhäufte, lagen vier andere, die von Gras überwachsen waren. Mit versunkenem Eifer arbeitete die Gräberin, nicht traurig, nicht müde, mit einer gleichmütigen Kraft, die nur eines zu wollen schien: daß die Grube fertig würde. Bald! Ihr Hemd und das Röckl darüber klebten vor Nässe an dem hageren Leib. Die feuchten Strähnen des rostfarbenen Haares hingen wirr in das von blauen Malen entstellte Gesicht und auf die halb entblößten Schultern, die mit roten Striemen bedeckt waren.

Adel trat zur Grube hin. Da blickte die Freimannstochter auf. Blässe rann ihr über das von der Arbeit erhitzte Gesicht, und ein martervolles Entsetzen redete aus ihren Augen. Sie schien lachen zu wollen, in Zorn und Hohn, aber es ging nur ein wehes Zucken um ihren Mund. Dann beugte sie das Gesicht und schaufelte weiter. »Das ist schieche Arbeit für dich!« Sie sah nicht zu ihm auf, machte nur, kaum merklich, eine Bewegung mit den Schultern. »Komm! Laß mich das tun!« Weil sie den Spaten nicht ruhen ließ, griff er zu ihr hinunter und hob sie aus der Grube.

»Vergelts Gott!« sagte sie leise, während sie an allen Gliedern zitterte und wie in Scham das Hemd über die Schultern heraufzerrte. Er warf den Lodenmantel ab, sprang in die Grube hinunter und griff nach der Schaufel. Wortlos setzte sich die Freimannstochter auf einen der mit Gras bewachsenen Hügel hin und sah den schaffenden Buben immer an, mit einem dürstenden Blick. Dann stand sie plötzlich auf und ging in das Haus. Als sie zurückkam, hatte sie einen Spenzer umgetan und ein rotes Kopftuch über das Haar geknotet, ließ sich wieder auf den grünen Hügel nieder, stützte die Ellenbogen auf die Knie, nahm das entstellte Gesicht zwischen die zitternden Fäuste und verschlang mit ihrem dürstenden Blick jede Bewegung des Buben. Er sagte, kämpfend um jedes Wort: »Das ist ein traurig Ding, das dich betroffen hat.«

»Traurig?« Ihr Blick wurde ein anderer. »Seinen letzten Schnaufer tut jeder einmal. Unter den Freimannsleuten sterben sieben im Dutzend nit linder.«

Dieses Harte, Kalte in ihrer Stimme vermochte er nicht zu fassen. Er blickte zu ihr hinauf und stammelte: »Wie elend siehst du aus!« Jetzt konnte sie lachen. Das klang wie der Mißton einer springenden Saite.

»Ich mag nit glauben, was die Unverständigen reden in ihrer Narretei –«

»Was reden die?« Im Gesicht der Freimannstochter spannten sich alle Züge.

»Sie reden halt wie die Narren–«

»Sag's nur! Daß ich eine Hexe bin!«

»Und dein Vater hätt dich binden müssen, daß du nit handelst gegen sein Amt.«

Wieder lachte sie. Ihre Augen funkelten. Das war ein Blick, in dem es brannte wie Haß. »Daß er mich geschlagen und gebunden hat? Ist alles wahr! Und daß er mich kein Schrittl mehr aus dem Haus gelassen! Und daß er mir das Maul hat stopfen müssen!«

»Warum?« Eine Hoffnung zitterte in diesem Wort.

Da stand sie auf, mit einem Gesicht, daß Adel erschrak. Sie fuhr sich mit dem Arm über die Augen und sagte in dumpfer Ruhe: »Warum? Das ist gestorben mit dem, der tot ist. Keinen geht's was an. Nur mich und mein Leben; das hin ist.«

Beklommen atmend schüttelte der Bub den Kopf, grub und warf die Erde aus der Tiefe heraus und sagte mit erwürgtem Laut: »Hätt dein Vater ein ungerechtes Ding verübt, so tätest du reden müssen als ehrliches Menschenkind.«

»Ehrlich? Bin ich nit weit von aller Ehr? Weit von allem Glück? Verworfen und verloren? Und da soll ich reden, gelt? Und soll die Jungfer lösen? Die sich freuen möcht an dir? Deswegen bist du gekommen und stehst da drunten und schaufelst. Dein Erbarmen ist Lieb und Hunger nach einer, die sauber ist und ehrlich. Wär's nit, daß du mich brauchst zur Hilf, du tatst mich verunehrtes Weibsbild nit anrühren mit dem Stecken. Gelt?« Adel gab keine Antwort. Er grub und schaufelte. Eine Weile sah ihm die Freimannstochter schweigend zu, mit verzerrtem Lächeln. Dann sagte sie leise: »Das Sprüchl ist gut gewesen. Kommen hast du müssen. Zu mir! Und gelt, jetzt leidest du auch? Und spürst, wie das ist: eins liebhaben und ohne Hoffnung sein? Die Jungfer, der du gut bist, wird brennen müssen. Der Zwanzigeißen hat feste Arbeit gemacht.« Der Bub blieb stumm und warf mit klirrender Schaufel die Steine aus der Grube. Auch die Freimannstochter sprach kein Wort mehr. Über die beiden ging das stäubende Grau des Regens nieder.

Jetzt hob sich Adel aus der Erde und legte die Schaufel fort. »Die Grube ist tief und weit genug für deines Vaters ewige Ruh. Daß ich bei dir eine Hilf hab suchen wollen, ist wahr. Du hast einen Riegel fürgeschoben. Jetzt will ich nichts mehr suchen bei dir und will nichts wissen. Aber ich weiß, du hast keinen Menschen, der dir beistund, daß man deinen Vater hinuntertut in die Ruh. Ich will dir helfen. Nachher geh ich.« Mit großen Augen sah das Mädel an ihm auf. Dann knüpfte sie an ihrem Kopftuch den Knoten fester und ging dem Buben schweigend voraus. Als die beiden das Haus betraten, sah Adelwart durch eine offene Tür in eine schmucke, behagliche Stube. Hinter dem Flur war die Küche, mit blinkendem Kupfergeschirr. Nirgends etwas Ungewöhnliches. Alles genau so wie unter dem Dach von ehrlichen Leuten, die ihr Ansehen genießen und zu leben haben. Nur in der Flurkammer war etwas, das nach einem anderen Aufenthalt verlangte. Was der schwarze Mantel auf den Steinfliesen zudeckte, hatte eine groteske Form. Fast drollig war es anzusehen, wie unter der finstern Hülle die vordringliche Mitte des seligen Zwanzigeißen das Ober- und Untergestell seines kaltgewordenen Lebens überkletterte. Trotz der Heiterkeit dieser Hügellinie rann dem Buben, während er zufaßte, ein kaltes Grauen durch Blut und Seele. Er verstand nicht, wie die Freimannstochter sich mit dieser üblen Last so ruhig schleppen konnte, als hätte sie ein Stück Holz zu tragen.

Der Regen legte sich mit feinen, weißen Perlen auf den schwarzen Mantel, in den der Jochel gewickelt war.

»Wie ihn die Spießknecht in der Morgenfrüh gebracht haben, ist mir's durch den Kopf gefahren, daß du das getan hättest! Aus Sorg um die Jungfer. Jede Sorg hätt Ursach gehabt – bei dem da! Aber du? Und eine Schlechtigkeit? Ich hab mir's gleich gesagt, wie unsinnig mein Denken ist. Und der Weyerzisk hat's auch nit getan. Der hat kein Feld und geht nit misten. Ich kann mir denken, wie's geschehen ist. Und warum so ein armes Weibsbild zugestochen hat. Aber ich mag nit reden. Wozu denn? Jetzt ist Ruh.«

Weil Adel beim Schleppen der schweren Bürde voranging, konnte er das Mädel nicht sehen. Etwas Dunkles und Fürchterliches hatte ihn aus der harten Kälte dieses Wortes angeklungen: ›Jetzt ist Ruh!‹ Als er bei der Grube half, den Toten im Mantel hinunterzulassen, sagte sie mit dieser gleichen Stimme: »Dreh die Zipfel fest zusammen! Ich mag ihn nimmer sehen.« Adel griff nach der Schaufel und füllte die Grube. Die groben Steine warf er auf die Seite und ließ nur den vom Regen lindgewordenen Sand hinuntergleiten. Während er schaffte, saß die Tochter des Jochel wieder auf einem der grünen Hügel, stumm, von der Nässe des Regens überronnen. Sie hatte keinen Blick mehr hinuntergeworfen in die Ruh ihres Vaters. Nun erhob sich da ein gelber Hügel, ganz der gleiche wie die anderen, die grün geworden, aber kein Kreuz hatten und keinen Stein. Adel legte die Schaufel fort und nahm die Kappe herunter. Die Freimannstochter sah, daß er betete. Sie wandte das Gesicht gegen das kleine Haus. Dem Buben ging das wie ein Unverständliches durch die Sinne: ›Kein Tröpfl im Aug, keinen Ruf zu Gott! Und er ist doch ihr Vater gewesen!‹ Bei diesem Gedanken berührte gleich einer streichelnden Hand die Erinnerung an das Kätterle sein Herz. »Und sie ist doch meine Mutter nit!« Da mußte er an den kreuzlosen Hügel seiner Eltern denken, der zu Buchenau bei der Friedhofsmauer lag. Der war nicht anders, als der Hügel des Jochel Zwanzigeißen sein wird, wenn er grün geworden. Dieser Gedanke, den Adel wie eine Qual empfand, milderte ihm doch alles Grauen dieser Stunde. »Amen!« Das sagte er leise, bekreuzte das Gesicht und drückte die Kappe über das nasse Haar. Als er die Freimannstochter ansah, redete aus seinen Augen nur das Erbarmen. »Jetzt brauchst du mich nimmer. Gott soll dich hüten!« Er ging um den Schuppen herum, warf noch einen Blick zu den Schwalben hinauf, die unter dem Hausdach zwitscherten, und schritt immer hastiger aus. Zehrend brannte wieder die eigene Sorge in ihm, doppelt heiß nach diesem nutzlosen Wege, der ihm nicht weitergeholfen.

Adel hatte hinter sich keinen Schritt gehört. Als er das zertrümmerte Tor erreichte, stand die Freimannstochter bei ihm, umklammerte seinen Arm und zog ihn unter das Laubdach eines Birnbaumes, der so schwer mit Früchten behangen war, daß sich die Äste tief herunterneigten. »Daß du was fürhast, merk ich. Meine Zung soll verdorren und verfaulen, eh daß ich dich verrat! Was willst du wissen? Frag mich!« Nach dem Glauben, der Weg dieser Stunde wäre nutzlos gewesen, war Adel jetzt in Hoffnung so erregt, daß er kein Wort herausbrachte. »Red! Wenn nit gekommen wär, was heut geschehen ist, hätt ich mich frei gemacht und hätt hinausgeschrien unter die Leut, was ich weiß. Jetzt liegt er in seiner Ruh, und mein Reden wär Narretei. Man tät mir nit glauben, nit die Herren, noch minder die spinnenden Leut. Zeit und Menschen sind, daß ihnen das Dümmste leichter eingeht als ein Wörtl, das redlich ist.« Das hatte die Freimannstochter vor sich hingestoßen. Nun schöpfte sie Atem. »Was du wissen willst, das sag ich.«

»Ist die Jungfer mit der Weyerziskin am gleichen Ort?«

»Sie haben im Stift nur den einzigen Turm. Tät man noch Hexen finden, die kämen alle noch hinein.«

»Ist das ein großer Raum?«

»Vier Stuben könnt man hineinstellen.«

»Wie hoch ist das Fenster über dem Boden?«

»So hoch, daß der Längste nit hinaufreicht mit der Hand.«

»Wo ist das Lager, auf dem sie schlafen?«

»Dem Fenster entgegen, wo die Stieg hinuntergeht.«

Adel atmete auf. Ein Gedanke in Freude verzerrte sein Gesicht. »Ist bei den zweien ein Wächter im Turm?«

Sie schüttelte den Kopf. »Die stehen im Laienhof.«

»Wär kein Weg, auf dem man den zweien eine Botschaft bringen könnt?«

»Da weiß ich keinen. Jetzt nimmer.«

Adel schwieg eine Weile. »So bleibt's ein Spiel auf Leben und Tod. Zwei Weg sind da: einer zum Glück, der ander zum Feuer. Da ist keine Wahl!« Er schlang den Arm um die Zitternde. »Vergelts Gott! Du hast mir viel gesagt. Daß du mich nit verraten wirst, das weiß ich. Gott soll dich hüten! Wir zwei, wir sehen uns nimmer im Leben. Mir ist, als tät ich von einer Schwester gehen, die mir gut gewesen.« Er streifte ihr Kopftuch zurück und legte seine Wange an ihr Haar. Da schob sie ihn mit den Fäusten von sich. Die Augen schließend, bog sie den Kopf in den Nacken zurück. Ihre Brauen waren zusammengezogen, und ein Weh in Bitterkeit und Freude umzuckte ihren Mund, während Tränen und Regennässe über ihre entstellten Wangen liefen. »Geh!« sagte sie leise. »Dir muß kommen, was dich froh macht!« Sie wollte sich losringen aus seinem Arm. Er hielt sie fest und strich ihr mit der Hand übers Haar. Tief atmend schlug sie die Augen auf, sah ihn an, überließ sich seinem Arm und sagte lächelnd: »Du! Jetzt weiß ich einen Weg zum Turm. Jetzt ist er mir eingefallen. Was für Botschaft sollen sie haben, die zwei?«

»Daß ich sie frei mach in heutiger Nacht.«

»Freilich! Du! Was du sagst, das tust du!«

»Nach der zwölften Stund, da sollen die zwei so weit vom Fenster bleiben, als wie der Raum das zugibt.« Die Stimme des Buben war ein jagendes Gestammel. »Sie sollen sich wahren, hinter dem Lager, hinter der Stieg, so gut sie können, als täten sie fürchten, daß eine Mauer fällt. Wenn ein Weg ist in die Nacht hinaus, und sie sehen ein Licht, dann sollen sie zuspringen drauf und die Arm strecken. Wo der Lichtschein ist, da bin ich mit dem Weyerzisk!«

»Gut! Das sollen sie wissen.«

»Was für ein Weg denn war das, der dir eingefallen?« In seinen Augen brannte die Angst, der Zweifel, der Glaube.

Sie lachte, seltsam lustig. »Könnt sein, ich kenn einen Spießknecht, der mir gut ist. Und dem ich die Botschaft steck. Und der das tut, aus Lieb zu mir.«

»Das ist erlogen.«

»Guck, wie du bist!« Wieder lachte sie. Das klang wie ein Lachen in Freude. Dann wurde sie ernst. »Wie der Weg auch sein mag – du mußt nit alles wissen. Aber wie ich da steh und leb, so ist das wahr, daß die zwei vor Nacht deine Botschaft haben.«

Er sah ihr in die Augen und wußte, daß er glauben durfte. »Vergelts Gott! Soll dich der Himmel lohnen für deine Gutigkeit!«

»Lohn du mich!« schrie die Freimannstochter und hob die Arme, als möchte sie seinen Hals umklammern. Doch heiser lachend hob sie die Hände über des Buben Kopf hinaus und riß mit jeder Hand eine Birne von einem hängenden Ast. Schwere Nässe ging mit Geplätscher über die beiden nieder. Wie eine Jahrmarktskünstlerin mit den vergoldeten Kugeln, so spielte die Freimannstochter mit den beiden Birnen, während sie durch den grauen Regen hinüberging zu dem schmucken kleinen Haus. Als sie in den dunklen Flur hineintrat, warf sie die Birnen fort und sah sich nimmer um.

Noch lange blieb Adelwart unter dem Birnbaum stehen. Das seltsame Bild und aller Schauer dieser Stunde, ihr unerwarteter Gewinn, der dunkle Haß in der Seele dieses Mädchens, ihr wunderlicher Abschied, dazu die Sorge und Hoffnung seines eigenen Herzens – das alles wirbelte in seinen Gedanken, während er mit der hetzenden Eile eines Flüchtlings durch den triefenden Bergwald den Heimweg suchte. Als er das Haus des Hällingmeisters erreichte, fühlte er sich von einer dumpfen Erschöpfung befallen. Es lag ihm wie Blei in den Gliedern, wie niederdrückende Schwere in Hirn und Blut. Er trat ins Haus und hörte das Lachen der beiden Kinder und die in erregter Lustigkeit schwatzende Stimme des Kätterle. In der Stube hockte das alte Weibl bei dem kleinen Paar auf den Dielen und baute ein Salzwerk mit glasigen Steinen, mit spannenhohen Hällingerfigürchen, mit allerlei Spielzeug, das noch aus der Kinderzeit ihres David stammte. So versunken war das Kätterle in dieses Kinderspiel, daß es den Schritt des Buben erst hörte, als er in die Stube trat. Da sprang das Weibl auf, umklammerte seine Hände und wollte in seinen Augen lesen, was er Gutes brächte.

»Mutter, mich hungert!«

Das Kätterle rannte. Erschöpft fiel Adel auf die Ofenbank. Das brachte die kleinen Figürchen so bedenklich ins Wackeln, daß Miggele mahnte: »Wirf uns nit den Salzberg über den Haufen! Sonst hupft der Teufel heraus.« Der Bub sah das kleine Pärchen an, als müßte er erst seine Sinne sammeln. Dann riß er die Kinder an seine Brust. Im Gedanken an Madda küßte und herzte er sie mit so wilder Zärtlichkeit, daß die Kleinen ein erschrockenes Sträuben begannen und sich hinter die Rockfalten des Kätterle flüchteten, das zum Tisch getragen brachte, was es im Küchenschrank gefunden. Drei hungrige Riesen hätten sich da sättigen können. Adel aß mit einer Hast und Gier, daß die Mutter mahnen mußte: »Laß dir doch Zeit, Bub, es nimmt's dir ja keiner!« Als er satt geworden, sagte er: »Jetzt muß ich die Ruhe suchen. Bis eine Stund vor der Abendschicht kann ich schlafen. Da mußt du mich wecken. Ich muß vor der Schicht ins Amt hinunter und die Bohrstangen holen.«

»Ja, Bub, freilich! Laß dir die Ruh nur schmecken!« Dem Kätterle war's eine warme Freude, daß der David – nein, ihr Adel – wieder an etwas Menschliches dachte. Sie lief ihm voraus in die Kammer, um das Bett zu richten und am Fenster die Läden zu schließen. »Laß die Läden draußen, Mutter!« sagte der Bub. »Ich brauch noch Licht.« Dann schlang er plötzlich den Arm um ihren Hals, sah ihr lang in die Augen und küßte sie auf den Mund. »Vergelts Gott, du Liebe! Tät ich gleich in der heutigen Nacht hinausfallen aus der Welt und aus deinem Leben, schau, meine Seel wird allweil bei der deinigen bleiben wie ein rechtes Kind.«

Sie erschrak. Bei der Freude, die ihr seine heiße Zärtlichkeit ins Herz schüttete, war's nur ein halber Schreck. »Bub? Um Christi Gnaden! Du hast was für?«

»Wenn du mich liebhast, Mutter, so tu nit fragen!«

Das Kätterle blieb stumm. Aber so viel wie in diesen schweigsamen Sekunden hatte sie in ihrem ganzen Leben nur ein einziges Mal gedacht: damals an jenem Ostermontagabend, als der Adel – nein, ihr David – nach Salzburg zum Malefizgericht gelaufen war. Adelwarts Hals umschlingend, sagte sie: »Tu halt, was du mußt! Das Glück ist einem alles. Auf jedem Weg hast du meinen Muttersegen. Einer Mutter Segen ist Gotteswort. Wär's nimmer wahr, so tät ich eine Heidin werden und einen Krautskopf anbeten, weil man ihn fressen kann.«

Als das Kätterle wieder in die Stube kam, war das kleine Paar mit der ›lieben Ahnl‹ eine Weile nicht recht zufrieden. Bei aller Sorge, die in dem alten Weibl zitterte, begann das Kätterle doch wieder an dem niedlichen Salzwerk zu bauen und schwatzte und erklärte, bis Bimba und Miggele ihr heiteres Lachen fanden. Dieser ewigen Mutter war ein neues Kinderpaar geboren, das nach vierundzwanzig Stunden schon ein Anrecht hatte auf ein festes Teil ihrer Liebe.

Drüben in der Kammer, hinter verriegelter Tür, saß Adel beim Fenstergesimse. Aus gefettetem Barchent, durch den keine Nässe dringen konnte, nähte er vier Rollen, armsdick und messerlang. Die füllte er mit Pulver, in das er die Zündschnüre einsetzte. Als die Rollen fertig waren, wickelte er sie in einen Lodenmantel und verwahrte den Pack in seinem Koffer. Auf einem Sessel legte er sein grünes Jägergewand und sein Weidgehenk zurecht. Und prüfte an dem breitklingigen Weidmesser noch die Schneide. Dann fiel er auf das Bett hin und wühlte das Gesicht in die Kissen.

Um die Mittagszeit kam Jonathan heim. Er fragte nach dem Buben, und als er hörte, daß Adel zur Ruh in seine Kammer gegangen, sprach er nimmer viel, erzählte nur, daß man wegen des Zwanzigeißen bei Gericht Verdacht hätte auf den Weyerzisk; die Spießknechte hätten den Josua greifen wollen, aber sie hätten das kleine Haus gefunden, als wär' es ausgestorben.

Das Kätterle ging um den Jonathan herum wie mit harten Erbsen in den Schuhen. Immer drängte in ihrem Herzen eine Stimme: ›Sag ihm, daß der Bub was vorhaben muß!‹ Die Mutter, die in ihr steckte, ließ das Kätterle nicht reden. Wer weiß, ob der Jonathan schweigen könnte! Die Männer sind so! Wenn sie meinen, es ginge etwas gegen eine Pflicht, gegen ein Gesetz, gegen ein Recht oder gegen den

Verstand, da hat bei ihnen die Lieb ein End. Da denkt so ein Vater nimmer an das Glück seines Kindes. Eine Mutter ist da gescheiter. Die sagt: ›Sollen die Welt und ich in Scherben gehen, mein Kind muß sein Glück haben!‹ Drum schwieg das Kätterle. Und der Jonathan blieb nicht lange. Eine Sorge trieb ihn zum Salzberg. Die Häuer spannen einen versteckten Faden, und der Pfnüermichel war am Morgen so merkwürdig freundlich gewesen. Da wurde etwas ausgeheckt, was gegen die Pulverkunst des Buben ging, die Adel am kommenden Morgen vor den Stiftsherren als ungefährlich erweisen sollte. Hinter dieses versteckte Spiel des Michel wollte der Meister kommen, bevor der Bub den Schaden davon hätte.

Er eilte durch den stäubenden Regen hinunter ins Tal. Als er die Straße bei der Ache erreichte, hörte er vom Stift herunter den hellen Klang der Kapitelglocke. Diese Glocke pflegte man nur zu läuten, wenn die Chorherren zu einer dringlichen Ratsversammlung berufen wurden. Da mußte wieder ein böses Ding geschehen sein! Dem Hällingmeister fiel eine neue Sorge auf die Seele. Es trieb ihn zum Salzberg und zog ihn hinauf zum Stift. Diesem Zuge gab er nach. Als er hinaufkam, zum Markte, fand er im Grau des Regens den Brunnenplatz angefüllt mit einem lärmenden Menschengewühl. Ein Geschrei wie von Irrsinnigen. Nicht bei allen der gleiche Klang. Aus Hunderten schrie es wie Sorge und Angst. Beim Brunnen fiel dem Hällingmeister eine Weiberstimme auf. Die machte sich lustig über allen Zorn und alle Sorge der anderen. Das war kein junges, übermütiges Mädel, sondern ein bejahrtes Weib, gebrechlich, ausgemergelt von aller Bitternis des Lebens. Als hätte sich die Welt auf den Kopf gestellt, so ratlos sah der Hällingmeister die alte Käserin an, die sich gebärdete, wie wenn sie über Nacht von ihrem drückenden Alter vierzig Jahre verloren oder zu Mittag einen Becher Würzwein über den Durst getrunken hätte. Nicht nur dem Jonathan, auch vielen anderen war die kreischende Heiterkeit der Käserin ein wunderliches Ding und ein Ärgernis. Man fing auf das Weib zu schimpfen an. Ein wohlgenährter Bürger, dessen Samtspenzer von Nässe klunkerte, schrie dem Weib mit Zorn ins lachende Gesicht: »Dich sollt man ordentlich mit Ruten streichen! So ein Mensch! Kann sich noch freuen, wo das Elend über jedem Haus und Leben hängt!«

»Recht so! Recht so!« kreischte die Käserin. »Huierla juuuh! Jetzt kriegt das Ding erst die richtige Farb! Hundert müssen noch malefizisch werden! Und tausend! Alle im Land! Wo alle des Teufels sind, da ist kein Kläger und Richter nimmer. Und Fried ist wieder in jedem Haus. Juhuuuuh!« Den tollen Freudenschrei der Käserin hörte der Hällingmeister nimmer. Den hatte das Gewühl schon gegen das Tor des Laienhofes geschoben. Während er im stäubenden Regen eingekeilt zwischen lärmenden Menschen stand, die von Schweiß und von der Kleidernässe dunsteten, konnte er hören, daß am Morgen die Ehfrau des Weyerzisk und die Jungfer Barbière ein Bekenntnis ihrer höllischen Sünden abgelegt und dreißig berchtesgadnische Frauen und Mädchen der Mitschuld bezichtigt hätten, vornehme und niedrige, reiche und arme, unter ihnen die Frau des Landrichters, die Mutter des Doktor Besenrieder, das Weib und die Tochter des Bürgermeisters, viele wohlhabende Kaufmannsfrauen und die schönsten unter den Bauerntöchtern; dazu noch hätte die Jungfer Barbière ausgesagt, daß das ganze zauberische Unwesen von keinem anderen herkäme als vom geistlichen Kommissar, dessen höllische Bundesschwester die maultote Hexe gewesen und der sich wider das Zauberwesen nur aus dem einzigen Grund so wütig gestellt hätte, um sicher vor allem Verdacht zu bleiben und seine teuflischen Freuden unbehindert genießen zu können. Wie ein Lauffeuer war diese Nachricht seit der Mittagsstunde durch den Markt geflogen. Niemand wußte, von wem sie ausgegangen. Als der Zusammenlauf der Leute begonnen hatte, war Besenrieder mit wachsbleichem Gesicht auf dem Platz erschienen, um das ›gute Volk‹ zu beruhigen. Das alles wäre nicht wahr oder doch nur zur Hälfte wahr, zur Hälfte gefabelt. Die Leute hatten nur noch Mäuler, keine Ohren mehr. Bei diesem bedrohlichen Aufruhr wollte der Sekretär den Stiftshof sperren lassen. Da gab's ein Schreien und Drohen, daß Besenrieder erschrocken sein mageres Körperchen in Sicherheit brachte und daß die Knechte sich damit begnügen mußten, das Tor des Hexenturmes und den versiegelten Mühlenkeller wider einen Einbruch der aufgereizten Menge zu beschützen. Das Gewühl ging wie ein grauer lärmender Strom hinein in die Höfe. Unter den Fenstern des Landrichters und vor dem Portal des Stiftes ging es zu wie auf einer tollen Kirchweih, bei der schon geprügelt wird. Tausend Stimmen schrien wider die Herren und gegen die ›Lappschwänze‹ von Richtern. Den köllnischen Zaubermeister, diesen Lügenprediger und Teufelspfaffen, sollte man mit glühenden Eisen zwicken und mit Schwefel brennen, daß ihm die Lust verginge, die berchtesgadnischen Weiber und Mädchen zu seinen höllischen Künsten zu verführen. Vor dem Hause des Landrichters schlugen die Rasenden einen Spektakel auf, daß Seine Gestreng, statt dem Rufe zum Kapitel Folge zu leisten, von heftigen Zahnschmerzen befallen wurde und die Bettwärme auf sein Leiden wirken ließ. Dem Pfarrer Süßkind, der zum Kapitel wollte, wurde der Mantel von der Schulter und ein Ärmel aus dem Talar gerissen. Als er hineinschlüpfte ins Tor, mußten die zwölf Knechte, die das Portal bewachten, flink ihre Spieße senken, damit der Pförtner den Riegel noch rechtzeitig vorstoßen konnte.

Im Korridor des Stiftes, der an dem regnerischen Tag so dunkel war wie in abendlicher Dämmerung, fand Süßkind den Prior Josephus, der die Regentropfen von sich abschüttelte und seine verschobene Kutte noch tiefer drehte, als sie ohnehin schon saß. Er lachte, als er den Süßkind sah. »So, Bruder, haben sie dich auch in der Arbeit gehabt?« Der Pfarrer warf durch das mit dicken Eisenstäben vergitterte Fenster einen sorgenvollen Blick hinaus in den tosenden Lärm. »Josephus, das Ding wird schiefgehen.«

Der Prior schüttelte schmunzelnd den gesunden Kopf. »Tu dich nit sorgen! Ich hab so meine Anzeichen, daß dein heiliger Udo von den Därmen bis zum kanonischen Verstand hinauf mit Pulver geladen ist. Legen wir den Schwefelfaden an, so geht er in die Luft wie der Mann im Salz, restricte nach der neuen Pulverkunst des Adelwart Koppel.«

Süßkind tat einen hoffnungsvollen Atemzug. »Auf sein Gesicht bin ich neugierig. Aber wart, ich muß mich schnell um einen Kittel umschauen!«

»Gott bewahr! Du gehst mit mir ins Kapitel, wie du bist. Dein luckig gewordener Talar und dein schmerzensreicher Hemdärmel ist eine wirksame demonstratio ad oculos.«

Sie waren die letzten, die zum Rat erschienen – bis auf einen, der nicht kam. Theobald von Perfall hatte im Qualm seiner Alchimistenküche die Kapitelglocke nicht gehört. Als man ihn holen wollte, sagte er: »Laßt mich in Ruh mit euren Dummheiten! Jetzt weiß ich den Weg zur goldenen Zeit. Eh der Morgen kommt, will ich schreien können in Freuden: Heureka!« Die Chorherren lachten: »Gib nur acht auf deine sieben Finger!« Im Kapitelsaale wies man seinen Sessel dem Doktor Besenrieder zu, der sonst im Rate der Chorherren nicht mitzureden hatte, aber heut zur Klarstellung des malefizischen Sachverhaltes berufen war. Als Prior Josephus und Süßkind den Kapitelsaal betraten, war Besenrieder dabei, mit einer vor Aufregung fadendünn gewordenen Stimme das Protokoll zu verlesen, in dem das Geständnis der Inkulpatin Maddalena Barbière enthalten war.

Weil der trübe Tag durch das große bunte Rosettenfenster nur spärliches Licht hereinschickte, hatte man auf den Kronleuchtern die Kerzen angezündet. Ihr klares Licht überschimmerte den mit Säulen durchsetzten gotischen Saal. Zuoberst, unter einem lebensgroßen Kreuzbild, saß Doktor Pürckhmayer auf dem Fürstensessel kraft seiner Vollmacht vice principis, aber durchaus nicht in fürstlicher Haltung, sondern gebeugt, mit aschfahlem, von Zorn und Sorge durchwühltem Gesicht. An seiner Seite saß Herr von Sölln, ein Bangen in den Augen, doch äußerlich ruhig. Er atmete auf, als die beiden Freunde erschienen. Verwundert guckten die Herren auf die verschobene Kutte des Priors und den zerfetzten Hemdärmel des Pfarrers. »Die Leut sind wie die Wölfe geworden«, sagte Josephus, »uns hätten sie schier in Brocken gerissen.« Dem hochwürdigen Doktor Pürckhmayer rann ein grauer Schatten über das Gesicht; er mußte sich räuspern.

Herr von Sölln hatte sich erhoben und den Doktor Besenrieder unterbrochen. Er sagte, daß es nötig wäre, zu rekapitulieren, damit die beiden Herren den Zusammenhang verstünden. Am Morgen nach der am Jochel Zwanzigeißen verübten Untat hätten sich die Gerichtsherren zu den inhaftierten Frauen in den Turm begeben, um sie gütig zu befragen, ob sie Wissenschaft hätten von diesem Verbrechen, insoferne, als es ihr Buhlteufel gewesen wäre, der sie durch höllische Tat vor der durch den Zwanzigeißen zu exekutierenden Pein hätte erlösen wollen. Als die Inhaftierten unter heiligen Anrufungen ihre Unschuld beschworen und vorgaben, von einem Buhlteufel nichts zu wissen, hätte Herr Gadolt ihnen kundgetan, daß sie, wenn sie nicht in Reu und Güte bekennen wollten, mit kommendem Morgen durch die am Abend von Salzburg eintreffenden Freimannsknechte in allen Graden der Pein befragt werden sollten. Da wäre die Weyerziskin in Tränen ausgebrochen und auf die Knie gefallen; lieber wollte sie den Tod erleiden, als daß sie nach allem Unglück an Leib und Seele noch so grausam gestreckt und geplagt würde; drum wolle sie alles bekennen und bäte nur um die einzige Gnade, daß man ihrem lieben Ehemann nichts davon verraten möchte. Seit drei Jahren wäre sie dem Teufel verfallen; der hieße ›Herr Federlein‹; dem hätte sie auf sein Geheiß ihr liebes Kindl gesotten; aber das hätte der Teufel ganz allein verzehrt; daß sie die Knöchlein aus dem Grab gewühlt und daran genagt hätte, wäre bei Gott und seinen Heiligen nicht wahr. Unter solcher Anrufung wäre die Weyerziskin, völlig ohnmächtig ihrer Sinne, rücklings hingefallen auf das Stroh. Da hätte die Mitschuldige Maddalena Barbière die Ohnmächtige in ihren Arm genommen wie eine Mutter ihr Kind und hätte mit wahrhaft teuflischem Trutz erklärt: Da schon nichts mehr helfe, wolle sie die reine Wahrheit sagen. »Und nun möge der Doktor Besenrieder mit der Verlesung des Protokolls weiterfahren.«

Der Sekretär erhob sich; die Knie blieben ihm eingeknickt, und zwischen den Händen zitterte ihm der große, weiße Bogen. Man mußte ein guter Lateiner sein, um dieses deutsche Protokoll zu verstehen, laut dessen die Inkulpatin Maddalena Barbière Folgendes bekannte: An dem Tod des Zwanzigeißen wäre sie unschuldig; wüßte auch nichts von den höllischen Sünden der Weyerziskin, die sie allzeit als ein christliches Weib erkannt hätte und die solch ein Unwesen gewißlich nur fürgäbe, weil ihr von allem Unglück der Verstand durcheinandergeschüttelt wäre; auch selber hätte sie, die Jungfer, nie in ihrem Leben mit dem Teufel was zu schaffen gehabt; daß sie in diese malefizische Sache hineingeraten wäre, das hätte wohl eine Ursache; sie wäre in der Nacht, da sie die fremde Marei aus Barmherzigkeit aufgenommen, in ihrem Bett gelegen und hätte geschlafen; das wäre die andere Nacht gewesen nach demselbigen Tag, an dem der geistliche Kommissar zu Berchtesgaden eingefahren.

Doktor Pürckhmayer schien etwas sagen zu wollen, ließ sich aber wieder auf den Sessel zurückfallen und schwieg.

In jener Nacht, bekannte die Inkulpatin, wäre ihr wie im Traum gewesen, als käme jemand an ihr Bett und bestriche ihr an den nackten Füßen mit einem linden Ding die Sohlen; darüber wäre sie aus dem Schlaf erwacht; ganz deutlich hätte sie gesehen, daß jemand vor ihrem Bett stünde, in einem langen weißen Kittel, mit einer weißen Gugel und einer roten Feder drauf. Erschrocken hätte sie um Hilfe schreien wollen; da wäre sie wie von unsichtbaren Händen aus dem Bett gelupft worden, wäre durch das Hausdach hinausgeflogen, sie wüßte nicht wie, und hätte einen weiten Flug durch die Luft getan; der im weißen Kittel, mit der roten Feder auf der Gugel, wäre neben ihr hergeflogen und hätte mit einer Stimme, wie die geistlichen Herren predigen, allweil zu ihr geredet, sie solle sich zum Teufel bekennen, die Heiligen abschwören, eine Hex werden und zum Dank dafür die Freuden erfahren, die man im höllischen Bund genösse; ihr wäre vor Grausen so übel geworden, daß sie zu sterben vermeinte; allweil hätte sie den Namen Gottes und der heiligen Mutter schreien wollen; aber sie hätte kein Wörtl aus der Kehle gebracht; so wäre sie mit ihrem predigenden Fluggesellen zu einem Waldberg hingekommen; in der sternscheinigen Nacht hätte ein endsmäßiges Feuer gebronnen, und um das Feuer wären an die hundert Frauen und Mädlen herumgesprungen wie beim Maientanz; jede hätte einen roten, grünen oder blauen Tanzgesellen am Arm geschwungen; die Frauen und Mädlen alle wären so arm an Kleidern gewesen, daß ihr beim Anschauen vor Scham das Blut gebronnen hätte; viele von den Mädlen und Frauen wären ihr fremd gewesen; aber vierzehn hätte sie gut gekannt, lauter berchtesgadnische Frauen und Töchter; die hätte sie beim Feuerschein so hell gesehen, daß sie von jeder den Namen hätte sagen können; und als sie mit ihrem Fluggesellen beim Feuer angefahren wäre, hätte ein langer grüner Teufel in Freuden gerufen: »Gucket, da kommt unser lieber doctorius canonicum!«

»Der grüne Teufel hat schlechtes Latein geredet!« rief Herr Pießer in die schwüle Stille des Saales. »Oder er muß seine ratiunculas gehabt haben, um den fliegenden Doktor für ein Neutrum anzusehen.«

»Silentium!« gebot der Dekan mit Strenge, während Doktor Pürckhmayer die Fingernägel in den rotsamtenen Lehnenbesatz des Fürstenstuhles wühlte.

Der Sekretär, dem der Schweiß über die kreidebleichen Wangen rieselte, setzte mit einer vor Erschöpfung kreischenden Stimme die

Verlesung des Protokolls fort: Als der Fluggesell der Jungfer Barbière beim Feuer angeritten wäre, hätte aus der Flammenglut eine fürchterliche Stimme herausgeschollen: Sei gegrüßt, du mein geliebter Sohn! Da hätte der im langen weißen Kittel einen ehrfürchtigen Fußfall getan und drauf ein so lustiges Tanzen angehoben, daß ihm der Kittel bis über die alten, mageren Knie hinaufgeschlagen wäre; Bundsohlen, wie sie die Mönchsleut tragen, und weißwollene Strümpfe hätte er angehabt; er wäre auf die Jungfer zugesprungen und hätte sie schwingen mögen; in Grausen hätte sie ihre christlichen Herzenskräfte zusammengenommen und hätte vor Angst geschrien: Jesus Maria! Und jählings wäre alles verschwunden gewesen, sie hätte daheim in ihrer Stub, gebadet in Schweiß, auf dem Boden gelegen und hätte zuerst geglaubt, sie wäre unter einem schiechen Traum aus dem Bett gefallen; aber alles wäre ihr taghell nachgegangen, und die Namen der vierzehn Mädlen und Frauen hätte sie aufschreiben können; in ihrer Seelenangst hätte sie nicht den Mut gehabt, mit ihrem Schwager oder sonst wem über das unheimliche Ding zu reden; aber gleich am Morgen wäre sie in die Stiftskirche zur Beicht gegangen; da hätte der Pfarrer Süßkind im Beichtstuhl gesessen; der wäre arg erschrocken, doch er hätte sie mit leichter Buße absolviert und zu ihr gesagt, das wäre gewiß nur ein unsinniger Traum gewesen, sie sollte um aller Heiligen willen über das grausliche Ding das tiefste Schweigen bewahren.

Mit verstörtem Blick sprang Doktor Pürckhmayer auf. »Süßkind?« Seine Stimme schrillte. »Ist das wahr?« Alle Augen waren auf den Pfarrer gerichtet. Der hob in erschrockener Abwehr die beiden Arme in die Höhe, einen schwarzen im Ärmel des Talars, einen weißen im zerfetzten Leinen: »Hochwürdigster Herr! Wie könnt Ihr eine solche Frage an mich tun? Wisset Ihr nit, was Beichtgeheimnis heißt?« Während der geistliche Kommissar auf den Sessel zurückfiel, schrie Herr Anzinger: »Das möcht ich wissen, Süßkind, wann dein Hader wider den hochwürdigsten Doktor begonnen hat? Und warum du ihn einen Udo von Magdeburg geheißen?« Wie ein Verzweifelter nahm Süßkind seinen Kopf zwischen die Hände. »Laßt mich in Ruh! Ich sag nichts.«

»So weiß ich genug!« Herr Anzinger ließ sich nieder.

Doktor Besenrieder fing wieder zu lesen an: Die Jungfer Barbière hätte über dieses unheimliche Ding auf Rat ihres Beichtigers geschwiegen, bis die Gerichtsherren und der geistliche Kommissar in ihres Schwagers Haus gekommen wären, um sie malefizisch wegen der Marei zu vernehmen; da hätte sie alles sagen wollen; aber sie wäre von einem Schreck befallen worden, daß sie nimmer hätte reden können; denn der hochwürdigste Herr hätte sie mit feuerglühenden Augen angesehen, und da hätte sie die Namen der vierzehn berchtesgadnischen Frauen und Madien wie durch Zauber vergessen, so daß sie sich um alle Welt nimmer hätte drauf besinnen können; sie wüßte auch heut keinen Namen mehr zu sagen; gern hätte sie auch von allem anderen geschwiegen; aber man hätte ihr mit dem Zwanzigeißen und mit der Pein gedroht; so müßte sie alles redlich bekennen; das hätte sie nun getan; und ob sie jetzt brennen müßte oder nicht – was sie eingestanden, das wäre so wahr, wie daß in selbiger Elendsnacht der geistliche Kommissarius ihr Fluggesell gewesen wäre.

Doktor Besenrieder legte den großen Bogen in eine schweinslederne Mappe und trocknete sich den Schweiß vom entstellten Gesicht. Im Saal ein Schweigen, daß man das Geschrei der aufgeregten Menge vernehmen konnte wie ein dumpfes Rauschen. »Verba facio!« rief Prior Josephus in die beklommene Stille. »Meine lieben Freunde! Wir sind unter uns. Wir alle wissen das Elend dieser Zeit zu wägen. Das ist wie eine Lahn, die mit einem Schneeballen begonnen hat und wie eine vernichtende Macht heruntersausen will auf unser liebes Tal. Lug und Elend und Mord sind schon im Land. Überweiset die verstandkranke Jungfer Barbière noch der Pein, und die vierzehn vergessenen Namen werden ihr wieder einfallen. Vielleicht noch mehr als vierzehn! Und unser hochwürdigster Doktor Pürckhmayer? Jeder von uns mag seine Meinung über ihn haben! Mir ist er, was das Kalte dem Warmen. Das hab ich ihm bewiesen in meiner Sakristei. Aber so grausliche Sachen trau ich dem Herrn nicht zu. Das ist Unsinn und Narretei. Die Jungfer muß durch das malefizische Elend krank an Sinn und Gemüt geworden sein. Einen Zentner Schuld mag sich der Doktor selber zumessen, denn ein Sprichwort sagt: Wer dem Teufel grob auf den Schwanz tritt, den stößt er mit den Hörnern. Aber bei dem Schreck, den wir in den Augen des kanonischen Herrn sehen, mag es sein Bewenden haben.

Drum ist mein Rat, daß wir das unsinnige Protokoll vernichten und die Unschuld des Doktor Pürckhmayer in zauberischen Angelegenheiten auf guten Glauben hinnehmen!«

»Comprobo!« rief Herr von Sölln. Pfarrer Süßkind schrie, indem er die scheckigen Arme schüttelte: »Comprobo! Gott sei Dank, das ist ein erlösendes Wort gewesen.« Und mehr als die Hälfte der Herren rief den beiden diese Worte der Zustimmung nach. Da sprang der geistliche Kommissar vom Sessel auf. Alle Würde war von ihm abgefallen, Angst verzerrte sein Gesicht, und seine Greisenstimme klang wie das Keifen eines Weibes: »Ich protestiere gegen diesen Beschluß. Er ist eine Ungesetzlichkeit. Zugleich eine schmähliche Beleidigung gegen mich. Dieses Protokoll, so widersinnig sein Inhalt sein mag, ist ein amtliches Schriftstück. Es bleibt bei den Akten. Der Prozeß wird seinen Fortgang nehmen. Oder schätzet ihr mich so schwach an Geisteskräften, daß ich die plumpe Schlinge nicht merken soll, die mir da gelegt wird? Von jenen, die seit Anbeginn meine erbitterten Feinde waren, wie sie Feinde Gottes sind, die Feinde der Kirche?«

»Öha, langsam, Herr Dominikaner!« warf Prior Josephus ein. »Da geht der Karren Eures Zornes mit Euch durch!«

»Mich wollen sie beseitigen«, kreischte Doktor Pürckhmayer, »mir wollen sie tun, wie die Philister an Simson taten! Aber glaubt ihr, ich stehe allein im Kampfe wider euch und den Satan? Mit mir ist Gott, der meine Kräfte stärket!« Bei dieser Beteuerung zitterte der kanonische Doktor an allen Gliedern. »Kraft meiner fürstlichen Vollmacht werde ich eine Kommission ernennen, die klarzustellen hat, wer das richterliche Amtsgeheimnis gebrochen und den schimpflichen Inhalt dieses Protokolls unter die Leute brachte.«

»Das habt Ihr doch selber getan!« rief Herr Pießer. »Als Ihr wie ein Unsinniger herausgefahren seid aus dem Haus des Landrichters, habt Ihr mir auf offenem Stiftshof zugeschrien vor allen Bauern und Knechten, was die Satansschwester wider Euch bekannt hätte. Die Leut haben Ohren, Herr. Und haben Mäuler, die wieder schwatzen.« Der Schreck über diese Zwischenrede unterband dem geistlichen Kommissar den Fluß seines Zornes. Herr von Sölln atmete auf und tauschte mit Süßkind einen raschen Blick. »Ich muß – ich werde –«, stammelte Doktor Pürckhmayer, »ich will eine Kommission ernennen, die von der Stunde meiner Geburt bis zu diesem gotteswidrigen Tage mein frommes Leben zu prüfen hat.«

»Das wäre vergeudete Mühe!« unterbrach der Dekan. »Was die Jungfer Barbière wider Euch aussagte, das kann nur der Fiebertraum eines verstörten Geschöpfes sein. Aber habt die Güte, hochwürdigster Herr, und löset mir einen Widerspruch! Dieses Protokoll ist eine schreiende contradictio gegen die Sprengersche Lehre von der Zulassung Gottes im Malefizprozeß. Als die Jungfer Barbière im Haus ihres Schwagers verhört wurde, habt Ihr nach Sprenger die Meinung vertreten, daß eine Hexe schuldlose Menschen niemals der Mitschuld bezichtigen könnte. Gott würde das nicht zulassen.«

»Das ist so!« kreischte der Kommissar. »Das ist so wahr und ewig wie der Fels, auf dem die Kirche steht.«

»Nun hat es Gott aber zugelassen, daß ein Geschöpf, das Ihr für eine Hexe nehmt, Euch selbst der Mitschuld bezichtigte. Also müßt Ihr entweder schuldig sein – und das ist ein unmögliches Ding – oder die Sprengersche Lehre ist falsch. Dann können die Weyerziskin und die Jungfer Barbière, gegen die das maultote Weibsbild ein durch die Folter erzwungenes Bekenntnis niederschrieb, ebenso schuldlos sein wie Ihr. Und ich müßte mit Schauder an die Möglichkeit denken, daß Tausende von unglücklichen Frauen aus Ursach falscher, in der Pein erpreßter Beschuldigungen verbrannt wurden.«

Eine schwüle Bewegung im Saal. Doktor Pürckhmayer war sprachlos. Zitternd nahm er den Kopf zwischen die Hände, und seine verstörten Augen umflorten sich mit Tränen, die ersten Tränen, die er geweint hatte seit seiner Kindheit. Dann schrie er wie von Sinnen: »Nein, nein, nein! Für die Wahrheit dieser Lehre leb und sterb ich. Hier muß ein simulacrum des Teufels spielen – ich bin ein schwacher Mensch, es könnte sein, daß der Teufel wider den Willen meiner frommen Seele sich meines irdischen Leibes bemächtigte und mit mir, derweil ich schlief, ein ähnliches Blendwerk trieb wie mit der Jungfer Barbière, die er im Traum zum Hexentanz entführte und deren Geist vergewaltigte, daß sie des Glaubens wurde, meine forma humana wäre der Gesell ihres simulakrischen Fluges.«

»Gott sei gepriesen für dieses Wort Eurer Weisheit!« rief der Dekan unter dem behaglichen Lachen des Franziskanerpriors. »Dann ist, so gut wie Ihr, auch die Jungfer schuldlos! Und die Weyerziskin! Und das arme, stumme Geschöpf, dem ich in Erbarmen die Freiheit gab.« Unter dem erregten Lärm, der im Kapitelsaal entstand, erwachte Doktor Pürckhmayer aus dem Traumflug seiner simulakrischen Hypothesen. Er schien zu fühlen, daß unter den Überzeugungen seines Lebens der Boden wankte. Die Reaktion dieser Erkenntnis war keine gute. In Entsetzen faßte er mit den zitternden Fäusten seine Brust und schrie: »Mit mir ist Gott! Das ist die Wahrheit, die ich noch erkenne. Und Gott ist mein Schild in diesem Kampfe wider Teufel und Hölle. Gregor von Sölln! Kraft meiner fürstlichen Vollmacht suspendiere ich dich von deinem Amte als Dekan des Stiftes. Wider den Josephus und Süßkind erheb ich die Anklage auf gesetzwidrige Umtriebe, auf Mitschuld an allem zaubrischen Unwesen dieser Zeit. Eine Kommission soll noch heute klarstellen, wie die Jungfer Barbière zu diesem betrügerischen Geständnis verleitet wurde. Um die Wahrheit zu ergründen, will ich dieses verlogene Weibsbild foltern lassen, bis ihr die Sonne durch Leib und Seele scheint!«

Dem Dekan lief ein Erblassen über das Gesicht. Auch Pfarrer Süßkind dachte nimmer daran, den Udo von Magdeburg zu zitieren. Nur Josephus bewahrte seine Gemütsruhe und guckte lachend in den Saal, dessen Wände vom Lärm der Stimmen widerhallten. Da klang vom Korridor ein schreiender Ruf. Die Tür des Kapitelsaales wurde aufgerissen: »Herren! Ihr Herren! Die römische Botschaft ist gekommen. Die Leut im Hof sind wie besessen und haben den Vikar und die köllnischen Dragoner vom Gaul gerissen!« Doktor Pürckhmayer war der erste, der zur Türe sprang. Hinter ihm sprangen die anderen her, als wäre in jedem die Hoffnung, daß der leuchtende Spruch, den Rom getan, die Erlösung brächte aus aller Wirrnis dieser unseligen Zeit.

20

Die Herren kamen zum verriegelten Stiftsportal. »Das Tor auf!«
schrie der geistliche Kommissar, während draußen der Aufruhr der
Menge brauste. Doktor Pürckhmayer, da er die Hilfe Roms in seiner
Nähe wußte, bewies in diesem Augenblicke kühnen Mut. Als das
Portal geöffnet wurde, trat er mit erhobenen Armen hinaus in das
vom Regen umschleierte, graue Gewühl.

»Wo ist denn der Vikar? Wo ist die römische Botschaft? Ihr guten
Leut, lasset die römische Botschaft durch! Im Namen Gottes und
aller Heiligen –« Was er weiter noch rufen wollte, blieb ihm in der
Kehle stecken. Ein hundertstimmiger Wutschrei scholl ihm entgegen, eine graue Menschenmenge stürmte gegen ihn her, und wie ein
Gewirbel von braunen Äpfeln waren die geballten Fäuste vor seinen Augen. »Der köllnische Hexenmacher! Der Teufelsbraten! Der
Zaubermeister! Der unser Land ins Elend gestoßen! Der unsere
Kinder und Weiber verteufelt! Der unseren Hafer zu Mist geschlagen! Reißt ihm das geistliche Kleid von den Knochen! Schlagt ihn
nieder, den Kerl! Stecket ein Feuer an! So ein Höllengockel muß
brennen!« Pürckhmayer hatte in Todesangst nach dem Goldkreuz
an seinem Hals gegriffen. Das konnte er nicht mehr erheben. Alle
Glieder waren ihm wie gelähmt, Hören und Sehen verging ihm. In
diesem Zustand faßten es seine Sinne nimmer, daß die Eisen der
Knechte sich schützend vor sein hochwürdiges Leben hinstreckten
und Prior Josephus ihn zurückzerrte unter den Schutz des Tores. In
dem grauen Korridor, bei dem debattierenden Lärm der Herren,
blieb er gegen die Mauer gelehnt wie eine Leiche, der alle Fähigkei-
ten des Lebens entronnen sind, mit Ausnahme der einen, daß sie
noch stehen kann. Daß man den jungen Vikar, dem das Gesicht
unter der Sonne Italiens dunkelbraun geworden, zum Stiftsportal
hereinbrachte und daß der Dekan an einem übel zerknitterten
Schreiben die schon halb zerstörten Siegel löste – von diesen Vor-
gängen schien Doktor Pürckhmayer in seinem apoplektischen Zustand nichts zu gewahren. Mit bebender Stimme las Herr von Sölln
den Kapitularen die lateinische Botschaft vor, die aus Rom gekommen. Sie begann mit einem sänftlichen Verweise gegen Prior Josephus. Wie Sankt Franziskus und Sankt Dominikus getreue Brüder
im Dienste der heiligen Mutter gewesen, so müßten sich auch jene,

die ihnen nachfolgen, zu brüderlichem Zusammenwirken die Hände reichen. Solch treues Bündnis wäre den liebwerten Söhnen der Kirche von Berchtesgaden um so dringlicher ans Herz zu legen, als diese geliebte Tochter Petri durch das seltsame Fundstück, so man aus den Tiefen der Erde gehoben, in begreifliche Wirrnis versetzt scheine. Daß man diesen Mann im Salz für einen leibhaftigen Menschen zu betrachten hätte, wäre nicht anzuzweifeln. Aus triftigen Ursachen müßte entschieden werden, daß der Mann im Salze, als er noch außerhalb des Salzes gewesen, in heidnischen Zeiten ante Christum gelebt haben müsse. Es war somit ausgeschlossen, daß er das heilige Sakrament der Taufe empfangen hätte. So dürfte man den Mann im Salz auch nicht ohne weiteres mit christlichen Segnungen bestatten. Doch aus dem Umstände, daß der im Salze inkrustierte Mensch in seiner forma humana sich seit grauen Zeiten bis zum heutigen Tage mit greifbarer Leibhaftigkeit erhalten hätte, müßte der Schluß gezogen werden, daß seine scheinbare Leblosigkeit kein Tod im gebräuchlichen Sinn dieses Wortes wäre. Wirklicher Tod zerstört alle lebende Form. So aber hier eine unleugbare forma vitalis noch vorhanden wäre, müßte in ihr auch noch eine Art von Leben als konserviert erscheinen. So bestünde kein Hindernis, diesen Heiden, der, obwohl zur Unbeweglichkeit gezwungen, doch quasimodo noch lebendig wäre, durch Erteilung der Taufe in den Schoß der Kirche aufzunehmen und ihm die Ruhe in geweihter Erde zu vermitteln. Vermutlich würde nach Empfang der Taufe seine durch Jahrtausende gefesselte Seele sich frei zu Gott erheben und die Form seines Lebens sofort in Asche zerfallen. Doch es wäre nicht ausgeschlossen, daß die geliebte Kirche zu Berchtesgaden bei dieser Taufe die Augenzeugin eines Wunders würde, gewirkt durch den unerforschlichen Willen des Himmels. Es erschiene nicht nur möglich, sondern einem gläubigen Gemüte sogar in hohem Grade einleuchtend, daß hier ein Heide, der sich gleich einem Sokrates durch hohe menschliche Tugenden auszeichnete, zum Lohne für ein gottgefälliges Erdenwallen ungezählte Jahrhunderte in einer wundersamen Form des Daseins erhalten worden wäre, um eines Tages in christlicher Zeit der ewigen Seligkeit teilhaftig zu werden. Und es wäre durchaus nicht undenkbar, daß dieser tugendhafte Heide, neubelebt durch die Wirkung der Taufe, wieder zu freiem, ungehindertem Leben erwachen und aus dem Salze steigen würde, um durch die Schilderung aller Greuel heidnischer Epochen den Menschen von heute klar zu machen, wieviel sie der christlichen Gegenwart an Frieden und Segnungen zu danken hätten.

Als Herr von Sölln die Verlesung der Botschaft geschlossen hatte und um ihn her ein verdutztes Schweigen war, geschah etwas Unerwartetes, das zum Ernst dieser Stunde wenig passen wollte. Der geistliche Kommissar begann aus der Erstarrung zu erwachen, in die der Schreck ihn geworfen hatte. Mit verstörten Augen sah er umher und wollte etwas sagen. Das blieb ein unverständliches Lallen. Und plötzlich verstummte er und wurde noch bleicher, als er zuvor gewesen. Der Schreck, den er ausgestanden, schien wie Blei auf seinen Magen und die benachbarten Organe gedrückt zu haben. Seine natura humana, in der Schwäche ihres Alters, begann sich unter gewaltsamen Eruptionen von innen nach außen zu drehen. Erschrocken wichen die Herren von ihm zurück und brachten es in christlichem Mitleid nicht weiter, als daß sie nach Lakaien schrien, die den unpaß gewordenen Doktor des kanonischen Rechtes in seine Stube verbringen mußten.

»Mir scheint, jetzt ist der Teufel, der ihn simulakriert hat, aus ihm ausgefahren!« sagte Herr Pießer mit Humor. »Seine Seel ist wieder sauber. Aber seine Kutte muß er waschen lassen.« Dieses heitere Wort beeinflußte den Ton der Debatte. »Josephus?« fragte Herr von Sölln, noch halb beklommen, halb schon erlöst von allem Alp dieser Tage. »Was sagst du? Wie ist diese Botschaft zu nehmen?«

Schmunzelnd hob der Prior die Schultern. »Sie haben in Rom zuweilen ein lustiges Stündl. In solch einem Stündl scheint unser Vikar sie erwischt zu haben. Wir sind folgsame Söhne und gehorchen. Und morgen halten wir Tauf.«

Eine Weile redeten die Herren hin und her, bis Josephus sagte: »Merkt denn keiner, wieviel Hilfreiches an dieser Botschaft ist? Sie gibt den Leuten was zu schwatzen und bringt die Bretterschädel auf andere Gedanken. Wenn's den Herren recht ist, will ich reden mit unseren guten Berchtesgadnern.« Er öffnete die Flügel seines Fensters, stieg auf das Gesims und begann in seiner derbgesunden Art durch die dicken Gitterstäbe hinauszupredigen: Schweres Elend wäre über das liebe, schöne Land gefallen. Doch über den grauen Nebeln hause noch allweil ein guter und gerechter Gott. Der würde helfen, alle Wirrnis im Land zu schlichten. Und die Herren würden ihr Bestes tun, um das Ländl aus aller Not zu heben. Ein Gericht wäre eingesetzt, um jeden Schuldlosen zu beschirmen. Für den verwüsteten Hafer würde das Stift die Betroffenen nach Kräften entschädigen und einen Steuernachlaß gewähren. Und daß man aus allem Elend den rechten Weg zum Frieden fände, das wäre durch die weise, wahrhaft christliche Botschaft aus Rom verbürgt, die allen Hader löse, der um den Mann im Salz entbronnen. Nun übersetzte Prior Josephus das Latein der römischen Botschaft in handgreifliches Deutsch. Und morgen, um die neunte Stunde, wären alle Berchtesgadener eingeladen zur feierlichen Taufe des gesulzten Heiden und zum christlichen Begräbnis seiner Asche, in die er zerfallen würde – wenn etwa nicht das mirakulose Ereignis einträte, daß der getaufte Heide lebendig heraussteige aus dem Salz, um ein Schuster oder Musketier, ein Schneider oder Spindeldreher zu werden und für ein christliches Leben das berchtesgadnische Bürgerrecht zu erwerben.

Der Aufruhr der Menge wurde durch die Verkündigung des Priors nicht beschwichtigt. Im Gegenteil. Ein Lärm erhob sich, daß es brauste. Im Stiftshof wäre wohl an diesem Abend keine Ruh entstanden, wenn sich das stäubende Nebelreißen nicht um die Dämmerstunde in einen gießenden Regen verwandelt hätte, der die Schreier unter trockene Dächer trieb. Der Streit, der im Stiftshof begonnen hatte, wurde in allen Häusern fortgesetzt. Wird der Mann im Salz in Asche zerfallen oder lebendig werden? Wenn lebendig, wie wird er reden? Heidnisch, das niemand versteht? Lateinisch, wie's nur die Herren können? Oder deutsch wie die Berchtesgadener? Und wo er wohnen wird? Im Stift, im Leuthaus, im Bären, im weißen Hirsch? Und wie wird er im Leben seinen Verdienst suchen? In jedem Handwerk, dem er sich zuwendet, werden die anderen Meister geschädigt sein! Der lebendig gewordene Heide wird einen mordsmäßigen Zulauf haben. Und seinen zottigen Bart, natürlich, den wird er stutzen lassen zu einem netten Schnauzer. Er steht noch im besten Alter! So um die vierzig. Oder jünger noch? Und wenn er sich umschaut nach einer, die mollig und sauber ist? Da braucht er bloß die Hand zu strecken, und an jedem Finger hängt ihm eine. Die Weiberleut sind schon so, daß sie allem Neuen zurennen und gelüstig werden auf jede Sach, die von sich reden macht.

Der ›Teufel‹ im Salz war für die Leute eine aufreizende Sache gewesen. Jetzt war's ein Mensch, Rom hatte gesprochen. Aber auch der Mensch im Salze wurde ein bedenkliches Ding. Die Schneider waren der Meinung, daß er am besten ein Schuster würde, er hätte die richtigen Fäuste, um das Leder zu wichsen. Und die Schuster meinten, er müßte ein Schneider werden, weil er das ›Stillhocken mit überschlagenen Haxen‹ schon tausend Jahr lang gewöhnt wäre. Jeder Bursch geriet in Sorge um sein Mädel, und jedes Mädel dachte: Die Nachbarstochter wird so lang scharwenzeln, bis der dumme Kerl auf die Gans hereinfällt; und wenn er sie nimmt, das wird ein Stolz werden, ein Rockschwenken und Seidenrauschen, nimmer zum Aushalten! Ob's da nicht am besten wäre, wenn man den Mann im Salz auf den geistlichen Stand studieren ließe? Da könnte er kein Handwerk treiben, dürfte kein Weib nehmen, niemand hätte einen Schaden von ihm und keiner einen Nutzen.

Trotz allem Meinungshader übte die römische Botschaft eine segensreiche Wirkung. Das Neue dieses Abends erwies sich stärker als alles Alte der vergangenen Tage. Der lebendige Mensch im Salz und seine Auferstehung! Darüber vergaß man den verwüsteten Hafer, den köllnischen Zaubermeister und die beiden Höllenschwestern, die im Hexenturm einem dunklen Schicksal entgegenzitterten.

Der niederprasselnde Regen war der einzige Gassenspektakel dieser Nacht. Auf dem Marktplatz erloschen die Fenster, an den Stiftsgebäuden blieben sie erleuchtet.

Während die Chorherren im Kapitelsaal hinter verschlossenen Türen Rat hielten, wurde Doktor Besenrieder zu Seiner unpaß gewordenen Gnaden, dem geistlichen Kommissar, zitiert. Fünf köllnische Dragoner mit blanken Eisen standen vor dem stillen Fürstenzimmer auf Wache. Beim Eintritt wurde der Sekretär beinah von einer Üblichkeit befallen. So bedrückend war der brenzliche Geruch, den die im Zimmer qualmenden Räucherkerzen ausströmten. Die Lichter schienen wie unter trüben Schleiern zu brennen. In einem Himmelbette von verblichener Purpurfarbe lag, einem hageren Gespenste ähnlich, der Kommissar gegen hochgebauschte Kissen gelehnt und schlürfte roten Glühwein. Mit einem Handwink befahl er dem Sekretär, einen Tisch an das Bett zu rücken und das Schreibzeug vorzunehmen. Unter Anrufung Gottes mahnte er den Doktor Besenrieder an die Heiligkeit seines Diensteides und bedeutete ihm, daß jeder Vertrauensbruch die Entlassung aus seinem Amt zur Folge hätte. Dann diktierte er ihm in lateinischer Sprache einen ›kraft seiner Vollmacht fürstlichen‹ Erlaß. Wenn er, die Worte suchend, im Diktieren stockte, sah Doktor Besenrieder mit verstörten Augen zu ihm hinüber und gewahrte auf der bleichen Schläfe des kanonischen Doktors ein perlendes Geglitzer. Der Erlaß befahl dem Landgericht, sofort nach Ankunft der Salzburger Freimannsknechte, noch vor Ablauf der Nacht, das inhaftierte Hexenpaar in allen Graden der Pein unerbittlich darüber zu befragen, durch wen die Inkulpatin Maddalena Barbière zu jenem verleumderischen Bekenntnis verführt worden wäre; ergäbe sich das geringste indicium wider den Gregor von Sölln, den Josephus oder den Süßkind, so sollten alle drei sofort in Haft genommen, von köllnischen Dragonern bewacht und an jeder Verständigung untereinander behindert werden. Jetzt glitzerte der Angstschweiß auch auf den Schläfen des Sekretars. Er siebte den Streusand über die Schrift und machte beklommen den Fürhalt, daß der Beschleunigung des peinlichen Verhörs ein Hindernis im Weg stünde: Das nötige Foltergerät befände sich im Freimannshause; der Jochel Zwanzigeißen hätte das Zeug mitgenommen, um die Eisen zu schärfen. Seiner Gnaden wäre die Ursach bekannt, weshalb der Jochel das Zeug nicht wieder zum Turm hätte bringen können. Mit zornschrillender Stimme fuhr Doktor Pürckhmayer aus dem Kissen auf. »So soll man holen aus dem Freimannshause, was benötigt wird.« Er läutete dem Lakaien. »Der Pitter soll kommen!« Auf den Ruf des Dieners trat einer von den köllnischen Dragonern in die Stube, ein hagerer Mensch mit hartem Gesicht und klugen Augen. »Doktor Besenrieder«, sagte der Kommissar mit verzerrtem Lächeln, »dieser verläßliche Mann soll Euch begleiten auf Schritt und Tritt.« Mit einer Handbewegung wurde der Sekretär entlassen. Den Dragoner winkte Doktor Pürckhmayer an sein Bett heran, streckte auf magerem Halse das von Schweiß übertröpfelte Gesicht zu ihm hinauf und flüsterte »Pitter! Du Redlicher und Treuer! Geh diesem zweifelhaften Gerechtigkeitsschwein keinen Schritt von der Seite! Wenn du siehst oder hörst, was aussieht wie eine Verschwörung gegen mich, so komm und melde mir das! Verstehst du?«

Der Seligmacher nickte: »Do künnt 'r üch op mich verlohße! Do bin ich jot für!«

»Und sage dem Drickes, er soll –« Was Pitter dem Drickes sagen sollte, das zischelte Doktor Pürckhmayer dem Dragoner leise ins Ohr. Dann fiel er zurück und trocknete sich mit einem Tuch, das nach Essig duftete, den Schweiß vom Gesicht. –

Als der Sekretär durch das Stiftsportal hinaustrat in den strömenden Regen, klirrte hinter ihm ein schwerer Schritt. Im Laienhof ein erregter Stimmenlärm. Durch den Regen kam dem Sekretär ein dickes Weibsbild entgegengelaufen, die Magd des Landrichters. »Gott sei Lob und Dank, Herr Sekretari, daß ich Euch find. Ihr sollet hinaufkommen zum Herren, gleich, und die Schlüssel holen zum Hexenturm!« Erschrocken fragte Besenrieder, was es schon wieder gäbe? Ein Weibsbild wäre von selber gekommen und hätte sich als Hexe bekannt. Und die Salzburger Freimannsknechte, die vor einem halben Stündl eingetroffen, hätten das gottverlorene Weibsbild schon hinübergeführt zum Turm und täten nur auf den Sekretari und die Schlüssel warten. Besenrieder machte stelzende Schritte über die Regenpfützen, krümmte den Rücken unter dem seidenen Mäntelchen, das zu triefen begann, und eilte hinüber zum Haus des Landrichters. Hinter ihm her der köllnische Pitter im Gerassel seiner Waffenstücke, mit dem blanken Eisen in der Faust. Das Rauschen des Regens erstickte fast den Stimmenlärm, der den Laienhof erfüllte. Ein qualmendes Pfannenfeuer machte die Schnüre des Regens blitzen und beleuchtete bald grell, bald wieder rauchig eine erregte Gruppe. Die Musketiere, von denen die Hälfte betrunken, die andere Hälfte nimmer nüchtern war, umringten unter zotigem Geschrei die Freimannstochter, die mit gefesselten Händen zwischen den zwei Salzburger Malefizknechten vor der Pforte des Hexenturmes stand. Ihr Gesicht war bleich; ein spöttisches Lächeln war um ihren Mund; und forschend betrachtete sie bald den Freimannsgesell zu ihrer Rechten, bald den anderen zu ihrer Linken. Unter dem Lodenmantel leuchteten die gelben Blumen des Mieders und die Scharlachfarbe des Rockes heraus. Ihr bestes Gewand hatte sie angelegt für diesen Weg zum Hexenturm; im Haar trug sie Nadeln mit großen Goldknöpfen, um den Hals das venedische Kettl. So ruhig sie auch aussah, einer von den stummen Freimannsknechten schien ihr doch Mißtrauen einzuflößen. Das war der vierschrötige, ungeschlachte Kerl zu ihrer Linken, mit dem Stiernacken, dem vorgeschobenen Raubtierkiefer und den langsamen Augen, die stumpf und gleichgültig in den Lärm guckten. Der andere war ein schlanker, fast vornehm aussehender Gesell; mit seiner feingegliederten Gestalt, mit dem schmalen Gesicht und den ernsten Augen hätte er besser in ein Kaplanshabit oder in den Talar eines jungen Gelehrten gepaßt als in die Tracht der roten Zunft. Doktor Besenrieder, den eisenrasselnden Pitter an seiner Seite, erschien im Laienhof und fragte die zwei Gesellen um ihre Namen. Der Vierschrötige brummte: »Ich heiß der Knotzensepp.« Der Schlanke sagte: »Ich bin der Hannes Dreißigacker.« Ein fahles Erschrecken ging dem Sekretär über das erschöpfte Gesicht. Auch die Freimannstochter drehte betroffen die Augen nach dem feinen Gesellen, während Besenrieder stammelte: »Der Dreißigacker? Jener berühmte Hexenfinder, der ein Weib nur anzusehen braucht, um alles zu wissen? Der bist du?«

Lächelnd, mit ein bißchen Galle in diesem Lächeln, schüttelte der Schlanke den Kopf. »Das ist von meinen Brüdern einer. Der hat den Namen für sich. Die Wissenschaft hat jeder von uns Dreißigackern.«

Dem Doktor Besenrieder zitterten die Hände, als er an der Tür des Hexenturmes die drei Schlösser aufsperrte. Ein Spießknecht mit einer Kienfackel leuchtete voran. Durch einen von muffiger Luft erfüllten Mauerschacht ging es hinunter über feuchte Steinstufen. Diese schwitzenden Mauer, die bei solchem Wege von angstvollem Geschrei zu widerhallten pflegten, hörten diesmal keine Beteuerung der Unschuld, keinen Schrei der Verzweiflung. Schweigend stieg die Freimannstochter vor den Malefizknechten in die Tiefe. Wieder eine Türe mit drei Schlössern, zehn Stufen noch, und die Fackel durchleuchtete trüb einen weiten, auf zwei schweren Säulen überwölbten Raum. Fast winzig sahen in dieser Leere die zwei weiblichen Gestalten aus, die, bei der Mauer gegen den Wallgraben, unter der vergitterten Fensterluke eng aneinandergeklammert auf den Fliesen kauerten. Während die Weyerziskin, vom gelösten Blondhaar umschüttet, mit Augen des Entsetzens auf die sechs Menschen stierte, die da kamen, flüsterte die Jungfer Barbière: »Tu dich nit fürchten, Liebe!« Aber die Weyerziskin riß sich aus Maddas Armen, warf sich auf die Knie und bettelte in Verzweiflung: »Ich will bekennen! Alles sag ich! Nur nit plagen und strecken! Mein Leib ist müd. Nur nit die Pein! Nur nit die Schrauben und Eisen!« Da sah sie die offene Tür, raffte sich auf und rannte, kam zum Bewußtsein ihres Irrsinns, taumelte auf eine plumpe Bettlade zu, die hinter den Stufen im Winkel stand, warf sich über den Strohsack hin und vergrub das Gesicht. Während der Vierschrötige, der die Freimannstochter gelöst hatte, gähnend den Arm vor das aufgesperrte Maul hob, trat der feine Dreißigacker zu der Bettlade. »Das Licht her!« Der Spießknecht leuchtete. Und der schlanke Gesell betrachtete die Weyerziskin. Schweigend nickte er dem Doktor Besenrieder zu und griff mit ruhiger Hand in die Haarsträhnen des regungslosen Weibes. Da wurde er von einer Faust zurückgestoßen. Madda stand zwischen ihm und der Weyerziskin. In ihren Augen blitzte der Zorn. Sie blickte hinüber zum Sekretär, der wie ein Schlotterschatten seiner selbst bei einer Säule stand, und sagte mit fester Stimme: »Wenn du ein Mensch bist, und ich hab einmal geglaubt, daß du einer wärst, so laß dieses arme Weib nit plagen! Laß sie doch erst genesen für das Ding, das man auf Erden Gerechtigkeit schimpft.« Besenrieder nahm einen Anlauf, um der Inkulpatin Barbière vorzuhalten, daß sie durch so üble Reden ihre Lage nicht verbessere. Madda hörte nicht auf dieses Gestammel. Erschrocken war sie vor dem Dreißigacker zurückgewichen, und mit brennender Welle stieg ihr das Blut ins Gesicht. Der schlanke vornehme Freimann hatte keine Hand nach ihr gestreckt, hatte sie nur angesehen. Vor diesem Blick verlor sie alle Festigkeit und allen Mut. Von Angst durchzittert bis ins Innerste ihres reinen Lebens, brach sie vor der Bettlade in die Knie und umklammerte die Weyerziskin, als wäre bei diesem ohnmächtigen Weib eine Hilfe.

Hannes Dreißigacker sagte ruhig zum Sekretär: »Von der Jungfer hab ich einen guten Glauben. Sie hat nit den Teufelsblick in den Augen. Freilich, am Hals, da hat sie ein Mal. Das kommt mir aber nit verdächtig für. Ich wett, daß es Blut gibt bei der Nadelprob. Dann war die Jungfer ohne Schuld im Turm. Und ihrem Bekenntnis müßt man glauben.«

Während der köllnische Pitter mißtrauisch den Hals verlängerte, konnte Besenrieder nicht aufatmen, so günstig dieses wissenschaftliche Freimannswort für die Jungfer klang, die seinen geachteten Namen in Glück und Freude hätte tragen sollen. Er wandte sich zu der neuen Hexe. »Steht das Haus deines Vaters offen?«

Sie sagte rauh: »Das ist zugemacht. Und fest!«

»Wo ist der Schlüssel?«

»Das Haus sperrt keiner nimmer auf. Als einer in der Ewigkeit.«

Jetzt schien der Sekretär zu verstehen. »Ich meine das Haus, in dem du wohntest.«

Sie lachte heiser. »Das steht offen. Sperrangelweit!«

Während dieses Gespräches hatte der vierschrötige Knotzensepp, dem die müde Schläfrigkeit vergangen war, den feinen Dreißig-acker hinter die Säule gezogen, umklammerte mit grober Faust den Arm des schlanken Gesellen und flüsterte: »Du! Tu deine Schuldig-keit! Dafür ist man im Lohn. Aber sonst laß alles gut sein! Ich tät's nit leiden, daß du's wieder machst wie mit der schönen Schreibers-jungfer beim letzten Brand und dein unsauberes Garn wider die Herren spinnst!«

Doktor Besenrieder hatte sich von der Freimannstochter abge-wandt und räusperte sich. »Inkulpatin Barbière –« Er sprach nicht weiter, sondern sah erschrocken zur Tür hinüber. Pitter, der köllni-sche Dragoner, hatte im Gerassel seiner Rüstungsstücke kehrtge-macht und verließ den Turm. Jetzt atmete Besenrieder auf. »Inkul-patin Barbière! Bereitet Euch vor auf ein redliches Wort der Wahr-heit! Man wird Euch noch vor Ablauf dieser Nacht in allen Graden der Pein befragen, ob Euer Bekenntnis wider den geistlichen Kom-missar auf Wahrheit beruht.«

Madda richtete sich auf. Der Sekretär, den ein Zittern überlief, mußte denken: Die ist schöner geworden in diesen Tagen des Un-glücks. »Ja, Herr!« sagte Madda. »Man soll mich fragen!«

Die vier verließen den Turm. In der Finsternis, die hinter ihnen zurückblieb, ein zorniger Laut wie ein Fluch: »Not und Elend! Das Peinzeug hätt ich verderben und verstecken sollen!« Nur noch das Brausen, mit dem der Regen draußen gegen die Mauer schlug. Dann ein leises, hilfloses Weinen. Und jetzt das zärtliche Geflüster der Jungfer: »Du Liebe! Tu dich doch ein bißl festen und trösten! Schau, sie sind ja schon wieder fort. Wie du nur allweil so unsinnig reden kannst, wenn sie da sind! Eine Seel, die schuldlos ist! Wenn dein Joser das hören tät.« Ein schluchzender Seufzer voll Weh und

Müdigkeit. Und wieder das heiße Geflüster: »Guck, Trudle! Wenn mich die Festigkeit verlassen will, so denk ich an den einen, der mir lieb ist. Und denk mir –«

»Daß er schafft in Lieb und Sorg!« Wie die Stimme bebte, die da von irgendwoher herausklang aus der Nacht! »Und daß er sein Leben gegen die Mauer wirft!«

Nun war es still in der Finsternis. Nur das Rauschen des Regens. Dann die erschrockene Frage: »Weib? Wer bist du?«

»Hast du mich nit gesehen, wie noch Licht gewesen?«

»Nein. Die Not hat nur Augen für sich selber.«

»So sollst du auch nit wissen, wer ich bin.«

»Eine Schwester im Elend bist du. Komm her zu uns!« Schlurfende Schritte, die im Dunkel einen Weg suchten. Unter dem Weinen der Weyerziskin ein leises Reden der Freimannstochter, Worte in jagender Hast. Nun ein Schrei in Freude, ein Lachen: »Trudle!« Das Weinen verstummte. Atemloses Geflüster. Und jählings schrie die Weyerziskin in der Finsternis: »Den Richter! Widerrufen will ich! Was tat mein Joser denken –« Das Geschrei verstummte, als hätte sich eine Hand auf den Mund der Weyerziskin gepreßt. Noch eine Weile dieses Stammeln und Flüstern. Dann Stille in dem Rauschen, das draußen um die Mauer war. Jetzt sagte Madda mit der Stimme einer Verzückten: »Trudle, wir müssen beten! Bei uns ist Gott und unser Glück!« Sie begann das Vaterunser, das Ave Maria. Die Weyerziskin stammelte das alles mit, in halben und verstümmelten Worten. Nur die dritte in dieser Nacht blieb stumm. Als die Glocken im Brausen des Regens die elfte Stunde schlugen, flüsterte sie: »Wir müssen die Bettlad aus dem Winkel schieben. Wir müssen uns bergen, hat er gesagt, als tat eine Mauer fallen!«

Ein Keuchen schwacher Kräfte. Auf den Steinfliesen ein schriller Ton. Wieder Stille. Wieder in der Finsternis das verzückte Beten Maddas, dieses schwere Lallen der Weyerziskin.

»Luset!« flüsterte die dritte. »Der Bub ist am Werk!«

In der Mauer gegen den Wallgraben, unter dem schwarzen vergitterten Fensterloche war, so laut auch der Regen rauschte, ein gedämpftes Hämmern zu vernehmen, manchmal im Gestein ein

Knirschen und Ächzen – das war, als nage eine scharfzahnige Ratte geduldig an einem harten Knochen – und es war doch ein heimliches Lied der Freiheit, der nahen Rettung, des harrenden Glückes. »Er muß sich eilen!« zischelte die Freimannstochter. »Es geht auf zwölf. Länger als zwei Stunden brauchen sie nit, bis sie das Peinzeug holen aus dem Haus da drunten. Er muß sich eilen! Wenn er's nur wissen tät!« Da schlugen schon die Glocken.

Auch Maddas verzücktes Beten wurde ein fliegendes Lallen, das alle Worte ineinanderschlang. Die Weyerziskin, weil das Gebet den Irrsinn ihrer Todesangst und Hoffnung nimmer erstickte, fing wie ein Kind, ganz leis und mit falschen Tönen, zu singen an:

> »Es steht eine Lind im Tale,
> Ach Gott, was tut sie da?
> Sie will mir helfen trauren,
> Weil ich kein Kindl hab.«

Das gedämpfte Hämmern in der Mauer, das Ächzen und Knirschen war still geworden. Von der Türe her, durch den Treppenschacht herunter, kam ein rasselndes Geräusch. Dort oben sperrten sie das Tor des Hexenturmes auf. Eine Stimme war zu hören, die Stimme des Landrichters Gadolt, der vom Zahnweh genesen schien und einem Spießknecht befahl: »Das Licht voran!« Die Freimannstochter sprang hinter der Bettlade hervor und schrie wie eine Wahnsinnige: »Gefehlt ist's!« Madda stammelte einen Namen, den ihre Lippen noch nie gesprochen hatten, und die Weyerziskin stürzte bewußtlos auf die Fliesen hin. Da fuhr ein dumpfes Dröhnen durch die rauschende Nacht, als hätte man irgendwo im Stift eine Feldschlange losgeschossen. Unter dem murrenden Nachhall zitterten alle Mauern. »Barmherziger Gott!« rief Seine Gestreng im Mauerschachte draußen. »Was ist denn geschehen?« Der Lichtschein, der durch die Ritzen der Treppentür hereingeleuchtet hatte, erlosch. Ein Getrampel enteilender Schritte. Dann die brüllende Stimme irgendeines Menschen: »Drüben ist's gewesen! Im Stift. Wo der Goldkoch seine Stub hat!« Nun Stille dort oben.

In der Tiefe, vor dem vergitterten Fensterloche, glomm ein qualmender Feuerblitz in der Mauer, ein Geknatter, als würden hundert Steine in den schwarzen Raum geworfen. Der Boden und alles Gemäuer bebte. Dann eine Stille, in der das Rauschen des Regens so deutlich zu hören war, als stünde zwischen der Turmtiefe und der brausenden Nacht keine Mauer mehr. »Jungfer!« keuchte dort, wo der Regen rauschte, die Stimme des Buben. »Jungfer! Maddle, wo bist du?« Ein greller Lichtschein zuckte durch dichten Qualm. Verschwommen zwischen Rauch und Helle stand Adel in seiner Jägertracht vor einer türhoch durch die Mauer gebrochenen Gasse. Ein zweiter kletterte mit wilder Hast über ein Gewirr von Mauerbrocken in den Turm herein und begann unter erwürgten Lauten mit den Händen zu tasten.

Madda stand wie betäubt. Da stieß die Freimannstochter sie mit Fäusten aus dem Winkel hervor: »Du Narr, du! Hörst du dein Glück nit schreien?« Madda erwachte, flog auf den Buben zu und umklammerte seinen Hals. Der warf das brennende Ding zu Boden, das er in der Faust gehalten, umfaßte wortlos die Jungfer und riß sie durch die gebrochene Mauer mit sich hinaus in den strömenden Regen, in die Freiheit, in das Glück. Sie hätte schreien mögen vor Schmerz – mit so eisernem Druck hielt seine Faust ihren Arm umschlossen, während er in der Nacht mit ihr hinunterflüchtete durch den Wallgraben. Aber sie schrie nicht, immer lachte sie wie eine Trunkene und fühlte diesen Schmerz als etwas so Süßes und Seliges, wie ihr im Leben noch nie eine Freude war. Der Regen, der über sie niederströmte, wurde ein wohliges, wunderwirkendes Bad, das ihr alles Grausen dieser vergangenen Tage aus der Seele wusch.

Inmitten einer schwarzen Wiese hielt Adelwart inne. »Der Joser? Wo bleibt der Joser?« Er spähte zurück in die Nacht. Die rauschende Finsternis hatte Sterne. Immer wieder blinkte einer auf. Das waren die Fenster des Stiftes. Da droben wurde es hell in allen Stuben. »Joser? Joser?« Ein Laut in der Nacht, »Sie kommen!« stammelte Adel und riß die Jungfer mit sich fort.

Ein schwarzes, mächtiges Gebäude tauchte vor ihnen auf, das Pfannhaus der Frauenreut. Irgendwo in der Nähe ein gellender Pfiff. Ein Zaun sperrte den Weg zur Straße. Adel hob die Jungfer hinüber. Und sprang.

Unter dem schwarzen Laubdach triefender Linden wartete der Passauer mit seinem Salzkarren. Er hielt schon die Rückwand der Blache aufgeschlagen und zischelte: »Herauf mit dem Mädel!« Adel lupfte die Jungfer in das Dunkel des Karrens hinein, und als sie schon auf den linden, mit Moos gefüllten Säcken ruhte, hielt er sie noch immer umklammert und erstickte sie fast mit seinen Küssen, bis der Passauer mahnte: »Bub! Die muß noch lebendig über die Grenz.« Dabei wollte er sich auf den Karren schwingen. Adel stammelte: »Wart! Es kommen noch zwei!« Daß es drei waren, die heraustaumelten aus der Nacht, das merkte er nicht. Er half in der Hast das zitternde Trudle auf den Karren heben, lief um den Wagen herum und schwang sich zum Passauer auf das Fuhrmannsbrett. Die Peitsche sauste. »Hjubba! Hjubba!« Und die Tiere begannen zu jagen. Hinter dem Karren ein bitteres Lachen im Rauschen der Nacht. Dann rannte die Freimannstochter dem Wagen nach, er- wischte einen Blachenzipfel und konnte sich noch hinaufschwingen auf den Balkenstumpf, der unter dem Leitergestell herausragte.

Auf der rauhen Straße hopste und sprang der Karren, daß es eine lustige Reise hätte werden können, wenn nicht die Sorge mitgefah- ren wäre als ruhelose Gesellin. Adel stand auf dem Fuhrmannsbrett, um über das Blachendach zurückzuspähen in die Nacht. Auf der finsteren Straße war nichts vernehmbar, nur das Geplätscher des Regens. Er atmete erleichtert auf. Und wenn er mit zärtlicher Frage die Hand hineinstreckte in das Dunkel unter der Blache, wurde sie von zwei linden Händen umschlossen, und er fühlte Küsse und heiße Tränen. Immer das leise, fieberhafte Weinen der Weyerziskin, und unablässig redete Joser zu seinem Trudle: »Was hinter uns liegt, ist versunken. Was fürwärts liegt, ist alles! Das ist die Freiheit und das Glück.« Von Reichenhall geht's an die Donau, auf der Do- nau hinunter nach Österreich und weiter ins steirische Land. Wo noch nie ein Brand gewesen! Wenn für die weite Fahrt das Geld nicht reicht, das er mitgenommen, so hat der Joser zwei Hände, die schaffen können. »Ein Stöckl schneid ich, paß auf, das zahlen die Leut mit Gold.« Die Stimme des Josua klang, als spräche ein ande- rer, nicht der Weyerzisk. »Das Stöckl, das ich schneid, das ist der Herr der Welt! Den schneid ich aus Ebenholz, weil er schwarz sein muß. Ins schieche Gesicht, da schneid ich ihm Augen hinein, die das warme Blut zu Eis machen!«

»Joser! Joser!«

Das war der erste Laut, den die Weyerziskin stammelte, ein Laut in Liebe und Sorge.

Madda rückte näher an das Fuhrmannsbrett und klammerte sich an den Arm des Buben. »Ich kann's schier nimmer hören. Wer hat denn das in die Welt gerufen? Wer ist denn schuld an allem Elend?«

»Die Narretei der Leut! Sonst keiner.« Adel beugte sich in das Dunkel des Karrens. Und Madda hatte keine Frage mehr und vergaß das Elend der Zeit.

Als der Wagen die Höhe von Bischofswies erreichte, fuhr ein kräftiger Nordwind über die schwarzen Gehänge des Untersberges her. Der Regen verwandelte sich in ein dünnes Stäuben. Wieder stellte sich Adel auf das Fuhrmannsbrett. Während er zurückspähte über die dunkle Straße, ging es ihm durch den Sinn: Das blaue Land seiner Träume? Wo war das jetzt? In Finsternis versunken, von Nebeln umwirbelt! Aber lag nicht vor ihm das Land seines Glückes? Irgendwo in der fremden Ferne? Hell und reich! Das versprachen ihm die beiden Hände, die er so fest um seine Hand geklammert fühlte. Doch neben der heißen Freude immer die brennende Sorge. »Passauer? Wie kommen wir beim Hallturm durch den Schlagbaum?« Auf diese Frage wußte auch der Passauer keine Antwort. Er schlug nur auf die Tiere los. »Hjubba! Hjubba!«

Der Regen hatte aufgehört. Über die schwimmenden Nebel floß ein milchiger Schein, Auch die Straße, die zwischen dunklen Waldmauern hinzog, begann sich aufzuhellen. Und in der westlichen Ferne sah man einen roten Dunst, den Schimmer des Pfannfeuers, das vor der Grenzsperre beim Hallturm brannte. Plötzlich eine gellende Weiberstimme: »Bub! Guck rückwärts über den Weg!« Erschrocken über den Klang dieser Stimme, sprang Adel auf das Fuhrmannsbrett. Da sah er hinter dem Karren einen dunklen Mantel wehen und sah zwei Arme, die sich an die Blache klammerten. »Jesus! Mädel?« Was er fragen wollte, erstickte ihm in der Kehle. Ein Lärm von klappernden Hufen folgte dem Karren in der still gewordenen Nacht, und gaukelnder Fackelschein leuchtete bei einer Biegung der Straße auf. »Joser! Das Messer in die Faust!« rief Adelwart unter die Blache hinein und riß das Jagdeisen aus seinem Weidgehenk. »Passauer! Heb den Karren an! Die Weiberleut müssen in den Wald entspringen.«

Ehe der Kärrner die jagenden Tiere verhalten konnte, war der Augenblick zur Flucht versäumt. Mit Gerassel kam der von Qualm und Flackerschein umwirbelte Trupp schon herangesaust. Zwei Trompeter voraus. Die bliesen nicht in dieser Nacht. Zwischen einer Doppelhecke von zwölf Reitern, von denen sechs die lodernden Fackeln und sechs die blanken Eisen trugen, knatterten und hopsten die Räder einer vierspännigen Kutsche. Der Fackelschein fiel unter das Lederdach und erleuchtete zuckend ein kreidebleiches Greisengesicht, das zur Hälfte versunken war in den Schatten einer Kapuze. Auf weißer Kutte das Geflimmer eines goldenen Kreuzes.

Da stockte der Zug. Vorne die Trompeter schrien: »Weg frei! Weg frei!« Der Reisende schob erschrocken den Kopf aus der Kutsche und kreischte: »Pitter? Was gibt es?«

»Här, en Salzkahr is om Wäch! Do kütt de Kutsch nit längs.«

»Schmeißt den Karren über die Straße hinunter!«

Das Hindernis war schon behoben. Die Trompeter ritten los, und die Reiter auf den Kutschpferden peitschten die Gäule. Mit den linken Rädern halb über den Rain der schmalen Straße niedertauchend, knatterte und hopste der Reisewagen an dem Salzkarren vorüber, der schief über die rechte Straßenböschung hinausshing. Als das letzte Paar der kurköllnischen Seligmacher mit erhobenen Fackeln hinter der lärmend davonrasselnden Kutsche hergaloppierte, schlug der Passauer so unsinnig auf seine dampfenden Tiere los, daß sie den Karren mit jähem Ruck auf die Straße rissen und schnaubend hinter den Gäulen der Dragoner blieben.

»Passauer!« flüsterte Adelwart. »Hast du den Verstand verloren?«

»Den hab ich fester wie nie!« Der Passauer lachte. »Das ist doch ein fürnehmer Herr! Der reist doch nit ohne Packzeug, das man hinter ihm herführt.«

Unbehindert, als zollfreies Gepäck Seiner hochwürdigsten Gnaden des Geistlichen Kommissars, passierten die fünf Menschen, die sich aufatmend unter die Blache des Karrens duckten, den Schlagbaum der berchtesgadnischen Grenze.

Die Nacht war hell geworden. Aus verziehenden Wolken guckte das heitere Glanzgesicht des Mondes heraus, dem ein Stück an der linken Backe fehlte. Gegen Morgen blies ein sausender Wind die grauen Nebel über die Berggehänge und jagte das Gewölk, zwischen dessen zerrissenen Säumen bald ein Stück des blauen Himmels, bald eine silberig beschneite Bergzinne herauslugte.

Noch vor Anbruch des hellen Tages passierte von Reichenhall herüber bei der Grenzsperre ein Reiter, der sich durch eine Botschaft an den Dekan des Stiftes auswies. Drum ließ man ihn durch den Schlagbaum ein, obwohl er das Kreuz nicht machte. Mit dem Winde reitend, der den Himmel säuberte, trabte der Knecht des Grafen von Udenfeldt nach Berchtesgaden. Dort traf er um die achte Morgenstunde ein und fand auf dem Marktplatz ein so lärmendes Menschengewühl, daß er den scheuenden Gaul nur mühsam vorwärtsbrachte. Im Laienhof mußte er aus dem Sattel steigen, weil er nicht mehr weiterkam. Während vor ihm her ein Spießknecht mit groben Ellenbogen durch das Gedräng eine Gasse zu bahnen suchte, hörte der Udenfeldter die Leute in einer seltsam gereizten Frohheit über allerlei sinnlos scheinende Dinge schelten: über Hexengeböller und Pulverschnöller, über Goldmeister und Salzschießer, über einen Zaubergockel, der mit drei Teufelsschwestern durch Mauer und Luft davongefahren, und über einen Täufling, der ein Stiftsherr werden sollte. Dem Udenfeldter summten die Ohren von dem wunderlichen Geschrei. Auch im Stifte fand er ungewöhnliches Leben. Lakaien und Kirchendiener liefen ab und zu. Alle Korridore, durch die der Spießknecht den Udenfeldter führte, waren erfüllt von einem widerlichen Schwefelgeruch. In einer Gruppe von Kapitularen lachte der Freiherr von Preysing: »Unsinn! Dem Kommissario wäre doch ein Malefizhandel nicht gefährlich worden! Der ist davon vor Scham über das schwache Stündl, in dem die Natura humana so vehement aus ihm geredet hat.« Herr Pießer fügte hinzu: »Was Besseres hätt er nicht tun können als verduften. Freilich, was hinter ihm zurückgeblieben, ist nicht der Wohlgeschmack lieblicher Heiligkeit.« Der Udenfeldter hörte die Herren noch lachen, als er schon droben war im ersten Stockwerk des Stiftes. Auch hier ging es lärmend zu. Ein Dutzend Handwerksleute waren damit beschäftigt, aus einem Raum, dessen Tür in Trümmern lag, allerlei zerstörtes Zeug und absonderliches Kochgeschirr herauszuschaffen.

Der Raum war anzusehen wie eine Küche, in die eine feindliche Brandgranate gefallen, so daß der Herd und alles Gerät unter Flammen und Rauch in Scherben gingen. »Hat's da gebronnen?« fragte der Udenfeldter. Die Stirne runzelnd, schüttelte der Spießknecht den Kopf.

Droben im zweiten Stock nahm ein Lakai dem Reitknecht das gesiegelte Schreiben ab und trug es in die Stube des Dekans. Der saß am offenen Fenster, den Kopf in die Hand gestützt, mit den weißen Haarsträhnen über der Wange. Peter Sterzinger, ernst und bleich, den Hut zwischen den Fäusten, stand neben dem Sessel des Herrn. Durch das Fenster klang etwas Dumpfes herein. War's das Rauschen der Ache? Oder der Lärm, den das Gewühl der Leute machte? Als Herr von Sölln einen Blick in das Schreiben geworfen, atmete er auf und sagte mit halbem Lächeln: »Da, Peter, lies! Des Rätsels Lösung ist von selber gekommen.«

Dem Wildmeister zitterten die Hände, während er las. Dann machte er den Specht, obwohl ihm das Wasser in den Augen glitzerte. Und schnaufend sagte er: »Das Mädel geht dem Glück entgegen. Auf den Buben ist Verlaß. An dem hat das Ländl wieder einen Guten eingebüßt.«

»Ja, Peter! Und weißt du schon, was heut am Morgen im Salzberg geschehen ist?«

Sterzinger nickte. »Gleich in der Früh ist der Meister Koppel zu mir gesprungen und hat mir's zugetragen, wie gut dem Michel die Pulverkunst geraten ist. So geht's allweil in der Welt. Die Leut sagen mit Recht: Einer find's, der ander gwinnt's!«

»Jetzt wird der Pfnüer im Salzberg ein notwendiger Mensch werden!« meinte der Dekan. »Hat dem Kolumbus das Ei gestohlen und macht sich einen nahrhaften Fladen draus!« Er tat einen Gang durch die Stube. Dann blieb er vor dem Wildmeister stehen und legte ihm die Hand auf die Schulter. »Peter? Sollen wir sie nicht zurückrufen, sobald die Zeiten ruhiger werden?«

Den Schnaufer durch die Nase blasend, schüttelte Peter Sterzinger den Kopf. »Die täten allweil einen heißen Boden haben. Warmes Glück braucht kühlen Grund. Der Bub ist den richtigen Weg gegangen. Und meine Kinder müssen nit leiden drum. Das Kätterle hat wieder Mutterarbeit und kann schöpfen aus ihrem Brunn voll Lieb. Wir haben's ausgeredet, daß der Jonathan und das Kätterle zu mir ins Haus ziehen.« Er lächelte ein bißchen. »Von meinem Miggele hat das gute Weibl geschworen, das Bübl tat sich bei allem akrat so stellen wie ihr Adel als Kind, will sagen: ihr David.«

Schweigend blickte Herr von Sölln ins Leere, mit Augen, als sähe er ein tiefes und schönes Wunder. »Mater aeterna!«

Glocken begannen zu läuten. Ein Lakai trat in die Stube: »Euer Gnaden, die Franziskaner kommen schon.«

»In Gottes Namen!« Herr von Sölln drückte das Barett übers weiße Haar. »Soll die Narretei ihren letzten Trumpf haben! Gehst du auch zur Heidentaufe?«

Dem Wildmeister fuhr es rot ins Gesicht. Trotz aller Ehrfurcht vor seinem Herrn wurde er grob. »Mag das saure Mistviech tot bleiben oder lebendig werden, das ist mir wie die Wurst, die nimmer Fleisch und Zipfel hat!«

Da lachte der Dekan. »Weil ich nach allem kranken Unsinn nur wieder ein gesundes Word höre!« Während sie zur Türe gingen, sagte er: »Nimm den Udenfeldter Knecht zu dir hinunter! Willst du deiner Schwägerin was hinüberschaffen, so kannst du aus dem Hofstall zwei Saumtiere nehmen. Und einen Gaul für dich! Grüß mir das flüchtige Völkl! Sie sollen im Glück mein Berchtesgaden nicht vergessen.«

Am Ende des Korridors trat Herr von Sölln in eine kleine, weiße Zelle. Da lag Herr Theobald von Perfall neben dem offenen Fenster auf weißem Lager ausgestreckt, eine blutfleckige Binde um den Hals, in den ein Splitter der explodierten Retorte eine tiefe Wunde gerissen hatte. Die eine Hand mit drei Fingern ruhte auf seiner Brust, die andere, von der ein Finger davongeflogen, war dick mit Leinen umwunden. In der Nacht, als die erschrockenen Chorherren nach dem Donnerschlag zu der qualmenden Alchimistenküche gesprungen waren, hatten sie gesehen, wie der mit Blut überströmte Greis aus dem Dampf heraustaumelte. Er hatte kein Wort von Schmerzen gesprochen, hatte nur müd gelächelt in der Verlegenheit seines neuen Mißerfolges. Und weil er nun an jeder Hand gleichmäßig drei Finger hatte, wies er ihnen das mit seinem schüchternen

Lächeln: »Sehet, die Harmonie ist wieder hergestellt!« Jetzt lag er im Fieber seiner Wunden, entkräftet vom Blutverlust. Magister Krautendey hüllte ihm gekühlte Tücher um die Stirn.

»Wie geht es ihm?«

»Verbronnenes Leben, das noch flackert!«

Achtsam ließ sich der Dekan auf den Rand des Bettes nieder und blickte schweigend in das halb verhüllte Gesicht des schlummernden Greises. Dann preßte er die Hand über die Augen und saß gebeugt. Draußen das Glockengeläute. Und was zum Fenster dumpf hereinrauschte, das war, als hätte sich die Ache verwandelt in einen tobenden Strom. Der Dekan ließ müde die Hand fallen. »Krautendey? Was denkt Ihr von dem Ding, das da drunten geschehen soll?«

»Daß Fasnacht schon oft gewesen ist.«

Nachdenklich blickte der Dekan vor sich hin. Und nickte. »Ich hab mit Widerstreben eingewilligt. Aber kann sein, daß Josephus und Süßkind recht haben. Die sagen: Wo ein Stier ins Wüten geraten, darf man einen Prügel auch aus dem geweihten Kirchzaun reißen.«

In den Zügen des schlummernden Greises begann sich eine erregte Gedankenarbeit zu spiegeln. Sein Körper geriet in zuckende Bewegung; seine Hände griffen und wühlten; gewaltsam suchte der Kranke sich aufzurichten und schrie in Freude: »Er blitzt! Er blitzt!« Tief atmend fiel er auf das Kissen zurück und lächelte mit geschlossenen Augen. »Heureka! Selige Menschen! Frieden auf aller Welt! Und goldene Zeiten!« Seine Stimme erlosch in hauchendem Geflüster.

Erschrocken war Herr von Sölln vom Bettrand aufgesprungen. »Krautendey?« Der Magister schüttelte den Kopf und wechselte auf der fieberglühenden Stirn des Schläfers das kühlende Tuch.

Ein Stiftsherr kam, den Dekan zu holen: Die Franziskaner wären schon da, und vor dem Münster stünde der Zug bereit. Während die beiden hinunterstiegen über die Treppe, hörten sie festliche Musik. Maestro Feldmayer hatte noch in der Nacht einen ›Heidentaufmarsch‹ komponiert und am frühen Morgen mit der Kapelle eingeübt. Nun schmetterten die Posaunen, um für den heidnischen

Mann im Salz den Übertritt zum Christentum so weihevoll wie möglich zu gestalten.

In einer Gasse des Volkes, dessen tobendes Geschrei unter gruseligen Schauern zu erwartungsvoller Stille beschwichtigt war, ordnete sich der Zug der Geistlichkeit mit Weihrauch, Fahnen und Laternen. Prior Josephus gab sich Mühe, so ernst zu erscheinen, als es die bedeutungsvolle Stunde forderte. Und der kugelige Süßkind machte in seinem weißen Chorhemd die stolzen Schritte eines Triumphators über den Udo von Magdeburg. Männer und Weiber beteten zum Posaunengeschmetter. Unter allem Beten huschte ein ruheloses Geflüster durch die Menge: Der Mann im Salz hätte schon eine Ahnung von den Dingen, die ihm heute widerfahren sollten. Man hätte aus dem Mühlenkeller die unerklärlichsten Geräusche vernommen, ein Murmeln und Schlucken, als memorierte der gebannte Heid in seinem sauren Gehäus die Rede, die er halten wollte, sobald er als Christ lebendig geworden.

Im Laienhof standen die Handwerksleute bereit, die auf einer Glitschleiter und mit Seilen den bewohnten Salzblock aus der Tiefe des Mühlenkellers heben sollten. Der heiter gewordene Himmel glänzte über die Dächer herunter, als der Zug mit wehenden Fahnen herankam. Die Laternen gaukelten, und die Weihrauchwolken kräuselten sich bläulich in die Luft, als hätten sie Sehnsucht nach der reinen Höhe und möchten aus dem Schatten in die Sonne kommen. Der Hall der Glocken schwebte durch das Morgenleuchten, und die Posaunen des Taufmarsches weckten ein klingendes Echo an den Felsen des Loksteines.

Man löste die Siegel, mit denen die Vorhängschlösser des Mühlenkellers petschiert waren. Die Falltür wurde gehoben, und da zeigte sich ein rätselhafter Anblick. Der zum Keller führende Treppenschacht glich einem stillen Brunnen, den ein dunkles Wasser erfüllte, bis herauf zu den letzten Stufen. Als die geistlichen Herren ratlos da hinunterguckten, spiegelten sich ihre verdutzten Gesichter und die zuckenden Flämmlein der geweihten Kerzen deutlich in der stillen Flut. »Wo kommt denn das Wasser her? Und es steigt noch allweil!« Im Gedränge merkten die Leute, daß etwas Besonderes los wäre. Ein lautes Fragen. Weil es im Zug der geistlichen Herren einer dem anderen sagte, was man gefunden hätte, sprang die seltsame Botschaft auch in die Menge. Es erhob sich ein Lärm, in dem von hundert Stimmen immer das gleiche Wort gezetert wurde: »Wasser, Wasser, Wasser, Wasser, Wasser!«

Der Sprengschuß im Sockel des Hexenturmes hatte das Gemäuer des Mühlenkellers so heftig erschüttert, daß die Vermauerung des alten, unterirdischen Wasserzuflusses, der einst die Klostermühle getrieben hatte, geborsten war. Das Wasser drang in den Mühlenkeller ein und hatte sich in dem Gewölbe angestaut, nachdem die beiden gegen den Wallgraben liegenden Kellerfenster vor Monaten sorglich zugemauert wurden, damit der Mann im Salz mit unantastbarer Sicherheit verwahrt läge. Wollte man des Mannes im Salz habhaft werden, so war kein anderes Mittel, als im Wallgraben eine Bresche in die Grundmauer zu schlagen, dem Wasser einen Abfluß zu bieten und durch die Bresche in den trockengelegten Mühlenkeller einzusteigen.

Die verblüffte Stimmung der Herren begann in heitere Laune umzuschlagen. Ein Scherzwort um das andere flatterte auf. Und lachend ordnete Prior Josephus an, daß sich der Zug mit den nötigen Handwerksleuten nach dem Wallgraben begeben sollte. Auch in den Lärm der Menge mischten sich schon fidele Töne. Als der Taufzug unter Glockenhall und Posaunenklängen herauskam auf den Marktplatz, flutete die Sonne warm und schön um die tausend Menschen her. Und wie ein gleißender Zauberwall mit silbernen Türmen und Zitadellen spannte sich der weite Kranz der beschneiten Berge um das in herbstlichen Farben glühende Tal. Prior Josephus ging nachdenklich im Zuge, als müßte er sich im stillen etwas überlegen. Aber der dicke Pfarrer Süßkind streckte die Arme zum Himmel und schrie: »So schauet doch da hinauf, ihr Narrenleut! Ist das nicht ein Tag, um des Teufels zu vergessen? Um nur noch zu glauben an einen gütigen Herrgott?« Herr Süßkind fand nicht viele Ohren, die auf ihn hörten. Der köllnische Zaubermeister und die entflogenen Höllenschwestern spukten wieder durch die wirbelnden Gehirne, als die Leute die schwarze Gasse sahen, die der Sprengschuß des teuflischen Salzschießers in die Grundmauer des Hexenturmes gerissen hatte.

Nah bei der Hecke des Wildmeisterhauses schwenkte der Zug in den Wallgraben ein. Der war schon mit Menschen angefüllt; die

Neugierigsten hatten sich über das Straßengeländer geschwungen und waren über die steile Böschung hinuntergerutscht, um möglichst nah bei der Mauer zu sein, an deren Fuß die Handwerksleute schon mit den Spitzhauen die Bresche zu schlagen begannen. Immer lärmender wurde die Menge, je tiefer das Loch, das da geschlagen wurde, sich eingrub in das Gemäuer. Jetzt unter Posaunengeschmetter und Glockenklang ein tausendstimmiger Jubelschrei. Aus der Mauer brach ein baumdicker Wasserstrahl heraus. Der schoß so kräftig ins Freie und machte einen so weiten Bogen, daß Hunderte von einem dicken, in der Sonne goldig glitzernden Regen überschüttet wurden. Unter Gelächter wollten die kalt Begossenen flüchten, doch hinter ihnen standen die anderen als eine Mauer, die nicht weichen wollte. Und da begann ein Schreien und Lachen der Buben, ein lautes Kreischen der Weiber und Mädchen. Die heitere Sonne malte durch das brausende Wassergesprüh einen feinen Regenbogen, und aus dem Lärm klang eine gellende Stimme: »Das müsset ihr kosten! Leut, das Wasser müsset ihr kosten! Ganz salzig schmeckt es!«

Nun brummte ein tiefer Laut, wie das Gähnen eines Riesen. Für den Druck der im Mühlenkeller gestauten Wassermenge war das Loch, das die Handwerksleute in die Mauer geschlagen hatten, zu winzig. Das Wasser half mit pressenden Kräften nach. Ein hohes und breites Stück des Gemäuers senkte sich plötzlich aus dem Keller heraus. Unter Brüllen und Gezeter fingen die Leute zu flüchten an. Nur den kollernden Mauerbrocken entrannen sie, nicht dieser mächtigen Flutwoge, die das angestaute Wasser mit einem rauschenden Guß herauswarf in den Wallgraben. Bis an die Hüften standen die schreienden Leute im Wasser.

Die schießende Welle fuhr den Weibsleuten mit Geplätscher unter die Röcke, den Franziskanern unter die Kutten und den Bläsern des Maestro Feldmayer in die Posaunen, die plötzlich still wurden.

Die Zuschauer, die dieses Schauspiel von der sicheren Straße ansahen, jubelten vor Vergnügen. Den Leuten im Wallgraben war der kalte Schreck heraufgefahren bis an den Hals, doch bevor ihnen die Gefahr noch richtig klar wurde, war sie schon davongerauscht mit dieser eilfertigen Woge, die freilich ein feuchtes Andenken zurückgelassen hatte. Die Menschen im Graben schwabbelten vor Nässe, die einen bis über den Schoß, andere bis an die Brust, viele bis hinauf zum Haardach. Und viele Hüte waren davongeschwommen. Als von den Barköpfigen einer kreischte: »So, Mannder, jetzt sind wir die Getauften!« – da löste sich aller Schreck zu einem schallenden Gelächter. Unter diesem heiteren, Gelärme kletterte ein Schwarm von Neugierigen durch das gähnende Loch hinein, das der Wasserdruck in die Mauer des Mühlenkellers gebrochen hatte.

Der Keller war leer. Ein bißchen feucht. Und auf den Steinfliesen, wo der unheimliche Salzblock gestanden, lag etwas.

Im Frühling, wenn die Hochlandjäger über den zerfließenden Schnee hinaufsteigen durch den Bergwald, finden sie manchmal am Fuß einer Felswand die Stätte, wo der Winter ein schwach gewordenes Stück Wild erwürgte. Da liegt dann auf zerwühlter Erde ein nasses Häuflein rötlicher Haare.

So etwas Ähnliches lag auf dem feuchten Boden des Mühlenkellers. Und in weitem Kreis um diesen armseligen Lebensrest des tugendhaften Heiden hatte der Grund vom zerflossenen Steinsalz eine rotbraune Farbe, als wären die Fliesen rostig geworden. Die das gefunden hatten, schrien die wunderliche Botschaft gleich den anderen zu, die draußen standen im Wallgraben. Wieder hob sich ein schallendes Gelächter in den schönen Tag, denn ein Heitergewordener hatte gerufen: »So ein Tropf, so ein ungeduldiger! Sind ihm tausend Jahr im Salz nit zu viel gewesen, so hätt er doch mit seiner Auflösung die paar lausigen Stündlein noch warten können auf die ewige Seligkeit!«

Prior Josephus schrie dem Maestro Feldmayer zu: »Laßt einen kräftigen Tusch mit den Posaunen blasen, damit die Leut ein bißl auflusen!« Das ging nicht gleich vonstatten. Die Bläser brauchten eine Weile, um das Wasser völlig aus ihren Instrumenten zu bringen. Als dann endlich der Tusch mit Klang und Dröhnen hinausschmetterte in den schönen Morgen, stieg der Prior, dem die Kutte von Salzwasser tropfte, in das gähnende Mauerloch hinauf, wandte sich gegen das lärmende Gewühl und hob die Arme. Umschimmert von der heiteren Sonne, mit der finsteren Tiefe des Mühlenkellers als Hintergrund, begann er in seiner derben, scherzhaften Art zu diesen tausend frohgewordenen Narren zu reden. Gleich mit dem ersten Anruf weckte er munteres Gelächter, weil er die Hoffnung

aussprach, daß dieser ausgiebige Wasserguß den Leuten die Esels-
ohren tüchtig ausgeputzt hätte, so daß sie jetzt fähig wären, ein
verständiges Wort zu hören. Lustig sprach er weiter. Das wurde
unter Sonne und blauem Himmel eine Predigt, daß sie an jene, in
alten Zeiten üblich gewesenen Osterpredigten erinnerte, die so heiter geraten mußten, daß die Andächtigen aus dem frohen Oster-
gelächter nicht herauskamen. So war die Predigt des Josephus nur
in der ersten Hälfte. Im Handumdrehen gab es nichts mehr zu lachen. Die Leute guckten mit großen Augen den Prior an, und lau-
schende Stille war im Wallgraben und auf der Straße, wo die Hunderte mit entblößten Köpfen Schulter an Schulter standen.

Drunten auf dem Karrenweg bei der Ache zogen in dieser sonnigen Predigtstunde zwei Berittene der Reichenhaller Straße entge-
gen. Ihre Pferde gingen im Schritt, damit der Jonathan nicht zu-
rückbliebe, der hinter ihnen zwei schwerbepackte Saumtiere am
Halfter führte. Obwohl die Ache kräftig rauschte, drang doch
manchmal von der hallenden Predigt des Josephus ein verwehter
Klang über die Wiesen herunter. Weder Peter Sterzinger noch der
Hällingmeister war neugierig. Aber der Udenfeldter saß gedreht im
Sattel, als könnte er sich nicht sattschauen an dem wundersamen
Bild der tausend winzigen Menschlein da droben, deren bunte
Kleider in der Sonne wie unzählbare, farbige Lichter flimmerten.

Jetzt lenkte der Karrenweg um einen Hügel, und das schöne Bild
da droben verschwand. Aufatmend blickte der Hällingmeister über
den in herbstlichen Farben leuchtenden Wald hinauf.

»Jesus, Jesus, wie wird sich die Mutter heut das Herzl abbangen!
Die wär auf Glasscherben in den Schuhen mitgesprungen! Freilich,
sie hat doch selber gesagt: Eins muß bei den Kindern bleiben, die
Kinder gehen allweil für.«

Am andern Morgen, früh um die dritte Stunde, als noch der
Mondschein über dem Reichenhaller Tal und über den Bergen
träumte, machte sich Graf Udenfeldt mit seiner Gefolgschaft auf die
Heimfahrt an den Rhein. Die vielen Reiter, die Troßbuben und die-
nenden Leute, die Packwagen, der Salzkarren des Passauers, das
gab einen stattlichen Zug, der in der stillen, kühlen Mondnacht
seinen Lärm machte. Des Passauers Karren – mit dem der Joser
reiste, die auf gutem Lager gebettete Weyerziskin und noch ein still

in den Blachenwinkel gekauertes Mädel – sollte sich bis zur Donau beim Troß der Udenfeldter halten.

An der Spitze des Zuges, hinter vier gerüsteten Knechten, ritt der Graf neben Adelwart, dem die grüne Jägertracht wieder trocken geworden. Heiter plauderte Graf Udenfeldt, als wär es ihm eine warme Freude, den Jäger an seiner Seite zu haben und so mit ihm schwatzen zu können. Adel gab rasche Antworten.

Er hatte bei dem etwas rauhen Wege, den das Mondlicht matt erhellte, nicht nur den eigenen Gaul zu lenken, auch den Braunen, in dessen hochlehnigem Stuhlsattel Frau Madda die Reise machte, in einen Mantel gehüllt, das Haar verborgen unter der pelzverbrämten Frauenhaube. Am verwichenen Abend, zu Reichenhall, in der Kirche des heiligen Zeno, hatten Adel und Madda die Ringe gewechselt und sich Treue gelobt fürs Leben.

Manchmal verstummte der Graf in seinem Geplauder, ritt dann eine geraume Weile schweigend neben dem jungen Paar und lächelte, wenn er sah, wie die Hände der beiden sich fanden und wie wunderschön hell im Mondlicht ihre Augen glänzten.

Zwei Stunden hatte die Fahrt schon gedauert. Das zackige Lattengebirg und der sanftgeschwungene Staufen blieben im Schleierschein des Mondes zurück, und die Reise ging über ebenes Geländ, durch Feldergevierte und kleine Gehölze. Dann tat sich ein weites, flaches Moorland auf. Während der Mondschein verdämmerte und das Gefunkel der Sterne erbleichte, brannte gegen Osten am Horizont ein rotes Glutband auf. Da sagte Adel mit erregter Stimme: »Herr, ich weiß nit, allweil hör ich was! Ich kann nit sagen, wo es ist. Und kann nit sagen, wie es tut. Aber allweil hör ich was!« Dabei umklammerte er in Sorge die Hand seines jungen Weibes. Lauschend hob sich der Graf im Sattel, schüttelte den Kopf und sagte lachend: »Du wirst den ungeduldigen Herzschlag deines jungen Glückes hören!«

Sie ritten weiter.

Immer höher und höher wuchs im Osten das glühende und feurige Morgenrot über die schwarzen Wälderkämme herauf. Sein greller Schein warf über das flache, dunkle Moorland einen matten Purpur.

»Herr! Ich bitt Euch, luset!« stammelte Adel. »Hört Ihr noch all-weil nichts?«

Ein Ruf des Grafen brachte den Zug in Stillstand. Und da hörte man in der Dämmerglut des Morgens ein gedämpftes, seltsam ruhe-loses Geräusch und manchmal ein leises Klirren, wie wenn Eisen in weiter Ferne gegen Eisen schlägt.

»Da draußen liegt eine Straße. Die führt nach Salzburg«, sagte der Graf mit verwandelter Stimme, »schau hinaus da! Siehst du nichts?« Er deutete mit der Hand.

Adel ließ die Zügel fallen und hob die gekreuzten Arme über die Augen. »Weit draußen im Morgenrot, da seh ich gegen die Him-melsglut ein schwarzes Ding. Das tut sich rühren und schleicht nach fürwärts. Das ist wie ein Zug von tausend Zwergen, die kein End nehmen! Das müssen Reiter sein! Und lange Regimenter Fußvolk! – Herr? Ist denn Krieg im Bayerland?«

Ohne zu antworten, spornte Graf Udenfeldt seinen Gaul. Und lärmend setzte der Zug sich wieder in Bewegung.

Was da draußen auf der Straße vorwärts schlich, schwarz abge-hoben vom glühenden Rot des Morgens – das wurde immer deutli-cher:

Fußvolk im Marsche, lange Züge von Reitern, Troßwagen und Marketenderkarren, schwerfälliges Artilleriegefährt und wieder Reiter und Fußvolk.

Der Graf war dem Zug seiner Leute vorausgeritten und kam zur Straße. Mit Gerassel ging die dunkle Heerfahrt an ihm vorüber. Er fragte einen Reiter: »Herr Offizier? Was für Kriegsvolk ist das?«

Der Reiter drehte den Kopf, unter flimmerndem Eisenhelm ein braunes Gesicht mit funkelnden Schwarzaugen, und brummte:

»No comprendo el aleman!«

Der Zug der Udenfeldter kam heran und mußte warten, weil er in dem geschlossenen Heerzug keine Lücke fand. Vom Karren des Passauers glitt lautlos die Freimannstochter herunter, sprang in die Hecken neben dem Weg und blieb verschwunden.

»Herr?« fragte Adel. »Sind das bayrische Regimenter?«

»Nein!« Graf Udenfeldt war bleich bis in die Lippen. »Das ist spanisches Volk, das dem Kaiser zuzieht wider die evangelischen Deutschen in Böhmen.« Adel verstand nicht völlig, was diese Worte sagten. Doch der Ton, mit dem sie gesprochen waren, goß ihm etwas Banges in die Freude seines jungen Glücks. Er drängte seinen Gaul an den Braunen und legte schweigend den Arm um Madda.

Lächelnd, mit glühenden Wangen, sah sie in der Dämmerung zu ihm auf.

Der Morgen kam. Alles ein roter Brand! Der Himmel, die fernen Wälder, das weite Moorland und auf der Straße dieser rasselnde Heerzug, alles übergössen mit leuchtendem Blut!

Jetzt fuhr eine lange Reihe von Troßwagen vorüber. Auf einem Marketenderkarren, als er schon vorbei war, reckte sich die Gestalt eines jungen Weibes auf und hob die Fäuste mit eingezogenen Daumen über den Kopf, im flatternden Mantel dunkel abgezeichnet vom brennenden Morgenhimmel.

Adel merkte, daß ihm das Weib da drüben etwas zuschrie. In dem Lärm, den die schweren Wagen machten, verstand er keinen Laut. Und er meinte, daß er sich getäuscht hätte. Ein fremdes Weib? Wie käme denn ein fremdes Weib dazu, ihn anzurufen? Ihm mit eingezogenen Daumen viel Glück und viel Segen zu wünschen?

Ein Trupp von Reitern schloß den Heerzug auf der Straße. Und die Udenfeldter bekamen freien Weg.

Weiter und weiter ging die Reise über das glühende Moorland, unter dem brennenden Himmel.

Graf Udenfeldt saß schweigend im Sattel, mit ernsten Augen vor sich hinsinnend.

Dann kam die Sonne, eine rot strahlende Scheibe hinter Dünsten, die alle Luft erfüllten und doch nicht zu sehen waren. Keine Sonne, die heiter war. Kein Morgen, der einen schönen Tag versprach.

Doch Adel, der sich lächelnd zu seinem jungen Weib hinüberneigte, flüsterte mit gläubiger Freude in den Augen: »Schau, Liebe, wie hell und schön die Sonne heraufsteigt für unser Glück!« Er blickte der Sonne zu und atmete wohlig. »Der Vater hat recht gesagt: Aus aller dunklen Tief muß einer aufsteigen, daß er merkt, wieviel wert das Licht ist!«

Über tredition

Eigenes Buch veröffentlichen

tredition wurde 2006 in Hamburg gegründet und hat seither mehrere tausend Buchtitel veröffentlicht. Autoren veröffentlichen in wenigen leichten Schritten gedruckte Bücher, e-Books und audio-Books. tredition hat das Ziel, die beste und fairste Veröffentlichungsmöglichkeit für Autoren zu bieten.

tredition wurde mit der Erkenntnis gegründet, dass nur etwa jedes 200. bei Verlagen eingereichte Manuskript veröffentlicht wird. Dabei hat jedes Buch seinen Markt, also seine Leser. tredition sorgt dafür, dass für jedes Buch die Leserschaft auch erreicht wird.

Im einzigartigen Literatur-Netzwerk von tredition bieten zahlreiche Literatur-Partner (das sind Lektoren, Übersetzer, Hörbuchsprecher und Illustratoren) ihre Dienstleistung an, um Manuskripte zu verbessern oder die Vielfalt zu erhöhen. Autoren vereinbaren direkt mit den Literatur-Partnern die Konditionen ihrer Zusammenarbeit und partizipieren gemeinsam am Erfolg des Buches.

Das gesamte Verlagsprogramm von tredition ist bei allen stationären Buchhandlungen und Online-Buchhändlern wie z. B. Amazon erhältlich. e-Books stehen bei den führenden Online-Portalen (z. B. iBookstore von Apple oder Kindle von Amazon) zum Verkauf.

Einfach leicht ein Buch veröffentlichen: **www.tredition.de**

Eigene Buchreihe oder eigenen Verlag gründen

Seit 2009 bietet tredition sein Verlagskonzept auch als sogenanntes "White-Label" an. Das bedeutet, dass andere Unternehmen, Institutionen und Personen risikofrei und unkompliziert selbst zum Herausgeber von Büchern und Buchreihen unter eigener Marke werden können. tredition übernimmt dabei das komplette Herstellungs- und Distributionsrisiko.

Zahlreiche Zeitschriften-, Zeitungs- und Buchverlage, Universitäten, Forschungseinrichtungen u.v.m. nutzen diese Dienstleistung von tredition, um unter eigener Marke ohne Risiko Bücher zu verlegen.

Alle Informationen im Internet: **www.tredition.de/fuer-verlage**

tredition wurde mit mehreren Innovationspreisen ausgezeichnet, u. a. mit dem Webfuture Award und dem Innovationspreis der Buch Digitale.

tredition ist Mitglied im Börsenverein des Deutschen Buchhandels.

Dieses Werk elektronisch lesen

Dieses Werk ist Teil der Gutenberg-DE Edition DVD. Diese enthält das komplette Archiv des Projekt Gutenberg-DE. Die DVD ist im Internet erhältlich auf **http://gutenbergshop.abc.de**

Lightning Source UK Ltd.
Milton Keynes UK
UKHW020256230721
387625UK00002B/300